献给我的父亲赵长天

图书在版编目（CIP）数据

19年间谋杀小叙/那多著. —北京：人民文学出版社，2018（2025.6重印）
ISBN 978-7-02-014356-6

Ⅰ.①十… Ⅱ.①那… Ⅲ.①长篇小说—中国—当代 Ⅳ.①I247.5

中国版本图书馆CIP数据核字(2018)第111372号

责任编辑 **徐子茼**
装帧设计 **陶 雷**
责任印制 **张 娜**

出版发行 **人民文学出版社**
社　　址 **北京市朝内大街166号**
邮政编码 **100705**

印　　刷 **三河市鑫金马印装有限公司**
经　　销 **全国新华书店等**

字　　数 **281千字**
开　　本 **890毫米×1290毫米 1/32**
印　　张 **12.75 插页4**
印　　数 **124001-127000**
版　　次 **2018年7月北京第1版**
印　　次 **2025年6月第17次印刷**

书　　号 **978-7-02-014356-6**
定　　价 **59.00元**

如有印装质量问题，请与本社图书销售中心调换。电话：010-65233595

目录

Part One

第一部
一、毒杀 003
二、勇气 031
三、选择 066
四、一个名叫郭慨的男人 089

Part Two

第二部
一、希望 147
二、茧 152
三、破茧 169
四、蝶变 202
五、羔羊 224

Part Three

第三部
一、枕边人 271
二、同路人 304
三、图穷 350

Part One

第一部

一、毒杀

1

这是她确认同学里藏有一个谋杀者之前三十三小时。

每个人都是座沙漏，时间从出生那刻开始往外流，至死去那刻流尽。

柳絮会数沙子，她知道现在是凌晨 1 点 30 分，误差不超过十分钟。这是前军人柳志勇对女儿十多年半军事化训练的结果。这样你就能知道人生苦短，要争朝夕，他对女儿说。可是我每时每刻都觉得，时日无多，时日无多，柳絮在心里回答。

柳絮闭着眼，眼前有流火般的光晕。她明白是感光细胞在随机放电。或者是幻觉，她想。人人都有精神问题，或多或少。

光晕游动出一张人脸，焦黄面皮，眼窝深陷得仿佛眼珠不存在。当然存在，这对蜷缩着坚持没有腐烂的眼珠躲在眼皮后面旁观，瞧着柳絮一刀从颈子捅进去。事情已经过了几天，但这一刀清晰如故，轻薄的刀锋没入皮里，没入脂肪和肌肉里，刀柄粘在右手掌心，无法摆脱。

柳絮从这似睡非睡的浅梦中挣扎出来，黑暗里张开眼睛。死人脸孔在床帐里影影绰绰徘徊了一会儿，烟雾般散去。

1 点 35 分。

屋里物件模糊的轮廓在床帐布幔的缝隙间慢慢浮现。这时她听见了那个声响。

咯吱……咯吱……咯吱……咯吱，持续，细密，像有扇门正被缓缓推开。

声音并不遥远，甚至就在耳边。

柳絮感觉到了床的摇动。床帐波浪般缓缓起伏，在浪的源头，现出两条黑影，从上至下，静静挂在帐外。

响动停了。

柳絮动不了。她全身上下每块肌肉都是僵硬的，连声带都似被冻结，张开嘴叫不出声音，恐惧如水将她淹没。

窒息的感觉维持了几秒钟，然后心脏又开始跳动，泵出大量血液，辣得她脸孔发烫。她总算意识到，黑影是睡在上铺的文秀娟的双腿。

汗这时才从毛孔中倾泻而出。

寝室里仍然寂寂无声，两条腿垂了一会儿，又摇晃着缩了回去。声音再次响起，这次柳絮不慌了，她明白是文秀娟在爬下来。

这是上海医科大学和生医院委培班的女生寝室。时值 1997 年的 11 月。这个班已经三年级，但柳絮加入还不到四个月。

三个多月，足够她熟悉所有同学。因为连她在内，一共就十二个。五个男生，七个女生，两间寝室。

声音停息，文秀娟已经从上铺爬下来了。

柳絮也被勾起尿意，但随即觉得不对劲，文秀娟并没有出门，只是在床前站着。

柳絮开始疑惑的时候，文秀娟动了。

她在床铺和寝室中央的长条桌子之间慢慢挪动，没有碰到任何东西，也没有脚步声，无声无息，恍如鬼魂。

她没穿鞋吗?

11 月的天气，光着脚走在水泥地上。柳絮想一想就觉得冷，浑身冷。

房间里有微光，那是自薄窗帘后渗进来的幽冷月色，也许还从房门上方两块毛玻璃处，混进了些门外走道拐角处的惨白灯光。柳絮已经适应了黑暗，那一团代表文秀娟的黑影变得有轮廓起来，渐渐能分辨出她的浅色睡衣。柳絮记得睡衣上有竖条纹，像病号服。

文秀娟走到了长桌末端，房门就在一步之外。她没有停下，绕往长桌的另一边，站在了司灵的床前。

司灵睡在进门右首边的第一个下铺，上铺放了些杂物。柳絮希望她已经睡熟，否则要是看见半夜里，床帐外立了个黑影子，会吓出毛病。

是梦游?

柳絮没能继承柳志勇的胆量。尽管整个班里，文秀娟是她最合得来、也最钦佩的人，但此时此刻，看着黑夜里的这幕，心中还是恐惧。

心跳声砸在耳膜上，嗵，嗵，嗵，嗵。

文秀娟缓缓拉开了司灵的床帐。

司灵是不和文秀娟说话的，至少柳絮没见过。她是班里最爱打扮的女孩，也确实有资本，老实说，她几乎和文秀娟一样漂亮，家境似乎也不错，放在其他任何地方，都是大家注目的焦点。只是很可惜，有了一个文秀娟。

柳絮从来不觉得，文秀娟是在努力要压过司灵。她并没有想和谁比，那是一种自然而然的气质，与生俱来的才华。她从不提自己具体的家世，但流露出的只言片语和雍容沉凝的气度，足以让人确信她出自一个比司灵有底蕴得多的家庭；她从不刻意打扮，也不穿标牌显著的服饰，时常一身裁剪妥帖的素色，却走到哪里都有光芒；她温和守礼，又多才多艺，箫和口琴都吹得极好，歌声也动听，而这一切都没有妨碍她出色的学习成绩，任何一个科目，她都是第一名。

这样一个人，让同为女性的柳絮，只想与她亲近，生不出一点要争锋的念头。司灵是想争的，但黄鹂怎么能和凤凰争，江河怎么能和大海争呢？柳絮才加入这个班，不知道司灵曾经和文秀娟有过怎样的矛盾，以至于都不说话了。但那无疑是司灵的格局问题，文秀娟有时还是会试着问候，即便每次都毫无反应，也不以为忤。

现在，这幽魂一样站在司灵床前的，真是文秀娟吗？

文秀娟右手捻着床帐，上半身慢慢俯下。柳絮看着她一点点折下腰去，直到不见了头。这样的黑暗里，想看清楚别人的脸，要贴得很近。

整整四分钟，柳絮的眼里，文秀娟只剩下半截身子。

这真是一段漫长的时间，各种各样的猜测在柳絮脑海深处交错，它们窃窃私语，纠结缠绕，令她在恐惧里越陷越深。印象里的文秀娟和眼前的黑影有着截然不同的气息，她无法理解，难以接受。

是梦游吧。

文秀娟的上半身重新出现，她直起了腰，把司灵的床帐拉好。

梦游的人，是想不到把床帐拉好的。

不一定，梦游时什么都做得出来，包括杀人。柳絮被自己突然冒出来的想法吓住了。

文秀娟无声地消失在柳絮的视野里。她没有反身走回来，而是继续向前，没入了被柳絮床帐遮挡住的区域。前面是战雯雯和赵芹的床铺，战雯雯睡下铺，赵芹睡上铺。经过那里，再从长桌的另一端绕回来，是刘小悠和夏琉璃的床铺，然后就是柳絮和文秀娟的上下铺了。四个床架，八张床，七个人。

窸窸窣窣，很轻，几近若有若无。如果不是刚听过，柳絮不会明白那是什么声音。

是轻而缓地拉动床帐的声音。

文秀娟拉开了另一个人的床帐，是战雯雯，还是赵芹？柳絮无从分辨。而后，她也就无需分辨了。

三四分钟后，相同的声音响起，随即又响起。柳絮在心里默数着，拉起床帐，拉开床帐，拉起床帐，走到刘小悠和夏琉璃的床前，拉开床帐……

并不仅仅是司灵，而是这间房里每一个人。

越来越近，越来越近。

每一个人，所以，也包括自己。

她会来看自己的。柳絮终于意识到这点。

她想翻个身，背朝外，但又不敢动，怕发出声音。

柳絮闭起眼睛，努力让脸孔安详，就像真入眠时那样。但天知道自己的脸是什么模样，两边脸颊上的肌肉紧张地开始酸痛了。

数着时间，文秀娟该来了。

自己的表情对吗？一眼就能看出在装睡吧？两颊是不是已经抽搐了？索性睁开眼睛问个清楚吧，我们是朋友呀，怕什么呢？

真的怕，不敢。没用的丫头，爸爸说得一点都没错。

听见声音了。不是在自己床前，不是拉床帐的声音，更响，在稍远处，靠近门口，窸窸窣窣窸窸窣窣。

“叮”。

清脆的碰撞声。其实很轻，却惊心动魄地响。

柳絮睁开眼，看见文秀娟背对着她，站在门边的柜子前面，肩膀微微耸动。

她不敢再看，重新把眼睛闭上。过了两分钟，声音停了，她感觉到，文秀娟在走回来。

柳絮的床帐被拉开了。

柳絮脸上的肌肉不抽搐了，面皮冰凉冰凉。她听见呼吸声，不是自己的。柳絮拼命地让自己镇定，害怕眼球会情不自禁地动起来，那样隔着眼皮是能看出来的。

想点别的想点别的。想文秀娟站在阳光里，健朗地微笑时的模样；想她热心地跑前跑后，张罗着帮自己换寝室的摸样。这张下铺，就是她用不容拒绝的语气让出来的，而一贯唯唯喏喏的自己居然就接受了。这样一个散发着暖暖光芒的人，有什么好害怕的呢？

一根头发无声地脱落，掉在柳絮脸上，从左边面颊横挂过嘴唇。柳絮的鼻息喷在这根长发上，它颤了颤，随后被两根手指捏住末梢拎起。风从嘴唇里吹出来，头发就不见了。

柳絮已经僵住了。不要尖叫，不要发抖，不要。

她当然知道那是什么——褐色的细弱的枯发。柳絮近来时常看见文秀娟在早晨梳完头，花很长时间把缠绕在梳齿上的落发去掉，而几个月前，那头发还是乌黑光亮的。伴随着头发一起干枯下来的是她整个人，当然，这说的是感觉，实际上，文秀娟近来还胖了些……或者说，是浮肿。文秀娟不如从前那么漂亮了，她的身体像在某处戳开了个小孔，精气神被一点一滴地放掉。

柳絮闭着眼睛，黑暗里浮现出文秀娟的形象，五官扭曲，面孔肿胀，头发一根根地往下掉。别这么想朋友，她骂自己。恐惧终于退潮了。

床帐被重新拉起，比起其他人，文秀娟在柳絮床前待的时间最短，只一分多钟。床架轻摇，文秀娟爬回了自己的床铺。

凌晨2点35分，柳絮终于熬不住，起身上了厕所。回来的时候，她把虚掩的门轻轻关上，向文秀娟的床铺望了一眼。床帐拉得很好，几乎没有缝。

柳絮顺着酒精气味，扶着墙慢慢蹲下，把脸凑近垃圾筒。借着顶上从毛玻璃透进来的光，瞧见了垃圾桶里的那块棉花。气味还有另一个来源，柜子的上三格是敞开的，第一格里有七个杯子。其中属于文秀娟的那一个，在三十五分钟前，被酒精棉花从里到外，仔细地擦了一遍。

柳絮回到床铺，弯腰爬进去，拉严床帐。十分钟后，她翻了个身，四十分钟后，她又翻了个身。

先前那些是梦吗？某一刻她想，还是现在是梦？

她保持着这样的状态，恍恍惚惚，直至天亮。拉开床帐时，她瞧见了左手掌沿的白色墙灰。

晨光中，文秀娟坐在窗口长桌边看书，微笑着问早。门边的垃圾桶已经倒过了。

2

藏了许多尸体的解剖教学楼前面长了一片飘有许多诡异传说的松树林，到了夜深时，便有黑影从原本无人的松树林深处走出来。那是翻墙的学生。

围着学校的赤峰路和四平路上有排成长溜开到凌晨的小吃摊子，小馄饨、烧烤或西北刀削面，都是好味道。所以过了晚上12点，这片林子就成了一条越界的通路，只是很多人说哪来那么多半夜翻墙的，言下之意，那些从松树林里走出的黑影，只有一部分是学生。

不过见惯了各种器官和骨骼的医学院学生们阳气旺盛，一边传着鬼故事，一边在小树林里幽会——当然并不待到太晚，两不耽误，别有情趣。

太阳微暖，风冷。文秀娟穿着杏色的绒线外套，手揣在衣兜里，沿着林子往解剖楼走，步伐不紧不慢。她脸色苍白，但背挺得很直，所以并不显得特别病弱，反有种坚定的美。她的长发用箍拢在脑后，鬓角一缕散发被风吹起，滑过并肩而行的柳絮脸颊。柳絮一激灵，记起了昨夜掉在脸上的头发。

遇见认识的师生，文秀娟便微笑着轻轻点头，分寸掌握得刚刚好，既不会失礼，也不过分殷勤。真大方，柳絮心里想。她学不来，和不太熟的人打招呼总是紧张，会说出笨拙的话，对比文秀娟，她觉得自己活脱脱是只丑小鸭。这就是所谓的贵族气质吗？都说三代才出贵族，自己是赶不及了。

更让人钦佩的，是文秀娟一贯的节俭。她甚至做药试挣生活费，活像个贫困生。听说军训时有天她家有急事，黑色红旗小轿车开到营区门口，制服司机弯腰为她拉开门，那一刻不知多少人大吃一惊。

富并守德，这才是贵族，柳絮想。

发丝再一次拂在脸上，她忍不住瞟了眼文秀娟的侧脸，那本该是一弯优美的曲线，现在某些地方却开始有了怪异的起伏，头发也发黄起毛。

柳絮陡地心疼起来。

“你真的没事吧？”她突然问同伴。

“没事啊。”文秀娟转头，对柳絮微笑。

柳絮反而尴尬起来，于是她拿出寻呼机，看着天气预报说：“哟，下午要下雨呢。”

嗯，文秀娟应着，忽然脚步一错，拐到了路的另一边。原来的行进路线上，有一只流浪的京巴狗。松树林附近有好几只流浪犬，有的是学生愿意喂它们，一只只都胖墩墩的。

“你怕狗？”

“嗯，从前被咬过。”说着，文秀娟加快了步伐。

快到解剖楼的时候，文秀娟让柳絮先进去，自己一会儿就来。柳絮应了一声，心里奇怪她这时候会去哪里。

福尔马林的味道充斥了整幢解剖楼。第一次进来的时候柳絮很不习惯，现在好多了。委培班的解剖教室在二楼，里面躺着六具尸体。作为特殊的委培班，拥有和普通临床系学生不同的教学资源，比如两人一具尸体而不是四人一具，又比如拥有专用的自习教室，如能顺利毕业，她们全都可以进入和生这所大医院。也有代价，整整一年的军训，以及第二年、第三年和第四年各一个的末位甄别名额。柳絮就是这个学期替补进来的，再往后甄别的话就只出不进了。上学期被甄别掉的学生变得很有名——他跳楼了。

日光灯四个一组从天花板上吊下来，照着六张不锈钢解剖台。解剖台很大，尸体躺上去富裕出一大圈，旁边散放着待会儿要用到的小玩意，手术刀、镊子、剪刀、钳子。

尸体们的头部用黑色的厚塑料袋扎着，就是水产市场里装鱼的那种袋子。

看不见脸，这样解剖起来，像是在处理材料，而不是人。可是柳絮的解剖台上，黑袋子被解下来了，露出死者的脸。柳絮看着这张缠扰了她好几天的脸，感觉反不如梦里那样糟糕。

“今天怎么样？”文秀娟问。她在课开始后一分钟才进来，这可从来没有过。而且柳絮觉得，她看起来并不如往常那样安宁。

“轻松点了。”柳絮回答。

第一堂解剖课的时候，柳絮面孔煞白、汗出如浆，攥着手术刀整个人从头抖到脚，连老师都奇怪就这副胆子居然选择学医。文秀娟说我来帮你好不好，然后把尸体头部的塑料袋解了下来，扶着她的手下了第一刀。柳絮明白这是暴露疗法，但还是吓到差点崩溃。咬牙撑到今天，进度落下了很多，但终归一点点好起来。作为优秀生补进委培班，如果因为解剖课过不去反成为第二个被甄别的人，她无法想象该怎么面对父亲，到时多半也只有跳楼这条路。

面前的尸体看起来完整,其实已经被切得七零八碎,尤其是右半边,从颈、胸、腹到手臂和大腿，都被一层层切开然后复位。左边是柳絮的，今天她该解剖胸部。

被福尔马林浸泡过的皮肤是棕色的，摸上去很韧，像皮包的表面。当然柳絮是戴着手套的，教解剖课的是个老教授，他建议说如果不介意，可以考虑不戴手套解剖，这样能感觉到血管和神经。全班除了文秀娟，没有一个人接受这样的建议。

锋利的手术刀割下去。

很稳呀，文秀娟夸奖。柳絮左手揪住人皮的一角，右手的刀伸下去切开皮下组织，慢慢把整块皮掀开，露出金黄色的脂肪，一部分粘连在皮上，一部分还覆在灰黑色的胸大肌上。福尔马林的作用下所有的肌肉都是这个颜色，内脏的颜色则更深一些。

“接下去把脂肪分离掉。”文秀娟说。每具尸体的两个学生都是这么配合的，一个人动手，另一个人比对着教科书指导。文秀娟没看教科书，她早已做完这部分的解剖，很熟悉了。

“然后是胸大肌，看到附着点了吗，对，把它们剪开。”

剪开之后，露出胸小肌，再剪开，看见了肋骨。柳絮拿起钳子，夹住靠近根部的地方，用力。

这是个力气活，柳絮用了很长时间才解决了第一根。她有些奇怪，文秀娟怎么还不动手？她应该把右侧早已解剖好的皮掀开，胸肌拿掉，钳断右胸的肋骨。等左右十对和胸骨相连的肋骨都被钳断，就能整体打开胸腔，露出内脏。其他组都已经做完了这部分解剖，文秀娟一直在等自己的进度。而且回想起来，在自己剪开胸小肌的时候，文秀娟就没有如之前般指导，她沉默得过久了。

柳絮抬起头，对面的文秀娟不知什么时候已经把教科书搁在解剖台上，垂着脑袋，没有表情。她的嘴好像在动，却并没发出一点声音。她右手握拳压在胸前的白大褂上，左手抚在右手上，手指跳动着。这种跳动让柳絮觉得不合时宜，甚而怪异。

那有点像是在数大小月。柳志勇就这么教过女儿，食指骨节是1月，凸起，所以是大月，与中指间的凹陷代表小月，一直数到7月的尾指骨节，然后重新一遍，8月又是食指骨节——大月，清楚明白，柳絮一下就记住了。

文秀娟的左手手指还在右手骨节间不停跳跃，骨节骨隙骨节骨隙骨节骨隙骨节再一遍骨节骨隙……

柳絮不知该不该喊她，她感觉自己从昨晚到今天，一下子发现了文秀娟太多秘密。

多得仿佛开始组成另一个文秀娟了。

骨节骨隙骨节。跳跃停在尾指的骨节上。

文秀娟抬起头，正对上柳絮没来得及移开的目光。她的眼睛依然清澈，却望不见底。

柳絮吓了一跳，像做错了事般移开视线。

“我开始钳肋骨啦。”柳絮说。

“昨天晚上。你看见了。”

柳絮讷讷着说对不起。

文秀娟却笑了：“怎么是你说对不起，吓到你了没有，不好意思啊。”

柳絮顿感轻松，说：“我以为你在梦游呢。”

文秀娟放低了声音说话，柳絮则一贯地轻声细语。她们的对话，并没被其他人听见。

文秀娟微微摇头，于是柳絮便问昨晚到底是怎么回事。她想既然文秀娟开了这个头，就应该会说个明白。

然而文秀娟却没有回答。她的眼睛从柳絮的脸上移开，在教室里打了个转，低下了头。

又说错话了？不该问的吗？柳絮不安起来。

然后她听见了一句咕哝。

“什么？”柳絮没有听清。或者说，她听见了几个音节，但那内容让她觉得自己无疑是听错了。

文秀娟猛地抬起头，黑色的瞳仁定定地看着柳絮。一句话从她嘴里迸出来，锵然落地。一瞬间，整个教室安静了下来，所有人的脸都转向这里。

有人要杀我!

她说的是这句话吗？有人要杀我，听错了吧，怎么可能？！柳絮愣愣地，觉得整个人都没处安放。

她不知道该作何反应。

这比文秀娟坦陈自己有梦游症要离奇一百倍。

联想到昨晚文秀娟的动作，她是怀疑同寝室的某个人要杀她？嫌疑人中，居然还包括了自己。从停留的时间看，自己的嫌疑是最小的。那是当然，自己怎么可能想要杀文秀娟，那是自己在医学院里最好的朋友呀。但会有别人想杀她？司灵，司灵会想杀她吗？

文秀娟并没看着柳絮。说出这句话后，她的目光又一次在教室里巡视，和每一道投注过来的视线相交。司灵、赵芹、战雯雯、刘小悠、夏琉璃、张文宇、马德、费志刚、裘元、钱穆。她让目光平稳地滑过每个人的脸庞，没有哪个人让她停留得长一些。实际上她一扫而过，并未有任何停留，最后落到柳絮的脸上。

柳絮愕然看见，她嘴角微微上弯，竟似是笑容。

然后，她把尸体右胸的表皮掀开，取下胸大肌和胸小肌，拿起钳子，开始钳右边的肋骨。

仿佛她从未说过那句话。

惊讶的目光纷纷收回。对其他同学来说，这么突兀的一句话，像是从石头里迸出来的，而说话的人无论动作神情都和这句话联系不起来，那么，想必是听错了吧。文秀娟刚才忽然说的，应该不是“有人要杀我”。连教授先生也是这么想的，所以并未在意。

只有回过神来的柳絮知道，文秀娟说的的确就是那五个字。她看见了文秀娟颈子上的一点点反光，是汗。

文秀娟很快就钳断了两根肋骨，然后抬眼瞧了瞧还愣着的柳絮。

“你……”柳絮的嗓子变得又干又紧。

“开个玩笑。加把力。”文秀娟催促。

之后的解剖进行得异常沉默，只有肋骨钳断时的嘎嘣声。柳絮心不在焉，第一次，面前冰冷的尸体和暴露的脸孔没有对她造成困扰，就像是材料，只是材料。

有很多话想问，但这不是合适的场合。

刺耳的嘶啦啦声让柳絮回过神来，文秀娟正在撕开胸膜。刚才自己做过什么有些模糊，她甚至都不太记得自己是怎样把肋骨都钳断的了。

尸体的心肺已经暴露在眼前，柳絮定下心神，眼下还是先做好解剖吧。

她把钳子放下，拿起教科书，却听见文秀娟说了声谢谢。

“谢什么？”柳絮问。

“只有你真的关心我。”

柳絮第一次听文秀娟说出这样柔软的话。但她随后听见了第二道惊雷。

“如果我说，这间教室里有人要毒死我，你信吗？”

文秀娟的声音很轻，幽幽钻进柳絮的耳朵。

“毒……死你？”

文秀娟没有回答，在嘴唇前竖起手指。然后她拿起手术刀，示意柳絮可以开始念教科书上的胸腔内容了。此后的整堂解剖大课，文秀娟没有再说关于下毒和谋杀的任何话，不论柳絮怎么问，只是意味深长地笑。

柳絮陷入了巨大的惶恐。

“有人要杀我。”

“这间教室里有人要毒死我。”

作为医学院生，柳絮自然知道相当比例的人患有被迫害妄想症，文秀娟会是其中之一吗？

矛盾的地方在于，她既不希望是，也不希望不是。前者意味着如果情况没有好转，文秀娟终将入院治疗，被自动甄别；后者……她哆嗦了一下。

她忍不住频频抬头去看教室里的其他人，那一张张才开始熟悉起来的脸孔，此时变得叵测。尤其是同寝的五个女生，她有些理解昨夜文秀娟掀开床帐弯腰俯视时的心情了。

回想文秀娟的身体，似乎自己补进委培班不久，她就开始衰弱。

委培班的暑假只有一个月，8 月开学。最迟不过 9 月底，文秀娟的身体就开始弱下来。先是羽毛球打不了多久就要休息，后来就不打了。然后掉头发，脸庞开始缓慢改变。

这变化一点一滴在柳絮的回忆中浮出来，竟令她毛骨悚然。

真的有人在下毒吗？慢性中毒？

柳絮顺着自己的思路想下去。慢性中毒，这意味着有一个持续性的毒源在她的身边，或者，多次的小剂量下毒。所以文秀娟才会怀疑同寝室的室友，自己之所以嫌疑最小，并不是因为自己是她的好朋友，而是因为自己才换进这个寝室不到两周。

想到这一点让柳絮很不舒服，有那么一瞬间，她开始怀疑文秀娟有没有把自己当成真正的朋友。但很快她摆脱了这令人憎恶的狐疑，一个忧虑于自己被下毒谋害的人，面对着隐藏在黑暗中的巨大恶意，无论有怎样的猜忌都再正当不过。

然后，柳絮又想到了文秀娟最近的变化。一些细小的不易被察觉的枝枝节节，循着“中毒”去想，一下子都串起来了。

这段时间，文秀娟对自己入口的东西很注意。印象最深的是一个月前，她因为觉得蜂蜜被人动过了，把一整瓶蜂蜜都扔掉了。而就在前天，她还倒掉了一杯才泡好的绿茶，此后她多数时候只喝瓶装水了。这些微小的反常，现在想来，应该是文秀娟越来越缺乏安全感的表现吧。

解剖课结束，大家把尸体的零件填塞回去，让它们重新变回人样。走出教室时，原本稍前一些的马德礼让文秀娟和柳絮先走。他显然听见了刚才那句关于杀人的话，文秀娟打他身前经过的时候，忍不住问了一句。

他这一问，周围几个人就都看了过来。

“你听错了。”文秀娟微笑。

马德耸耸肩，就去招呼张文宇和钱穆，相约午饭后打球。

一路走回去，拿了饭盆去食堂。柳絮几次想问，文秀娟的神情却让她开不了口。看起来她没有一点儿倾诉的欲望，解剖课上的那两句话就像是件微不足道的小事，她早已经将其忘记了。这当然不可能，所以柳絮明白，文秀娟是不想谈。

食堂里，柳絮和文秀娟挨着坐。周围碗勺相交的叮当声慢慢稀疏，长桌变空的时候，柳絮终于忍不住，低声发问。

“你当真了？”文秀娟反问。

“怎么不是真的吗？”柳絮惊讶。

“你还是当它不是真的吧。”文秀娟说。

柳絮不知该说什么，她想自己的表情一定很奇怪。她愣了一会儿，看着文秀娟的眼睛，郑重地说：“有任何需要我帮忙的地方，请一定告诉我。”

“当然。”文秀娟如此回答，带着她一贯的微笑。

柳絮发现自己看不明白文秀娟的笑容，那里面隐藏着的内容，比她曾经以为的多。

走出食堂的时候，柳絮很想对文秀娟说一句“不要硬撑呀”，却怎么都说不出口。因为她自己一贯是被安抚的那一个，转换不过来。

太阳很好，没一点要下雨的样子。也许并没有那样糟糕，柳絮想。她把那些担忧搁到一边，就照文秀娟说的，暂且当它不是真的吧。

柳絮把这样的心情保持到了晚上，直到她记起了一件事。

那时约 11 点，已经熄灯，寝室里还亮着几盏应急灯。刘小悠约会回来，带了热腾腾的小馄饨。她是典型的北方女孩性格，没心没肺，大方好客。一进来她就招呼大家吃小馄饨，赵芹睡得早，文秀娟也在床帐里没有声响，其他人都被香气引得爬下了床。看见装馄饨的长方形半透明塑料盒，柳絮一激灵。她想起来了，自己也有这样一个盒子。

她草草吃了几个，没心思和刘小悠她们闲扯，爬回自己的铺位，拉严床帐。

明天必须找个机会，好好和文秀娟谈谈。她想。

柳絮把自己的应急灯关了，床帐外人影晃动，低语浅笑声切切。她心里冰到极点，比起白天的将信将疑，她此时已经有六七分的把握，那个下毒者真的存在。

过了一会儿，声音淡下去，应急灯一盏一盏熄灭，黑暗从未如此黏厚，吞没了整个屋子。今夜没有星光，玻璃窗上响起啪啪声，下雨了。

3

组织胚胎学的实验室有许多陈列品，一律浸在广口瓶里。那是各种器官，以及二十三个胎儿——柳絮数过。最大的七个月，和正常的初生儿大小仿佛，最小的六周，长不到十厘米，有五官。柳絮每一次进实验室，总感觉置身于包围中。第一节课的时候，老师说，看见了吧，他们在审视着你们。这大约算是个笑话，但说完后台下一片寂静。医生需要这种被审视感，柳絮想，死者还在。

在显微镜下观察肾脏切片的时候，柳絮约文秀娟去逛四川路，下午没课。她用了最漫不经心的口吻，但还是意识到自己技巧拙劣。

文秀娟答应了。

尖叫声响起之前，柳絮正在认真地看显微镜。

肾脏切片经染色后，在显微镜下呈红紫相间。柳絮仔细地观察那一小团一小团的肾小球，其中扁扁的细胞是血管壁，中间还裹了极少量的红血球。那是曾经的血液，如今枯竭得只剩几个细胞。想想它们的主人，那些血管也曾富有弹性，在一个健康的肾脏中，位于某人脊柱的一侧。是啊，它们竟组成过一个人。

这时，一声歇斯底里的叫喊刺进耳膜，短促，锐利，惊恐。柳絮背上炸起了一片鸡皮疙瘩，她骇然转头去看文秀娟。

这是她第一次见到文秀娟露出这么恐惧的表情，五官纠结在一起，脖子上的青筋鼓出来，手里握着的矿泉水瓶仿佛下一刻就要被捏爆。

显微镜是一种能让人全神贯注的器具，所以柳絮不知道刚才到底发生了什么。她隐约觉得文秀娟才回到座位上，可能刚去过厕所。

这叫声显然把所有人都吓到了，但在任何人作出反应之前，文秀娟就疾步跑出了实验室。

“她怎么了？”教授问道。

没人知道。

柳絮站起来说去看一下，走出门，就瞧见文秀娟正从走廊远处走回来。那是厕所的方向。柳絮着紧地问她，她头动了动，分不清是摇头还是点头。柳絮注意到她双手空空，往她的桌上看，水不在那儿。她确信自己没记错，文秀娟刚才是带着那瓶矿泉水冲出去的。

文秀娟向教授道歉，说自己昨天没睡好，刚才迷糊过去，做了个恍惚的噩梦，现在洗了把冷水脸，好多了。

先前所有人都盯着自己的显微镜，教授则在看书，竟没人怀疑文秀娟的说辞，一片大笑。柳絮看了文秀娟一眼，站起来，走出实验室。

那瓶水在女厕所门口的垃圾桶里。柳絮把它捡出来，表面有点湿，她本以为沾到了脏水，可垃圾桶里几乎是干的。这是瓶没喝过的水，瓶盖只被旋松了一点点，还未完全启封。那么，瓶身的水是从哪里来的？

水是从瓶子里来的。在矿泉水瓶靠近瓶嘴的地方，有一个小孔。针孔。

柳絮想，如果是自己，大概不会发觉。孔太小了，而且在这个位置，如果不是很用力地捏瓶子，不会有水渗出来。等打开喝上几口，水位降到针孔下方，就更难被发现。但文秀娟不是自己，她是一个日夜担心被下毒的人，怀疑一切。她是对的。

柳絮捏着瓶子发抖。

这个新的证据，把她昨夜还存有的一丝侥幸彻底击溃。

她怕得牙齿都在打战，牙根都松了。

4

自行车停在鲁迅公园门口，两人沿路往南逛去。柳絮初中时，四川路还挣扎着要和南京路齐名，如今已遮掩不住颓势。但在杨浦虹口一片，这依然是首屈一指的商业街。

柳絮一直在想，该如何开始。可她要谈论的事情过于巨大，以至于每一次都噎在喉咙口。

永安电影院门口贴着几个月前的《有话好好说》电影海报。柳絮在这里看了第一部电影《画皮》，一个半小时里有一小时藏在指缝后面哭。还记得姜文那句话不，文秀娟问。安红我爱你，两个人一同回答一同笑。《有话好好说》旁边喷着《甲方乙方》的预告，冠着新鲜的贺岁片头衔。其实也不新鲜，这概念是从香港电影学来的，文秀娟语气里没多少期待，因为导演没名气。冯小刚，柳絮也是头一回听说这个名字。

过两天美国要放《泰坦尼克号》，两亿美元的大制作啊，如果能引进就好了，文秀娟说。柳絮连连点头，实际上她对此一无所知，并且没有了解的欲望，她一直在琢磨，该怎么把话题自然地转过去。

四川路上多的是布店、鞋店或服装店，往常柳絮总是乐于在每一家店里兜兜转转，今天她哪家都没进去，只是愣愣地往前走。文秀娟就这么陪着她，在工人俱乐部前停住。前面是横滨桥，过了桥，就开始进入四川路最繁华的路段了。

柳絮终于意识到自己的可笑，居然指望话题能够自然地过渡，自然过渡到——谋杀？

“我们回去吧，我有点累了。”文秀娟说。

柳絮涌起极度的挫败感，再一次痛恨自己的性格。可她又不禁愕然，毕竟才走了这么点路。随即悲伤把她攫住，文秀娟的身体，已经衰弱到这种程度了。

她们搭上21路电车，两站后抵达终点站鲁迅公园。

柳絮觉得自己必须开口了。

“你捡走了那瓶水？”文秀娟突然问。

柳絮话到嘴边，被这个问题活生生顶了回去，表情古怪极了。

“我知道是你捡的。”文秀娟说，“我下课去厕所时，水已经不见了，中间只有你离开过教室。”

柳絮点头。她本就不打算否认，只是对话没以她想象的方式展开。永远的被动者，她想。

文秀娟忽然笑了笑，说：“其实最想要这瓶水消失的，应该是那个人才对。”

柳絮愣住，随后反应过来“那个人”指的是谁，急着分辩：“不是我，你别误会呀，不是我。”

文秀娟的笑容变得温和：“当然不是你，唯一没有嫌疑的，就是你啦。”

柳絮心头一暖，然后“哎呀”叫起来：“我不知道你是要引那个人出来的。真糟糕，否则……”

文秀娟摇摇头：“可没想那么多，当时发现的时候吓得我，你也听见我那一声了，脑子里一点主意都没有，只想把它扔掉。逃过一劫就是万幸，我运气好。”

水是早晨上课前在学校超市买的，除了上厕所那一小会儿，从没离开过文秀娟的视线。但柳絮当时的注意力都在显微镜下的肾脏切片上，完全记不起那几分钟里谁曾在文秀娟的座位前逗留过。显而易见的是，只有在实验室里的人，才有这个机会。去掉教授，一共十个。

“她的胆子越来越大了。”文秀娟叹息。她的表情镇定得不像个被谋害的人，正是这样的文秀娟让柳絮钦佩不已。总是有些人，令你只能仰望。

当然，柳絮能觉察出文秀娟隐藏着的恐惧，她就像个有裂纹的瓷人儿，表面坚硬，虚弱却一丝一缕从缝隙里渗出来，难以遮盖。

“我起先还不相信。昨天解剖课上你对我说的时候，我一直疑心是自己听错了。”

“你是疑心我疯了吧。深更半夜爬起来擦杯子，被你瞧见的时候，没疑心我发疯？大半夜走在寝室里，像个鬼魂。我就是这么觉得自己的，其实已经死了，又起身下地，可身体还躺在那儿呢。有时我把帐子掀开，低头去看的时候，会觉得那脸上，眼睛在动，鼻子在变形，嘴巴在对我说话呢。真的可怕，但我又止不住地要去看，那些脸啊，每一张都像是要杀我的。所以，我总是想，大概不是有人要杀我，是我疯了。”

“你没疯，你怎么会疯呢。真的是有人要害你！确确实实！我想一想都要心里发寒，怎么会有这样的事情，我也不愿意相信，顶好顶好是错觉，但是，这千真万确。太可怕了，报警吧，秀娟，我们报警吧。你看看你自己，虚弱得走这点路都累了，上次我们一直逛到了海宁路，最后我已经在拖着脚走，你却还有精神笑话我缺少锻炼呢，你都还记得吗？这才几个月呀。

上次你去医院，真的没查出什么吗？你得再去好好查一查。但最最紧要的，不能再这样下去了。你逃过了这一次，那个人会罢手吗？下一次呢？一定要报警！”

柳絮越说越急，声音越来越大，文秀娟忽然伸手抓住了她的手腕，用力一摇。

“不，不。”文秀娟说，“别报警。柳絮，这件事情，你当作不知道行不行？或者，我们再等等，等一等。”

“什么？！”柳絮瞪着她。

“你听我说，这段时间，我的身体的确一天不如一天，我也确实疑神疑鬼，觉得是不是得罪了什么人，被下了毒。但上次我进医院，做了全面的检查，身体没事，只是有点虚。如果被下了毒，那次就应该能查出来的。有些事情，在心里想想没关系，真的要说出来，一定要有证据。”

“那瓶水不就是证据？”

“这是第一次，我第一次真的发现喝的东西被做了手脚。但也可能是个误会，也许那个瓶子在超市里就被弄破了，我买来就那样呢？”

“买来就那样？有谁没事会给一瓶矿泉水扎针？”柳絮发现原来文秀娟也有这么软弱犹豫的时候。但发生了这种事情，必须要说服她捅出去。

“也许不是扎针呢。”文秀娟的声音低下去，她大约也觉得难以说服自己。

沉默了一会儿，她问道：“那瓶水，你后来怎么处理的？”

“拜托了一位师兄，送去毒理实验室了。”

文秀娟一惊，问：“就这么拿过去了？”

“我把水倒在另一个瓶子里拿过去的。你放心，我说自己有一个被迫害妄想症的长辈，逼着我拿去做检查。”

“这就好，那结果很快就会出来的。如果……确定了，是真的，我就报警。我只是担心，万一是我搞错了，会弄得很难看。”

柳絮点点头，她看着文秀娟，唉了一声，说：“这个委培班啊，人人都想挤进来，进来以后还要面临甄别，竞争太厉害。我进班的时候就发觉了，这儿的气氛，和普通的临床班不太一样，大家都待你客客气气的，但总觉得隔着一层，心里想什么，不会真的对你讲。只有你是不一样的。我就想不通，什么人会对你下这样的毒手。”

文秀娟叹了口气，说：“我也不知道，我也想不通。还是等检验结果出来再说吧。”

“也行。但其实，不用等结果，我就已经能确定了。今天上午这瓶水，并不是我知道的第一次。”

这是完全在意料之外的一句话，文秀娟的脸孔板结起来，她盯着柳絮，不自觉地屏住了呼吸。

柳絮的寻呼机在此刻响起。她看了眼号码，心头一沉，是柳志勇。她本该在更早的时候主动打过去，汇报半周来的生活学习情况。这是不成文的定规，她就像是柳志勇带的兵，唯一的兵，永远的兵。

从昨天到今天，发生了这么多事情，让柳絮忘了打这个电话。入学以来，第一次。

总有第一次，柳絮想。她一点都没有急奔电话亭回电的冲动，对此，她自已都有些惊讶。

“记得前天我给你的银耳红枣羹吗？”柳絮问。

文秀娟点头。

“那是我在家熬好了，装在塑料盒子里，特意带给你的。我午饭前把羹给你，你是午饭后喝的，对不对？”

文秀娟看着柳絮，又慢慢点了点头。这是两天前的事情，她还记得相当清楚。

“很好喝的羹。那里面……有问题？”

其实文秀娟原本是不想喝这羹汤的，柳絮回想起来，意识到了这点。文秀娟先是随手把汤盒放在自己床铺上，午饭后在自己献宝般的催促下，却不过情面才喝了汤。

她认为自己不会是那个下毒者，才会把汤喝掉的呀。柳絮懊恼地想。

“装汤的塑料盒是用绳子绑好的。我记得，你一下子就把绳结解开了。”柳絮说。

“那不就是个普通的……”文秀娟回忆了一下，问，“蝴蝶结吗？”

“那不该是个蝴蝶结。我原本打的是我爸教我的绳结，他当兵时学的。那种绳结不常见，一般头回碰到的人，会研究一会儿怎么解。你一下把绳结拉开的时候，我就有种感觉，好像那盒子上不是我原本打的结了。可是我没往深里想，直到昨天晚上重新把这个细节记起来，才……要是我那时问你一声就好了。”

文秀娟沉默不语。她的脸上褪了血色，显出一种没有生机的白，像是假的。

任她百样小心千般提防，那毒却早已经下了肚，而且不知多少回了。

再坚强的人，也会有深深的挫折感吧。柳絮想。她不堪面对此刻的文秀娟，逃开去回电话了。

拨柳志勇号码的时候，柳絮觉得自己是一只提线木偶。也许像文秀娟那样，没有寻呼机、手机更好。

她还记得文秀娟有一次说：“寻呼机、手机是绳子，作茧自缚。”

但文秀娟现在，像是断了线的风筝啊。柳絮曾经恨不得自己就是文秀娟，因为她完美得连柳志勇都挑不出毛病，如果自己和文秀娟互换身份，他准高兴。

真残忍，柳絮想，然后她听见了父亲那严厉的声音。

她假装自己正在宿舍楼下打电话，说前晚没睡好，中午在寝室里补了一觉。然后，她把这几天的课程情况说了，着重讲了解剖课上的进展。

下周一定要把进展赶上去，柳志勇命令。你真不像是我的女儿，他又一次这样说，我可是从谅山的尸山血海里活下来的。

柳絮终究还是没有把下毒事件告诉柳志勇。

尽管谋杀不是针对自己，但这依然是柳絮人生中遭遇过的最严重事件。从通话的第一秒钟起，她就在犹豫怎么说，要不要说，直至她意识到，当第一秒没说，时机就已经过去，除非坦承说谎。

那么，就隐瞒下来！如此决定的那刻，她觉得人生回到了自己的手上，心脏的鼓点隆隆响起。

那个属于自己的沙漏，仿佛从这一刻才开始流出时之沙，意识到这点的柳絮深感荒诞，好友的生命正被严重威胁，而这竟成为了自己的一个契机。

一个契机，让自己成为自己。但不管那意味着天堂还是地狱，文秀娟绝对一定必须要没事。

她忍不住想，如果是柳志勇会怎么做。他会报警的，毫不拖延，把问题交给值得信赖的专业人士解决。他喜欢警察，作为一个对部队有深厚情结的人，这再自然不过了。

也许的确应该报警，但正如文秀娟所说的，未尝不能稍等一等。

电话的最后，柳志勇告诉她，郭慨周末会从学校回来，星期六一起吃午饭。你们有阵子没见着了吧，柳志勇说，这是个有志气的小子，像我。他看不见女儿在电话那头的表情。

或许应该想个理由，这星期不回家。柳絮想。

打完电话，文秀娟已经回过神来。她询问关于塑料食盒的细节，确认了食盒真的被动过之后，两个人根据记忆，开始排查谁有接近食盒的机会。

她们很快明白这是无谓的努力。文秀娟吃饭慢条斯理，每一口都要咀嚼透了才咽下去，这导致她和柳絮吃饭的速度落后于所有人，谁都有作案时间。更棘手的是，司灵总喜欢拉其他室友一起吃饭，像是要建立一道针对文秀娟的壁垒。前天中午就是这样，寝室里的其他五个人，并未和文秀娟、柳絮在同一个食堂吃饭。她们何时吃完，其中有谁缺席或提早离开，无从得知。

关键在于，文秀娟无法询问她们中的任何一个。如果那人真的就是寝室中人，意味着文秀娟有五分之一的机会向凶手打听凶手。

“也许我有一个办法。”文秀娟说。

她没有说下去，两人惊愕地发现，费志刚正在不远处。

他不知道已经在那儿多久，而他的距离，也许能听见她们的话，也许听不见。

下毒者是女生的可能性最大，因为方便。但男生是否绝无可能呢？未必。医学院男女生宿舍并不像很多大学那样泾渭分明，柳絮住的那幢楼，一二楼是女生寝室，三四楼是男生寝室，同班男生的房间，就在302。

当她们看见费志刚的时候，费志刚也在看着她们。他的眼神很专注，让柳絮有被凝视着的感觉。双方的目光交会，费志刚的第一反应是退缩，他移开了视线，当然那只有很短一瞬间，之后他就笑着点头打招呼，说这么巧。

司灵从费志刚身后冒出来，看见文秀娟，毫不掩饰地露出嫌恶的表情。她一把挽起费志刚的手臂，动作幅度大得有点夸张。她和费志刚是公开的一对，她倒追上的，这谁都知道。但在学校里，并没见过这样亲昵的动作。

走啦。她对费志刚说，然后冲对面的女孩们面无表情地歪了歪脑袋。费志刚露出抱歉的苦笑，然后就被拉走了。

“他们是刚从公园里出来吗？”文秀娟问。

“也许吧。”柳絮不确定地回答。她总觉得费志刚的眼神有些异样。

二、勇气

1

检验报告让柳絮意外，干干净净，什么都没有。

她已经准备好一套说辞，该怎么解释被迫害妄想症长辈送来的水里居然真的有毒素。

可是竟没有。

柳絮问会不会搞错了样本，那位师兄有些不快地向她保证，绝对没错。

“你难道真相信这水里有毒？”他问柳絮。

“怎么会。”柳絮急着澄清，“我叔叔很难缠的，疑心病特别重，我这是代他问的。当然不会有毒啦，我也不相信有毒的。”

“你真实心眼。”师兄笑眯眯地瞧着柳絮，说，“帮你这个忙，怎么感谢，请我吃晚饭？”

柳絮愣了愣，师兄立刻哈哈着说开个玩笑，当然是他请。

“哎，可是，现在……”柳絮表情变得尴尬而紧张，然后说自己有事跑不开。

“那不耽误你了。”面色难看的师兄转身离开。其实在他走上来和柳絮说话前，已经注意到柳絮在这棵树下站了很久。

柳絮看着他的背影，心里觉得抱歉。她确实在等一个人。她不知道这个人会否出现，她不知道这个人到底是谁，她甚至不确定这个人是男是女。

她在等那个人。

刚才和师兄说话的时候，她就一眼一眼地往树后瞟。树后不远处就是柳絮的宿舍楼，这时候，她的寝室——217 室已经亮起了灯，窗半开着，没拉窗帘。

柳絮很小心，她让自己大半隐在树干后面，甚至穿的衣服，也是褐色的，和树干相仿。

仍然没有出现。

诱饵是昨天晚上布下的。当时柳絮对文秀娟说，你脸色白得吓人，我明天再烧银耳红枣羹给你喝吧，红枣补血。说这话的时候，寝室里所有人都在。

今天下午，柳絮逃了药理课，一个人守在房间里把汤炖好，装进塑料食盒里。她把汤交给文秀娟的时候，寝室里其他人都在。文秀娟道过谢，把食盒放在长桌上，专心看书。之后不久，柳絮说要去图书馆，问文秀娟有什么书要她带回来，文秀娟说不用一会儿也要去图书馆，然后柳絮就来到了这棵树下。

之后的一小时，文秀娟上过一次足足九分钟的厕所，但直到她回来，没人碰过食盒。别着急，柳絮对自己说，下毒者需要一个单独的环境，寝室里的人还太多。

十分钟前，文秀娟离开了寝室。按照之前和柳絮的对话，其他人会猜到她是去图书馆。

看上去没人对她的离开表示关心。司灵、刘小悠、夏琉璃、战雯雯还在玩扑克牌，赵芹则沉浸在亦舒的言情小说里。再过半小时，她们就该去食堂吃饭，柳絮相信，那将是最有可能见分晓的一段时间。上一次，那个人不就是在吃饭的时间里下手的吗？

我就像是华生，柳絮想。那么福尔摩斯是谁？文秀娟吧，她适合掌控者的角色，自己天生就是助手。

不能走神，柳絮警醒。她意识到过去的五六秒钟里自己不在状态，不过还好，没人能在这么点时间里对食盒做手脚。

但就只这几秒钟之差，打牌的人居然不见了，原本视野里的刘小悠和司灵已经不在她们的位子上。

怎么了？柳絮问自己，明明还没到吃饭时间。

房间里的灯突然灭了。217室陷入昏暗中，柳絮看不见长桌上的食盒了。

这个变故让柳絮措手不及。她必须保证食盒在自己的视线范围内，否则所做的一切就全无意义，如果谁在这时候打开食盒放些什么东西进去的话……

柳絮急急忙忙从树后冲出来。天还没全黑，她的视线一直没有离开那个窗口，抬着下巴往宿舍楼跑。窗里黑沉沉，她看酸了眼睛，却还是一片混沌模糊。应该没人靠近食盒吧，她这么觉得。

“你干什么，小心点。”

她差点撞到人，连忙停住，把眼睛放平一瞧，从窗口里消失的五个人，就在面前。

“你看什么呀？”司灵抱怨。

柳絮憋不出话，只有笑。她被这几双眼睛瞧着，有被看穿的窘迫。

“一起去吃饭吧。”刘小悠说。

柳絮松了口气，然后奇怪起来：“这么早？”

“我们去外面吃，司灵请客呢。”

柳絮望向司灵，见她挑着眉毛看自己，并没有亲口邀请。

“哦不，不用了，我在学校里吃就行。”柳絮拒绝得有些忙乱，室友们笑笑，结伴从她身边走过。

柳絮跑上二楼，开门进了寝室，藏在窗帘一侧，看着司灵几个渐行渐远，她们没有回头，消失在岔路口。

柳絮回过头去看食盒，一时间竟看不太清，才想起没有开灯。

屋里重新亮起来，长桌的另一端，食盒还在。

文秀娟推门进来，她刚才在另一个“观测点”。

“她们怎么都走了？”文秀娟问。

“说去校外吃饭，司灵请客。”

文秀娟不禁皱眉。去校外吃饭，就不会那么快回来，这么说，那个人今天不准备下手？

“司灵应该不是那个人吧。”柳絮说。如果司灵是下毒者，她不会主动发起饭局的。

文秀娟想了想，摇头说：“不一定，也许她们是一早就约好吃饭的，不方便改。”

精心准备的引蛇出洞计划看起来没有奏效，柳絮却不愿意放弃，她让文秀娟去吃饭，自己坚持回到那棵树下守候。说不定那个人能找到理由脱开身呢。

这顿晚餐文秀娟吃得格外缓慢，她终于回来的时候，柳絮从树后慢慢走出来，冲她摇了摇头。

柳絮在寝室里吃着文秀娟给她带的饭。也好，她对文秀娟说，这样也不浪费这盒汤。

文秀娟拿着搪瓷勺打开食盒，舀了一小勺。

“得热一下吧。”柳絮低着头吃饭，顺嘴提醒了一句。她没听到文秀娟的回答，抬头正瞧见瓷勺从文秀娟的手中滑下。时间仿佛停顿了一瞬，柳絮清晰地看见瓷勺在空中的样子，一串汤汁正从勺里分离出来。下一个瞬间，勺子就已经破碎在地上，汤溅落四周。

柳絮扔下筷子冲过去。

“眼睛。”文秀娟艰涩地说，她怕得声音都变了：“眼睛。”

柳絮却什么都没瞧见。

食盒，汤，碎勺。哪里来的眼睛？

“在哪里？”她蹲下身子仔细打量。

于是她就看见了那只眼。它被盖在了一片银耳下。

这是很漂亮的一只眼睛，睫毛细密，瞳孔黑亮，现在上面却污了滑腻的汤汁。柳絮本喜欢把羹炖得浓稠一些，现在却觉得无比恶心。

她用指尖拈着眼睛的一角，拿起来，捋去上面的液体。

“那里面还有很多。”文秀娟胸口的起伏渐渐平复，但喉间的肌肉还在痉挛，声音怪异。

这是一张被剪碎的两寸报名照。除了这只眼睛，碎脸的其他部分仍在汤里。

柳絮的惊恐还在发作，并蔓延到神经末梢，皮肤发麻。她盯着那只眼睛，恍然间竟然有剪子剪进脸颊的疼痛感，清晰，锋利。作为一个旁人犹有如此强烈的冲击，文秀娟……柳絮往旁边瞥了一眼，文秀娟的十指纠结缠绕在一起，几近扭曲，全然变成了青白色。那双手一定冷得像冰。

骇然之后，柳絮的第一反应，是疑惑这些碎片是怎么被放进食盒里的。

熬汤的时候不可能，她一直在炉边守着。

“你中间上过厕所吗？”文秀娟问。

柳絮愣了一下，自己的确去过一次厕所，但那一分钟两分钟顶多了。厕所离217房没几步路，那个人必须在柳絮进入厕所后的第一秒钟从某处冲出来，飞奔入寝室打开锅扔入碎照片，并赶在柳絮从厕所出来前消失在走廊里。况且柳絮留了个心眼，上厕所时，把寝室门带上了，这里面还得加掏钥匙开门的时间。

几乎不可能。即便那个人真能像特工般完成这一系列高难度动作，也得付出一整个下午在旁窥视的代价。回头只要问问还有谁缺了课，她就会立刻暴露。冒这么大的风险只为了扔碎照片吓人，傻子才干。

“而且我把汤倒进食盒里的时候，也没发现汤里有这些东西。”柳絮说。

那么就是在之后的时间里下的手了。

然而在之后的时间里，柳絮的视线从没有离开食盒超过十秒钟——哪怕是在和师兄说话时。最后司灵她们熄灯出门的时候，有那么一小会儿没看清楚，顶多十五秒钟，等她冲出去跑近了，即便还是看不清楚，但至少能确定并没有人靠近食盒。

最重要的是，那段时间寝室里其他五个人都在，那个人没办法在其他人的眼皮底下做这样的事情，除非五个人都是同谋。

但现在碎片就在那里，眼睛、鼻子、额头……它们漂浮在汤的表面，沾染着和下毒人同样黑暗神秘的气味，来无所踪，让人心里生出绝望。

柳絮心里又是恐惧又是愤怒，文秀娟却拿起食盒的盖子端详。

“你看。”她说。

盖子反面粘了四五块碎片。柳絮一一揭下来，是缺了一小半的嘴唇、耳朵、面颊等等。

食盒里的汤并不很满，大概三分之二的样子，这些碎片是怎么粘到盖子上去的？

“你把汤倒进去的时候，注意过盖子吗？”文秀娟问。

柳絮愣了一下，犹疑着回答：“我不确定，不记得了，可能没怎么注意。”

“但只有这一个可能了。”文秀娟说。

食盒是偏白色的半透明塑料，碎照片底朝外粘在盒盖背面，并不会显得特别突兀，没留心的话，的确很可能忽略过去。食盒盖紧之后，汤的热气把粘着照片的胶水熏化掉，一部分碎片就会掉进汤里。也许那个人会希望所有碎片都掉下来，但最终大部分还是留在盒盖上。

“是昨天晚上。”文秀娟说。

然后她又补充了一句：“半夜里，我们都睡着了的时候。”

“可是……她能想到在食盒上粘照片，为什么她不直接……”柳絮没说下去，但她的意思表达得很明显了。为什么不直接下毒呢？比如一丁点粉末或者抹在盒底的液体，柳絮觉得自己多半会忽略过去的，除非这种毒有明显的颜色或冲鼻的气味。

文秀娟却盯着碎照片看，然后，她把汤里的碎片也尽量挑出来，开始拼图。

她拼到一半的时候，柳絮就捂着嘴巴惊呼出来。

那不是文秀娟的照片。是她自己的！

那个人针对的并不是文秀娟，她看穿了柳絮和文秀娟的把戏，这张碎脸，是警告。

照片最终被发现是柳絮借书证上的，如果柳絮今天下午真的去了图书馆的话，就能发现借书证上那触目惊心的一块空白。

柳絮坐在床上，借书证在手里紧紧攥着。她心里还想着自己被剪碎了的脸，恐惧一股一股往外涌。她忍不住哭起来。

文秀娟推门而入，把洗干净的食盒放在一边，挨着柳絮坐下。她轻抚柳絮的头发，掰开柳絮的手，把借书证抽出来。她用笔在那空白处勾勒出一张俏丽的脸蛋，点上眉眼，以及向上翘的嘴，然后还给柳絮。

柳絮被逗笑了。

“是那个人怕了，只有怕极了的人才会做这种事情。”文秀娟故意压低了声音说。

大约 11 点半，走道里轰隆隆响起来。声音在二楼楼梯口分流，女孩们卷裹着酒气、窃笑和碎语，脚步凌乱。叮当的钥匙声响了好一阵，然后门猛地被推开，随之涌进来的那股子味道，让睡在床上的柳絮忍不住要跳下床去打开窗。

她没有动，上铺的文秀娟也没有。她们就好像什么事情都没有发生过，仿佛早已熟睡。司灵大声地问她们睡着了没有、夏琉璃呕吐、刘小悠大哭，这一切都未能惊扰她们，直到一小时后，这种种的此起彼伏缓了下来，渐渐停歇。

3点20分，柳絮起夜归来，在长桌边久立。隐秘的气息一重一重把她包裹，她在黑暗中想着，会是谁呢。

白色床帐在眼前飘动，窗半开着，她不记得是谁开的了。

平日里熟悉的那些脸，在这夜里，在这床帐中，是什么模样？窥视的欲念慢慢浮起来，这是邪恶的诱惑，柳絮想。

她沿着长桌往里走，刘小悠正打着轻鼾，平日里她不这样，大概是酒精的原因。

鼾声停了。一只手从帐子里探出来，搭在柳絮胳膊上。

床帐被风吹开，露出刘小悠的半张脸，她坐了起来，一只眼睛瞪得很大，布幔飘回来，把她的脸挡住。

“我去关窗户。”柳絮轻声说。

那只手慢慢松开。柳絮关上窗回到自己的床铺躺好，过了一会儿，她总算能听见自己心跳之外的声音，刘小悠的呼吸正有节奏地响着。

2

“昨天我们犯错了。”文秀娟说。这是周五的早晨，通常像这样的上课路上，都是柳絮说，文秀娟听，今天反了过来。

“我们犯错了，不应该装作什么事情都没有发生，她们回来的时候，你该发作的。如果你发一通脾气，问谁把你的照片剪碎了放在食盒里，大闹甚至大哭一场，就可以观察她们是什么反应。”

柳絮嗯了一声。

“你觉得不对吗？”文秀娟放慢了脚步。

“啊，哦，不好意思。”柳絮一抖，怯怯地看了文秀娟一眼。

文秀娟把刚才的话又重复了一遍。

“可是昨晚她们都喝醉了呀。”柳絮说。

“醉了更好，酒后吐真言。而且她们也未必都醉了，如果你是那个人，你敢喝醉吗？你就不怕喝醉了乱说话露出马脚？所以很可能有人在装醉。如果昨晚大闹一场，谁真谁假，就能看出来了。”

“夏琉璃都吐了，她是真喝多了吧。”

“也许。”文秀娟的语气听起来并不确定。她怀疑所有人，也许柳絮除外，这种怀疑深切到无法用一次醉酒的呕吐打消。想必哭泣也不行。

“可是我昨天根本想不到那么多，我……”

“当然。”文秀娟握住柳絮的手。两只冰凉的手。

“当然，我可不是在怪你。别担心，是那个人怕了，才这么干的。记住，是她怕了，不是我们！”说完，她的手紧了紧，像是要把自己的信心传递给柳絮。

“你知道我看到碎照片的时候，在想什么吗？”柳絮低着头说，这一路她都没有让脖子真正挺直过。

“直到那时候，我才真的感觉到那个人就在身边。我能嗅到我能触碰到，离我只有一寸远。她在看着我们，就像一条蛇，又软、又冷、又滑的蛇。她就在那儿，真的就在那儿。”

文秀娟沉默不语，过了一阵，她松开手，插回口袋里，轻声说：“是真的，没错，是真的。”

这时她们走到教学楼下。

“你先进去。”柳絮忽然说，“我有些事。”

说完，她反身沿原路跑了回去。

这是她第一次上课迟到。足足迟到了二十分钟。而前一天药理学的逃课也是第一次。这一个星期，柳絮觉得自己突破了许多次界限，各个方面的界限，有好的，有糟糕的。她想自己正慢慢从父亲的巨大阴影里走出来，开始看见自己影子的模样，初次见面，不免陌生。

病理课的罗教授不太讨人喜欢。她是个长相刻薄的中年女人，看五官，年轻时大约是个美人，现在眉眼轮廓却被岁月雕刻过度，显出凶相。相由心生，大家都说她生活一定不幸福。并且她课上讲太多理论，甚至在讲病例的时候也像在讲理论，令人昏昏欲睡。

在她讲到脑动脉粥样硬化的时候，辅导员金浩良出现在门口。他向罗教授打了个招呼，罗教授往他身后看了眼，就停下了讲课。

“柳絮。”金浩良喊了一声。

柳絮深呼吸，慢慢站起来。

半个身子从金浩良身后斜出来，是寝室楼的管理员。她盯了柳絮一眼，然后向身旁的警察确认：“刚才就是她打的电话。”

文秀娟吃惊地看着柳絮，柳絮冲她笑了笑，然后走了出去。

柳絮被领到一间没人的办公室里，一路上金浩良不停地问，说柳絮你报的警，你报的什么警，怎么会有人要害文秀娟，怎么她自己不报警，你搞错了吧，你说话呀……

柳絮不说话。她的四肢都是僵硬的，走路的姿势像提线木偶。她既紧张又兴奋，还有挥之不去的恐惧和茫然。但她知道，自己正在做一件对的事。

她早该这么做了。

金浩良对柳絮的态度极不满意，这和他印象里的柳絮大不一样。他没比学生们大几岁，碰上这样的事情，一时也乱了方寸。见柳絮不答，他又去问楼管。楼管是个话痨，绘声绘色形容起柳絮先前怎样打电话报警。警察说这事情就交给我们警方解决，等我先和这位同学聊过再说。

金浩良离开办公室前，叮嘱柳絮让她有一说一。柳絮知道他的潜台词是别惹事。我也不想惹事，柳絮想，可事情临头，只能面对。

办公室的门关上了，房间里只剩下柳絮和警察。

“你报的案，按照程序，我在这里给你做个笔录。”警察说。他年纪不大，戴了一副眼镜，脸孔圆圆的，有些和气又有些斯文。柳絮想起了郭慨，其实两个人长得一点都不像，只是郭慨在读警校，以后也会是个警察。

问过姓名年龄家庭住址，便进入正题。警察说你电话里讲有人下毒害你的同学？柳絮说对的。下一个问题就把她问住了。

“你那个同学自己不报警啊，要你来报？”

柳絮怔了怔。

“如果有人来毒你，你会等着其他人去报警？要么你那个同学不知道自己被下毒，就你知道？”说到这里，圆脸警察笑笑。他的问话有些调侃，但语气近于陈述。柳絮觉得不舒服起来。

“她当然知道的，可能她太害怕了，所以……”柳絮其实无法回答这个问题，又或者是文秀娟的勇敢令她没有去向警方报警？

警察对这个回答不置可否，记录下来后，并没有在这个问题上继续下去。

“证据有吗？”

柳絮又是一愣，她不太适应这样的问答。

“你报警电话里说的那些，怀疑同班同学里有人下毒，这个怀疑你有没有证据？”

柳絮把矿泉水的事说了。

“这瓶水我还留着呢。”她说。

“一瓶水。”警察说。

“是一瓶有针眼的水。”柳絮强调。

“一瓶有针眼的水。”警察写下来。他受过的训练让他注意到了柳絮的表述：“这么说，你不确认水里是不是真的有毒。”

柳絮想起毒理实验室的化验结果，只好摇头。

然后她又说了碎照片的事情。警察记录着，柳絮注意到他的嘴角牵动了一下。

“太可怕了。”柳絮强调了一句，她想尽量把自己的感受传递给对方，“当时我简直喘不上气。”

“会是恶作剧吗？”

“不是恶作剧，绝不只是恶作剧。”柳絮急了，于是她又说了绳结的事。

警察让她打个绳结看看，一时找不到绳子，警察解下鞋带递给柳絮。

柳絮能感觉出警察的不信任。他没说出来，但也没掩饰。

这很关键，柳絮对自己说。把绳结打给他看，这样他就会相信！

但她竟打不出来了，手指纠结着不听使唤。她急得要跳脚，心里越急手上越僵。警察抱手看着她，柳絮感觉到了那种目光，于是她更慌乱了，居然打出了个死结。柳絮额上憋出汗来，脸皮通红，在她努力要把死结解开的时候，警察却把鞋带要了回去。

“行了，我看你越解越死。”他说。

柳絮恨得想把自己的手指切掉，她弯腰解了自己的鞋带，这次终于成了，在警察把死结解开的同时，她打出了那种绳结。

她把绳结递给警察，警察看了看又还给她，问：“你平时真的经常打这种结吗？”

柳絮用力点头。

“这结打起来很麻烦啊，你不会每次都打这样的结吧，会不会有时为了方便，就打普通的结？”

“不麻烦的，我……我平时打起来很快的。偶尔我也会打普通的蝴蝶结，但那一次，我肯定打的是这种。”

警察又在笔录上记了一笔，然后问：“还有其他的证据吗？更确切的证据。”

柳絮摇头。她觉得这样的问法不好，虽然没有其他的证据，但现有的这些已经足够确切了。她摇头只是针对前一个问题。

在她想分辩一下，以免误会的时候，警察又问：“有谁是你特别怀疑的？”

柳絮心里闪过司灵的名字，但这种事情没证据不好乱说，于是她只好再摇头。

警察合上笔录，拿眼一瞧柳絮。柳絮很认真地和他对视。他没说什么，但脸上那种笑已经说明一切。他走到门外，让金浩良去把文秀娟叫来。

“你不相信吗？你觉得这都是我编的，我臆想出来的？”警察一回来柳絮就问。

警察笑笑：“我还需要了解更多情况。”

短暂的沉默后，警察又开始问一些问题。他像只是随口问问，因为这次他没有记在笔录上，内容更多是柳絮的个人情况，比如是不是比较敏感，此前包括中学阶段有没有过类似的怀疑，在班中人缘如何，有没有同学之间的纠纷。

柳絮一一回答，心中却越发郁结，终于放大声量说：“这是真的，警察同志，这是真的，有人要害文秀娟！”

“噢。”警察并不为所动。

“你坚持说有人要害文秀娟，怎么她做了些什么事情，很招人恨？”

“当然不是，她人好极了，她是我见过最最优秀的。”柳絮无法接受别人对文秀娟为人的怀疑，刚才累积的不安和愤懑爆发出来。可她随即意识到，这样说其实只能让警察对下毒的真实性更加怀疑，正要补救，敲门声响起。

文秀娟到了。

她进来的时候，深深望了柳絮一眼。柳絮和她对视，冲她点点头，握住了她的手。

“你到门外等一下。”警察对柳絮说。

文秀娟轻轻拍了拍柳絮的手，让她松开。

出门的时候，柳絮听见身后警察的发问。

“你同学刚报的警，说你被人下毒，是真的吗？”

“没有，没有的事。”文秀娟如此回答。

柳絮惊讶地转回头，她看不见文秀娟的表情，只能看见她背在身后的双手。

“请你先出去。”警察说。

“秀娟，你怎么这样说？！”

文秀娟没有回答，也没有回头。她的手指在另一只手的指节间移动着，那种韵律让柳絮堵得难受。

警察站起来，走到门前把门拉开。站在外面的金浩良一把把柳絮拽了出去。

金浩良开始问很多问题，但柳絮都没有听见。间歇里，是隐隐约约的门背后警察的声音。对话很短，很快，虽然听不清文秀娟的话，可只有一种回答能做到这点——否认，否认，否认。

有什么东西从身体里被抽出去了，柳絮突然虚弱下来，全身没有一丝力气，背靠在墙上慢慢滑下去，最后蹲坐在地上。她想笑一笑，又想哭，最后都没能做到。

金浩良弯下腰，拍着柳絮的肩膀，又说了些什么，然后他的声音停止了，鞋子移出了柳絮的视野。

门开了。柳絮听见一声沉重的吐气，白色的圆头短靴停在眼前。这是双优雅漂亮的皮靴，大概今早还被擦过，泛着柔和的光亮。柳絮从未这么近地看它们，以至于鞋头的磨损和皮面上的细小划痕都遮掩不住了。她甚至发现其中一只的拉链头颜色和拉链不同，是重配上去的。

柳絮抬头去看文秀娟，一阵微风在鼻前掠过，她竟走了。白色的长裙急促地摆动，最后她跑起来，逃离了柳絮的视线。

而后警察和金浩良又分别对她说了几句话。这段记忆模糊不清，反正都不是什么重要的话。好像金浩良先说要处分她，后来看她魂不守舍，又自己把话圆了回去，让柳絮以后注意团结。金浩良话还没有讲完，柳絮就跑掉了。她跑回寝室，从自己的箱子里翻出那瓶用塑料薄膜层层包裹的矿泉水，骑着自行车出了校门。那个警察正在曲阳派出所门口抽着烟和同僚说话，柳絮上去把矿泉水往他怀里一塞，扭头就走了。

3

这个周末柳絮没有回家。她扯了个不高明的谎，说解剖学教授特意开放实验室让她解剖，补上落下的进度。她爹让她好好练，下刀别犹豫，然后又说起郭慨，说见不着可惜了，这小子在警校学得不错，但也没关系，估计他会来学校看看你。柳絮第一次冲她爹嚷起来，说别让他来我没那么想见他你能别撮合吗我要读书我不想谈恋爱。她说出这些自己都吓了一跳，听见电话那头“砰”一声响，准备挨骂，不想柳志勇拍完桌子说行，不喜欢就说出来，然后挂了电话。柳絮捏着听筒傻了一会儿，终于还是没再拨回去。

周六是个晴天，上午10点钟，柳絮坐在松树林里的青石条椅子上。这儿是树林边缘，有太阳，落在身上很暖和。

箫声如诉。文秀娟很早就坐在这儿吹箫，柳絮是顺着箫声找来的，现在她吹的，是一曲《胡笳十八拍》。初听时，幽幽之声压进心里，绵绵密密，缠得她透不过气，又通心彻肺，直让她想哭。听了一会儿，慢慢平静下来，好像沉到了底，终于触着了坚实的土地，不再飘飘荡荡的没着没落。

文秀娟的手指在洞箫上挪移着，让柳絮想起昨天她背对着自己，指尖在骨节间跳跃的样子。

昨天，一直到中午吃饭，柳絮才再次见到文秀娟。那顿饭上柳絮没有说话，这是她第一次生文秀娟的气。

文秀娟说对不起，对着警察她说不出来。自己的身体医院查不出任何被下毒的痕迹，那瓶水又没检出有毒，这一切都没有证据，警察会觉得她在臆想，剪碎的照片会被当成恶作剧，而她会被当成一个笑话。

是的，一个笑话，柳絮当时想。报警的事已经传遍全班，没多久就会有更多的人知道，单只坐在食堂里，就已经有许多怪异的目光看过来。

那顿午饭文秀娟说了很多，包括她的担忧。这是全校最炙手可热的委培班，顶着光环，不知多少双眼睛看着，事情闹出去，不论结果怎么样，都不是一句给班级抹黑可以形容的。而她是班长，她也不想让委培班变成一个笑话。她想自己把那个人找出来，制止她，有什么矛盾，私下里解决就好。大家都还年轻，都会变成大医院的医生，要去治病救人的。

我想她也不会真的想要杀我，甚至可能她也并没有下毒，只是做出下毒的样子，来给我心理压力。你知道，心理压力过大，也会对人造成生理影响。文秀娟对柳絮笑笑。

柳絮注意到她拿着勺子的右手在极轻微地颤动。那不像是紧张或害怕引起的颤抖，不是。

有太多可以反驳的地方了，但柳絮却什么都没有说。

直到一起走出食堂的时候，她对文秀娟说：“你变得不像你自己了。”

今天早晨，柳絮对昨天的这句话感到后悔。她在箫声中走入松树林，坐到文秀娟的身边。从前听见的时候，觉得是哀哀柔柔的美，而今天，却被摧动了魂魄。知道和感觉到是全然不同的，就像她看见碎脸的那刻一样，箫声引领她触及了身边女孩内心的一角。她知道，一个正被谋害着的人，会无比恐惧彷徨，而今，她感觉到了。

感觉到的时候，柳絮就对昨天的一切释然了。她并且愧疚起来，自己竟然为那种事情埋怨不满。如果自己在文秀娟的位置上，受到她那样大的压力，还不知软弱成什么样子。

日影缓缓移动，柳絮想，自己会永远记得这个画面的吧。随即，这画面就被一枚飞来的篮球击碎了。

篮球擦着鼻尖飞过去的时候，柳絮完全没反应过来。球狠狠撞上旁边的松树，反弹到文秀娟的腿，蹦跶着被另一株树阻了路，才停下来。

《胡笳十八拍》戛然而止。

柳絮的心脏剧烈跳动着，她是被吓到了，站起来往外面的篮球场上看。

球场上没球的那组人恰是同班同学。张文宇、钱穆、费志刚和马德，球不知是谁扔的，张文宇站得最近，正单手叉腰望过来，冲柳絮勾了勾手。

“自己过来拿！”柳絮大声喊。刚才那球势大力沉，平平地飞过来，不像是传球失手。

张文宇迈开大步腾腾腾走过来，这期间谁都没有说话，气氛变得很僵。他捡了球要走，柳絮忍耐不住说：“你这样球砸过来很危险哎，也不说声对不起。”

张文宇“哧”了一声，说：“对不起啊，报警小姐。”

他抱着球扭头而去，没两步又转回来，走到文秀娟面前。

“你还记得项伟吗，你是不是已经把他忘记了？”他居高临下盯着文秀娟问。

柳絮知道项伟，他就是上学期委培班被甄别后跳楼的那个学生。在那之前，他和张文宇、钱穆一起，参加过几次校内的三对三篮球赛，是固定的搭档。

可是张文宇为什么这样问。

“你想听我说什么？”文秀娟反问，“所以刚才你是没扔准对吗？”

费志刚跑过来。

“打球去打球去。”他说着把张文宇推开了。

张文宇拍着球回了篮球场，临走嘴里叨叨：“吹吹吹，吹得让人打球都不安生。”

费志刚道歉：“传球失误，传球失误，没吓到你们吧，真不好意思。”

柳絮被张文宇前头一句“报警小姐”呛红了眼眶，费志刚又特意对她说了对不起，他盯着柳絮像是有其他的话讲，最终还是没说，转身跑了回去。

文秀娟站起来，准备回去。柳絮愤愤不平，说不能就这么走，你吹得这么好听，这帮粗鲁男人不懂欣赏。

文秀娟摇摇头，说："不是因为他们，我自己气短了。"

柳絮一时没听懂，文秀娟摸了摸她的头，扬扬手里的洞箫说："吹这个也是很费力气的。"

她淡淡笑着的脸上爬着不正常的潮红，柳絮看得差点哭出来。

4

周日又是好天气，最高温度十六度，让人难以相信再过一天就入 12 月了。不过气象预报说，这可能是 1997 年上海最后一个暖和日子了，接下去要下一阵子雨，气温会迅速逼近冰点。两个人骑着车顺着四川路到了延安路，前头是刚造好的高架，星期五才通的车。文秀娟说骑上去吧，这个出格的提议震了柳絮一下，她嘴上说着会不会被警察抓下去，心里却兴奋起来。只是她又有另一重担忧，长长的高架桥上匝道，骑上去很费力，而一路骑来，文秀娟已经吃不住劲歇过一次了。

"快点快点，想象有警车在后面追我们。"文秀娟大声说着，把车踩得飞快，就像她最健康时那样，让柳絮要很努力才能跟住。机动车一辆接着一辆从她们身边超过去，有按喇叭的，也有男人隔着车窗冲她们笑。

两辆自行车爬升到了最高处，驮着她们向前伸展的虹桥仿佛直通向了江中央。正前方是黄色的江水和对岸新建起来的几幢高楼以及电视塔，都反着光，江风卷着腥气吹过来，却是海的味道。骑到尽头，就见到一条向左去的优美圆弧，自行车顺弧而下，外滩迎面扑上来。

“真漂亮！”柳絮大声说，“我看见外白渡桥啦。”

前面的文秀娟陡然松了车把，展开双手。

“飞下去了！”她说着扭头看柳絮。

“小心，小心，别这样。”柳絮被她的动作吓坏了。

文秀娟笑着转回头，依然保持着双脱把的姿态，猎猎江风把她稳稳托着，太阳光笼住了她整个人。

忽然之间，柳絮就不为她担心了。她想试试自己能不能也这样飞翔，但刚松开一只手，就觉得车头开始摇摆。她连忙重新双手握把，羡慕地瞧着文秀娟的背影。在她的概念里，只有疯玩的男生才会耍杂技般双脱把骑自行车，没想到文秀娟这样优渥家庭的好女孩也会这招。

她开始按动车铃，叮铃铃铃。文秀娟终于恢复了握把，也把铃按起来。两辆车扯着这串铃声，转眼就俯冲进外滩的一片光亮里去了。

车甩在一旁，两个人坐在墙边。文秀娟还在喘气，她汗出得比柳絮多一倍，头发都湿透了，一缕一缕紧贴在头皮上，显得格外少。

“很多人都说东方明珠丑极了，我倒觉得还好。”柳絮说。

“嗯。”

“等过几年，对面起更多的高房子，沿着江岸站满的时候，一边新楼，一边旧楼，中间渡轮扯着气笛，外滩就更好看了。”

“嗯。”

两人又安静地坐了会儿，柳絮问：“你家里知道吗？”

“我家里……有点复杂。”片刻沉默之后，文秀娟回答。

“所以现在只有我们两个？”

文秀娟点点头。

事情会变得越来越危险，柳絮想。文秀娟应该求助，不要有那么多顾忌。家人、老师、公安，要有更多的力量来保护她。

“我会没事的。”文秀娟说。她没有看柳絮，却仿佛能猜出柳絮的想法。她的手安静地放在膝盖上，声音里有一种底定。这底定是柳絮从未具备的，她想里面一定有道理，而这才是文秀娟该有的样子，于是便也安然放松下来。

太阳照得哪儿哪儿都没有了阴霾，这样的日头底下，让人只想停着。游人在身边来回，远处背景里多了几只海燕。会好起来的，柳絮想。别辜负这样的好日子，许是今年最后一个了。不开心的事情，明天再说。

5

第二天就降了温，雨时下时停，一直到周三还没止住。

柳絮在自习教室看书，雨淅淅沥沥打在窗上，声音很冷。

完全看不进书，离 9 点还有五十分钟。

她又偷偷数了一遍自习教室里的人数，除了文秀娟之外，钱穆、马德、费志刚、司灵这四个人不在。

她不确定这意味着什么，她不是破案专家，她甚至不爱看推理小说。所以她想不清楚，那个人现在应该在这儿，还是不该在这儿。

所以只能等 9 点。

她心烦意乱，然后感到了异样。不舒服的感觉来自左边，可左边什么都没有，只有墙和窗户。尽管很清楚这一点，她还是不自觉地往那儿瞥了一眼。隔着雨水模糊的玻璃，有张脸正在看她。

是司灵。

司灵敲了敲玻璃，示意她出来。待柳絮推开窗问什么事，她却已经撑着伞走开了。

柳絮把书放进桌洞，走了出去。司灵在教学楼门口打电话，用她那支招摇了很久的诺基亚滑盖手机，全医学院可能就这么一支。见柳絮出来，司灵用掌沿磕上手机滑盖，打起伞朝外走。

“什么事啊？”柳絮在后面问。

“做你喜欢的事。”司灵在前面回答，语气不太和善。

“什么啊？”柳絮摸不着头脑。司灵走得飞快，她问了几次，司灵却不肯说明白，只让她跟上。

一下雨松树林间的小路就不见了，她们踩着泥走进林子。很黑，林子里没有灯，柳絮几乎看不见司灵的背影，仿佛已经融入黑暗里，只听见一下一下的脚步声，不由得害怕起来。

“去哪里？”她又问。

司灵没回答，她快走几步，进了一座凉亭。这松树林里的亭子很有名，林子里传着的各色故事，有大半是围绕着这座亭子发生的。白日里柳絮还没觉得什么，现在司灵站在亭子里一言不发，让她心里直发毛。

窸窸窣窣的声音过后，一簇火苗亮起，司灵点了支烟。她吸了一口，问柳絮：“就这儿了，你满意不？”

“啊？”

“装什么呢。星期一中午，你约了琉璃在大草坪边谈心。”末尾两个字司灵拿腔拿调地拖长了音。

“星期一吃过晚饭，你又和雯雯在四教走廊里谈心。昨天下午是赵芹，今天中午是小悠，你那么爱谈心，一个个挨过来，也该到我了吧。我来给你挑个地方，这死人亭不错，适合谈心。”司灵阴阳怪气地说。

这亭子上没有牌匾，原本无名。但流传最广的一则故事，是说一天晚上有学生碰到个背靠着柱子坐在亭子里的人，以为是教授上去打招呼，结果是几天前解剖楼里遗失的尸体。这种传说还不止一宗，从解剖楼跑到亭子里的死人有男有女，有老有少。于是这亭子就被学生们暗自称作死人亭。死人来得比活人多，或者死人比活人更喜欢的亭子。

司灵说死人亭适合谈心，显然是话里有话。

因为柳絮谈的这个心，就是关于杀人的事情。

当然柳絮没有那么直白，她遮遮掩掩、迂回躲闪。但能考进医学院的人脑子都好使，更何况精英荟萃的委培班。当柳絮笨拙地让话题围绕文秀娟打转的时候，谁会不联想到她上周五报警说有人要对文秀娟下毒的事情？

夏琉璃是第一个，阻力还不大，等到了和战雯雯聊天的时候，柳絮能感觉到她明显的不耐烦。赵芹态度很好，她是一贯的好礼貌，但柳絮猜她心里不会舒服。刘小悠表现得最直接，今天中午甩下一句“等你做了警察再来盘问”就掉头离去，把柳絮留在原地抹眼泪。她明白自己的人际关系已经降到冰点。

柳絮原计划接下来就找司灵聊，不想司灵主动找上门来了。

“你先去找其他人谈，把我放在最后一个，是不是觉得我嫌疑最大？我平时不和文秀娟讲话，看起来和她矛盾很大，你是不是就觉得我要毒死她？”

司灵猛吸几口烟，然后把烟往雨里一扔，气势汹汹地问。

“不是的。”柳絮辩解得很无力，因为她确实觉得司灵的嫌疑最大，所以下意识就把她放到了最后。在这个雨中的死人亭里，她被司灵逼问得无处可逃。

她下定了决心要帮助最好的朋友，哪怕文秀娟自己在警察面前退缩了。她想自己在做一件了不起的事，在成为一名坚强的有责任感的女性。于是她鼓起了莫大的勇气，要去和每个人谈话，来分辨谁最有可能是那个人。

但我真不是这块料，柳絮心想。因为她竟被司灵问得心虚起来。

“就是我。”司灵声音忽地低沉下来，她向前逼了一步。

柳絮向后退，直退到亭子边缘。

司灵咯咯咯地笑，这笑声在死人亭里打着圈，妖异又疯狂。

“我索性就告诉你，下毒的人就是我。你知道文秀娟最后会变成什么样吗？她的头发会一根根掉下来，直到头顶光秃秃一根毛都没有；她的脸一天天肿起来，然后溃烂，东一摊西一摊，烂肉里爬蛆；到最后，眼珠子就松掉了，有一天早上醒过来就大叫，我怎么看不见了怎么看不见了，因为眼珠子已经掉在床褥上了。你知道我是怎么下毒的吗？每天晚上，我等她睡着了，就爬起来，把毒气喷到她帐子里。你睡在她下面，难免要沾到一点。你有没有觉得脸上发痒，身上有地方像蚂蚁爬？我告诉你，你也不远了。”

柳絮明知道司灵在吓她，还是浑身发麻。她真的觉得脸上痒起来。

她忽然听见身后窸窸窣窣，猛回头，颈骨“咔”地响了一声。雨中树林里有黑影在动，柳絮吓得大叫一声，司灵却说你来得真慢。

来的是费志刚，他收了伞进了亭子，认出柳絮，说对不起，没吓到你吧。

“也不差你那点吓了。”司灵不屑地说。

“喀，你们在这儿干什么呢？”费志刚有些错愕有些尴尬，他本以为这是自己和司灵的独会。

“我们在谈心呀。”司灵说，“我在给柳絮形容呢，我是怎么给文秀娟下毒的。”

“你开什么玩笑，这种话也能乱讲？！”费志刚吃了一惊，语气变得急促严厉。

司灵哼了一声说：“讲讲怎么啦，许她乱报警还就不许我讲了？她这是把我当嫌疑人呢，故意留我到最后一个。”

“不是的，你别误会。”

“我误会了？倒也是，你只是把我留到女生的最后一个，你是不是还要去和男生一个一个谈心呀。所以我这不是给你叫来一个了嘛，两个一起谈效率高。回头你们单独谈心，嘿，我可不放心。”司灵说着瞟了费志刚一眼。

司灵话里夹枪带棒，柳絮挨了这一顿，忽然也硬气起来，说：“你们和秀娟同学几年了，看着她这么一点点虚弱下去，怎么都不关心？说她被人下毒，不是没根据的。”

“有根据她自己怎么不去报警，有根据那天警察怎么没理你就走了呢？”

柳絮憋了一股气，本想把矿泉水和碎照片的事情讲出来，但司灵一句话又把她堵了回去。没错，警察都不理会的根据，再讲也只是徒惹笑话。她捏紧了拳头，过了今晚就会不一样，等到了9点钟……对，就快到9点钟了。

司灵说哑了柳絮却不罢休，说：“谈啊，怎么不谈了？你是不是想问我对文秀娟印象怎么样啊？我回答你很糟糕；你是不是要问为什么感觉糟糕？

我就是看她不顺眼怎么样。我还告诉你这班里看她不顺眼的人多了去了，你以为夏琉璃喜欢她，你以为刘小悠喜欢她，不管她们嘴上怎么对你说，我坦白告诉你没人喜欢她。是不是觉得每个人都有下毒动机啊，切。”

“灵灵，够了别说了。都是同学。”

“我怎么不能说，我怎么不能说？就许这个丫头片子把我当嫌疑犯，还不许我讲两句了？别说我，没准她把你也当嫌疑犯，她把所有人都当嫌疑犯要挨个儿审呢。你什么立场啊？合着我把你叫来，你去帮她说话？你爱被她审是不是，你爱当这个嫌疑犯是不是？”

费志刚摊着手，唉唉地叹气。柳絮默然不语，遭遇如此激烈的争吵她向来没有反抗能力。司灵的情绪却越发地高亢起来，近乎于歇斯底里，已经全然不顾同学之间的情面。

“柳絮你脑子里在想什么，真不知道你是怎么进的这个班，你该去看看医生是不是脑积水脑萎缩小中风矢状沟横断，有病就得早治，别祸害别人。谁没事去给文秀娟下毒，你一个人发臆症自己去墙角玩儿去，别在这里造谣生事。”

柳絮熬着这一顿骂，脸烫心跳，血轰隆隆像沸腾了起来。她深吸一口气，说我走了。这三个字淹在骂声里也许没被听见，柳絮说完就转身，拔脚出了死人亭。

我不是逃跑，她想，只是快要到 9 点了。

费志刚在亭子里叫她，司灵还在继续，柳絮只顾往林子外面走，不停有松针掉落在头发上。她想起伞落在了死人亭里，当然不愿再回去拿，隐隐约约费志刚和司灵像是争了起来。柳絮揣着心头的一团毛躁，迎着雨奔向解剖楼。

真是冷漠，她想，真是冷漠。都觉得下毒的怀疑太荒谬，都不想自己被怀疑，但文秀娟的身体状况一天比一天差，这是摆在明处的，怎么没见一个人真心着急呢。

这几天的谈话她几乎没有收获，那些室友只想躲开，问起谁和文秀娟有矛盾，没有，都没有，甚至连司灵这么明显的冤家对头都没人主动提。

其实她们谁都不关心，她们只关心自己。这样也能成为好医生？

柳絮冲进了解剖楼。

解剖楼走道里的灯彻夜长明，整个学校里，独独这幢楼如此。都说是为了驱楼里的阴气。

其实通常没人会在晚上进解剖楼的，毕竟那一扇扇门里的解剖台上，都躺了露着骨头流着肠子的尸体。

走道只两米宽，白茫茫在面前铺开，却有了空旷的感觉。柳絮看了眼门牌，101，她要去的是117。

福尔马林的味道终年不散，这气味仿佛钻进了四面的墙灰里，浸润了教室单薄的榆木门和红漆，连惨绿钢窗都不放过。有时会有一种错觉，这楼就是泡在福尔马林里的一具尸体。

怎么会是惨绿的钢窗呢，柳絮打了个冷战，定睛看去，身边的钢窗分明是黑色的，只不过表面浮了层日光灯光。

她往前走去，心里猜测着，在117等着自己的，会是谁。

所以并不能说这几天的谈话没有收获。今天傍晚她的寻呼机收到了这样一条留言：今晚9点解剖楼117见面，事关文秀娟。留言人方先生。

同学里没有谁姓方，柳絮也记不起自己认识的人里有谁姓方。但这无关紧要，显然是个假姓。就连性别也可能是假的，寻呼台小姐才不管打电话的人是男是女，告诉她要怎么署名，她就会一字不差打到你的寻呼机上。

会是那个人吗？

长廊上一串湿淋淋的泥脚印。独自行进的感觉，让柳絮总想回头看身后。每走一步，她就越发感到孤单无助，感到自己的软弱。她没和文秀娟商量这件事，因为文秀娟下午请了假，到松江去看一名据说很厉害的老中医，至今未回。

如果她有寻呼机就好了，柳絮不禁想。

她刚经过了 109 室，看样子，117 室在走道的那一端。

福尔马林的味道越来越浓了。

除了走道，所有教室的灯都关着，门也是。门上有玻璃窗可以望进去，柳絮总觉得每扇门后都有人在看着她，但她不敢回看，只是向前走，步子越来越急。

如果是那个人怎么办，她会杀了自己吗？尽管知道这样的猜想很荒唐，但柳絮还是忍不住去想。

更可能，是某个知情人，一个告密者，所以选择这样的时间这样的地点。

走廊尽头。

116。柳絮又看了一遍，没错，是 116。

怎么不是 117，是写错了吗？

116 室暗着，柳絮慢慢伸出手，按在门上，推。

推不动。她去转门把手，锁着。

在一个不存在的地方会面，真是无聊的恶作剧。但等等，或者……是那个地方吗？

福尔马林的味道已经很浓烈了。

其实，还能往前走的。紧挨着解剖楼，有一幢平层的房子，两者之间，有通道相连。

柳絮继续往前走，到走廊尽头左转，那儿有四级向下的楼梯。再往前，经过一小段更狭窄的没有窗的走道，就进到了那幢平层的房子里。

这幢房子只有一个房间，房间外是比过道宽敞不了多少的大堂，通往户外的门虚掩着。柳絮知道有这么个地方，但是她从没有来过。

房间的入口紧闭着，那是两扇嵌在灰白色墙里的钢门，柳絮往门的上方看，没错，117 室。

但其实没人这么叫这个房间。它有另一个名字——尸池。解剖课上的那些尸体，就是从这里拖出来的。

柳絮浑浑噩噩，仿佛大脑都被浸在了福尔马林液里，完全无法思考。不知是什么推着她，走到了钢门前，伸手去推。

门丝毫不动。这是当然的，尸池惯常都是锁着的。

柳絮松了口气，她觉得自己大约是可以离开了。但是她瞧见了门上的红字——“拉”。

她握住了门把。

门把阴湿，柳絮吓了一跳，抽回手。掌心全湿了，腻了一层无色的液体，凑到鼻前嗅嗅，似乎也无味，或许是被福尔马林的味道遮掉了。她随后发现另一只手也是湿的，原来出了这么多汗。

第二次抓上门把，柳絮试着拉了一下。她没有用很大力气，但门被拉动了。也许这门并不是钢的，只是木门外包了一层，所以并不很重。

门里是更强烈的白光，尸池的灯全亮着！

柳絮像是被人当头一棒，上身后仰，差点晕过去，然后咳嗽起来。和外面的福尔马林气味比，门里扑出的那股子味道简直是固体。

咳嗽的声音震天地响，还有回声。柳絮咳壮了胆气，把门拉开，走了进去。

柳絮半眯着眼睛，以手掩鼻，用嘴呼吸，还是觉得辣。呼吸声很响，响得近乎喘息，在这满是死腐气息的空间里，"嗬嗬"声清晰可闻。只有她一个人的喘息声，听不见别人的。

顶上一排排上百支灯管放着静寂的光，照着一人高的尸池。这就像座建在平地上的游泳池，当然比标准泳池小一些，里面盛的也不是水，而是一整池的福尔马林。尸体们就泡在福尔马林里，不管他们曾是有洁癖的优雅女士还是终年在田间劳作的农夫，现在都赤裸地浮在池里，哪怕是谁的脚指头顶着了谁的眼珠子，也都没了抗议的资格。

其实柳絮并不能看见池里的情况，池壁高过了她的眼睛。有铁梯可以爬上去，那铁都锈了，被腐蚀得厉害。

尸池是这大房子里的唯一"摆设"，池壁和墙之间还有三米许的空间，就成了绕着尸池的四方形回廊。这回廊分明要比先前外面的走道宽敞，但站在这儿，她无时无刻不感受到尸池坟墓般的压迫。

"有人吗？"柳絮气息细弱，话到嘴边又咽下去一半，并不比她的呼吸声大多少。她吸了口气，又开口问了一次。这次声音响多了，把她自己都吓了一跳。

没有人回应。或许那人还没来，或许那人不会来。

柳絮在门口踌躇了会儿，沿着左边回廊往前走。她总要绕一圈才能安心，否则总会情不自禁地想，在哪个她看不见的角落有人藏着。

尸池的外壁是水泥本色的，灰黑发暗。柳絮挨着墙走，尽量离尸池远一些。每次到转角的时候，她都特别紧张，等转过去，前方空荡荡并没有人，才松一口气。

转过第三个直角，前方还是没有人。再一个转角，就要回到大门口。这时，她却听见些声响。

很难说那是什么声音，像是另一个人的呼吸声，又像是轻起轻落怕被听见的脚步声。一下，一下，一下地从哪儿传出来。

在这个房间里，声响会盘旋着带着回声绕出来，所以柳絮判断不出，这是从她前方出来的声音，还是背后。她迅速回头看了一眼，什么都没有，也许在前面。

她想问一声“谁”，又不敢出声。她怕极了，却感觉不到自己的心跳，心里空洞洞，好像心脏被挖掉了一样。她一步一步往前挨去，挪到了回廊转角，没停下来，一步就跨了出去。

心脏突然间猛跳起来，一阵密集混乱的鼓点把她淹没，那不像是心跳声，仿佛心脏泵集了大量的血液，大江大河般在耳边流过。

柳絮背靠着墙强撑着没有软倒。过了很久，其实也只是几秒钟，她镇定下来。眼前是白光下的一条走道，什么都没有，那响声也消失了。

也许是幻听，她想。

当她走回到大门口的时候，那声音又出现了。

柳絮几乎要推开门逃出去。

“谁，谁在那儿？”她终于大声叫出来。

回声停歇的时候，那声音也消失了。

大门边的墙角放了几根一头嵌了铁钩的竹竿，不知是派什么用场。柳絮拾起一根，长枪一样端在手里，向前走。走到转角，她先拿枪头伸过去，胡乱晃了几下，身子再慢慢转过去。依然是干干净净的一条走道。可是那声音又出来了。这次柳絮听得稍清楚了些，是脚步声。

仿佛有个人在这四四方方的回廊里和她捉迷藏，柳絮走到这边，她就躲到那边。

柳絮大口地喘着气，一发狠，向前快步冲去。那细细密密的声音时时从她沉重的脚步声里冒出来，但她一直又绕了个圈回来，眼前却还是空空的走道。

柳絮端不住竹竿，一头拖在地上。她单手撑着尸池喘气，看见铁梯就在旁边，决定爬上去。站得高了，视觉死角会少很多。

爬上去就看见了尸池的真面目，池内的大部分区域，都被一块块长方形的浮板盖住，这是为了避免福尔马林过快挥发，在浮板的缝隙间还能看见一些肢体。邻着铁梯的一小块地方敞开着没盖浮板，浮着四具棕色尸体。尸体背朝上，身上缠了绳子。柳絮现在知道手里竹竿的用途了，是钩尸体用的。

柳絮的视线没在这些尸体上过多停留。她沿着尸池的边走，现在回廊的大多数地方都在她眼皮底下了，如果那个发出声音的人身材不过分矮小的话，应该……想到这里，柳絮忽然觉得，脚步声那么轻巧的人，会不会是个小孩子？

而小孩子，正是喜欢和人捉迷藏的。

她打了个寒战，打摆子一样从脖子抖到了脚脖子，差点儿跌进尸池里。什么样的小孩子会在尸池边和自己捉迷藏？

她不敢再想下去，持着竹竿往前走。一步一步一步一步，看不见的那些回廊死角在她眼皮底下徐徐展开。

没有人。

整个房子里，就只有她一个人。

一个活人。

有水声。像是有条鱼，轻轻在水面上打尾。福尔马林里哪来的鱼？柳絮扭头看去，在尸池靠中央的地方，有一小块没被浮板盖住。

刚爬上来的时候，她记得自己扫过一眼，池子中央有这块空水面吗？

那儿只有一具尸体，一样的背朝上，缠着绳索，长发，像是个女人。和其他用来解剖的尸体不同，这一具，似乎年轻得过分。

而且尸体背上，有一块长方形白色的东西，是纸吗？

那纸上写着什么吗？

柳絮走到离尸体最近的地方，伸出竹竿，试着把尸体钩过来。

很难。她试了好几次，明明已经搭到了缠尸体的绳子，却又滑开。认准了，差一点，认准了，还是差一点。她忽地醒悟过来，尸体在动。钩子搭上去的时候，尸体会动一下，所以就滑开了。

身体已经冰得没有半点温度，心跳又不见了。她张开嘴叫，可是听不见自己的声音，或者有股力量把她的嘴塞住了，她根本没叫出声来。

起风了，哪里来的风？她扭头正见到大门缓缓合拢。是谁进来了，还是谁出去了？手里的竹竿晃动了一下，她把脸转回尸池，竹竿搭着的女尸，已经翻了个面，脸朝上。那脸，她非常熟悉。

柳絮终于听见了自己的尖叫声，她叫得撕心裂肺，竹竿在手里变得很沉，脱手掉进尸池里。手疼，不知什么时候被毛刺拉伤了，她摊开手，看见血。她隐隐约约知道不好，但已经来不及，这血铺展开向她一扑，一切都旋转起来，她失去重心，翻进尸池里。

浮板分开，池水把她淹没，那仿佛不是福尔马林，就只是水，冰冷沉重的水。她闭了眼睛，拼命地挣扎，却指挥不动自己的手和脚。周围那些没了生命的躯体围上来，她记起了那张脸是谁，是文秀娟。

她能看见周围尸体的脸，分明紧闭着眼，却还是瞧得清清楚楚：年轻的文秀娟，年老的文秀娟，男的文秀娟，女的文秀娟。她没有任何一刻像现在这么恐惧，这恐惧来自周围的一个个文秀娟，这恐惧里夹裹了狰狞，充满了绝望，却奄奄一息，衰弱无力，即将和她的生命一起远去。

众多尸体中的一具动起来，伸出手，掐住了柳絮的手臂。柳絮没有半分挣扎的力气，就这样任由自己被拖走。

三、选择

1

痛，眼睛还稍好些，鼻腔、口腔往下一直到肺，像是用砂纸打磨过又刷了辣椒粉一样。所以柳絮知道自己还活着。

眼睛没法全睁开，酸涩，但眼泪出不来，干得难受。视线是模糊的，但能分辨出是在病房里。病床边有个人靠着椅背在睡觉。

“妈。”柳絮喊，然后发现声音哑得不成调，本来就痛的喉咙更是雪上加霜。

她这声喊比气流声大不了多少，却足够让浅睡中的冯兰醒过来。

冯兰握住柳絮的手就开始哭，说絮絮你醒啦，没事的，你别动别说话，好好休息很快就会好起来的。

柳絮一听这话心就沉了下去，电视剧里得了绝症的姑娘的妈都这么说。冯兰奔出去叫来了医生，医生说的话慢慢开始听不清楚了，柳絮很快又睡了过去。

再醒来的时候，柳絮头脑清醒了很多。医学院没有白读，想一想她就知道自己的确没事。被人及时从尸池里救了出来，住院是因为福尔马林。皮肤可以接触福尔马林，但呛进去就会灼伤口鼻黏膜，气管食管的痛就是这么来的。幸好她及时闭了眼睛，视网膜没被烧到，也没有大口把福尔马林吞进肚里。

她在近十五个小时后才醒，这让医生略有些担心，因为福尔马林并没有让人昏睡的作用。醒过来之后做了通检查，没什么其他问题，就住在医院里挂水，等灼伤的内黏膜慢慢恢复。

起初她根本不能回想，一想就会有近乎惊厥的反应，手脚发麻心跳加速。但她一闭眼就做梦，梦到自己再进尸池，然后惊醒，一遍又一遍。那晚最后的记忆是被一具尸体拉向深渊，现在她知道那是被救起来的一刻。

“你又想了，别想了，吃点香蕉。”费志刚说。跳进尸池救人的时候，他也不免呛到少量福尔马林，但比柳絮好得多，只在医院住了一天。他的声音听起来和惯常有些不同，更粗粝些，显见声带的损伤还未全好。

几段插了牙签的香蕉盛在盘里递过来。柳絮接过的时候扫见病床边的那袋苹果，这是早上柳志勇买的，但实际上，柳絮现在的嗓子还没法吃苹果这么硬的东西。

他和爸爸真是截然不同的两种人，柳絮想。

她吃着香蕉没有回应，神情已经放松下来。费志刚坐在靠床尾的椅子上看着余秋雨的《山居笔记》，厚厚的一本，辗转从台湾寄来的，这几天他总是捧在手里，也没翻动多少页。柳絮被他从噩梦里拉出来，但眉头依然微凝，有着楚楚的美。她时时这样，便也时时引得费志刚的视线从书页上滑开。

床尾到床头这段路是微妙的，稍有距离，又足够接近。冯兰看起来挺喜欢这个斯文白净救了女儿的男孩子，常会给他们单独相处的时间。后来柳絮甚至怀疑这两个人协调好了，交错着来。当然单独不是说房间里真的就只有他们两个人，柳絮住的是和生医院双人干部病房，院方照顾委培班学生特别安排的，邻床躺着个喝酒喝到胃出血的四十多岁的女人。

所以柳絮会琢磨，一起过了这么多年，妈妈心底里到底对柳志勇是什么样的感情。因为从各个方面来说，费志刚都是柳志勇的反面。如果她没有后悔这段婚姻，难道不应该更喜欢郭慨这样的男孩吗？

医学院的传说无疑要多一宗了，一个女孩夜里跌进尸池本就是件诡异恐怖的事情，不知以后会演变成什么样子。柳絮没有隐瞒她收到的那条寻呼留言，但除此之外不多说一句话。面对金浩良代表校方的询问，费志刚进行了一些补充。他拿着柳絮的伞追出松树林，远远望见了柳絮在解剖楼门口大灯下一闪而过的身影。他跟进楼里，顺着地上的足迹到了尸池外，但在大堂里另有一串不同的湿脚印。而两扇钢门的拉手中，赫然横插着一根粗树枝。还没等他细琢磨那串新的脚印，就听见门里面传出尖叫声，他急忙拔了树枝冲进去。

这听上去是一宗险些造成严重后果的恶作剧。金浩良拍着胸脯说会严查，如果是本班学生立刻开除。但说这话的时候，那根被费志刚随手扔掉的树枝已经不见了，第三个人的脚印也被清理破坏掉了。而那脚印到底是什么样的，费志刚回忆不出来，毕竟没经过专业训练又只是匆匆一瞥。金浩良盯着问脚印是男人的还是女人的，费志刚说尺码不大，但实在记忆模糊，也保不准。于是就只能去查谁拿钥匙开了大钢门的锁，但柳絮对此不抱一点希望，凭金浩良是查不到那个人的。

这是件蹊跷事，然而同学们陆陆续续来看她的时候，都没有追问其中的隐情。柳絮觉得自己在同学的心中，变成了一个行为怪诞的疯子，谁都不想卷进她的秘密里。如果没有报警那回事，情形会有所不同，但现在，她和这个班的隔阂，也许再难以消除了。

只有文秀娟偷偷地问她是怎么回事。可是柳絮竟然有些怕看见她了，不敢直视她的眼睛，不愿在她那日趋变形的脸上多作停留。那晚给她留下最深切创伤、反反复复在噩梦里出现的，正是沉入尸池时，看见的那一张张形形色色的文秀娟的脸孔。

文秀娟发觉了柳絮的闪躲，便不再追问。

费志刚是最有资格追问的人，但他只在第一次探望柳絮的时候问过，见柳絮欲语还休的为难，就主动岔开了话题，自此再没提过一句。也许他在等着自己主动告诉他吧，柳絮想。但是会有那一天吗？自己现在只想把一切埋起来，埋得越深越好。

她真真嗅到了死亡的味道。

躺在病床上，噩梦与噩梦之间，柳絮把那晚幻听幻视的原因还原了出来。是的，一切都是幻觉，自始至终，尸池里就只有她一个人。没有看不见的孩童，没有似缓似急的脚步声，没有尸池中央翻过身来的女尸。这一切的源头，是尸池钢门的把手。没有取样化验，没有其他证据，但柳絮觉得就是。握把手的时候，上面是湿的，那并不是她的手汗。

致幻药物很多，最常见的是乙醚，在医学院非常容易得到，而强烈的福尔马林味会遮盖掉其他气味，这样就难以及时分辨醒觉。吸入致幻剂后进入尸池，恐怖的氛围必然会产生可怕的幻觉，即便乙醚没能发挥作用，用树枝锁了钢门把柳絮困上个把小时甚至一整晚，也足够把她吓破胆。这就是那个人计划的终极警告。

柳絮不仅如人所料地闻了手，还在进门后长时间用这只手捂鼻子。幻觉迅速产生，并且把她逼上了尸池。原本还不至于摔下去，但柳絮把手弄破了，她晕血。

柳絮是因为晕血才被逼考医学院的。冯兰说柳志勇你血孽太重了，欠的债落在女儿身上。柳志勇说屁，老子第一次见子弹把人脑浆爆出来也恨不得吐到小舌头都翻出来,后来呢,连副脑袋就在旁边被打爆,糊了我半张脸,一样往前冲。这是见识太少锻炼不够,我柳志勇生了个晕血的女儿,说出去是个笑话,得治。部队里练兵,怕什么就拿什么治你,柳志勇把这一套用在女儿身上。

进入医学院之前,柳絮想到面临的一切,觉得将是场无比酷烈的折磨。但这折磨的确有效,比如她在解剖课上的变化。柳絮开始相信这样慢慢进展下去,终有一天自己会成为一个能站上手术台的合格医生。可是从在解剖教室里勉强应对一具尸体,到在尸池里与上百具尸体为伍,这之间的差距是巨大的,柳絮觉得自己被摧毁了,如今她只要一想和文秀娟、和那个人有关的事情,脑子里就会生出一根刺来,蜇得她忙不迭地掉过头去。

翻页声。这来自床尾的细碎声响,有着让柳絮沉静下来的力量。

"你逃好几次课了吧?"柳絮说。

"不算逃吧,我也住了一天医院的,现在只是多歇两天而已。而且今天是周六。"费志刚放下书,看着柳絮,笑了笑。

柳絮很少像这样主动开口,其实这两天,他们并没说什么话,甚至费志刚和冯兰之间的寒暄,要比和柳絮说话更多。绝大多数时候两个人是沉默着的。但这沉默并不令柳絮尴尬,好像被费志刚救了之后,两人之间就有了某种联系。这是柳絮从未有过的奇妙感觉,她听着费志刚翻书,那声音里有股子暖意,在这寒冷天气里,仍一丝一缕传进心里。

"你和司灵吵架了?"柳絮终于问出这句话。同寝室友一起来探望的时候,司灵没掩饰自己的心情,她表现得像是被裹挟来的,说着不咸不淡的宽慰话,满脸不情不愿。在那之后司灵没再出现过,放任费志刚每天坐在床尾看书,这可不是她的性格。

“我和她分手了。”费志刚说了意料中的话，“那晚在亭子里的时候，她就说了如果我追你就分手之类的话。但是我觉得她对你说的那些的确过分了，有点担心，就还是追出来了。”

“那是气话，其实她还在等着和你和解的吧。”

费志刚一时没有说话，柳絮的手在被子里拧着床单。

“她一直觉得我有点喜欢你，所以才会说这么针对你的话。我既然追出来了，就……没想着还能挽回。”

柳絮慢慢松开手，心里却有充实的感觉。

“你还得在医院住一阵呢，要不这段时间拉下的课，我给你补吧？”费志刚的表情略有些紧张。

柳絮想说不用麻烦了，话到嘴边，变成一声轻轻的“嗯”。

下午，柳絮从浅睡中醒来，有人守在床边。迷糊间以为是费志刚，奇怪他怎么又逃了课，问了一句，然后才发觉是柳志勇。

柳志勇盯着女儿看了会儿，说：“连你老子都不认识啦？”

柳絮被问得极尴尬，不知该怎样回答。父亲总是让她习惯性地紧张，她不由怀念起费志刚坐在身边时的放松感觉。

柳志勇嘿了一声，说：“我这么一句你就紧张，你怎么会有胆子去那个死人池子？”

柳絮讪讪地笑。

“我在问你，怎么会去那个死人池？”柳志勇又问了一遍。

柳絮这才意识到父亲的重点，一时不知该怎么回答。有些事情一开始没说，现在当然更不会说，但对父亲直截了当地询问，她没那份现编瞎话的本事。

“你妈说不要细问你，但是你最近实在有点不像样子。上次电话里说要读书，我看你根本就没认认真真读书，你到底在搞什么东西？你说！”

柳志勇问到后面，已经是质问的口气，邻床的病友往这儿瞟了一眼，又迅速收回了目光。

“你从小就是个没胆子的，别人不明不白一句话，你就敢深更半夜跑去那个死人池子？以为你爹你妈第一天认得你？”

“我就是没胆子，所以我就是要去练练胆子。”

这话一冲出口柳絮就后悔，但还是大着胆子和柳志勇对视。她看见父亲拧巴着眉毛,圆鼓鼓的眼睛瞪着自己,眼角的纹深得像刀刻。他就像只老鹰，看着女儿就像看着一只鸡。

“读个书都能读进医院里，就你这样以后还要治病救人？先学着把自己保护好，练胆子，哼。”柳志勇雷声大雨点小，他站起来，给柳絮指了床边自己新买的香蕉。

“你妈说的，要平平安安。”说完这句话，他离开了病房，让柳絮愣了很久。

第二天柳絮最好的朋友文秀娟单独来看她。先是很关心地问了她的恢复情况，然后说那晚你独自赴约真是太危险了，答应我以后可绝不能这样。柳絮点点头。文秀娟的很多问题，柳絮都以点头或摇头作答，并不怎么说话。这也很自然，她的嗓子还在恢复中，说话的时候总有些痛，语调古怪。文秀娟表示完全能够理解，还主动说你别说太多话啦。但两人之间时时冷场，有股力量在阻断着她们的沟通，柳絮越来越觉得局促不安。

敲门声响起，门是虚掩着的，一个戴着大盖帽、身材瘦小的警察推开门，几步走到柳絮床前。他眼睛扫过文秀娟落到柳絮身上。

“柳絮！”他大声说。

柳絮本来垫着枕头斜靠在床背上，一下子挺直了腰坐起来。

文秀娟也飞快站起来，向后撤了半步。

“警官郭慨向你问好。”警察说，然后忍不住大笑起来，“这套衣服像回事吧，我们的校服，和警服像不？”

文秀娟说你朋友来看你了，那我先走了。柳絮哦了一声，看着文秀娟走出病房，这才开始打量眼前的男人。

其实还只是个男孩。唇上挂着绒须，长了满脸的青春痘，一双眼睛倒是亮得很。左边眼角有道浅疤，给并不魁梧的他添了悍勇之气。但柳絮知道这是他四五岁时在弄堂里疯跑，一头撞上铁架子留下来的，每次看到都会提醒柳絮，这是个只会争强斗狠、领着帮不学无术的顽劣之徒在街区呼啸来去的草包。

小学时郭慨站在马路中央冲柳絮招手，直到汽车近身才逃开，把柳絮吓哭。后来知道他是故意的，并且总这么干，好显得有胆气。那时柳絮就觉得他没脑子，后来果然成绩一直上不去，最后去读了警校。刚知道郭慨考上警校的时候，柳絮错愕地想，一个混子居然要成为警察了。军警不分家，她不禁又想到，柳志勇这么看得中郭慨，小时候是不是也这副模样。

“开个玩笑，怕你在医院住得闷了。叔叔说你因为掉进了死人池子进了医院，怎么回事儿呀？”

“不小心滑下去的。谢谢你来看我。”柳絮说。

“瞧你说的，我们有小一年没见着了吧。”郭慨拉开椅子坐下来，瞧见了病床边的水果篮子，猛一拍大腿。

“我靠，就这么空手来了。不好意思不好意思，我没怎么去看过病人，那个，你稍等一下啊。”

他站起来要走，柳絮连忙说不用，说自己现在水果多得吃不掉，已经要烂掉了，不能再买了。郭慨说真的？柳絮说真不骗你，心里想着，这么粗心的人，可怎么当警察，能破什么案子？

郭慨和柳絮聊彼此的学校生活，主要是他在说警校的事，时有粗话冒出来。柳絮知道他已经在努力摁着了，但这就像打地鼠，锤子再快也总有小脑袋钻出来。

说了一段，郭慨住了嘴直愣愣瞅着柳絮。柳絮被瞧得不自在，微微侧过脸。郭慨咳嗽一声说我学了套擒拿格斗，是真家伙，我给你演演，你学两招以后防狼。

他站起来虎虎打了套拳，旁边的胃出血病人黄娟娟笑嘻嘻看着。真丢脸，柳絮想。

郭慨总算歇了拳，脸通红。他又和柳絮说了些学格斗术时的故事，然后停下来，仿佛再次没话可说。柳絮很怕他其实是有话要说，好在片刻后郭慨问，你新转班，同学怎么样，有什么特别有趣的人吗？

“都挺好的。”柳絮本想说自己的上铺能吹很动听的箫，却还是只泛泛说了几个字就住嘴。

于是郭慨又接下去说自己的事。这样一歇一歇的，柳絮想，要不要骗他说，自己找了个男朋友。这话终没出口，等到郭慨说好好休息，柳絮松了口气。郭慨说警校看得太紧了，不知还能不能再找机会来看她，柳絮说没关系的。

郭慨离开以后，柳絮才意识到，他大概是唯一一个会相信她的警察了。当然他现在最多只能算是半个警察。可是他在的时候，柳絮竟全没想起来要提。

文秀娟再没来过。

三天后郭慨又逃课出来看柳絮，正撞见费志刚坐在床尾的椅子上。郭慨走后，费志刚为柳絮削了个苹果，坐在床头看着她吃。过了会儿他捉着了她的手，又或是她把手放到了他的掌心，总之一切如此自然地发生了。

柳絮在医院住了两周，出院时她还未完全恢复，但已无大碍。费志刚送她到寝室门口，想到对床的司灵，柳絮说你就送到这儿别进来啦。熟悉的寝室有股子陌生的味道，是中药味。文秀娟每天都会煎药，但她看起来并没有变得更好。其实柳絮的感觉是恰恰相反，可她想，这也许是自己变得不太敢看文秀娟的缘故。

柳絮在寝室的处境有所改变。司灵拒绝同她说话，其他人也和她疏离起来，与文秀娟的关系……怎么说呢，几乎和从前一样的说话口气，但那件事，彼此都绝口不提了。文秀娟自顾自地熬药，柳絮每次听见她喝药的声音，心里都有蚂蚁在啮咬。

已经没有朋友了，柳絮想，幸好还有费志刚。

2

回想起来，唯一让柳絮感觉异样的事，发生在12月24日，周三，文秀娟死前三天。

圣诞夜的晚餐是四平电影院旁边的肯德基，因为要赶着去看6点20分的《甲方乙方》。电影票很紧俏，费志刚中午去买，却还是只剩了边角的座位。电影院门口的海报让柳絮想起了上个月和文秀娟一起逛四川路的情形，那时她还以为会和文秀娟同去看这部电影。电影很好看，柳絮不停地笑，有那么一阵子她完全忘了文秀娟的事。电影结束费志刚把她送到校门口，然后赶回黄浦区的家里看发烧的妈妈。我妈就像小孩子一样，得个小毛小病就穷嚷嚷，费志刚说。校园里的人明显比往日少，都去过圣诞节了。回到寝室是 8 点半，房间里没人在。柳絮看了会儿《病理学》，却找不到了课堂笔记，估计是扔在自习教室，便跑去拿。教室里竟也没一个人，圣诞节的气氛反从这空荡荡里滋生出来。

柳絮拿了笔记往回走时想,这个夜晚同学们都各有去处,只剩下了自个儿。她又暗笑自己,才和费志刚分开,就感觉孤单了。然后一个念头从角落里翻出来，文秀娟这会儿能去哪里，她现在才是真正伶伶仃仃一个人。

才刚起念，柳絮就看见了文秀娟。

她埋着头从松树林里奔出来，肩膀在一棵树上磕挂了一下，趔趔趄趄拐上小径。柳絮叫她的时候，文秀娟回了回头，路灯下一张青白面皮，反叫柳絮要认不出她了，着实有点瘆人。她并无回应，更不停下，小跑着走了。匆匆一瞥间，柳絮没看明白她的表情，那儿应该有许许多多的情绪，却努力收拾住，就成了一副僵硬的复杂脸孔。唯一可堪分辨的，是往日里最常见的自信、淡泊、沉着，那刻都不在其中。

发生了什么事情？柳絮想，心头有一团不安在涌，像黑老鼠。她看了一眼文秀娟跑出来的地方，沉沉的林子。转回头，那背影没入了茫茫冬夜里。她站在原地，直等到文秀娟裹挟的那一大片阴影渐渐移开，远去，这才继续上路。

回到寝室里，上铺拉着床帐，里面开了应急灯。柳絮盘腿坐上床，床吱吱嘎嘎，从未如此地响。她放低了呼吸，手里捧着《病理学》和课堂笔记，耳朵不由自主地往上去。上铺的声音透过床板慢慢漫入床帐，沙沙沙沙。是写字声吧，柳絮想。

声音持续了很久，甚至柳絮夜里惊醒时，仿佛还在。但实在也说不准，因为文秀娟死掉以后再去回想，这些细节就似是有生命的藤蔓，早已经自行四下里攀附开了。

文秀娟倒下去的时候，手还在打开的胸腔里。

当时她正在检看肺根后的迷走神经，或者要从胸主动脉和奇静脉间找出胸导管。左手的镊子翻落在解剖台上，发出狰狞的脆响，右手在胸腔脏器上缓缓滑过。她最后的意识可能想要抓住些什么，让自己不至于摔倒，腿却已经软了，上身伏在解剖台上，头拱着尸体左前臂。她奋力要稳住自己，这努力令她的右手钩着了尸体左胸侧那排肋骨断茬两三秒钟，随即松脱，尸体轻轻摆动，她带着抠进指甲缝里的内脏碎片跌下去，带翻了搁在台边的前胸骨盖。

她蜷曲着横在解剖台边的地上，掉落的骨盖搭着她的腰。所有人向她聚拢过来。

这一幕发生时柳絮到底站在什么位置，她已经记不清楚了。有些夜里回想起来，会觉得自己是飘浮在空中的，恍如幽魂，俯瞰这一切。倒在地上的躯体慢慢拉远，围上去的同学像往食物聚集的蚂蚁。那一刻文秀娟成为了世界的中心，成为了一个幽深无尽的黑洞。似远又近，枯发覆盖的侧脸在柳絮的记忆里极清晰，这清晰造成了矛盾的错乱感觉。她看着她，之间既遥远得隔了几十年的距离，又贴着面能嗅见死寂的气息，脸颊上的斑、干裂的嘴唇、还有些枯细如绒的发在微微晃动，仿佛努力截留着身体里最后的活气。此般种种，在眼前在鼻下，能看见能嗅到，甚至能抚摸到，皆历历如真。

那手掌是拳着的，从虎口的洞望进去，能见到掌心细细密密的纹，像一张漫无边际的网，把柳絮罩住。另一些回忆里，她还能看见她的耳垂，白嫩嫩藏在发后，晶莹得像滴甘露。而睫毛早已凋零，粘在干涸的眼皮上。脖颈是暗黄色的，和面皮一样，却极瘦弱，浮出青筋。有一只蚂蚁，从她脖颈下爬出来，从下颌至人中，爬过半张脸，钻进耳洞里的。

解剖教室里未必会有蚂蚁，柳絮知道。正如她不可能记得文秀娟倒下的那许多细节，因为需要不同的视角。就好像在她的记忆里，在冰冷的湖水深处，永远躺着一具文秀娟，每一次湖水漫过她的头顶，就不由自主地向那具身体游近，每一次，都是不同的角度。

就如福尔马林液里的文秀娟们。她延续了这个幻觉，再无法摆脱。

这一次，柳絮看见文秀娟曲膝坐在解剖台上，恢复成她最健康时的模样。她没低头去看地上的躯体，双手环膝，目光凝望某处。这不是她的魂灵，柳絮知道，这只是自己的臆想。因为文秀娟并不是当场死亡的，她在医院里有过几次短暂的清醒，其中一次柳絮正握着她的手，忽然被反握住。她有许多话想说，柳絮俯身去听，她却只有力气说出一句。

“不是……费志刚。”

她并没有说为我报仇，找出凶手之类的话。她好像认定了柳絮是必然要追查到底的，所以帮她去掉了一个嫌疑人。

十二小时后，文秀娟死于全身器官衰竭。

柳絮忽然觉得，解剖台上的文秀娟在看着自己。她凝望某处，而自己就在那里，被她的视线直挖进心里，她在问，这些年里你都查到些什么？

对不起。柳絮只能说对不起。

文秀娟嘴角上扬，向她温婉一笑。柳絮一激灵，然后所有的幻觉都崩溃了。眼前并没有什么文秀娟，更没有解剖台，只有一张手术台。她正穿着手术服站在无影灯下，一手拿着大隐静脉，一手拿着止血钳。

这已经是第几次了？她提醒自己。这么恍惚下去，非得出大事不可。那已经过去了，已经过去三年了。

她瞥向病人打开的胸腔，里头一片湿漉漉的红色，那些脏器各自蠕动着，让她一阵恶心。

稳住。她扫了一眼手上的大隐静脉，长长一根，像鸭肠。的确已经清理干净了，刚才恍惚的时候没捅娄子。现在该干什么？嗯，取针管注水试试漏不漏。

柳絮搁下止血钳，器械护士应该把针筒交到她手里。去年她还是实习医生的时候也干过类似的事，同学们做实习医生进手术室时都做二助了，她整整慢了一拍。这怨不得别人，去年秋天她给一个腹泻缺钾的病人输钾，不小心调得太快，差点出人命，那次后她一度怀疑自己到底适不适合当一个医生。别想这些了，怎么针筒还没拿过来？

病人身体下垫的蓝布忽然之间变黑了。

这黑瞬间就漫延到柳絮的整个世界，她身体的反应还在意识之前，强撑着没有晕过去。

此时护士在耳边叫起来：“血！出血了！”

柳絮的心脏嗵嗵嗵嗵猛跳，这让她从梦魇般的短暂晕血中恢复过来，眼前大片黑红色的静脉血正从病人大腿上的切口处流下，像瀑布，像溃塌的堤坝，像海潮。

是截取大隐静脉的切口，她没扎牢！

赶紧止血，重新包扎！

她的意识此时和她的动作分离。她知道该怎么办，一系列应急步骤闪电般在脑海里划过，但身体却像慢动作。实际上，她就这么傻愣着，根本一动不动。

“你干什么？！”等了两秒钟的主刀医生杨成终于忍不住，怒吼一声。

挡在思维和身体中间的厚玻璃应声而碎，她挣脱出来，脸被血涨得通红。她把手伸进血里，寻着血管，用止血钳夹住，取下松脱的丝线，护士递上新的，扎牢，标准动作，再没出一点岔子。

杨成的脸隐在口罩下看不出表情，只见到眼角的皱纹比往日深了三分。他往柳絮这边看了一眼，说准备大隐静脉。

柳絮应了一声，却发现大隐静脉并没有泡在水里。是了，刚才还没来得及做注水测试就出事了。她绝望地低下头，看见那条静脉躺在地上的血水间。

彻底污染了。

柳絮觉得耳朵里轰轰直响。所有人看着她蹲下，摸索了几次才把那条静脉捡着，再站起来，没有人说话。

“我……洗一下，用盐水洗。”

“没用了。”杨成说。

“想想办法，想想办法，消毒水的话……”柳絮此刻已经完全不知道自己正在说什么了，她只是想说些什么，仿佛这样就能弥补过失。

“会破坏内膜细胞，这些基础的东西你没学过？”

当然学过。事故了！柳絮认命地想。

她看着病人腿上取静脉留下的长长豁口，只能取另一条腿的了。病人看见两条腿上的伤口时，会知道原本只需要一条腿就够了吗？怎么解释？

“左腿？我现在取……”柳絮突然停住。这次不用杨成说，她自己就记起来了。病人的左腿有严重的静脉曲张，原本就只有右腿的大隐静脉能用，进手术室的时候杨成还提醒过让她别下错了刀。

没有大隐静脉可以用了。柳絮直愣愣瞧着已经开好胸等着用大隐静脉搭两座桥的病人，脑子里一片空白。

“准备取左臂桡动脉。”杨成说。

是了，还有桡动脉。取桡动脉搭桥远期效果比大隐静脉好，但近期容易痉挛，这个病人六十九岁了，就这个年纪来说，近期效果最重要，通常是不用桡动脉的。只是现在已没有别的路可走。

这时柳絮还拿着那条被彻底污染的大隐静脉，她不自觉地向后退了半步，又退了半步。出了这么严重的事故，她想自己大概是要被开除的了。唯一值得庆幸的是，对病人来说，局面还没到无可挽回。

杨成转过头盯着她，柳絮被这目光当头罩住，感觉全身都僵住了。

“你，还可以吗？”杨成问。

“我，啊，还是我吗？”

“你还可以吗？”杨成重复。

“哦，好，嗯。”柳絮支支吾吾发着无意义的音节，护士伸手把她手上的大隐静脉接过去。

“手套！”杨成低喝了一声。

柳絮浑身一抖，连忙换上干净的手套，拿上一把手术刀。相关部位已经擦上碘酒，她把刀慢慢凑近去。刀很虚，她要用力捏住，否则会掉下去。但手竟开始抖起来。

“停下。”一直看着她的杨成说，“快速调整一下，确定自己真的可以再下刀。这次你绝不可以再有差错。”

柳絮深呼吸，想稳住自己的手。但没用，她的手抖得越来越厉害。

深呼吸，深呼吸，深呼吸。她突然崩溃，手术刀掉落下去，双手捂脸大哭起来。

杨成一把将她从手术台边推开。

“出去！”

浑浑噩噩走出手术室的时候，柳絮心里只有一个念头：没法再做医生了。

这是2000年圣诞节，再过两天，就是文秀娟三周年忌日。

1997年12月27日早晨8点03分，文秀娟在和生医院抢救无效去世。追悼会赶在了这年的最后一天，柳絮没有参加。她低烧卧床两周，其间全身无力，不堪行走。她心里清楚，这是典型的精神问题躯体化显现。对不能去追悼会，她既自责又庆幸。她无法想象自己在殡仪馆告别厅里面对文秀娟遗体，她只能逃避。正是因为她的这种逃避，才导致无人帮助的文秀娟最终被毒死，但既然当初已经作出选择，也就只能继续逃避下去了。她后来听说，除了她之外所有人都出席了追悼会，甚至包括之前因甄别跳楼残疾的项伟。想到在那间屋子里对着文秀娟没有了活气的身体低眉垂泪的人里，隐藏着杀死她的凶手，柳絮就不寒而栗。还是不去的好，还是不去的好，还是不去的好。

那个学年，没人再被甄别，大概学校里觉得，每年少一个人刚刚好。后一年，马德成了最后一个被甄别的人，他父母到学校去闹，最后校方给了他毕业证书，但不管分配。

很少听见人们再谈论文秀娟，那成了委培班的禁忌。想必有很多人会在心里琢磨，文秀娟到底是怎么死的，他们会重新审视那次报警事件。但没人会放到台面上说。柳絮依然没能融入班级，这让她越发地依赖费志刚。某种程度上，费志刚取代了文秀娟的位置。

文秀娟成了所有人的阴影，对不相干的人而言，阴影终将随着时间淡去，在柳絮心中，这片阴影却越来越厚重。她总是忍不住地去想，如果那个时候，她没有被吓退，继续查下去，勇敢地保护文秀娟，情况会怎么样。一定会不同，哪怕最后是她死，也甘愿，也比现在好得多。但人生没有如果，逃避一次，永无再来的机会。

原本她只会在夜里梦见文秀娟，后来夜半难眠的恍惚间，文秀娟的面容也会出现，仿佛在她身边从未离去。进入和生实习后，幻觉出现的频率就增加了，也许是经常看见血的缘故。文秀娟就死在和生医院，而自己正在这家医院里工作。每次念及这点，柳絮心里说不出地难受。好在委培班实习和未来工作都在和生位于浦东新建的分院，而文秀娟是在浦西本院咽气的。如果不是这样，柳絮大概根本无法在医院安心工作。

但她终究还是安不下心来。圣诞节的医疗事故后，她失魂落魄地回了宿舍。两小时后院办通知她停职检查。那名患者因为心肺功能和肾功能的问题，术后在 ICU 住了整七天。其实这和手术时间的延长及用桡动脉取代大隐静脉都没有关系，可柳絮觉得，一切都是她的错。她在房间里没日没夜地睡觉，醒过来就默默垂泪。费志刚一得空就来陪她，给她讲一些碰到的病例，后来也不讲了，只说些有趣的事情。但那些事情终究是在医院里发生的，柳絮听不得医生病人的事。再后来，他们只做爱，完事后长久相拥。

1 月 17 日早上，杨成医生打电话给柳絮，告诉她患者出院了，康复状况还是不错的，患者及家属也没在多出来的手臂伤口上纠缠。柳絮说谢谢，又说这样的事情，真是不能再有下次了。上午，柳絮走进和生医院浦东分院院办，递交了辞职信。下午，费志刚请了假陪柳絮一起在宿舍里收拾东西。柳絮表情平静，状态反倒是这些日子来最镇定的。

这一天是小年，费志刚把柳絮送到了家门口。柳絮并没告诉家里今天要回去，更没提过辞职的事情，柳志勇和冯兰连女儿出了个重大医疗事故都不知道。

柳家住在三楼，柳絮抬头看了很久。

“要不要我陪你上去？”费志刚问。

柳絮摇了摇头。

“那我就在这里等你，你没事了，告诉我一声。你爸要是揍你，你就先到我那儿避几天，等他消了气再说。”

柳絮脸色苍白，勉强向他笑了笑，没说什么，走进楼里。

3

柳志勇见到女儿提着行李站在门口很惊讶，问你怎么回来了。柳絮说我辞职了。柳志勇问你说啥，柳絮说我辞职了，不干了。柳志勇愣了一会儿，低头去看行李，这时候听到女儿再一次重复说，我做不了医生了。他猛抬起头，一巴掌把柳絮打在地上，大骂说你再说一遍，你敢再说一遍。冯兰赶出来的时候，门还没关，她使劲推开丈夫，把女儿拉起来关上门，说怎么啦，你这是要干什么呀，絮絮你出什么事啦，然后自己先哭起来。

柳絮说我出了个医疗事故，还没说完柳志勇又是一巴掌抽上去，说你是被开除了吧，你都干什么了你。冯兰这下哭得撕心裂肺，卡在两人中间，说你打我吧，好好说话呀，大过年的，你这是要把絮絮打死呀。柳志勇一把把冯兰拨开，拿手指戳着柳絮额头说好我不打你，你给我说清楚。

柳絮说我在做手术的时候把病人的一条大隐静脉掉在地上了，病人又多挨了一刀，是严重的医疗事故。病人没事，我是辞职的不是被开除的。柳志勇说那么多年书你白读了，医学院你白上了，一上班就闯大祸，我没你这种女儿，医院没开你你就自己辞职，你能耐了你，你知道家里供你上大学花了多少钱不，辞了职你想扫大街啊，你给我回医院去，医院不收你你别回来。

柳絮一下子把柳志勇的手拍开。柳志勇倒愣了，在他准备动拳头好好给女儿一个教训的时候，看见他女儿终于哭出来，转眼间涕泪横流，用他从未见过的歇斯底里朝他大喊大叫。

你知道我为什么出事，因为我晕血，这次病人没死下次我还会出更大的事，一个晕血的人怎么做医生怎么做医生，你明明知道我晕血为什么要逼着我读医学院，全都是因为你，你以为这是部队这是打仗我是你的兵吗？你总是说打仗的时候过不了关的人都死了，你过关了你赢了你活下来了，但是总有人输总有人死掉现在我输了我死掉了你满意了，我的一辈子全都毁了你满意了，我恨你！柳志勇，我恨你！

冯兰在旁边已经傻了，只知道哭。柳志勇用手点着柳絮的鼻子，点了几次，说滚，我没生过你。柳絮扭头开门就走，也不管地上的行李。她听见身后柳志勇对着冯兰大叫说你敢追出去你也不要回来了，让她走让她走，然后是一记把整幢房子都震得嗡嗡响的关门声。

柳絮一口气跑到楼外，觉得浑身骨头都被抽掉了，蹲在消防龙头边哭。这时候她很想妈妈追下来把她拎上去，但终究没有。她想起费志刚还在等她，抬起头，却看不见他。她哭了一会儿，拿袖子胡乱抹了把脸，往前走。费志刚真的不在，可能是医院把他急 CALL 回去了，柳絮无心多想，只觉得这一刻全世界都背弃她，不知该去往哪里，她不知道前面是哪里，但又不能停下。

走到第一个路口的时候，她听见有人大声叫她的名字。她抬起头，看见费志刚从马路对面直冲过来，把她抱住。她把头搁在费志刚的肩膀上，说爸爸不要我了，我没地方去了。

费志刚让她抱了会儿，然后一点点把她推开，从口袋里摸出个盒子打开，里面是枚白金戒指。他就在人行道上跪下来，说，嫁给我，好吗？

两个人的婚礼在一年半后举行。拖了这么长的时间，是因为柳絮和柳志勇的关系始终没有修复，而费志刚的父母坚持要求亲家能出现在婚礼上。父女俩自那个下午后再没见过面，双方各不让步，连柳絮的东西，都是费志刚一次次去她家里取走的。费志刚感觉如果柳絮服个软，事情还是能缓和下来的，但是柳絮不愿意，她说我这辈子就这样了，怨谁呢，我永远不原谅他，我就当没有这个爹，我就当自己是从石头缝里蹦出来的，这件事情你别劝我，你要娶的是我不是我爹。一说到这事柳絮就会激动起来，费志刚也只能放弃。每次费志刚去柳家，冯兰总是把他拉到小房间里问柳絮的情况，后来还让他牵线偷偷见了柳絮几次，但柳志勇一直铁板着脸，不怎么和他说话，好像既然不再认女儿，自然也就不存在什么女婿似的。

2002 年的 7 月份，柳絮怀孕了。这下子婚期没办法再拖下去，费志刚的父母只好让步。婚礼放在锦江饭店小礼堂，女方家属除了柳志勇之外都到了，他只管自己不来，其他人倒不作阻拦。定宾客名单的时候，柳絮说了一句，能不能别叫同学了。费志刚问为什么，这好像有点不成样子。柳絮心里的原因无法宣之于口，就不再坚持。

婚礼上冯兰自然又是一场大哭，柳絮陪着她哭。敬酒时轮到大学同学那一桌，每个人都笑着说百年好合早生贵子，每个人脸上都堆满了笑，柳絮从来没见到这些同学在她面前露出如此肥厚的笑容，仿佛有根尖指甲戳着颈椎直剖到尾椎。那股不知来自何人的恶意，满堂的喜庆都遮压不住。喝醉吧，她想，端起酒喝了一口，几乎要吐出来。她又一口喝完，猛然想起，她怀着孩子，是不能喝酒的。

柳絮的亲朋好友只占了三成，亲戚之外基本上是从小到大的同学。柳絮也数不清这已经是第几桌，就看见所有人都站起来了，就一个还坐着不动。她仔细一瞧，发现是郭慨。冯兰原本说让他当伴郎吧，但郭慨说要出任务婚礼当天应该来不了，前几天又说可以来。柳絮知道他喜欢过自己，有些怕他借酒撒疯。

柳絮和费志刚先敬其他人，闹了一会儿郭慨才双手按着台面慢腾腾站起来。他面皮白得像纸，眼睛亮得像鹰，冲着柳絮端起酒杯，杯中却是空的。费志刚见势不妙，连忙说满上满上。郭慨一下就把他拨开了，也不知瘦小的身体里哪来那么大的力气。他对着柳絮一笑，另一只手按住她的肩膀，整个人向她压过去。柳絮“啊”地叫了一声，往旁边一让，郭慨就倒在了地上，一动不动。

然后旁边人才说，郭慨之前已经喝了差不多两斤泸州老窖。

这是那晚最后一件让柳絮记忆深刻的事，之后不久她酒劲上来，推说不舒服，没让闹洞房。费志刚在另一间房里被百般折腾，她自己沉沉睡去。

后来她听人说，郭慨当晚酒喝得太多，被送进了医院。

再后来，她的孩子掉了，是个女儿。

四、一个名叫郭慨的男人

四、一个名叫郭慨的男人

1

柳絮从来没想到过，三四十只猫狗聚集在一起会闹成这样，简直像在房里扔了一亿响的连珠鞭炮，翻来覆去地炸。

这是她发起的一个救助遗弃猫狗的公益活动。任何看见网络公告的人都可以来参加，要求带一份给猫狗的礼物，并和这些小动物玩一会儿，如果能认领回去则更好。从早上到现在，礼物收得不少，但很少有人会在救助站待超过半小时，因为实在是太吵了。好在已经有两只狗一只猫被收养，这让柳絮觉得费心组织这场活动还算值得。

一个矮胖的男人推门进来，初秋漂亮的阳光在玻璃门上一闪，照得柳絮偏过头去。大金毛在第一时间扑到他身上。他倒不怕，拍拍狗脑袋要推开，但金毛死抱着他大腿不松爪。他问柳絮可不可以直接给它们吃，然后从塑料袋里拿出七八根猪大骨往旁边一扔，所有的狗都冲了过去。他抬起头，对柳絮笑笑，说我们有四年没见了吧。

柳絮刚才就觉得似曾相识，但她被猫狗们弄得脑仁发涨，一时间反应不过来。

“我是郭慨。”

争抢肉骨头的时候，狗叫声反倒轻了一些。柳絮听了个大概，她往前走了两步，好听得清楚些，然后她忽然反应了过来，这竟是郭慨。

郭慨原本是个精瘦的人，现在看起来比从前胖了至少三十斤，整体形象全不一样了。

“你怎么会来这里？”

“前几天，局里新来个同事。”郭慨起了个头便停下来，看着柳絮。两个人之间陷入短暂的沉默，猫和狗在旁边吵个不停，但有一瞬间，他们都感觉到了异样的安静。

“她也叫柳絮，和你的名字一模一样。”郭慨说，“我忽然就想来看看你最近怎么样，在网上一搜，就看见了你搞的这个活动。你好吗？”

“还好，挺好的。”柳絮想起从前自己很不爱看见郭慨，但四年没有见面，再见时那些情绪都没有了。时光的沙漏里，已经落下去的沙子飞舞起来，闪起旧日的光芒，仿佛要再回到上层似的。

柳絮向同伴打了个招呼，就和郭慨一起在附近找了个咖啡馆坐下说话。

“你变了很多。”

“是说我胖吗？这些年吃得多动得少。你倒是一点都没变。”

柳絮笑笑，没变吗？快三十的人，哪能没变？郭慨现在说起客气话倒是自然多了，全不像当年的生涩少年。时间之下，没有人能不变。

“当刑警不是应该很累的吗，怎么会胖？难道你升职成领导了？”柳絮开了个玩笑。

“啊，不再是刑警了。”郭慨停顿了一下，展开缅怀的笑容，像是对旧日理想的致意，“你婚礼那一次，喝成急性肝损伤，就不能太累了，领导考虑我已经不适合刑侦岗位，调离了。”

柳絮觉得很尴尬。她知道郭慨那次被送进了医院，没料到情况这么严重。喝酒致急性肝损伤并不常见，但一发生就无可挽回，对一个二十多岁的年轻人来说，几乎就是半残了。

“啊，我不知道后来居然这样，真的是……那你现在做哪方面的工作？”

“户籍警，家那儿的派出所，方便，走路上下班。每天走这家串那家，都是几十年的老邻居，哈哈。轻松得很。”

郭慨语气温和，他现在整个人的气质都是和和气气的，活脱脱一副老好人的模样，做户籍警真是再合适不过。但柳絮心里却一阵悸动，她不由得想起了从前的那个郭慨，那个小时候在马路上拦车吓她的郭慨，那个在弄堂里呼啸着干架的郭慨，那个戴着警帽在病床前打拳的郭慨。那是另一个郭慨，另一个人。因为肝损伤，他不能成为一直以来的那个人了。小时候她觉得读书最要紧，瞧不上郭慨这样的坏孩子，现在年岁渐长，却不这么想了。关键是郭慨那天为什么会喝那么多酒，柳絮心里明镜似的。

我就是个扫把星啊，和我沾上的人都不妙。柳絮这样想的时候，露出勉强的笑容，笨拙地想要换个话题，便问：“你结婚了吗？”

这话一问出口她就后悔了，她在心里指望着郭慨能说自己已经结婚了，或者有个稳定的照顾他的女朋友。

“没，一直单着呢。”郭慨说。

自己真是蠢，柳絮想。

“你呢，这几年还好吗？”郭慨帮她岔开了话题，他体谅得全然不似记忆中的他，这更叫柳絮不好受。

于是柳絮开始努力地聊自己。聊她这些年做的公益，除了流浪猫狗的工作，还去贫困山区支过教；聊她每天早上一小时的跑步和每周三次的健身房运动；聊她对心理学的兴趣并准备报班考一个心理咨询师执照；聊她作为一个全职太太的幸福感。

郭慨一开始笑呵呵听着，但慢慢地，一些细微的小动作让柳絮感觉到他有些不自在，好像有什么事让他待不住似的。于是柳絮说自己该回去了，她是活动的发起人，离开太久不好，以后常联系。郭慨说好。

柳絮上完洗手间回来，郭慨已经把账结了。他坐在那儿看她，眼神有些复杂。柳絮等着他一同出门互道珍重，郭慨慢慢站起来，犹犹豫豫地问了一句。

“你……还好吗？”

在救助站里重逢时郭慨就问了声“你好吗”，刚才也问过这几年好不好，现在他又问了第三次。

当然，我很好，前面不是都聊过了吗？柳絮这样想着，也准备这样回答。可是忽然之间，那些话噎在喉中，吐不出来。

“你的黑眼圈很重。你真的还好吗？”

“我有些失眠。”柳絮说。她开始闪躲郭慨的眼神，但终究还是要碰上，仿佛被一道光照进心里，但一点都不亮堂，反有种被灼伤的痛苦。

“有点失眠。”她又喃喃重复了一句。但为什么失眠呢？该怎么说呢？神经衰弱吗？为什么会神经衰弱呢？都过得这么幸福了，还有什么不满意的呢？她说得出口吗？

“你有事情憋着啊。”郭慨指指她的心口。

柳絮被他这么一指，许许多多的东西克制不住地从心底里翻起来。她心里叫着糟糕糟糕，但眼泪已经止不住地流了下来。她慢慢地坐回到椅子上，自己却根本没有留意到这点。

“我有过一个孩子。”柳絮说，“没人知道，其实我在婚礼那天喝了酒。是我杀了她，这是我的报应。”

她开始谈这个孩子的事，开始忏悔，这件事已经在她心里憋了很久，连费志刚也不知道婚礼时她喝过酒。而在那之后，她再也没有能怀上过。

郭慨只是在旁边听着，他知道柳絮只是需要一个树洞说说话。等柳絮停下来的时候，脸上的眼泪已经干了。

"现在感觉好多了？"郭慨问。

"谢谢你。"柳絮说，"你真是个好人。"

郭慨苦笑："你从前可不是这么觉得的吧。"

"但你是怎么看出我不开心的，有那么明显吗？"

"你先前说的那些，公益、运动、心理学，这么多能调节心情的事情，你每一样都那么拼命去做，太辛苦了。我终归做过刑警，基本素养还剩下一点。"

柳絮沉默了一会儿，说："其实这些年我过得很糟糕，并不仅仅因为那个孩子。我以为辞了职待在家里，一切会慢慢变好，时间会把记忆带走，把她带走。你知道那时我为什么辞职吗？"

"听说……是出了医疗事故，因为晕血？"

柳絮摇摇头："记得我读大学三年级的时候，摔进尸池住院，你来看我的事吗？"

"当然记得。"

又是长长的沉默。然而她终于下定了决心。那阴影一步步迫近，就快要把她吞噬。做错了事就要付出代价，但这代价实在太过沉重，四年前的医疗事故是报应，和父亲决裂是报应，小孩流产也是报应，柳絮甚至有预感，她这一辈子都不会再有孩子了，自己这样一个坐视好友被毒杀的人，是不配当母亲的。然而她终究是渴望有一个人能安慰自己的，在心底里，柳絮隐约晓得，对面这个男人，大概是除了母亲之外，唯一一个在知晓了全部事情之后，不会指责她的人。

“那时我应该对你说的。如果说了，事情应该会不同。”

于是柳絮开始说文秀娟的事。她打开了那个阀门，阴寒的气息从心底的黑洞中吹出来，让她一阵一阵地发冷，说到后来，整个人都发起抖来。她的神情让郭慨为她担心，他握住她的手，那手冷得像冰，让他觉得自己无法温暖她。

柳絮的手被包裹住的时候，心头跳了一下，她知道郭慨并没有别的意思，甚至她觉得手被这样握住，心里多少安定了一些。

但这总归不合适。

可是抽出来又显得不礼貌了，或许再稍稍停留一会儿。她有多长时间没感觉到安定了，哪怕只有一丝一毫，这让她有些依恋。柳絮想到了费志刚，脸烧起来，这是因为自己最大的秘密被他知道了才会有的特殊情绪吧，并不意味着别的，只是情绪宣泄后的副作用，柳絮用她仅有的一点点心理学知识胡乱分析着。

郭慨松开了手。

“交给我吧。”他说。

“啊？”

“我来查。”

柳絮吓了一跳。她只是倾诉一下，但郭慨居然……她忽然意识到，这就是郭慨啊，他还是那个人。

“可是事情已经过去那么多年。”

“还在刑事追溯期内。有机会的，至少，嫌疑人的范围就这么大，我一定能把他抓出来。柳絮，你的病根在那儿，如果不去管它，你一辈子都不会开心的，得把这根刺拔掉才行。给你朋友一个交代，也给你自己一个交代。”

柳絮傻傻地瞧着郭慨，又有些想哭。当年如果告诉他，该有多好，她再一次这样想。那时候，自己真是太小了。

郭慨冲她笑笑：“感动个啥，别瞧我说得好听，其实你知道我这几年户籍警当得有多无聊吗？丑话说在前头，我只能业余去查，进程不会太快，你呢也别着急。这样，我们每星期碰个头，我向你汇报进展。”

柳絮还能说什么，只有点头。

接下来郭慨详问了当年的诸多细节，记在随身的小本子上，直到天色暗下来，才道别离开。

临走，已经走到了店门外，郭慨对柳絮说，其实这些年我常去你家的。柳絮嗯了一声。郭慨又说，你爸爸他年纪大了，背也驼了。柳絮不说话。最后郭慨说，其实你结婚那天，我和你爸一起去的，只是他没进酒店，就站在对面马路那儿看着。柳絮怔怔出了会儿神，然后叹了口气。

2

柳絮醒来的时候，看见文秀娟在旁边专心地瞧着她，乌黑的长发蔓延过两只枕头间的空隙。

你去图书馆吗？柳絮问。

哦对了，你已经死了。

能告诉我是谁杀了你吗？

哦对了，你也不知道。

长发渐枯。

柳絮忽地又看不见文秀娟的脸了，她好似并没在看着她，而是把头埋在枕头里。

她缓缓抬起脸。

柳絮醒了。

旁边没有人，柳絮盯着枕头，上面也无印痕。原来费志刚昨晚没回家。她拿过床头的手机，上面有一条未读短信。

“今晚不回来。”

没写理由，但总归是病人的事情。

这些年费志刚进步很快，三年前就转为主治医师，上个月则升为副主任医师，并且已经是上海心胸外科学术委员会的青年委员，在国际一线的医学杂志上陆续发表了三篇论文，俨然医学新星。代价则是平均每周两个晚上回不了家。

两年前费志刚贷款买了这套房子，里面从家具到软装，每一样都是柳絮亲手购置。可每次睁开眼睛，柳絮依然觉得陌生。家是陌生的，世界也是陌生的，所有的东西和她之间都隔着层膜，费志刚也不例外。好像自从和父亲闹翻，搬出家去，这世上就已经没有了她的家，她成了游客，成了陌生人。倒是有时候看见文秀娟，在恐惧喷涌出来的前一秒钟里，会觉得自然，觉得触手可及。这种和死亡的亲切感时时让她后怕。她知道自己的精神不正常，就像昨天郭慨说的，病根不除，源头不清，她的问题就会越来越严重，终有一天掩饰不住。

回想昨天和郭慨重逢，竟觉熟悉亲切和一份踏实。大约是朋友实在太少的原因吧，柳絮想。然后她一转念，又觉得，是自己从前太少不更事，郭慨这样的男人，至少做朋友是很合适的。男女之间会有真正的友谊吗？柳絮记起昨天郭慨出现时说的话，一个和她同名同姓的人，于是想着来看她一眼，看她好不好。她心中悸动，有股子过电的感觉。然后，她把一切都压了下去。

费志刚是个好丈夫，柳絮告诉自己。大家都是这么说的，他前途无量。

关于前途无量，其实也不仅仅是费志刚。

进入和生的九个人，全都是工作起来不管不顾的拼命三郎，副主任级的提了三个，其余也快了。他们才三十岁，这速度简直不可思议，但全都是实打实拼上来的，要实绩有实绩，要理论有理论。如今和生其他医生，都已经开始用“委培系”来称呼这九个人了。

如果文秀娟没有死，那么委培系就是十个人。不，加上柳絮，十一个人。当然，文秀娟一定是最杰出的那一个。

郭慨能找出那个人吗？

柳絮忽然意识到自己在想文秀娟。这么多年来，这是头一次。她一次次地在梦里见到文秀娟，有时也会在突如其来的浅梦——好吧，诚实一点，在那些轻度幻觉里见到文秀娟，可是她一直都在逃，一直告诉自己一切都过去了，一切都无法挽回，不要再去想那个名字。

但她刚才想到文秀娟了，无比自然。

是郭慨给了自己再度面对她的勇气。

柳絮想起了和郭慨每周碰面的约定。在他的牵引下，她要再度回到九年前了，回到那个七人寝室里，回到那张先是清秀继而浮肿的面目之前。

许许多多的往事在这一刻翻滚起来，之前的几年里，文秀娟是柳絮的梦魇，而现在，她回复成了最初的那个人，那个谦逊温婉的聪慧女子，让柳絮交心又仰视的密友。

因为自己的过错，竟然在回忆里将她污成了狰狞的妖魔。

柳絮赤足在窗前站了很久，终于长长叹了口气。然后她趿上拖鞋，转身走出卧室，来到客厅的茶几前。

茶几上放着个盛糖果的茶盘，还有两本杂志。柳絮把它们搁到地上，掀开下面的蓝纹印花粗布。这是个古旧的大皮箱子，有几十年岁数了，柳絮从古旧家具店里把它淘来，摆在客厅里当茶几。

柳絮单膝跪在地上，抽出铜插销翻开锁扣，扶住箱盖两端，向上一提，翻开了盖子。

里面是些平日里用不着，又舍不得丢掉的东西。拨开布偶、老式相机和一些卡带，柳絮从底下抽出根枣红色的长条皮套。她把箱子恢复成茶几，坐在沙发上，把皮套端在眼前。

已经不是记忆里的模样了，红不再鲜艳，皮也没了光泽，不知道里面的那管箫，是否也和这皮壳一样老去。大约，早已经跟着主人一起死掉，没有当年的魂灵了吧。

文秀娟死前留了口信，说把这管箫给她。文秀娟的父亲来寝室整理遗物的时候，把箫交在她手上，但这么多年来，柳絮从来都把它放在箱底下，甚至连皮套子都没打开过。一直到今天，她才有了正视的勇气。

柳絮摩挲了一阵，把皮套打开，将箫取出。

箫未老，色青黄，如昨日。

昨日似可追。

柳絮将箫放在嘴边，手指随意按住两个孔，提气一吹。文秀娟曾经教过柳絮吹箫，但柳絮气息不够，憋得脸红耳赤也不成调，想起来，那情形就在眼前。

没有吹响。柳絮又试了一次，发现不是气息的问题。箫堵了。她把箫竖着拿在眼前，望进中空的竹管子。里头塞满了细细卷起来的纸。

她的心跳了起来。

这是文秀娟写给她的信吗？

如果不是因为害怕，早在九年之前，她就该发现的。

柳絮去厨房拿了根筷子，把塞在里面的纸捅了出来。

纸微脆，她慢慢展开。

她一张一张地看，看得手足冰凉、血液冻结。

的确是信，却不是写给她的，也不是文秀娟写的。

这是两个谋杀者之间的通信！

3

你一定很惊讶吧，我也是。很高兴能与你通信。我是鼓起了很大勇气的，请你别有不必要的顾虑。当我意识到你的存在时，特别高兴，这也算是志同道合吧，虽然我们正在做的事情危险且不合法律。但不管怎么样，她该当受到报应，否则太不公平！

我以这样的方式来作自我介绍。文秀娟现在正在医院里，你一定以为这是一场意外，因为这一次你并没有动手。现在我告知你，这并非意外，而是我一手造成。当然，这只是一次教训，我并不指望能把她怎么样，她总是能被救回来并再次回到我们中间的，时间甚至不会很久。但这是个开始，我加入进来了，未来还长得很，我打算和你一样慢慢来。至于我真正的身份，我想你也不会轻易探究，就像我不会那么冒失地询问你的名字一样。反正我们每天都会见面，会打招呼，都是这委培班里的一员。

……

你不需要知道我的办法。你这次的手段愚蠢又没意义，别自己被抓住还拖累我。医学院学生想不出好办法？专业这么差，下一个被甄别掉的一定就是你！

文秀娟日子不多了。有没有你都一样。

谢谢你回应我。很高兴，真心的。

接受你的批评，但事实上，我已经有一个计划的雏形了，还需要完善。在没能想明白之前，我不会再动手。你一定用了某种近乎完美的手段，我根据文秀娟表现出的症状查阅了许多资料，却无法判断你用的方式。这让我有点崇拜你了。

想和你说点心里话，希望你别觉得我太啰嗦。有些话没有第二个人可以说。

每一次看见文秀娟，我都越发地感觉她的讨厌，很多时候我几乎无法掩饰自己的情绪，而那样的时刻，我会想自己会否过于极端了呢。不过我倒很难想象，居然有一个人，比我更加地恨她。

……

十六页信纸，十四封信。

信在两张方桌并拢的木台面上摆了两排，上排八封信下排六封，分属两人。这是两个彼此并不知道对方真实身份的谋杀者之间的通信，在最后一封信之前，他们一边小心翼翼地保持着自己身份的秘密，一边共同商量，该怎么给文秀娟下毒，宛如一场接力，文秀娟就是他们手中的接力棒，直到把文秀娟的性命送上终点。

信纸薄而脆，一封封都卷着，无法展平，仿佛承载不住上面的罪恶。

如果说之前郭慨对柳絮的故事多少还有些未表现出的疑虑的话，那么十四封信摊在面前，足以让他明白，九年前医学院里的那段过往，远比柳絮昨天所说的更阴冷恶毒。

郭慨并没有说“学校里怎么会发生这样的事情”或者“竟然有两个下毒者”之类的话，他长久不语。柳絮也没有话，从早上发现这些信开始，同学的一张张面孔就走马灯一样在脑子里轮转。起初，不论是谁，她都觉得不敢相信，现在，哪一张面孔，都阴恻恻地似笑非笑。

郭慨先是坐直了身子，远远地端详着两个谋杀者之间的通信，后来他慢慢弯下腰，凑近了一些。但他的手一直没再碰它们。忽然，他动了一下，仿佛从某种情境里挣脱了出来。

“这些信一会儿给我复印一下。”他说。

“好的。”

“她是个怎样的人呢，文秀娟？”

“她是个非常优秀的人，学习好人也好，有一股子宁静的气质……”

“不。”郭慨摇摇头，“这些你昨天都说过，但是，她应该不仅仅是你说的那样。没有无缘无故的恨，更何况是谋杀。而现在，有两个不约而同的谋杀者。”

“不是的，你没有见过她，你不知道，她真的是个完美的女人。”

柳絮开始讲述文秀娟的好，尽可能地把那个心底里完美无缺的形象传递给郭慨。然而她翻来覆去都是些主观形容，记忆里的细节模糊了，她很难讲清楚是些怎样的行为把文秀娟在她心中的地位堆砌得如此崇高。或许有些皮毛的东西，比如口气、笑容和恩惠，当年觉得是实实在在折射出个人品质的，现在拿出来说，又觉得浅了。

柳絮终于停下来。她低头去看那些信，说：“我不知道这两个人为什么那么恨她。我能感觉到，班里有很多人都不太喜欢她，我不知道为什么，我觉得以她的为人处世这很没道理。”

柳絮忽然叹了口气。

“我其实并不算了解她。”她说。

“之后那些年几乎没人谈论她，只零零星星听见过几嘴，一只手都数得出来。也难怪，出了那事情，大家都不想再提起了。这对我再好不过，那时我的状态，是只要和她有关的东西都不去听不去想，远远逃开。所以说起来，我也只和她相处了几个月，看到的是那几个月里她的状态。我的确算不上很了解她。”

郭慨点点头，说：“也许你的好朋友并没有你想的那么完美，没人是完美的，是人就会有这样那样的缺点。可不管有怎样的缺点，发生在她身上的事都太可怕了，我一定要把杀人的家伙抓出来。”

“那这些信，你看出什么线索来了吗？”

“有很多，但现在都是乱麻，头绪要一点点理。”郭慨摇了摇头，似乎就想到此为止，随即反应过来，冲柳絮抱歉一笑。

“哦对不起，搞得我像是还在刑队查案似的。没什么好保密的，我就把我看到的说说，你也参详参详。比如说呢……”

郭慨用手指指信件：“这些都不是原件。”

“你是说这是手抄的，文秀娟抄的吗？但不是她的笔迹啊。”

“不，我说的是上面这排。你注意到了吗？纸上那些蓝色的印迹。”

柳絮取了封信细看。上下两排信用的纸张都是一模一样的，是有医学院抬头的信纸，学校的小卖部可以买到，基本上每个学生都会用，在课桌里也时常可以捡到，所以从纸张的出处上是查不出线索的。但经郭慨这么一提醒，果然发觉纸上有薄薄一层蓝色，粗看像是纸张本身的花纹，甚而不注意都发现不了，但细瞧的话，可以看出是后来染上的。并不仅这一封，第一排所有八封信或多或少都有这样的蓝痕，而第二排“另一个同学”的信纸上就没有这种现象。

这蓝痕让柳絮有些熟悉，但一下子还抓不住重点，既然郭慨指出来，想必是已经知晓了究竟，柳絮就直接开口问他这是什么。

“是蓝印纸。”

柳絮一下子明白过来。这种用来复写的纸在八九十年代是再常见不过的办公用具，但近几年不太见到，所以她才反应得慢了。

“所以这是复写件，并非原信。但为什么会是复写件，原信去了哪里，这就不知道了。”

“如果这就是原信呢，我是说，也许寄出的就是复写件。”

郭慨眉头一挑，略显意外地瞧了柳絮一眼，说：“倒也有这种可能，你的思路还挺合适搞侦破的。这样说的话，寄复写件也是有好处的，隔了一层，判断笔迹会稍困难些，因为有更多干扰的因素。如果真是这个原因，写信的人心思是很细了。”

他挠了挠头，又说：“但也只是稍困难些，其实并没有特别大的差别。我相信这两个人用的都不会是惯常的笔迹，你看这些字都写得很别扭，如果说要再加上一层双保险的话，嗯，聊胜于无。”

郭慨看起来对柳絮的这个推测持怀疑态度，但一时之间，他也想不到合理的解释。

“文秀娟会有这些信就很奇怪了，无论如何她都不该有这些信的。即便她通过某种目前我们无法想到的方式，得到了这些信，那为什么她还是被毒死了呢？信是藏在特意留给你的遗物中的，如果她希望你能找出真相，那么无疑这已经是她能掌握的全部线索了，这意味着她虽然得到了这些信，却并不知道写信人的真实身份。”

郭慨又摇了摇头。

“想不通啊。难道说这信已经被调包了，并不是文秀娟留给你的。也许她仅仅只留给了你一支箫，也许她留在箫里的是其他线索，被先取走了，换了这些信来误导你。可如果是这样的话，动机又很难解释，为什么要多费这么一番周折，让事情尽快平息下去不是最好的吗？除非你被误导之后，会做出什么凶手乐于看见的事情。”

柳絮摇头说：“我觉得我什么都不会做。我被彻底吓怕了，我就是个胆小鬼。如果我在当年就看到了这些信，甚至都不会报警。”

“那么这又是一个现在解不开的线头。不过没关系，一开始总是这样，慢慢地线头总会解开。你看，这才一天，就有了这样大的进展。”郭慨冲柳絮笑笑，他知道自己这些年脸圆了许多，都说他笑起来能让人安定下来，调解家庭矛盾的效率特别高。

柳絮却觉得这笑容是一种温柔。她不知道温柔是笑容里本来就藏着的，还是她自己附加上去的。

“这信里有很多疑点，比如对两个彼此不知身份的人来说，最初的通信是怎么发生的，发信人把第一封信放在了哪里，才让第二个人收到。但在疑点之外，也有许多值得分析的地方。第一封信发出是在什么时间点，最后一封又是在什么时间，这在信中虽然没有明示，却提到了一些有明确时间标识的事件。第一封信里提到文秀娟因为一件看似意外的事情而住院，你还记得这件事吗？”

柳絮当然记得。关于文秀娟的一切，在她刻意的忘却中越来越清晰。而她对时间的特殊记忆力，让那个日子立刻在脑海中跳出来。

那是周二。

1997 年 11 月 11 日，周二。没下雨。文秀娟趁着午休时间去做了一次静脉给药的药试，下午去抽第二管血的时候出现恶心，随即就呕吐，立刻去医院，住了两天才缓过来．说是药物过敏反应。留院观察一天后，周四文秀娟回校正常上课。药试中这样的事情偶有发生，并不算罕见。然而，就第一封信的内容来看，这竟是一次蓄意的投毒。

柳絮自己没做过药试，所以具体怎样的流程，其中有哪些环节存在漏洞容易被人利用，这些都说不清楚，只能有赖于郭慨自去调查，看能否在九年后查到线索。这自然是极不容易的事，但郭慨提问的重点，在于确认了第一封信写就并发出的时间，就在 1997 年 11 月 11 日、12 日这两天里。

另一个坐标，在第七封信里。这封信里提到了那瓶有针孔的矿泉水，正是从那天开始，柳絮完全介入到了这场毒杀案中，这一天，是 1997 年的

11 月 26 日。

第三个坐标，在第九封信里。这封信中提到了柳絮在进行的调查，那场短暂的调查一共只持续了三天，在第三天的晚上，柳絮跌入尸池。这封信中说柳絮已经和好几人谈过话，那么应该是调查第二天写的，也就是 12 月 2 日。也可能是第三天。

最初两周的时间里通了七封信，平均两天一封。第八、第九封信要长一些，三到四天一封。第十封信很可能是柳絮出事后当天写的，第十一封中，以肯定的口气提到了柳絮的“吸取教训”，那就应该是柳絮精神稳定了一段时间后，仍没有表现出任何要追查的意图时才能下的结论，以此来看，至少是住院三五天后。

两个谋杀者在十几封信的试探之后，终于决定见面，他们在最后一封信里说定了碰面地点，就这样结束了这场罪恶的通信。在两个谋杀者碰面后不久，文秀娟就死了。见面的时间是“本周三”，为了给取信留出时间，稳妥的投信时间应该在周日或周一。结合之前的信件往返时间，两个谋杀者会面的这个周三，不是 12 月 17 日，就是 12 月 24 日，不会更早或更晚。文秀娟死于 27 日。

这两个时间点，从过往通信频率算，似乎 24 日更可能，但郭慨却倾向于 17 日。

“如果是 24 日的话，也许在信里会注明圣诞夜。”郭慨说，“当然这也作不得准，最主要的，是从之前的通信看，主要下毒者是第二封信的作者，我们叫他案犯 B，他采用的投毒方式是多次的小剂量投毒，而案犯 A 则像是 B 的崇拜者，两个人碰头之后，应该不会改变这个投毒方针。而文秀娟是 12 月 26 日在解剖课上倒下，27 日死亡，如果两人 24 日晚上才接上头，留给他们的磨合时间似乎略少。当然，毒性累积后的突然爆发可以在任何时间，但我还是觉得，17 日夜里碰头，在接下来的九天里两人合作多次下毒，使文秀娟在 26 日毒发，这样的可能性更大。”

“17 号，那是我出院的日子。”

在她出院的当晚，两个谋杀者见了面。这个时间让柳絮觉得，这世界的运转，有着一种让她冰寒彻骨的规律。

“17 号和 24 号这两个晚上，有谁是和你在一起的？”

“24 号圣诞夜，费志刚和我看完电影后就回去看他生病的妈妈了，至于其他人，全过圣诞去了，到很晚才回宿舍的。对了，我看见文秀娟了，她从松树林里跑出来，当时脸色很差。最后一封信的见面地点就在松树林里，难道说她看见那两个投毒的人了？所以两天后她就被毒死了？”

郭慨摇摇头：“还是那个老问题，如果她知道了谁是投毒者，为什么不报警？至少她也可以报告给学校。那么，17 号呢？”

“我是下午出院的，先回家里住了一晚，直到第二天中午才去的学校。”

郭慨叹了口气，本想用排除法缩小嫌疑人范围，没想到连一个都排除不掉。不过，确定了这些信件的大概时间线，等于有了坐标，总有需要对照的时候。

“但 17 号晚上我和费志刚打了很长时间电话。肯定打到了 9 点多，有可能超过 9 点半。”柳絮说，“当然了，文秀娟早就说过了不可能是费志刚。我和他生活了那么多年，他是清白的。”

郭慨点点头，想说什么又咽回去。

“你是觉得他有嫌疑？”柳絮有些讶异地问。

“总是有的人嫌疑大，有的人嫌疑小。你先生肯定是嫌疑最小的。但是从侦破角度说，是不是就完全排除了，我还不敢说。文秀娟这个受害人的话，未必就是正确的，因为现在不知道她是出于什么原因下这样的判断。倒是你说他和你打电话到很晚，这条更有力。但时隔多年，记忆上也许有误差。又或者我的判断有误，其实见面是 24 号晚。我这样说，你一定会不开心，但我的建议是，没有调查清楚前，同学里你谁都别信。”

柳絮沉默。

“你和你先生说过，你要调查文秀娟的死因吗？”

柳絮摇摇头。

“那最好就别说了，我们单线联系。这倒不是说防他是凶手，但每个人都有特别信任的人。你特别信任他，他也肯定有特别信任的某几个同学。如果最终凶手知道了你在调查他的话，你会有危险的。”

“我知道了。”

郭慨看着柳絮。说实话他有些担心，并且怀疑自己重新调查这件事，到底是否明智。原本觉得查明真相，会对柳絮的精神状态有所帮助。但整件事慢慢展开，却变成了一个旋涡，让人渐渐要站不住脚。柳絮现在所承受的心理压力，明显要比之前更重了。

郭慨看了看表，下午 2 点 20 分。上午柳絮给她打电话，电话里没说具体的事情，只说有非常重要的线索，一定要赶快见面。原本打算出来个把小时就回去的，现在么……郭慨打了两个电话，安排了工作上的事，让自己可以在外面多待些时候。他觉得自己需要和柳絮多处会儿，倒不为了分析信件，这方面柳絮帮不到他，无非他说她听，而是柳絮现在得有个能说说话的人，讨论讨论，心理上有个支撑。否则一个人在家里，对着这十四封信，难受。

接下来郭慨开始分析字迹。

“你看看这些信上的字。”郭慨指给柳絮看。

两个人的字都不好看，一笔一画的，全无架构可言。这说明他们都刻意不用自己原本的习惯写字。

“案犯 A 的字还好些，你看 B 的字，有一个特点发现没有，横划总是左高右低，收笔有时收不好，还有偶尔一行字会越写越往右下方偏移，如果不是信纸每行有横纹，相信最后一个特征还会明显很多。”

“这说明什么？”柳絮问。

“最典型的左手非利手字。就是说写信人惯用右手写字，但故意用了左手，就出现这些特征。这两个人的信任是一点一点达成的，他们很清楚一旦被抓住会有什么后果，所以开始接触时小心翼翼，避免透露出能查到自己身份的任何信息。既然他们如此小心，那么展现出来的身份信息，都有可能是误导。比如案犯 B 说话简单直接，可能只是因左手写信不便故意如此，而他表现出的粗鲁，更和一个医学院学生的身份不符。你有哪一个同学平时说话，就是这么粗鲁的吗？”

柳絮摇头说没有。

“这就对了，难道这个人平时都装得斯斯文文，却在这样危险的通信里把本性暴露出来吗？当然不可能的，所以他在装。装字体，装性格，那么有没有可能装性别呢？”

“你是说，行文粗鲁的那个是女的？”

“就下毒便利方面说，两个都是女性的可能性最高，都是男性的可能性最低。可以肯定的一点是，如果你照着信里表现出的写信人形象去在同学里寻找，会误入歧途。”

“啊，我还在根据信里的性格在同学里一个个猜呢。”

“按图索骥在这里是行不通的。身份信息不能相信，但是其他信息的可信度就要高很多。比如信里关于毒物的描述，这很可能是真的。在第十二封信里，案犯A说自己用的是一种不太方便下的毒，无法下在中草药里，说明不会是粉末颗粒的，多半是液态的。案犯B的毒就不同，成分稳定，不容易和其他毒相互作用，并且很可能就是粉末颗粒状的。这个方面，你比较懂行，可以想一想有哪些毒符合。在你们学校容易获取的毒，优先考虑。”

柳絮点点头，说：“医学院的学生，只要有心，能拿到的毒挺多的。其实只要有一些专业知识，从药店里也能买到。”

“也是，杀人和救人，要懂的东西是差不多的。”郭慨开了个玩笑，但柳絮并没有接到，沉着脸看着这些信。

到了郭慨必须要走的时间，柳絮把摊在桌上的信一张一张地收起来。她收得很慢，收几张就停一停。

“别忘了这些给我复印一下，一会儿出去在附近找个地方。”郭慨说。

柳絮怔了一下，然后说“哦”。

“你在想什么呢？”

柳絮加快速度把所有的信收好，摞齐，交到郭慨手上。郭慨发现她的眼眶有点红。

“我在想，不管文秀娟是怎么得来这些信件的，当她看到这些信时，是怎样的心情啊？”

4

回家的路上，柳絮一直在想，如果她在收到遗物后第一时间就打开发现了这些信，会怎么样？如果这些信被调包过，故意要误导她做一些事情，会是什么事呢？

她还是想不出，应该就和刚才回答郭慨的一样，什么都不做，继续做一只可悲的鸵鸟吧。

直到她在楼底下碰见下班回来的费志刚。

会和费志刚说的，她突然意识到。一定会和费志刚说，这是她当时唯一的依靠。说了之后呢，如果凶手就是想要费志刚知道这些事，想要费志刚看见这些信，那么费志刚又会是什么反应，又会做些什么？

太复杂了，完全想不下去。

费志刚问你出去啦，柳絮嗯了一声，也没说去了哪里。费志刚觉得柳絮有些心事，但他两天里上了三台手术，这时候实在没力气去探究妻子有什么苦闷，洗了个澡往床上一倒，再醒过来，是夜里 10 点半。

柳絮睡在旁边，客厅里亮着小灯。费志刚小心起身，走出卧室。餐桌边的椅子已经拉开，他坐下，收起塑料饭菜罩，下面是三个菜和一碗搁着筷子的白饭。他惯常这样，连续工作，回到家里倒头就睡，晚上饿醒吃点东西，看点书或玩会儿电脑，到凌晨再接着睡。菜是白灼基围虾，马兰头拌豆腐，红烧带鱼。柳絮的手艺是很好的，这些年来她一直努力过生活，把妻子这个角色诠释得很好。除了没有孩子。费志刚没热饭菜，一个人慢悠悠吃了二十分钟，洗了碗筷回到卧室，坐到电脑前按下启动钮。风扇和硬盘的蜂鸣声渐次响起，费志刚听见些别的声音，回头看到柳絮半坐起来。

“吵到你了。”

“没有。我没睡着。”

费志刚见柳絮只是坐在那里瞧着自己,黑暗里看不清楚妻子是什么表情,就问她这是怎么了。

柳絮从床上下来，打开了大灯。

“还记得文秀娟吗？”

费志刚把身体完全转过来，背对着电脑坐好了。

“当然记得。”他说。

“她留给我一样东西，一管箫，她生前时常吹的。我一直没打开看，今天早上我看了。发现箫里藏着这个。”

柳絮拉开床头柜的第一格抽屉，取出那些信，递给费志刚。

这些信，费志刚来来回回看了整两遍。

“这是真的？”他问。

柳絮没有回答。

“我不该看到这些的。”停了停，他又说：“所以，我的同学里，我的同事里，现在有两个杀人凶手。”

他又拿起信看，翻了几页放下，说：“其实我想过的。不光我想过,相信班里其他同学也都想过,文秀娟到底是病死的,还是……但是没有人说,没有人查，连她爸爸也没说什么，遗体很快火化了，没做尸检，这件事就这么过去了。没想到，今天你又把她翻出来了。”

“文秀娟，她到底是个什么样的人？”柳絮问。

“你和她是好朋友。”

“但我和她只认识了几个月。”

“你想做什么？”费志刚注视着妻子。

“我想……”柳絮想要找出文秀娟死亡的真相，想要抓到两个互相通信的谋杀者，想要对得起朋友，对得起她临终最后的愿望。但她只说了两个字，没有胆气把剩下的话说清楚说明白。这是她的家，这里现在只有她和丈夫两个人，但她总觉得，有一双眼睛在背后盯着她的一举一动，不，是两双眼睛。

费志刚摇了摇头。

“你想做什么，都不敢说出来。”

他走出去，再进来时手里拿着个空的杏花楼铁皮月饼盒子，那原本是家里放常用药品的。他把信放进去，把桌上的鼠标、笔筒之类的杂物扫到一边，留出一方空地，把月饼盒放到中央。

然后费志刚点了支烟，深深地吸了两口，过了半分钟，才慢慢开口。

“我们的这些同学，现在都在各个科室的主力位置上，这六年，每一个人都非常用心，就医生来说，都是优秀的，而且救了不少人。当然，当医生的救人，和杀害文秀娟，是两回事，但作为杀人凶手，能够多救一个人，也是多一份补偿。最主要的，我最担心的事情，如果你现在报警，光凭这些信，能不能重新立案？”

他吸一口烟，看着柳絮。柳絮没有说话。郭慨没有提过报警的事情，他自己是警察，不提报警，也许的确走正常途径很难立案吧。

“已经九年了。如果立不了案，你就又像当年那样，把自己推到一个危险的位置上了。就算重新立案，能不能破？破不了的话……”

费志刚叹了口气，接下去的话有些难以启口，但总还是要说出来。

“破不了的话，你会怎么样，我会怎么样？这两个凶手，心狠，手辣！

你当年掉进尸池里，我知道一定有内情，但忍着一直没有问，现在看起来，就是他们干的。因为你那个时候在查他们。如果不是我，你这条命已经没了。他们是做得出来的。九年前能做，九年后也能做。那个时候，我们不知道他们到底是谁，警察更帮不了我们，我们就是第二个第三个文秀娟。”

柳絮的脸变得更白了。

费志刚抖了抖烟，烟灰落进月饼盒里。他看了一眼，拿起打火机。

“已经过去九年了。已经过去了。活着的人，让生活继续吧。”

火苗从火机上腾起来。费志刚看着柳絮。

柳絮沉默着。

费志刚点着了那些信。火和烟升起来。他看着火，又猛抽了一口烟，把剩下的半截扔了进去，长长叹息。

柳絮望着这蓬渐趋炽烈的火，心里想着，原来告诉了费志刚，他是这样的反应啊。但他刚才说的是有些道理的，已经过了九年。九年前呢，他也会把信烧了吗？

无论如何，还是先不告诉他郭慨的事了吧。

5

柳絮开始看侦探小说。一天两本，一个星期十四本，看得她想吐。

她是去看小说中的侦探的。看侦探如何一层一层抽丝剥茧，抓出凶手。在那些小说里，无论怎样离奇的案件，最终总能真相大白。然而柳絮越看越沮丧，她发现自己无能为力，如果她是书中人的话。她设身处地，假装自己真的是穿着风衣叼着烟斗漫不经心出场的侦探，可是她看不见一丝一毫的线索，直到真相揭晓的那刻，她把书回翻，才看见线索早就明明白白摊在眼前。从第一本，到第十四本，她完全没有一点点的长进，迷雾从字缝里飘出来将她困住，再怎样挥手驱散，都无济于事。柳絮意识到自己就像是书中侦探的助手，或者警察，总之就是那类专门塑造出用来衬托主角的角色，甚至，比他们都不如！

当柳絮努力想象这些故事，想象自己闯入进去身临其境的时候，尽管她无法成为一个侦探，但却成功地越来越接近故事中的另一个主角。是的，她对那些凶手越来越害怕，仿佛能闻到肚子剖开后的腥臭味，仿佛能看到丝巾勒紧脖子时的深痕，仿佛能听到刀锋在白骨上刮过的铮铮声，若隐若现的脚步随时都会在身后浮起。与凶手相伴的感受，柳絮想，是因为自己真的有过这种经历吧。

“看这些没什么用的。”郭慨说。

“现实里不会有那么多残忍变态的案子吧。”柳絮问。

“现实里的人，要比小说里的，更复杂。”郭慨看了她一眼。

“查得怎么样？”

“你的朋友，和你想的不太一样。”

除了确认这次见面的时间和地点，在之前的一周里，两个人没有更多的联络。对于柳絮来说，在费志刚烧掉了那些信件之后，她陷入矛盾的状态里。到底要不要再继续下去，她有一种不愿承认的动摇。一方面开始看大量的侦探小说，看书中的名侦探如何破案，另一方面，她却并没有开始细细梳理当年的记忆，梳理关于文秀娟死的线索。她想等等再说，看郭慨能查出什么。一个没用的看客，对于自己，她闪过这样的念头。

郭慨希望柳絮能远离这件事，他希望她当一个看客。如果不是非问不可的问题，他宁愿多费些周折自己调查出来。正如有时候亲吻是为了告别，拥抱之后才得以彼此前行，他让柳絮重新面对九年前的噩梦，是为了她可以永远摆脱。所以，如果可以，这场噩梦就由他走进去，她停在外面就好。

见面的地方是巨鹿路弄堂里开出的一家小咖啡馆。郭慨说，找个你家附近安静些太阳好的地方，柳絮就选了这里。新开不到一年，顾客三三两两，柳絮来过几次，没见坐满过。原本的花园用玻璃封了一半，和店面连接在一起，玻璃外的竹子和里面的几盆滴水观音气息相通，让整个店堂都有半户外的感觉。往日里下午都需要把顶棚遮起一半，免得太阳太晒，今天不用，阴天。

“我查了文秀娟的家庭情况，并不太好。”

“不好？”柳絮一时没有反应过来，讷讷地说：“是她爸爸妈妈碰到困难了？啊，这些年……我应该去看看他们的。”

尽管柳絮把文秀娟视为好友，但这段感情只维系了短短几个月，还没有机会延伸到彼此的家庭。那管箫是她和文父之间唯一一次交集。

“她家是住在虹镇老街的。”

就像巨大的冰原上忽然生出一道裂痕。

虹镇老街。这是上海虹口区的一个小小街区，但上海人没有谁会不知道这个地方。对于老街外的人来说，这四个字意味着混乱浑浊的丛林，尤其对柳絮这样的女孩而言，是听见名字就要掩鼻避走的地方。她听过许多关于虹镇老街的传说，比如，一个老街外的人，不可能毫发无损地穿过它。在柳絮的概念里，住在那儿的不分男女，不论老少，全都是流氓，那是上海流氓界的圣地，从那里出来的人，在全上海的混子里都算是人物了吧。

这样的地方，怎么会和文秀娟有关系？她怎么会住在那里？她是好人家的孩子呀!

“她爸爸是开出租车的，妈妈长年重病，有一个姐姐在高中的时候生病去世了，家里条件一直很困难。”

柳絮看着郭慨，意识到他不可能骗她。心中那座形象轰然倒塌——文秀娟一直在骗她。

她一直以为，文秀娟是好人家的孩子。衣食无忧，教养良好，祖上是有文化的资本家或者书香门第。可竟然是虹镇老街。

的确，文秀娟从来没有声明过她出身优渥，但她偶尔会说起怎么鉴别沉香的好坏，红木家具保养有多麻烦，白玉牌子一直不戴要盛一碗水放进去润一润，这些碎片完全能够拼出一幅底蕴深厚的家族图景。文秀娟会去做药试挣钱，可是她又告诉柳絮，她资助了两个贵州贫困山区的孩子上学，算一算那笔支出几乎和她的药试收入持平。文秀娟还说，过几年暑假的时候，她要赞助那几个孩子来上海旅游，到时候让柳絮一起来。甚至她常常说起的路名，都是“华山路”“复兴路”“武康路”，以及“静安面包房”“红房子”“美琪大戏院”，有一次她还带了一支马可孛罗面包房的法棍给柳絮吃，这让柳絮一直觉得，文秀娟是住在“上只角”的，并且多半是幢带花园的大房子。

所以，这一切都是假的。

柳絮简直不能理解，为什么一个人要处心积虑地把自己如此包装，文秀娟居然虚荣到这种程度?

那么她还有什么是假的?什么是真的?她和自己的友情呢?

一瞬间，柳絮发现自己不认识那个人了。

关于文秀娟的另一面，郭慨并没有深谈，因为他也只是从公安的系统里调了档案信息来看，并没有时间深入去了解，而且目前没有迹象表明文秀娟的家庭情况和她的死有关联。

除此之外，这周郭慨还去了次医学院，他给柳絮看了一张照片。照片上是棵松树的树干近景，那儿有个树洞。就是第一封信上提到的树洞，两个谋杀者最先使用的“信箱”。按照信上所述，郭慨没费多少力气就找到了它。当然，时隔九年，洞里早已经找不到任何痕迹。

树洞算不上线索，只是个印证。倒是如今依然在同一幢楼做宿管的大妈提供了个诡奇的信息，也不知郭慨是怎么和她说上话的。文秀娟出事前两天的清晨，或者说半夜也可，25 号早上 4 点刚出头的样子，她醒过来时发现楼外有光亮。12 月的天，那个点还一片黑。她走出去，看见有个人蹲在外面烧火盆，吓得脖子上的汗毛一根根立起来。那个人就是文秀娟，蹲在那儿一声不响，对大妈的问话也不回应，端着火盆就回去了，那火大概本就快烧完了，端起来走进楼道时忽地就熄了，连同整个人都隐没在阴影里。这事情太不吉利，加上两天后文秀娟就出了事，以至于宿管大妈每每事后想起，都忍不住怀疑，当时她看到的到底是文秀娟本人，还是一个出窍的魂灵，在为自己的死亡做一场事先的祭奠。

所有这些事情背后的信息，柳絮自然无从分辨，她只是听着，听郭慨把那一段时间的各种细节慢慢补完。她明明就生活在其中，但是却对这些一无所知，现在听来，有一种闯入陌生世界的奇异感觉。不，应该说是走入了世界的阴影里，就像走路的时候，你不会去观察自己的影子，理所当然地认为那影子跟随着自己，毫不出奇，而她现在，发觉组成影子的无数黑点里藏了太多的秘密。

“你想过吗，文秀娟的症状，有可能是中的哪种毒？”郭慨问柳絮。

这是他今天第一次向柳絮发问。柳絮没有准备好，愣了一下，而且她也的确没有周全地思考过这个问题。

“我问了我们的法医。”没有等到柳絮的回答，郭慨也不在意。

“我告诉了他文秀娟的一些慢性症状，他说这很难判断，最可能是神经性的疾病，或者是免疫系统的病变。我说如果是中毒的话有哪些可能，他说首先考虑重金属中毒，比如铅、汞、砷。”

柳絮点头，然后她意识到，郭慨说的这些，其实是常识性的东西，他不说，自己也应该能判断出来的。只是，这些曾经熟悉的知识许久不用，已经生锈板结。她努力在记忆里翻找，然后说：“的确像重金属中毒，当时如果怀疑，可以通过尿检查出来的。但是现在人过世了那么久，是不是能从骨灰当中检出，就难说了。嗯，不过，要是秀娟真的是重金属中毒致死，多半渗到骨头里了，骨灰里也是会有微量残留的，就看仪器的精度了。”

“就现在的情况，还不到向家属提出重验骨灰要求的时候。以后等到掌握了更多的情况，我是打算去拜访她爸爸的。接下来，我想办法查一下文秀娟当时住过的医院，她既然怀疑自己中毒，肯定是做过一些检查的。”

“对对，她自己一定都查过一遍的。”柳絮点了几下头，又迟疑地问：“可是既然她都查过一遍，那应该是没查出什么才对。”

“不一定都查过一遍。重金属有那么多种，现在好像有新式仪器，一次能化验几种重金属是吧，那个时候，应该还是特定的试剂对应某一种重金属检测的吧。她可以要求医院查两三次尿样，再多的话，医院也不答应吧，难道她会直接和医院说，怀疑自己被下毒，所以要一遍遍地查吗？”

柳絮想到那一次报警时文秀娟的态度，摇了摇头。

“所以我只是想做减法，知道她做过哪些检查，就可以把那几种毒源排除，再看剩下的毒里，有哪些是比较容易从医学院里获得的。”郭慨向柳絮解释自己初步的破案思路。

“这是一条线，还有一条线是笔迹。尽管那两个人在信里对笔迹都做了伪装，但是对笔迹鉴定专家来说，也是有迹可循的。但前提是要拿到足够多的日常笔迹样本进行比对。这个呢，我会去想想办法，但是，也许你更方便一点？你也想想办法看吧。”

“好的。”柳絮说：“他们每天都在写病历开药方，应该有办法拿到的。”

把一周所获说完，并没有花郭慨太多时间。他看柳絮神情较一周前憔悴，就不想往深里展开，他想柳絮未必能在思路上给他太多帮助，谈得多了，徒扰其心，把进度说清楚也就是了。他倒是有心想和柳絮聊聊其他，随意扯扯闲篇，却又觉得不太好，不太方便。原本已经是陌路，现在就守着本意，不要再节外生枝了。他想着，如不是当年的事情落下了病根，柳絮和费志刚的生活是幸福的，他现在想法子把病根抽了，以后么，偶尔可以见上一面说会儿话，已经是极好。这样子，柳絮就算是又回到了他的生活中，而他从来不在柳絮的生活里，过去未曾，今后更不必。

当郭慨沉默下来，慢慢转着茶杯的时候，柳絮也同样安静地望着桌边滴水观音宽厚的叶片，两人间如有默契。这平静慢慢尴尬，又转为微妙，然后重归于平静。渐至傍晚，在这时光里，云开了，太阳照了会子竹叶，终又隐没不见。恰好他们也已把壶里的茶叶啜得没了滋味，便散了。

回去之后，柳絮考虑该怎么拿到同学们的笔迹。说起来，他们每天都大量在开方写病历，但是真的要拿到，却很难。她早已经不是医生，偶尔会去医院，但毕竟不经常。她也不能拜托费志刚，他把那些信烧掉的时候，妻子没有阻止，自然以为妻子并不打算追查。柳絮觉得这样挺好，在有结果之前，别把窗户纸捅破，这样家里可以安宁。

一直到下一周见面前，柳絮都没想出好办法。而且她意识到，处方或者病历未必是好选择，因为写在那上面的字为了求快所以格外潦草，和医生正常写字并不一样，算不得好样本。那什么是好样本呢？每个医生都要写年终述职，上面的字是日常书写的最好样本。柳絮之所以会想到这个，是听费志刚说起，院办要把档案室移到浦东的新医院去，于是开始琢磨档案里有什么医生亲笔写的东西，述职报告就在这时候自然地跳了出来。历年医生们的报告应该都存在档案室。想到归想到，柳絮又不是员工，搬家的时候不能凑在旁边偷报告。所以等到见面的时候，柳絮只找出了几张同学的过年贺卡给郭慨，郭慨收了，却说价值不大，贺卡上字少没有比对意义。郭慨说那费志刚的字你总有吧，柳絮说怎么你还怀疑他？郭慨说你现在没有其他的，那就把你先生彻底排除一下，从刑侦角度讲再小的可能性也是可能性，排除一下总没有坏处，你别不高兴。柳絮也没不高兴，说行，下次带给你。

述职报告的主意郭慨觉得很好，如果能把历年的报告都拿到，也许勉强够做基本的分析。至于怎么拿，郭慨说你别发愁，交给我想办法。柳絮想不出郭慨能有什么办法，觉得他很神，难道要像影视剧里穿着黑衣服夜里偷入档案馆吗？结果又过了两个星期，郭慨说拿到报告了，原来档案室搬家之前大清理，把没用的文件打包卖给废品站，述职报告显然是其中之一。原该是粉碎之后处理的，但实际操作上没人严格执行。东西到了废品站，警察要去挑出些文件就方便得很了。柳絮想，他一定早就猜到，所以才不慌不忙答应下来。

费志刚的字迹比对最早完成，没有发现明显的类同笔迹，尽管柳絮本就知道他不会是，但也更定了心。至于其他同学的，则要多等几个星期，工作量太大，用郭慨的话说，这回得欠那位老师大人情了。

调查下来，当年文秀娟在医院里做了不少检测，重金属排除了铅砷，轻金属排除了铝，除此之外，还做了血液中寄生虫卵的检测。所有这些都是非常规检查，在短暂的住院期间做了这么一大堆，足够让不耐烦的医生护士给坏脸色，觉得这个病人有疑病症了。但是那么多种重金属，被排除的毕竟是少数，还有太多种可能。郭慨逐渐认识到，九年后的今天，如果无法检测骨灰，单靠症状是没办法锁定毒物的。

郭慨还做了件让柳絮叫绝的事情。因为信件里提到了《红楼梦》《笑傲江湖》《鹿鼎记》等几部小说的名字，他设计了张问卷调查表，雇了几个大学生去做青年精英阅读情况调查。当然其实只做和生医院青年医生们的调查。问卷上有许多书名，看过的就打钩，其中有名著类《红楼梦》，也有通俗小说类《笑傲江湖》《鹿鼎记》。行动本身异常成功，所有的目标人物都接受了调查。但结果让人沮丧，所有的男同学都看过这两部武侠小说，女同学里刘小悠看过，夏琉璃则只读过《笑傲江湖》，《红楼梦》所有的女同学都看过，男同学里裘元看过。也是因为这几部小说太大众化了，无法筛出凶手。

柳絮越来越觉得郭慨很有办法，郭慨自己却并不这么认为，事实上，比起在刑侦队的时候，他感觉束手束脚极了。所谓笔迹、医疗记录、阅读背景这些，是比较间接的证据，甚至有些都不能算证据。时间过去了那么久，有效的证据大半都已湮灭，偏生他还不能直接地去挖出这些大半截入了土的证据，因为没有身份。户籍警和刑警是两个概念，立案和没立案更是两回事，即便他动用了所有的关系，想尽了办法，一个星期的进展，也比不上正经刑警查案子的一个小时。如果现在立了案，他是办案刑警，医疗记录、笔迹之类的只需要一个电话或者几句面询，更多的时间应该放在询问各个案件相关人员上面。证据会被时间掩埋，但人都还在，通过技巧性的问话可以迅速锁定方向，缩小范围，重新挖出埋在土里的线索。可是现在，他每询问一个相关人员，都要编出一个理由，并且因为这个虚构的理由，让他的问话不可能像一个办案刑警那样直接和深入。以前他觉得那些半地下的私家侦探全都是废物，现在他知道这活果然不好做。

郭慨觉得自己像一只秃鹫，总是盘旋很久才能有一次俯冲，收获却无法果腹。事情在艰难地进展着，他找到了当年暗恋柳絮、帮她做过一次矿泉水毒性化验的学长冯文长，他毕业之后留校当了老师。这次郭慨没找特别的理由，只说是柳絮的朋友，再了解下当年化验的事情。他故意穿了警服去，故作玄虚。毕业后柳絮没和冯文长联系过，但他还记得这事，瞅着郭慨这身皮，心里有点忐忑，因为那时柳絮用的理由是家里长辈疑心水里有毒，九年后一个警察找上来，是不是出了啥事。郭慨说没事，你别担心，我们今天就随便聊聊，你有啥说啥，这事情扯不上你的，我就了解下情况。这口气特别唬人，果然冯文长虽然一脸想逃开的模样，还是很配合地回答了问题。

冯文长当年想追求柳絮，所以拿她的请求特别当回事，化验做得非常仔细，而水又是很容易化验的物质，所以九年后郭慨问起来，他还是非常确定地回答，水里没其他东西，是安全的。郭慨把话题往文秀娟头上试着扯了扯，居然扯出新进展。在柳絮拜托化验之前，文秀娟也拜托别人做过化验。化验的东西是一些头发和指甲，她没说是谁的，但后来大家都猜到应该是她自己的。当时她也是请一位能够用实验室设备的学长帮忙，结果一切正常，但文秀娟对这个结果不满意。委培班恰有位同学在做实验室的练习生，学长很自然地让那个同学帮忙做掉一部分化验的工作，结果文秀娟说你不应该假手他人。这样的指责在当时非常没有道理，闹得大家都很不愉快。至于那个做练习生的同学到底是哪个，冯文长就记不得了。见面时郭慨问柳絮，柳絮有点印象，说应该不是裘元就是马德。

郭慨一直忍着没有去找柳絮的任何一个同学。他想在外围做足了功课，不想打草惊蛇。文秀娟的死是委培班所有同学的心病，一般情况不会愿意谈的，所以郭慨打算把这块阵地放到最后再攻。这不妨碍他侧面了解这些同学的基本情况：张文宇是内科骨干，上海人，家境一般，性格外向，外貌能称英俊，很招惹女护士；钱穆在脑外科，上海人，父母都是知识分子，为人开朗，相比张文宇在学术上成就更高，两年前他和刘小悠结了婚，同学里除了这一对和费志刚，其他人都还单着；刘小悠是哈尔滨人，性格爽快，说话做事都有一股子向前冲的风火劲儿，但是血液科的病人格外需要安静，所以她常常放着音量说前半句，后半句想起来了再把声线压下去，一直被同事拿来取笑；战雯雯是无锡人，小儿科的副主任，性格有棱有角，但对孩子倒是格外耐心；裘元在外科，徐州人，是同学里最内向孤僻的，怕和人打交道；赵芹出身海派中医世家，但却没干中医，而是留在了神外，她很安静，有文气，和裘元是男女同学里最爱看书的两个人；司灵家庭条件很好，家里在温州有工厂，出手大方爱请客，读书的时候有些傲气，当了医生以后几乎不让人觉得了，这让她的人缘变得很好，她在传染科；夏琉璃给人的印象是文弱胆小，说话没中气，像欠着人钱似的，病人特别喜欢她，觉得这个上海女医生格外温柔，她也在传染科。所有这些人，不管是什么样的性格，外向还是内敛，风评都是格外地好，难得有几个病患投诉，也都不是他们的责任。从职业道德上讲，是白衣天使的典范，说任何一个人是杀人凶手，都仿佛是天方夜谭。

但郭慨知道，人是有多面性的。一个恶棍可能会在道德的某一个方面做得非常好，这种隐蔽性无损其恶棍本质。而且，出于赎罪心理，凶手在杀人之后，希望在其他方面做出补偿再正常不过，努力当好一名医生，治病救人，难道不是让自己能够心安理得生活下去的最好方式吗？

哦对了，还有马德，被甄别之后，他如今依然做着与医学有关的事情。他成了一名医药代表，往医院卖药。随着他的同学们在和生医院开始有一些话语权，他的生意也越来越好了。

每个星期郭慨和柳絮碰面的时候，他把搜集到的这些信息铺展在柳絮面前。丝丝缕缕的线索织出一个黑洞，坐在对面听着的柳絮慢慢被引进洞里，只觉得越来越冷。好在每次说完之后，他们总是又静静坐一会儿，于是柳絮便觉得回暖了一些。

最开始柳絮还尝试思考，尝试参与到郭慨的思路里，但慢慢地，当信息越来越多，她就越发地理不出头绪。她想，这迷宫看来还是只能郭慨去走，她会陷死在里面的。

其实郭慨也很困惑，至今他都没能从这些信息碎片的缝隙中找寻到一条小径。柳絮觉得有一个深不可测的黑洞，而他觉得有无数个洞，像蜂巢。他决定再多了解一下文秀娟，走得离死者更近一些。10月底的时候，他先是走访了文家的邻居。几个老邻居回忆文秀娟，都说文家的小女儿太可惜，打小就懂道理，特别孝顺，对姐姐也尊重，乖巧得很，还常常照顾弄堂里的野猫野狗，有爱心，虹镇老街出这么个女孩子不容易。这样的评价倒让郭慨略感意外，他原以为既然文秀娟欺骗了柳絮，把自己伪装成大户人家的女儿，那么真实的她多少总有不堪之处。现在，他觉得看不清楚这个女孩子。于是他决定去拜访文秀娟的父亲文红军。

他把这个决定告诉柳絮，柳絮有些担心，说太急了吧，老人家现在不会让动女儿的骨灰的吧，他能承受得住女儿被谋杀这个噩耗吗？郭慨说，其实我已经去过了，就在上午。

确切说是当天的清晨，整个见面的过程让郭慨感觉有点怪。

文红军是个老出租司机，上白班，每天早 6 点半出车，晚 11 点半换班，中间回家两次给老婆喂饭。早上在小区门口接了车，二十米外就瞅见个胖青年扬招。车在郭慨跟前停下，他坐进副驾驶，说随便开，开慢点，不上高架。几十年司机下来，见过各色人的文红军对这样的要求见怪不怪，“哎”了一声，便沿着四平路慢慢走。离早高峰还有一小时，路上很通畅，开得再慢也有四十迈，转眼就到了大连路口。他听见旁边的乘客说，你女儿从前读书的地方，就离这儿不远吧。

郭慨放出了这句话，准备迎接一个急刹车。倒是没有，老司机满是皱纹的侧脸上，眼角的几条纹路忽然深陷下去，胸膛一个大起伏。他换了空挡，车子滑行了一段，在红灯前停下来。然后，他才转头去看这名不速之客。

“我有一个好朋友，她认识您女儿，文秀娟。她告诉我，文秀娟的病得得很蹊跷。”郭慨停了停，像想起什么似的，说：“啊，我是个警察。”

换绿灯了，二挡起步，倒是比刚才开得更快了些。

“还是随便开吗？”

郭慨愣了一下，说：“如果您有时间的话，能聊聊吗？”

“我要做生意的。”

“哦，那就还是随便开吧。”

“什么蹊跷？”他问。

“都已经过去那么久了。”他说。

“你们警察在调查吗？”他问。

“只是我。”郭慨说，“如果的确有疑点，足够立案的话，我会说服局里……”

“算了。”文红军说。

他以三挡的速度开着，很稳。

“如果你女儿的确是被人害死的话，作为父亲……”

急刹车把郭慨下面的话塞回肚里。

“我有两个女儿。”

桑塔纳就这么停在路中央，前不着村后不着店。

“我有两个女儿，都死了。死掉的，活不回来。”文红军转过头，盯着眼前的年轻人。

“现在就只剩下我这个老东西活着，还有孩子她娘，两个人。你要查什么，为谁查，为我？我不需要，算了。为文秀娟？嘿。非要查，你自己去，别来我这里，我还要做生意的。你这个，不是生意，就这里下去吧，不要你钱。”

“所以我只好下车，在大马路中间。”郭慨对柳絮说。

柳絮觉得文父的态度有些奇怪，郭慨也是。他甚至觉得，文红军听到他说文秀娟可能是非正常死亡时，表现得并不太惊讶。那张如西北庄稼人般布满了皱纹的脸上，在那纵横的阡陌深处，有某种他看不透的东西。

也许文红军那里能挖出点什么？郭慨想。但是下次去之前，要做好准备，得有拿得出手的东西才行吧。

10月的最后一个星期四。柳絮走到咖啡馆的时候，郭慨站在门口等她。咖啡馆的门上贴了张纸，上面写着“店主有事，歇业一天”。

太阳远远地照着，秋高气爽。郭慨说：“天气这么好，要不附近散散步。”

柳絮摊开手掌，看着满手的太阳，神思恍惚，她和文秀娟骑着自行车迎着江风冲下亚洲第一湾的那天，也是这样的好天气。

她摇了摇头，把这些驱赶出脑袋，说：“这儿离我家太近了，万一志刚提早回来撞见了……碰到熟人也是不好。”

郭慨愣了一下，忽然说：“去东长治路那边走走？你有很久没回那边了吧。”

他看着柳絮，柳絮慢慢点了头。

他们叫了辆出租车，司机是个话痨，两个人都没说话，柳絮隐隐约约有种对费志刚的负疚感，和另一个男人散步，为了避开熟人特意坐车去别处，这仿佛踩线了。但是自己并没有那种意思，也的确是很多年没有回家瞧瞧了。或许不该答应的，刚才就在附近另找个坐的地方就好了。

郭慨让车停在东长治路桥下。柳絮站在桥头，东南西北，全都是旧时光涌起的波浪。

“想什么呢？”郭慨问她。

柳絮摇摇头。

五年来她头一次回到这里。这样陌生的熟悉感，竟让她有些许负疚。

当然，这负疚感是对母亲冯兰的。她有时会和母亲通电话，隔一阵子冯兰也会去柳絮那儿，但终究不同了。五年前她狠狠把自己和父亲劈开，伤痕却刻在了三个人的心里。

两个人沿着桥往长治电影院的方向走，苏州河的腥气比小时候淡了很多，九龙路上的堤也修得更高。郭慨说，那时候常常跳到泊着的船上去冒险，被船主发现后再大呼小叫地逃上来。柳絮说我记得的，你那个时候疯玩，十足的野小子。郭慨说那时候我觉得自己可能耐了。他瞧了柳絮一眼，说不过你一定觉得那很蠢。

没有啊，柳絮说。我就是很内向的，一直觉得和你这样的男孩子，是在两个世界里。

郭慨笑笑。

柳絮觉得有点尴尬，小时候她的确很不喜欢郭慨，但现在她不想让郭慨感觉到这点，可是她又提醒着自己说话不要造成误会，不要过线。还没等她想出圆转的话，郭慨就说起了正事。

“所有人笔迹的分析前天已经出来了，没有发现符合两个写信者的书写特征。”

“这代表什么？”柳絮问。

“这代表他们藏得很好。样本还是不够多，所以这也不是什么难以理解的事情。”

“噢。”

断了条线索。但这也没什么，每一次郭慨总是展露一些线索，掐灭一些线索，或许过阵子其中有些又会死灰复燃。既然认识到自己对分析案情毫无天分，柳絮就变得像半个局外人，只需相信郭慨就行了。刚看见那些谋杀通信时的震撼、悲伤和恐惧已经慢慢平复下来，有时她也感叹，和文秀娟的友谊竟被时间冲刷得这么淡了，这才不到十年，那些曾经以为会永远记得的感情啊。

“上次和你讨论过，以文秀娟的症状，可以套进去的毒很多，凶手的选择范围太大，在没办法拿到骨灰做鉴定的情况下，不可能锁定毒源。不过我换了个角度，也许研究一下过往案例会有帮助。然后我查了下，呵，你想不到吧，这些年医学院还真出过学生中毒事件，一共两起，这可都是坐实了的。一种用的是铊，一种是亚硝基二甲胺。前者的中毒症状更像文秀娟。这两起案子我都在进一步了解，相关知情人我约了得有半个月了，这几天能见到其中一个，不知道会不会有启发，下周告诉你。”

“都是同学之间投毒？”

“亚硝基二甲胺是，铊是不明原因中毒。都没死人，所以也就没被曝光出来。”

两人沿着东长治路向东而行，不一会儿就走到了长治电影院门口，这座承载了童年诸多梦想和欢乐的藏宝洞，此时看来荒凉得有些破败，售票窗口前一个人都没有，张贴区也都是过了时的海报。

“一直在说北外滩改造，到时候东长治路肯定要拓宽，也许这里很快会拆掉。”郭慨说。

旧的东西一点一滴地流走了，柳絮想。

手机响起来，她看了眼来电，是费志刚，心里不禁一跳，连忙接起。

费志刚早下班见她不在家，问她在哪里什么时候回来。柳絮说妈妈最近身体不太好，自己去下海庙帮她拜拜，还要一会儿。她问费志刚晚上想吃什么，说回家的时候去菜场买。挂了电话柳絮一时不敢去看郭慨，自己都没有想到能把谎话说得如此顺溜，心里觉得有些异样。

郭慨也没说话，两人便这么慢吞吞踱着步子往前。下海庙也是这个方向，大约二十多分钟的路吧。

柳絮把头抬起来，看了郭慨一眼，他望着另一边，像是在看风景，又像在怀旧。其实他天天都在这一片儿打转，有什么风景好看有什么旧好怀呢。

柳絮终还是忍不住解释："志刚他不晓得我每个星期和你碰头，他不知道我还在查这个案子，他以为我对文秀娟已经……"

"我知道的。"郭慨转过头冲她笑笑，"前两天我找过金浩良，你们的辅导员。"

回到文秀娟的话题，让柳絮松了口气。

郭慨是穿着警服去找他的，摆出一副在刑侦队时的做派，说就是来了解一下文秀娟这案子的一些情况，当然这还不是一个案子，并没有重新立案，只不过队里收到了些新的情况，是不是要立案，得看着办。郭慨说我们就随便聊聊吧，我也不做什么记录，记得什么说什么，记不得也没什么关系。

之前郭慨和金浩良联系了几次，他一直推三阻四，这回实在躲不过了，态度也是恹恹的。听郭慨这么说了一通，脸皮收紧了些，说难道文秀娟真的是被人害死的，不会吧，谁能下这样的手，不过当年倒也听过些风言风语。郭慨继续安他的心，说这事儿还说不准，就摸下情况，一般嘛不会重新调查的。

郭慨找金浩良主要为的是文秀娟的同学关系。金浩良一直跟着委培班，从生活到学习都要关心，如果有谁恨文秀娟，指不定能看出点蛛丝马迹。之所以话说得这么保守，是因为他也接触过学生犯罪的刑事案件，知道青春期的犯罪大多是没有理由的，往往一个学生做出非常可怕的事情之后，身边的老师同学还在大呼怎么都看不出，完全想不到。但不管怎样，理通人际脉络，总归有好处。

文秀娟在委培班的人际关系，在第一年军训之初是非常好的，所以才会被选为班长，那次她拿到了十票，失的两票一票是她自己，另一票金浩良猜是司灵。但到了军训下半年的入冬时分，她的处境就随着天气一起进入了冰封期。必然是出了某一件事，但金浩良说他不知道，没有人向他报告过，仿佛一夜之间，文秀娟就成了不受欢迎的人。

“但只是不受欢迎而已，他们有点躲着文秀娟，没有谁恨她，我是个对学生情绪很敏感的人，辅导员这职务说实在的很合适我。没有感觉到什么强烈的情绪，肯定的。”

不过这其中有一个人是特别的，就是项伟，他还待文秀娟如故。

项伟应该是喜欢文秀娟的，金浩良回忆说。

第二学年之初，和文秀娟保持密切交流的就只有项伟，他人缘非常好，很努力地调和文秀娟和班里其他同学的关系，协助她做班长的工作。原本金浩良以为学期末文秀娟的班长职务会被选下去，没想到勉强过关。那次票分得很散，文秀娟和项伟同票，还有司灵和赵芹也分了一些票。最后项伟向大家建议还是让文秀娟继续做，他来辅助，大家才同意。第二学年下半学期时，至少表面上，金浩良觉得还过得去，但期末考试时文秀娟给了自己致命一击，她举报项伟考试作弊，导致项伟被开除。

“那个情况，你可以说她有点无情，也可以说她很有原则大义灭亲。当然其他同学不会这么想，尤其是项伟跳楼以后。”

听到郭慨转述这段话时，柳絮不禁摇了摇头，过了这么多年，金浩良还是没变。其实他最不适合当辅导员，没几个学生会喜欢这样的老师。

“我也猜到他和学生的关系并不像他自己说的那样好，”郭慨说，“他并不真的了解自己的学生。”

关于仇恨，金浩良分析说，项伟的事情之后，倒是可能真有人恨文秀娟。

比如项伟最好的两个朋友张文宇和钱穆。他们三个是篮球小分队，常出去和人打三对三篮球赛，走到哪儿都勾肩搭背，属于焦不离孟型。其中一个好兄弟就这么折了，人没死但一辈子算毁了，其他两个人心里有多恨都正常。郭慨问那女同学里呢，有没有人恨文秀娟，金浩良说也许有。项伟是个帅小伙子，虽然他摆明了追求文秀娟，但没准有暗恋他的呢。说完这些，金浩良又一次强调，说他不觉得有谁真的会对文秀娟下毒手，班里的这些学生都是好孩子，现在是好医生，干不出这样的事情。

“你觉得他说的是实话吗？”柳絮问郭慨，“我觉得他好像不是特别配合，说的这些其实靠推断也能猜个八九不离十，会不会心里有鬼？”

“倒也不能这么说，他不配合也正常。他正在争取你们学生处的一个领导职位，当然不想在这个时候被缠进这档子事里。另外，他还是和学生不贴心，学生有心事，是不会找这样的老师倾诉的。”

“嗯，反正你一定会把真相找出来的，线索已经越来越多了。”

郭慨笑笑。柳絮这样的反应，他挺开心。倒不是案情的进展，离真相还远着呢，根本没什么决定性的进展，但他查这个案子，并不是为了找出真凶，而是想让柳絮放下负担，正常地生活。

东长治路走到尽头和长阳路相连。小时候这是条漫漫长路，此时却不知不觉一路走过。在海门路口郭慨说左转吧，柳絮才意识到那是往下海庙的方向，想起刚才撒的那个谎，她浑身都不自在起来。

“真要去拜一下？”郭慨问。

柳絮耳朵根子有点儿发烧，心里想你肯定知道我是随口说的，这时候再提起来又是什么意思，存心让自己尴尬。

她硬着头皮点了点头，两个人过马路走了一小段，前方下海庙的一侧庙墙就已在望。

“其实你爸爸身体倒是不太好的，要不你也给他拜拜？”郭慨忽然说。

柳絮沉默。

“也不知你妈有没有和你说，你爸爸得了甲亢，现在瘦得厉害。”

柳絮当然是知道的，甲亢又不是什么绝症，老头子从前总是有使不完的劲道，现在可总算要安分一点了吧。这样对妈妈也好，她想。

郭慨还在讲，柳絮忍不住说行了，你知道我不想听他的事情。郭慨说但他毕竟是你爸爸，难道真打算一直这么下去，一辈子？然后他说了一句把柳絮彻底惹毛的话：其实你会不开心的。

开不开心我自己知道，我离开这几年过得再好不过，是我爸让你说这些的吗？是他给你钱了还是怎么着？你能不能别管我的私事，我和他的矛盾你调解不着！你觉得帮我做调查就够资格教训我了吗？如果那样就请你别再查了，离我远一点。

柳絮颤抖着身子哆嗦着牙一口气把这些话炮仗一样放出来，郭慨看起来有些难过。柳絮不知道该怎么收拾局面，拦下一辆出租车就跳了上去。

回家，回家，她对司机说。司机慢悠悠把车子开起来，问小姐您家在哪儿啊。柳絮报了地址。她整个脑袋都乱哄哄的，她想自己这是怎么了，竟然朝郭慨大发脾气，自己有多少年没发脾气了，上一次……是对柳志勇。羞愧涌上来，和还没退下去的怒气挤在一起。

开出三四条马路，她收到一条短信，是郭慨发来的。

是我不好，不该说那些，别生气啦。另外，别忘了给你先生买菜啊。

柳絮捏着手机开始哭泣。

6

那人把走廊上锁着的教室一间间打开。

“一整层都是？”郭慨问。

“对，都是，你快点看，到六点半就该有补课的学生来了。”

“这么些年，有用坏被淘汰掉的吗？”

“大概有吧。”那人耸耸肩。他不知道眼前这男人是来干什么的，也不想管。有人打了招呼，他又收了几张红票子，让他看几眼有什么关系。怪里怪气的要求，反倒让他不想多问什么。

第二个信箱就在这排教室里吧，自己运气不至于那么差。郭慨想。

谋杀通信前几封信约定投递在树洞里，后面就改成了贴在某张课桌背面。这张课桌却早就不在医学院里了，五年前医学院淘汰了一批旧课桌，被一家民办学校低价收购去，郭慨花了不少工夫才摸清去处。

郭慨只看单个的课桌，每一张桌面上都有刻痕，有“赵红霞我爱你”，有“傻货方强去死”，还有刻着乌龟、狗和麻花辫子女孩儿图案的。郭慨花半小时走遍所有教室，闭上眼回想，然后回到第三间教室，走到第二列第三排的课桌前。

和其他课桌上横七竖八没有规律的刻痕不同，这张桌子上的刻痕相当齐整。一个个小符号排得密密麻麻，粗看像是考试作弊用的，其实这些既不是汉字也不是数字符号，相当古怪。在谋杀通信中，案犯 A 提到过一次课桌信箱的特征，桌面上有“像密码的天书”，那么应该就是这张了。至于信中提及的瘸腿，倒是看不出来，估计是修补过。

郭慨职业性地分析起这些符号，其中有七个标记反复出现，第一个是个C状符，第二个是一条竖直线，第三个是横过来的S，第四个是条横线，第五个像个元宝，第六个是竖着的S，第七个是个圆圈。这七个符号纵向依次排列，周而复始。这样的纵列一共有四列，每列二十五个符号。每个这样的符号后面，往往还会跟着几个其他符号，那些符号更随意，郭慨一时没有发现什么规律。仿佛是个表格，郭慨觉得，那七个符号像是代表了七个类别，而更散乱无规律的符号，则是填进这张表格的内容。

郭慨觉得这七个符号应该不难破译，事实上现在他就有些头绪，只要再努力琢磨一下的话……他晃了晃脑袋，把神思抽离出来。先没必要在这上面花什么心思，他想，从谋杀通信来看，这张桌子和下毒案并没什么关联。

只是，总是有些古怪，巧合吗？郭慨摇了摇头，把这些没有任何证据支撑的杂念赶出脑袋。

郭慨把桌子搬到走廊上，那人倚在栏上抽烟，郭慨数了五张一百元给他，他嚷嚷了几句，显得不太情愿，然后接过钱，让郭慨动作快点，别给人瞧见。

郭慨把桌子搬到楼梯口，把桌子倒转过来，提着椅子腿下楼似乎要更方便些。

然后，他所有的动作都停止了。

这可能吗？他问自己。

在桌子底部，贴着张一折二的发黄信纸，透明胶十字交叉，把它固定住。

郭慨蹲下来，查看着信纸和透明胶的情况。这真的是九年前留下来的吗？九年里从没有人发现过，所以一直留到现在？

这可能吗？从没有人像现在这样把桌子翻转过来吗？可能性不大，但并不是没有，关键在于，它就在这儿呢！

郭慨伸手把信纸连着透明胶带揭了下来。

在读那十几封谋杀者通信的时候，郭慨只把它们当作是案件的证物，在看到第一个信箱——树洞的时候，郭慨也没有特别的感受，但现在，手里的这封信，却仿如一把钥匙，忽然之间，他觉得可以闻到这宗案子的气息了。

每次他闻到这种气息的时候，就会真的进到案子里，并开始看见那个世界的脉络。

他把信纸打开。

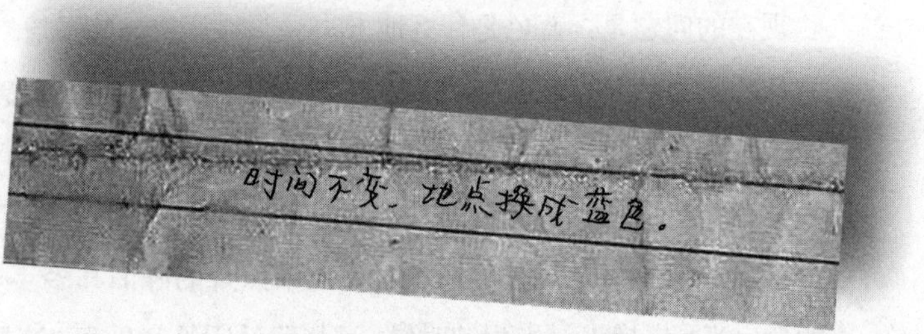

郭慨确认了信纸上没有其他信息，把它小心折好，放进外套口袋里。

他又看了眼胶带撕下后留在桌底的印痕，被胶带覆盖的地方颜色明显浅过别处，这是岁月的痕迹，看来，信真的是从九年前保留到了现在。

郭慨站起来，把课桌拎下楼去。尽可能地搜集与案件相关的物品，这是曾经一位老刑侦教他的，你指不定什么时候会用到它们，哪怕用不到，也可以从上面闻闻凶手的气味。

字是案犯B的，口气也像，他想。这封信为什么一直留在信箱里呢？两个人是成功见了面，还是没有呢？应该是见到了面，否则案犯A会再来检查信箱的。但既然见面地址有改动，这封信又没有取走，他们是怎么接上头的？一般的判断里，如果通信的一方再也没有取信，意味着他没有了取信的机会，已经死了。可委培班里没有人死，硬要算的话，那就是跳楼残而未死的项伟，显然他不可能是A，因为他不光没有取最后一封信的机会，同样也没有取之前所有信的机会。

这是桩蹊跷事，和文秀娟为什么会有两个谋杀者的通信一样蹊跷。但就破案子来说，怕的是一切正常没有疑点，发现蹊跷反倒是好的，因为那就是摆在明处的节点，只要一破开，就能有大进展。郭慨有种预感，这两桩蹊跷，是有关联的。

现在的问题是：蓝色是什么地方？

蓝色是间酒吧，就在医学院旁边，门头上装了个富有工业感的三头铜灯。郭慨走进去，看见一条向下的楼梯，才意识到酒吧是开在地下室里的。楼梯两侧贴满了照片，都是各路明星名人和酒吧主人的合影，看起来这酒吧还挺有名。但应该是过去的事情了，这从照片的陈旧和多年未翻新的装修上能看出来。楼梯走过半程的时候，郭慨隐约听见音乐声，这是晚上9点多，酒吧的时间才刚开始。

乐队在奏爵士，鼓手正酣然敲打着架子鼓，灯光明灭间，郭慨看见一个个神态近似的男人，一个个都像猎手。这酒吧的气氛，暧昧得让他不舒服。

他要了瓶啤酒和一碟花生，和几个酒保挨个儿聊天，发现他们没一个在这里工作超过两年的，九年的时间，对一个酒吧来说，太过漫长了。郭慨问老板在吗，酒保说不在，常会来，但也说不准。啤酒喝完，花生吃完，已经快10点，老板还没来，说可能11点，也可能12点。架子鼓再响起来的时候，郭慨决定出去透会儿气，一个坐在高脚凳上的长头发女人在他经过的时候吹了下烟灰，像是在挑逗，让他不寒而栗。那女人的脸生得怪异，自以为妩媚的眼神让他几乎要吐出来。走上楼梯的时候他还在想着那张脸，那挥之不去的感觉，不会是哪儿见过吧？

郭慨放慢了步子，忍着不适回想刚才那张脸，但在记忆里调不出什么有效信息来。也许一会儿回去再被她骚扰下瞧瞧看？

郭慨走楼梯习惯靠右，先前下楼时他着重看了一侧的照片，现在他看另一侧。大多数是酒吧老板——一个微秃胖子和名人的合影，有时照片上也会多出一两个挤着沾光的服务员。在一张中央位置是某著名过气女歌手的照片里，他发现了张似曾相识的脸。他停下来对着照片使劲地想，是委培班的谁吗？可一张张脸对过来全都对不上。脑海里走马灯般地回旋着男男女女的面孔，忽然之间他吓了一跳，一股不适感让背上起了阵鸡皮疙瘩。大概是一通百通的缘故，他也随即想起照片上那个穿着侍者制服的年轻人是谁。他拿出照相机，把这张照片翻拍下来，转身重新往地下室走去。

照片上的人是项伟，一个他原本以为和案子没有直接关系的人。

7

柳絮夜半梦醒，却想不起那是什么梦。她睁开眼睛，发觉身边有人。

费志刚说过不回来的，大概是文秀娟吧，柳絮想。很久没看见文秀娟了，自打郭慨开始调查，文秀娟就不再像从前那样如影随形。

她偏过头，黑暗里看不见枕边人的脸，但能感觉到床垫的凹陷，也能嗅到熟悉的气味。是费志刚，他提前回来了。

柳絮略略安下心，想要再睡过去，一时却不能。她睁着眼睛，感觉有一种异样的、飘浮于困倦之上的清醒，吊扯着她，无法重归梦境。

她想起郭慨了。

再有两天就到了碰面的日子，一想到这柳絮就觉得尴尬，该怎么打招呼说第一句话呢？那天在回来的车上她就后悔了，她明白郭慨说的有道理，甚至包括柳志勇的那部分。

会不会真的不再调查了？应该不会，他不是那样的人，否则就不会有那条短信。当然，短信已经删掉了，尽管丈夫从不会看自己的手机。

柳絮忽然内疚起来。丈夫就睡在旁边，可她想的是另一个男人。但那是因为郭慨在帮自己追查杀害文秀娟的凶手，并不是其他什么。那自己为什么会内疚，柳絮不愿再深究下去。

黑暗里她面皮发烫，这内疚反让郭慨的形象越发清晰了。她仿佛又看见他的苦笑，她觉出这笑里是带着慰藉的，让她心安。

眼睁的时间长了，便看见由头顶空调射来的微光。那是个表示运行的小绿灯，莹莹的，在被子上慢慢蒙了片轻纱。并不需要费心打量，屋里的陈设就在视线外一点点浮出轮廓。她闭上眼眼，听见费志刚开始发出轻鼾。

明天主动给郭慨去个电话吧，她想。那毕竟是她的好朋友，那毕竟是她的同学们，那应该是她的案子。

快睡着的时候，柳絮终于想起先前做的梦。

她又回到了寝室，睡在自己的床上。床帐半开，布幔无风而动。头顶上的床板吱吱嘎嘎地响，然后文秀娟的脚挂了下来，脚上还穿着鞋，是她常穿的白色圆头短靴。靴子就在面前摆动着，奇怪的是，冲着她的是靴尖。她看见靴尖上的磨损，皮面上也有许多细小滑痕，左边靴子的拉链头颜色有点怪，是后来换上去的。柳絮对着靴子说，原来你家境并不好呀。文秀娟的头在靴子旁边伸下来，说，嘘，别说出去，我们是好朋友。柳絮一吓，说你不是死了吗？突然之间，文秀娟就不见了，她听见响亮的脚步声，郭慨穿着警服走到床头，啪地立正冲她敬礼，说警官郭慨向你报到。

这双眼睛真亮，柳絮想。

郭慨躺在浴缸里，睁着眼睛看天花板。

知觉在一寸寸复苏。慢慢地，他觉得微凉。不是大理石浴缸的凉，而是他的身体在下沉，好像要沉到阴冷的泥地里。从里到外，都在失去温度。

要想的事情很多，很杂，有千头万绪，他以为已经抓住了节点，说起来也没错呀。只是现在，他太累了，累得什么都没办法再思考。他只好停下脑子。停下来的时候，大脑并不是空白的，有自己浮起来的记忆。

那是柳絮。

不是她的脸，不是她的身影，而是云絮一样一团一团的，从他身体的最里面浮出来，飘在与天花板差不多高度的另一重空间，不停地翻滚涌动。

那旧日的时光。

梳着羊角辫子的、麻花辫子的、短头发的、长头发的、刘海斜向一边的……

现在的你是什么样的呢？

郭慨紧紧地紧紧地，盯着柳絮看。他心底里明白，这是幻象。

想见她。下一次的见面，应该是什么时候，后天？

想看见你。

想……保佑你。郭慨想遍了漫天的神佛。我也会保佑你的，最后他想。

一滴泪，慢慢从他眼眶里渗出来，沿着眼角滑落。

想说那个字啊。

多少次，多少次，话到嘴边。

没有说出来，后悔吗？

别给你添麻烦，也好。

我们终究是没有缘分的。

不说，也好。

第二天，柳絮没有联系上郭慨。到了第三天，柳絮想，直接去咖啡馆吧。但是上午，她接到了柳志勇的电话。

郭慨死了。这是多年之后，柳志勇对女儿说的第一句话。

8

青浦城南的福寿园里有四季常青的大树、草地上散步的白鸽和碑林间萦绕的音乐。11 月 9 日，还算晚秋，但对被风吹过来的薄纸片一样的那个人来说，一直是冬天。

柳絮在碑林间打转，她并不急着找到郭慨的埋骨之地，似乎没有站到那儿，就不能证明郭慨已经不在这世间似的。她没有去遗体告别仪式。就和当年文秀娟死讯传来后一样，她病倒在床上，浑浑噩噩，神志迷离。

徘徊再久，也有止息之时。柳絮在一排花岗石墓碑前停下，序列号表明，郭慨就在这中间。

她走进去。

郭慨死去十二小时后，他的手机终于没电关机，于是所有来电被自动转接到另一个号码上，当他父亲再一次拨打这个手机时，铃声从儿子卧室传来。那是放在写字台第一个抽屉里的备用手机，上面有多条郭慨自己发来的短信。他把查案的行程发到这个手机上，以备不测。最后一条短信，是一个地址。一个多小时后，警方和郭父一起进入地址上的屋子，见到了光着上身死在浴缸里的郭慨。他左腰有一道缝合了一半的刀口，流出来的血已经凝固。他的左肾被取走了，摘肾过程中主动脉被割破，这是死因。

根据警方后来的调查，郭慨当夜泡吧后是和一个长发女子一起离开的，没人看清女人的脸，监控上也不清晰。警方判断这是极特殊的盗肾者，色诱男子后带回出租房，用强力吸入式麻醉剂把人迷倒取肾。原本并没有想杀人，但这一次的取肾手术出现了事故，左肾旁的主动脉被割破了，罪犯把伤口缝到一半，看见血止不住地流出来，知道已经没有希望，就丢下郭慨逃跑了。尽管网络上时常会看到可怕的盗肾报道，但那大多是编造出的新闻，因为未经配对的肾脏不可能用于移植，但这一次，出租屋内发现了少量邪教小册子，其中有关于食用活体肾脏的内容。

至今，警方还没有取得任何进展，罪犯的手脚很干净。

柳絮知道警方不会破案的，因为他们的方向错了。

青黑色的石碑上，郭慨的名字描成红色。他左面埋的人七十五岁，右面埋的人八十三岁，他三十岁。

与我同岁，柳絮想。

她在这块碑前站不住脚，只能扶着碑慢慢蹲下来。她整个人在郭慨的墓前缩成最小最小的一团，发着抖，眼泪鼻涕早已经糊花了脸。呜呜声从她咽喉深处传上来，却连一声对不起都说不出。

她也不能说。一声对不起，在这里轻得立刻会被风吹走。

每个星期，她和郭慨喝喝下午茶，相伴在旧时马路上走走停停，简直风花雪月，做着一个轻松的旁观者。但直到此刻，她摸着冰冷的墓碑，才意识到，她交给郭慨去做的，是一件何等危险的事情。这本是她自己的事。郭慨想为她挡风遮雨，她明白的，装糊涂。人啊，多么自私。

她听说了，郭慨是睁着眼睛死的。他死之前在想什么，她想知道，又不敢去想。

太阳落下去，夜晚漫上来，手机响了几次。柳絮在一片阴影里站起来，走出去。

她知道，这世界上，再没有第二个人，会像郭慨那样挡在她身前了。

她知道，郭慨会说，当然有的，你的爸爸，你的妈妈，他们会。

但是现在，让我自己来吧，郭慨。

要么，像你一样，我也被那两个人埋下去。

要么。

如果，有那一天。

我做到了。

我会来你的墓前。

放一枝红玫瑰，好吗？

Part Two

第二部

一、希望

1

1987 年 7 月 21 日

酷暑。

这个时候，文秀娟还活着，十岁。她的姐姐文秀琳也还活着，十一岁。

十年后她将遭遇的，对此时的文秀娟来说，是未知的、充满莫测变化的未来，一切还有可能。那是迷雾中的航道，充斥于天地间的纯白雾气中，总有一条属于她的航路，通向她的未来。不论这航路回过头看有多么蜿蜒，于此时此地，那就是笔直的，向前，向前。只等命运的汽笛一响，雾气就要散去，她已预见到，必然如此。

1987 年 7 月 21 日，午后一时过半。在文秀娟的一生中，从未有哪一刻像现在这样，对未来充满了梦想和希望。

收音机正播着王洁实和谢莉斯的二重唱《外婆的澎湖湾》，因为总是会有嘶嘶的噪音，所以收音机放在了五斗橱上面，离床上的母亲包惜娣不远不近，听起来正好。

五斗橱上贴满了花花绿绿的纸，许多是从《大众电影》上撕下来的，厚实又漂亮，这样就看不出橱本身的破败。

墙上也糊满了报纸，遮住那些墙皮掉落的地方。文红军过一段时间就会从废纸站拿一沓报纸回来重裱，尽量让屋子看起来新一些。她们姐妹也可以从上面认字，一举两得。

吊扇不紧不慢地转，在黏稠的空气里搅出些微风，拂在包惜娣的身上。包惜娣的床放在屋里最好的位置，靠南临窗，能透气，原本隔壁邻居没加出二层的时候，冬天甚至还能照进一个小时的太阳。文秀娟搬了张小板凳在妈妈的床前，这样也能吹到吊扇的风。她自己的床在对角的上铺，中铺是姐姐的，下铺是爸爸的。家里的这间屋子在虹镇老街算大的了，放了两张床两个橱柜一个当茶几的大樟木箱，还能转得开人。

文秀娟之前坐在小板凳上吹了很久的电扇，现在她站到了床前，离床沿半步的距离，瞧着妈妈。

包惜娣眼睛似睁非睁，也不知是否看见了小女儿。文秀娟觉得妈妈在看着自己，妈妈总是这样半睁着眼，这让她不管站在什么角度，都觉得被注视着。就像庙里的大佛像。

为什么姐姐还没来，文秀娟想。

我们说好的，一起杀了妈妈。你不来，我一个人不敢动手的。

《花儿为什么这样红》，电台连播了两首王洁实、谢莉斯的歌。

> 花儿为什么这样鲜，
> 鲜得使人不忍离去，
> 它是用了青春的血液来浇灌。

文秀娟在心里唱和着。她望着妈妈，妈妈也似回望着她。

姐姐跑了，她不敢来了。文秀娟想。

懦弱的人！

那我呢？

她戳在那儿，像根钉子。慢慢地，她听不见歌声了，脸皮开始发涨，心嗵嗵嗵地撞在胸口，血沸起来，汗打湿头发，在额上四处流淌，蜇得眼睛酸酸麻麻。

对不起，妈妈。

但是，我们只能这样。

“妈妈。”她说。

她完全听不见自己的声音，那两个字只是在嗓子眼里冒了个泡，压根就吐不出口。

“妈妈。”她又叫了一声，听见了，像嗡嗡嗡的蚊子叫。

“妈妈。”她憋得脖子上浮起青筋，这两个字炮弹一样发射出来，在房间里打了个雷。这一声雷，震得她全身都松开了，像是梦魇的人终于醒来，能动弹了。

文秀娟小手抓着汗衫的下摆，撩起来把整张脸蒙在里面。汗沁进去，从白棉布另一面慢慢浮起脸的轮廓。嘴唇的位置微微嚅动，那是她在无声地默念。许久，文秀娟深深吸了口气，白布微微凹陷，然后，她一点一点把衣服放下，露出自己湿漉漉的脸来。宛如幕布拉开。

妈妈，再见了。她在心里默念，随即发现竟念出了声来。妈妈望着她，没有回应。

文秀娟伸出手，捏住那根微黄的橡胶管，慢慢往外拔。

一寸。一寸。一寸。一寸。

她退了一步，又后退了一步，动作大起来，双手来回交错，像个收网的渔夫。

管子从包惜娣的鼻孔里拉出来，宛如一条游动的蛇。

红得好像，

红得好像燃烧的火，

它象征着纯洁的友谊和爱情。

……

……

……

谢谢收听。

文秀娟松开手，管子无声地落在地上。妈妈还是那样子躺在床上，只是从鼻下的人中到锁骨间多了一道微亮的湿迹。那是管子行经的痕迹，它暗褐色的另一头趴在包惜娣胸前的薄毯上。

文秀娟盯着薄毯，那代表呼吸的微微起伏，很快将不复存在。

下面为您播送外国轻音乐。

外屋传来急促的脚步声，虚掩的房门被猛地推开，重重砸在文秀娟的后脑勺上。她扑倒在地上，不觉得痛，只觉得世界远去。她瞧着横在鼻尖前面的软管，它延伸到无穷无尽的房间另一端。一双大脚出现，踩在管子上。

来不及了，爸爸，来不及了。

你就只剩我们两个了。文秀娟想。

二、茧

1

等强力胶晾到半干，文秀娟把手上的补胎胶皮按在内胎上，盖住那个碎玻璃扎出的破洞，用木榔头乒乒乓乓一顿敲打。然后她充了气把胎沉在水盆里，验过再没有冒泡的漏点，便把内胎塞回外胎里，旋上气门芯，打足了气。

车主是个书生模样的中年人，站在一边看刚买的《新民晚报》，脸阴着。文秀娟说胎补好啦，他把报纸垂下来，露出脸，问多少钱。文秀娟告诉他一块钱，他点点头，把先前那条新闻看完，嘘出一口气，把钱掷进地上的白搪瓷碗里。文秀娟瞥见了他看的版面，头条新闻讲一个叫路遥的作家死了。

“张师傅，我先回去啦。”文秀娟对正修着另一辆新潮变速车绞链的修车摊摊主说。

“行，钱你自个儿拿。”

文秀娟应了一声，在水盆里洗了手，从碗里拿了八角钱，背起书包。

“天冷了，黑得也早，你再做几天就差不多了，别回头冻糙手。女孩儿不能把手弄得像我似的。”

文秀娟笑笑，低头瞧瞧自己的一双手。

走进虹镇老街的时候，她笑眯眯和路边的街坊邻居们打招呼。

一个生面孔额角披血从岔道里冲出来，后面赶着的是强子，老街众闲散汉子里的一个。强子抄着半块砖边追边骂，生面孔闷头逃。文秀娟靠着墙让道，坐在小板凳上卖水果的阿文叔却躲不开，给生面孔蹭翻了梨筐，又被强子的砖在脸上捎了一下。阿文叔嘴里迸出一串炮仗，抽出扁担追上去。没一会儿他扛着扁担吹着口哨走回来，左耳朵上多夹了张卷起来的十块钱。他瞧见翻倒的竹筐已经被扶起来，梨也都拾了回去，就向守在旁边的文秀娟道谢。

“不用谢的，阿文叔。”文秀娟说，“就是有几个梨磕到了。”

阿文叔在筐里翻捡了几下，挑出个伤梨给文秀娟。

文秀娟说谢谢，拿出手绢把梨裹住，放进书包里。

“这是要拿回家给姐姐吃？”阿文叔问。

文秀娟抿着嘴笑。

阿文叔摇头，又从筐子里拿了两个给她：“算上你爹一人一个。”

文秀娟说阿文叔你真是好人，他哈哈大笑，说你可别骂我。笑了几声，他忽地叹起气，说你们家不容易啊，想想你爸当年……文秀娟说我知道我知道叔你都说过好多遍，我要赶着回家啦。

虹镇老街不是一条街。围绕着老街的小径到底有多少条，文秀娟也说不清楚。仿如一张不停生长的蛛网，不经意间就又多了几道纵横。她东转西折紧着走，又时时缓下步子和人打招呼。她人缘好，老街上这样乖巧无害的人儿可不多，哪怕是小孩子。

文秀娟折进条只能容一个人的巷子，这并不算特别狭小的，再窄一半的都有。头上开着的窗户里有说话声，然后一只大海碗递了出来，对面的窗里伸出只手，把碗接了过去。文秀娟抬头望了一眼，一个窗户里说，小娟回来了吗。另一个窗户里说，又去修自行车啦，我们家小赤佬要是及你一半就好，册那就知道打架，妈了个逼的整天鼻青脸肿滚回来。文秀娟笑着不接话，挥挥手继续往前走，前面就是家了。

文红军蹲在家门口抽烟，看着文秀娟远远走过来，掐了烟头走回屋里。文秀娟叫了声爸，他应了一声，掀开锅盖瞧了眼炖着的肉汤。

“差不多了。”守在煤球炉子旁边的文秀琳说。她总是吃不住煤球炉子的烟，这会儿又在咳，瞧见妹妹走进来，便在烟火气里笑着招呼。

文秀娟第一件事就把梨拿出来，说是阿文叔送的，爸一个妈一个姐姐一个。文秀琳说那你呢，文秀娟说我馋呀，路上就吃掉啦。

餐桌上另有份薄粥，和肉汤混作一碗凉着。文红军像往日一样三两口扒完饭，试过粥的温度，便端到里屋去，从胃管里喂给包惜娣。文秀娟也放了碗筷，把一颗梨削皮去芯，切成碎丁放在小缸里，用木杵捣得咚咚作响。饭桌上剩了姐姐一个人，紧赶着吃完了，收起碗筷洗好，看着妹妹拿出纱布把梨汁滤到另一个碗里去。

“手洗过没？”文秀琳问。

“还没，我记着的。”文秀娟说着去洗了把手，用纱布裹了梨泥，把里面的残汁挤出来，抬头冲文秀琳笑，“阿姐你放心。”

把小半碗梨汁端进里屋，文红军恰好把粥喂好。饲食是个慢活，要有耐心，手要稳，这样流质进胃里才不会反上来，包惜娣便少吃苦头。

“以后这些事我和姐姐来做吧，爸你也不用特意回来一次。”

文秀娟接过手，把梨汁慢慢倒进接着胃管的漏斗里。

文红军站在一边瞧着，不置可否。

文秀娟没等到回音，也不意外，她爹那么多年来，每顿饭都赶回来做给妈吃，不知耽误了多少生意，也早养成习惯，指望不了这一句话就改变。

“再慢点。”文红军说，然后把眼角的纱布揭下来扔进垃圾桶。文秀琳要去拿块干净的，文红军说不用，贴在脸上太显眼，看着触心，客人不愿意上车。

这伤是昨天晚上的事情，在人民广场恰巧拉了个回老街的混子，也算是街坊里的一个，小字辈里的小字辈，偏自以为是老江湖。喝了酒开窗吹冷风，在副驾上吐了一裤子，不知抽上了哪根筋生起气来，让付车钱的时候推开门晃到驾驶位外面，伸拳头进来打裂了文红军的眼角，还要拖他出来打。文红军叫了警察。

老街上的人，招了事谁会找警察，揍回去就是，哪怕被干趴下。文红军这么一叫，老街上小一辈人，没人会再拿正眼瞧他。所以才有阿文吞吞吐吐那半句话。刘文是文红军一辈人，知道文红军从前是怎么回事，这才分外唏嘘。文红军不和人动手，到现在已经足足十一个年头。

包惜娣刚嫁进虹镇老街的时候，是远近闻名一枝花。大家都嫉妒文红军有这样的运气，问她看上文红军哪点，包惜娣说，就喜欢他那股子英雄气概。刘文到现在还记得，包惜娣说这话时眼睛里的神采，那种打心底里往外冒的崇拜，真是无可救药。当时他就想，不就是能打架么，老街上谁不会打架，女孩子没见识，叫文红军捡了个大便宜。

文红军那时是个公交司机，包惜娣是他的售票员。包惜娣长得水灵，上班第二天就被个二流子摸了屁股，那伙人有三个，文红军停了车，把三个人叫下去，把其中两个打成骨折。文红军为这事情停职三个月，还没等他复职上班，两个人就好上了。婚礼是年尾办的，第二年生了文秀琳，第三年生了文秀娟。包惜娣有点遗憾，她希望生个儿子，像他爸一样的男人。

转折在1981年。包惜娣插队在四川格里坪的大哥急病去世，叶落归根，她去接骨灰回沪。7月9日凌晨，成昆铁路发生建国以来最惨痛的火车事故，泥石流冲毁了大渡河上的利子依达大桥，包惜娣所乘的422次列车直冲进河里。文红军坐了三天两夜的火车赶到成都，再转去汉源，那时候死亡名单还没公布，他冲进县人民医院，一张一张急救病床看过去。他瞧见了包惜娣，跪下大哭，以为祖宗保佑，包惜娣睡在那儿，仿佛什么伤都没有受。他不敢吵妻子，在旁边守了五个小时，直到有个医生过来，告诉他什么时候能醒过来说不准。那时他才知道一个名词——植物人。他咆哮着把医生逼在墙角，告诉他必须让妻子醒过来，然后被武警架出去。他呆呆在医院门口坐了很久，又躺倒在马路上，盯着老天爷看，发誓一定要让这个女人醒过来。

把包惜娣接回上海，他就想尽办法托关系，送掉了传家的二十几块袁大头，转到了强生公司，成为上海最早的一批出租车驾驶员，这样收入可以高一些。那之后，不管碰到什么事情，他都再没和人打过架。刘文问过，他说，打不起架了，不敢受伤。刘文想，包惜娣没嫁错人。可惜了。

看着包惜娣吃过晚餐，文红军啃着梨出车去了。他当出租车司机多挣些钱是为了妻子，每天回来两次少挣些钱也是为了妻子，对于两个女儿来说，却很容易觉得，自己是多余的。这种多余感没法说给别人听，别人理解不了，只好自己去承受，去消化。医生说植物人在家里那么多年，还能是这样的状态，特别不容易，多数情况下，在家护理过不了五年的。但要让她醒过来，就只能指望奇迹了。文红军说不是常常看到新闻，说国外哪里有个十几二十年的植物人醒过来了，医生手一摊，说对啊，那是奇迹。文红军笑，一百年发生一回的那叫奇迹，植物人醒过来，那是有可能的。

文秀琳把梨洗干净了，递给妹妹，说你吃吧，我知道文叔应该就给了三个梨。文秀娟摇摇头。文秀琳又把梨一切二，说那我们一人一半吧。文秀娟还是摇头。文秀琳生气了，说你不吃我也不吃，要么把梨扔掉算了。文秀娟看着姐姐的模样，笑起来，说扔掉可对不起文叔，那我就帮姐姐吃掉半个好了。

吃完梨，文秀娟在方桌前面自习，目不斜视。文秀琳把书拿起放下几次，终于问道："你是不是还在生我的气？"

"什么？"文秀娟说，"没有啊。"

"小时候的事。"

"没。"文秀娟抬起头朝文秀琳笑了笑。

文秀琳看着妹妹的笑容，这笑容又纯又甜，老街上人人看了都喜欢，但她知道，妹妹的心思不是一眼就能看透的。她心里苦，不肯讲。但这苦，怨谁呢？怨自己吗？文秀琳觉得自己终究没做错什么，但对妹妹，她是有一份责任的。

“那年，那年的事情。我总是觉得，我们不可以那样做。”

“你做得没错，谢谢你告诉爸爸，如果你没告诉他，你就和我一样了，是同谋，是共犯。”

“我当然做得没错，但是阿妹，你不要埋怨我。”

“我怎么会埋怨你，姐姐你在说什么啊。要说那个时候，的确是有一点，但后来，慢慢大起来，我才知道自己有多错。我要谢谢你啊姐姐，我怎么会埋怨你。”

文秀琳听她这么讲，稍稍宽慰，说：“多少总会有一点的，你瞒不了我。你要走出来，人要往前看的。这些年你做得多好，大家都有目共睹。”

“姐姐，”文秀娟忽然打断她，说，“文叔送了几个梨，你以为爸爸不知道吗？”

文秀琳说不出话来。

“好啦，文叔送了我四个梨。我们一人一个，让我做个好孩子，这样多好，对吧姐姐。”

“这样你就吃了一个半啦。”

“所以姐姐才是最好。”文秀娟笑。

“我们要当好姐妹，我们拉勾好吗？”

文秀琳把手伸在桌上，勾出小手指头。她忽然一惊，上一次和妹妹拉钩，是什么时候？

文秀娟直勾勾地瞧着姐姐的小手指头。

文秀琳像被蛇咬一样，把手缩了回去。

文秀娟慢慢把目光收回去，重新开始自习。

我欠你的。这心思在文秀琳的心里一闪而过。

“阿妹，也许我当年该和你一起的。”文秀琳也不知道，自己怎么会忽然说出这样的话来，“那时候我们不懂，以为拔了管子妈妈会死，其实爸爸不赶回来，妈妈也不会有事的，还不如和你一起。最先商量的时候是一起的，现在这样，这些年，这对你有点不公平的。”

文秀娟抬起头。

“别这么想。别这么说。”她安静地看着姐姐，眼神里不起一点波澜，“你做的是对的。姐姐。”

“是啊，我做的是对的。”文秀琳伸手过去，摸摸妹妹的头，“谢谢你。”

文秀娟朝她笑笑。

> 最近好吗？我有种感觉，你是我很亲密的人了。这样的亲密和同学不一样，和爸爸妈妈也不一样，你明白我的意思吗，你也有这样的感觉吗？

信纸搁在垫板上，垫板搁在床单上，灯光幽暗。文秀琳停下来，咬着笔杆。她面朝里在床上侧着，墙上灯影晃动，扭回头，见文秀娟站在妈妈的床前。

她心里一动。倒并不是担心什么，这么些年过去了，妹妹也早觉昨日之非，不可能再有念头。可这心头上的悸动，却又是为了什么？当年的事情，给秀娟留下了伤痕，可谁又知道，自己心里的烙痕，也时时刻刻会痛起来，不得安宁。

那一年，她们还太小。小到不懂感激母亲生育之恩，只是一腔的怨气，觉得一切都比不上班里其他同学，比不上老街上同龄伙伴，只因为有一个瘫在床上、不会说话没有知觉的妈妈；小到总是幻想，如果妈妈死了，爸爸的注意力就会回到两姐妹的身上；小到从贴在墙上报纸的一篇文章里看到国外给植物人拔管子安乐死，就天真地以为，把妈妈的鼻饲管拔了，妈妈就会死掉。她和妹妹约好拔妈妈的管子，是谁先提起的呢？好像是妹妹，好像是。然后，她幡然悔悟，打电话给强生公司调度，把爸爸叫了回来。

为什么要叫爸爸呢，为什么不自己去阻止妹妹呢？也许，是不敢直面那拉过钩的约定吧。一个退缩的懦夫，一只鸵鸟。

文秀琳想起了那些旧时光，脑海中浮起的光影片断里，她和妹妹一起跳格子，过家家，跳橡皮筋。自从那件事后，再没有过了。打闹都没有，妹妹变得对自己非常尊敬，尊敬得让她不安，让她心寒。

回忆翻涌，难以止歇。等文秀琳回过神来，妈妈的床前已经空无一人。时间很晚了，妹妹没上床睡觉，却像是去了外屋。她不知道妹妹是干什么去了，也不想管，翻身朝里，琢磨着怎么继续写这封信。

事情发生得让她毫无防备。急促的脚步声，门被砰然推开，她压根儿来不及转身，眼前就暗了。

文红军站在床前，挡住了光线。他盯着大女儿，文秀琳背对着他，没入他的阴影中。他伸手抓住女儿的肩膀，用力把她的身体翻过来。

文秀琳一脸惊恐，木然望着父亲，嘴巴努力咀嚼，然后咽下去。

文红军甩了女儿一个巴掌。

“你在干吗？给我吐出来！”

他看着女儿把信咽下去，便又给了一个巴掌。

文秀娟不知什么时候跟了进来，幽幽立在一边，看着泪流满面的姐姐。

“姐姐，你还有一年就高考了，爸爸一直想你考个好大学，谈朋友要耽误学习，是不对的。你别生我的气。”

文红军问那男的是谁，是不是同学，好了多久，到什么程度。文秀琳只是哭，咬死了不说。文秀娟凑在旁边说，应该是同班的一个男同学，下课放学总凑在一起，看见几次了。文红军又扇了几巴掌，让文秀琳滚到屋外去，今天晚上都不用进来了。

过了半小时光景，文秀娟看爸爸怒火稍歇，就劝他把姐姐放进来。

“姐姐身体一向弱，天气那么冷，她穿着单衣呢，回头冻病了也影响学习。我看她肯定知道错了，要让她进来吗？”

文红军不说话，文秀娟就出去，把姐姐领了进来。

文秀琳一声不吭。文红军坐在妻子床头，帮她按摩手和腿部的肌肉，不瞧女儿一眼。过一会儿，他关灯上了床。

文秀琳躺在床上，睁着眼睛，她的视线在黑暗里仿佛可以穿透床板，看见上铺的妹妹。

然后她听见上铺轻轻飘下来一句话。

“姐姐，要做对的事。你教我的。”

文秀琳一股无名火涌起，她想你为什么要直接告诉爸爸，为什么不能私下里劝诫我……

她忽地冷下来。

妹妹做的，正是那个夏天她自己做的。

她没资格说什么。

妹妹在做对的事，但她觉得比先前站在屋外更冷。也许要生病了。

文秀娟慢慢把眼睛闭上。说了那句话，没听见下面有什么动静。姐姐也不能有什么动静，爸爸还没打呼噜呢。

她也在想着那个夏天。她在想，如果像文秀琳前头说的，不去告发，而是和她一起拔管子，会怎么样？

姐姐，你真是单纯，会觉得不把爸爸找回来，而是和我一起干，妈妈会和现在一样。呵，我们把妈妈的管子拔了，过了一个小时两个小时，发现妈妈还在呼吸，而爸爸就要回来了，你猜我们会怎么办？你真的觉得，等到爸爸回家的时候，会看到一个没事的妈妈吗？

姐姐，你逃过了一劫，而我还身在其中。

2

那夜之后，文秀琳果然发了烧，绵延一个多星期才退尽。文秀娟照顾她，不管依哪个标准，都算得上很好。烧刚退就是数学和英语的摸底考，当然考得很糟糕。文秀琳不像年级前三的妹妹，成绩总在中上游徘徊。这学期本来有起色，一病又打回了原形。

这一天文红军傍晚回来的时候，文秀琳在上补习班，还没到家。文秀娟一边守着炉子上的汤，一边捧着本刚淘回来的《传染病学》读。

书架上有半层是文秀娟的书，都是旧书店里三钱不值两钱买回来的，用的是修车打工攒的钱。其中有十几本是医学及护理方面的，每本文秀娟都来回看了好几遍。

见文红军回来，文秀娟搁下书，帮爸爸打下手。其实也没什么可干的了，粥熬好了焐着，青菜也洗干净了等着下锅，前一天还剩百叶结包肉，热下就行。

“爸爸，我以后想考医学院，想当个医生，把妈妈治好。”说这句话的时候，文秀娟感觉自己的心脏跳动起来，越跳越快，越跳越快。

嗞啦一声，青菜下锅。翻炒，然后盛在女儿递过来的盘子里。

“家里的情况你也知道,供不起两个人念大学。你读个护校就行，早点毕业工作，好帮衬帮衬。”

文红军看了女儿一眼，文秀娟低着眉，脸上一层异样的白。

“要是你姐考不上大学，就再说。”

这句话从文秀娟心里的惊涛骇浪间穿过，轻轻抵上心头，旋即被吹走。

那么多年的努力，却还是抵不过。

要去赌姐姐考不上吗?

即便姐姐考不上，爸爸会供自己吗?

自己，有原罪。

读不上大学，这一辈子就没有出路。一辈子。

这些年，做了这么多，不是为了没有出路。不要没有出路。

想要好好地活着，太想太想。

她把青菜端到饭桌上，轻轻看了一眼里屋的包惜娣。

过了一会儿，文秀琳回来了。她带了张政治考卷回来给爸爸签字，九十二分，全班第四。

3

最近好吗，我有种感觉，你是我很亲密的人了。这样的亲密和同学不一样，和爸爸妈妈也不一样，你明白我的意思吗，杜鹃，你也有这样的感觉吗？这两天心情不好，发生了些让人不愉快的事情。被误会的感觉非常不好，但我又无从辩白……

在写回信之前，文秀娟又重新读了一遍这封信。信是前些天收到的，字写得很硬朗，甚至过于用力，有些笔画都把薄薄的信纸刻破了。铃铛的字一贯如此，简直像个男生。不过话说回来，自己也从来没见过她，没准真是个男生呢？这念头在文秀娟的心里一闪而过，她自嘲地笑起来，这可不太可能，通了那么久的信，能感觉到铃铛是个好女孩，这世上哪来那么多人，和自己一样有那么多的秘密，需要那么多的伪装呢。

自十岁以后，如果说这世上还有谁能与她交心的话，就只有这个永远不会相识、永远不会遇见的铃铛了。

笔友真是件神奇的事，文秀娟刚听说这个词的时候，是在小学升初中的暑假里。几个星期之后，就仿佛全世界都在讨论这种新兴的交友方式了。她本觉得这与自己毫无关系，事实上，那几年她觉得整个世界都和自己毫无关系。

直到初一上半学期，她收到了铃铛的信。

信是寄到学校里的，收信人写的不是文秀娟，而是初一3班23号。那是文秀娟的学号。信封上没有寄件人和寄件地址，只有一张八分钱的马年生肖邮票，表明了寄件人也在上海。文秀娟想不出有谁会寄这样一封信，但还是拆开了。她迄今还把那封信的第一句话记得很清楚：

> 这是一枚漂流瓶，收到的人一定和我有缘，你愿意和我做一对或许不会见面，却可以说说心里话的朋友吗？

于是，文秀娟就有了一个笔友。这些年来，铃铛也提起过，聊得这么合缘，要不要见面呢？文秀娟毫不犹豫地拒绝了，不见面，不相识，无来往，过各自的陌路人生，只有这样，她才能放心地在信纸上说说话谈谈天。这样的交流，自然是有节制的。文秀娟不可能告诉铃铛，小时候自己差点杀了妈妈，即便是和父亲姐姐的微妙关系，也无法明说。讲讲学校里的事情，抱怨孤单寂寞，涉及和家人的沟通障碍，就已经是极限了。

文秀娟想，自己这辈子大概不可能有真正的朋友了，与铃铛一两周一次的通信，已是难得的奢侈。如果没有这个朋友可以说说话，怕是忍不到现在的。但是忍到现在又有什么分别呢？

终究还是要往那条路上去。

最近不好。不过，听到你说你也不好，我竟然有一些宽慰。抱歉这样说，只是要找个抱团取暖的人，也真不容易呢。在我能触及的世界里，也就只有你了，连爸爸和姐姐都是不行的。最近几门科目的考试，语文数学英语，我都拿到班级第一，算是发挥稳定。但是看来也没有太大的意义了，改变不了我在爸爸眼中的形象，我在家里的地位也就这样了，没什么办法可想了。但我总还是希望能有些办法，我想要读大学，我一定要读大学的。如果我这样的成绩都读不了大学，你说，是不是个笑话……

文秀娟把信写完，自习课正好结束。放学路上，她把信投进了邮箱里。她把半个手伸进邮箱口子里，在那个黑暗的小空间里冲那封信最后招招手。这样做的时候，她仿佛觉得铃铛也有半只手在邮箱里，和她指尖轻触。或者，那不是铃铛，只是未知的自己。

回到家里，文秀琳坐在外屋复习。这阵子，她觉得姐姐看书的时间明显比以前更多了。是开始有高考压力了吗？他们学校连区重点都算不上，历年考上一本的比例在百分之二十出头，以文秀琳原本的程度，是有困难的。听见声响，文秀琳抬起头，见是她回来了，打了个招呼，就又开始看书。她们姐妹俩的关系，是不如从前那样热络了，尽管文秀娟前阵子照料文秀琳很是周到，但要文秀琳忘记那一晚上爸爸突然而至的阴影，终究没那么容易。胸口里横了一股怨气，既怒且哀。当然，这所有的一切，都是以文秀琳的角度说的，至于文秀娟，则并无什么改变。

文秀娟拿出作业，在方桌的另一边坐下。她把练习簿摊开，打着算式草稿，最后在解上画了个圈，并不抬头，开口问：“姐姐啊，你恨我吗？”

“没有。”文秀琳飞快地答。

“你在意的。”文秀娟抬起头，只看见文秀琳头顶的那两个旋。

文秀琳抬了抬头，把自己脸上的笑展示给妹妹看。

“姐啊，上大学，有把握不？”

“会有的。”

“考不上怎么办？”

文秀琳坐直身子，她的脸板了起来，一字一顿地讲：“我一定要考上的。”

“嗯。”文秀娟点点头。

文秀琳忽然笑了，这笑和刚才的僵硬有些不同。

“我们一起考上大学，上同一所大学，好不好？”

“好啊，姐姐。”

文秀娟轻轻叹了口气，说：“姐姐，想想，我是对不起你的。”

“说这个干什么，其实，你做得也没有错。我们是姐妹，我们要做好姐妹，好吗？”说完这一句，文秀琳把右手握成拳头伸到桌子中间，翻了个面，勾出小指头。

文秀娟看着这根小指，却把眉头舒展开，看着姐姐说：“我总是要向你道歉的，我想我得道个歉，我先道歉了，好吗？”

“嗯！”文秀琳重重点头。

文秀娟笑起来，终于伸出手，拉了这个钩。

文秀琳很郑重地顿了顿，才松开。两人没再说话，文秀琳低头重新看书，脸上仍带着笑。

文秀娟心思起伏，手下只写了一道题，就搁下了笔，走到门口。

文秀琳转头看她，见她坐在门槛上，也不知在望什么风景。过了会儿，听她哼起曲来。曲子婉约轻柔，十分熟悉，文秀琳半闭上眼睛，那歌词就在心田一句一句地映出来。

多少的往事，已难追忆。
多少的恩怨，已随风而逝。
两个世界，几许痴迷。
几载的离散，欲诉相思。
这天上人间，可能再聚。
听那杜鹃，在林中轻啼。
不如归去，不如归去。

三、破茧

1

我们开始爬山的时候，是凌晨，有月亮有星星，照得山路很敞亮。我从来没有在晚上爬过山，一开始有点紧张，但想到这是泰山，以前皇帝封禅的地方，有仙气的，就不怕了。这一路上有山风的声音，有树叶的声音，偶尔还有拍动翅膀的声音，不知是猫头鹰还是蝙蝠。爬到玉皇顶还不到5点，歇了一会儿，就日出了。太美了，我不知道该怎么形容给你听，第一次觉得太阳是毛绒绒的，眼睛都不舍得眨，看着她从云里起来，朝霞也伴着她在我眼前延伸开。我忽然觉得，生活里那些不开心的事情，全都没有了，都算不上什么了。古人说登泰山而小天下，没有到过泰山，就不会知道那一瞬间心灵被洗涤的感动。一切不顺心的都会过去，那些让你觉得天大的事情，又或者是各种蝇营狗苟，过十年再看完全不算什么了，甚至只需要换个角度，摆脱眼前的局限，天地就不同。这是我登泰山最大的感悟。当然，我回到了城市，回到了原本的生活，这一层感悟想必也会消磨，那个时候，希望你能提醒我，让我再次记起在泰山顶的心情，不至于跌进俗事的漩涡里。此外，杜鹃，有机会一定要去次泰山，如果你尚未去过的话。

那声音像蛇嘶。

烛火摇动，课本上的影子也跟着颤，火苗将将要熄灭，又直起身明艳起来，仿佛冥冥中被注入了一小股子生气。

文秀琳抬起头，瞧着妹妹再次长长地吸气，不徐不疾，胸腔慢慢逼到了极限，然后抿起嘴，像在念“夫”字音似的，把那股气吐出来，蛇嘶声再起。烛火摇摆，如此周而往复。

近些日子文秀娟的兴致忽地广泛起来，原本只是刻苦念书，有闲暇时间，不是打工挣零花钱，就是看医学读物。而今她居然报了校内兴趣班学起了乐器，吹箫。文秀琳试过妹妹的训练箫，不管怎么鼓气就不是出声，文秀娟说这是口型和气息不对，吹蜡烛就是为了训练口型和气息。

按说这变化不是坏事，但文秀琳心里就是不踏实。下半年就高二了，妹妹是想上大学更想上名牌大学的人，从前读书一向用功，现在忽地分了心，却是为什么呢？

当然，妹妹比自己聪明得多，会读书，功课这么好，分点心也无所谓吧，文秀琳这么想。可她又想，这变化定有个契机，她琢磨不透。

眼前暗了下来，烛火这一回被吹灭了。文秀娟并没有再点起它，停了训练，起身进里屋。文秀琳侧着脑袋往里屋的方向看了会儿，又低下头继续温书。

文秀娟进屋开了灯，便瞧见了母亲。依旧是那似醒非醒的脸庞，似睁非睁的双眼。即便是被文红军如此善待，但夜里房间没人，哦，是只有包惜娣一个人的时候，大家也会很自然地把灯关了，省电。文秀娟有时会想，幸好妈妈是没有意识的，否则，夜里一会儿闷在黑暗里，一会儿又是一片艳白，全不受自己控制，怪难受的。

她停了一会儿，回头看看，姐姐没跟进来，想必在继续温书，准备高考。她拉开自己的抽屉，床边小柜子的第二个，取出个铝饭盒。她又从书包里翻出个小号盐水瓶，和饭盒一起放上自己的床铺，然后脱了鞋爬上去。

这是属于她的一方天地，虽然一点儿都不封闭，却也能给她一点点安全感。文秀娟面朝墙侧着身，把饭盒打开。

里面有一套针筒，一包酒精棉球，一盒火柴。

文秀娟把针头拧上，取出块酒精棉球仔细擦过，又划了根火柴烧针头。盐水瓶里面灌了葡萄糖液，她用针筒吸了半管，再慢慢前推排出空气，直到细细的水注喷出来。

做完这些准备工作，文秀娟把针筒小心地搁在盒盖里，卷起左手袖管。

光线太暗了。

文秀娟往外屋方向张望了一眼，姐姐那儿没动静，也没到爸爸回来的时间。她翻身朝外，把左手臂露在灯光下，轻轻拍打臂弯，仔细查看静脉位置。她的脉络偏细，白天阳光下还好分辨，现在就不那么容易。她拍得重了一些，却又怕声音被听见，直到皮肤微微变红，觉得有把握了，就取过刚用过的那块棉花，往落针点擦拭。

要去弄点碘酒，她想，那样会好些。

取来针，对准。

其实不疼的，她对自己说。但还是禁不住咬紧了牙。

针尖进入皮肤，很慢，她的手很稳。

比想象中痛。

插进血管了吗？她不确定，额上的汗却滚了下来。

大拇指压着推柄，开始用力。痛感一直在，似乎不是很正常。然后，她看见入针处的皮肤一点一点鼓了起来。打到血管外面了。

她拔出针，抹了把汗，湿漉漉的，手心也是。用枕巾擦了擦，端详着臂腕蚊子块大小的包，她决定再来一次。

只能是同一个手臂，用左手操针她做不来。重新开始拍打，没几下，她觉得血管比先前明显了，然后消毒，举针，插入。紧贴着包。

这次，她把一管葡萄糖液都打了进去。她出了口气，顾不得止血，飞快地拆针收进铝盒里，下床把盒子和盐水瓶放回原处，再用那块酒精棉按了一小会儿针眼，然后把酒精棉和火柴余烬收进书包的铅笔盒里。

明天会容易些，她想，因为有今天的针眼做参照。但这并不好，不能看参照物，也许等针眼多了，要试着用左手打右手，交替着来。大不了多几个包，消起来很快的。想到这里，她按了按那个包，有点痛。

把袖管拉下来，又等到汗收了，文秀娟才回到外屋。文秀琳在做习题，瞧了她一眼，没说啥。文秀娟取了个旧塑料袋，把锅里的剩粥倒了进去。

“又去喂猫？”文秀琳问。

“嗯。”

“真想和你一起去，玩玩小猫小狗，它们现在对你特亲吧。”

文秀琳有点羡慕。

“不过注意点卫生啊，野猫身上有虫子。跳蚤什么的，别带回家里来。”她补了一句。

“知道啦，我不会乱摸的，每次回来我都要洗两遍手的。”文秀娟答。

“都八点半了，你别去太久。”

“好。”

文秀娟提着塑料袋走出家门。无月，也没有路灯，老街一条条宽窄巷子家家户户都亮着灯，却都是暗的，幽幽黄黄。

文秀娟出了门，走到前面岔口停下，打量过四下无人，就又走回来，几无声息。家门前有个露天的水龙头，水槽边放了几盆花，这一小方地儿，也算是她们家占下的。文秀娟移开最边上的一盆花，露出垒起的红砖。她又掀开一块砖头，底下是个空洞。她伸手进去，摸了个布袋子出来。

左手布袋，右手塑料袋，文秀娟散步一样在老街上兜兜转转，直到进了条白天也罕见人的死巷子，这才停下来，搁下塑料袋，把布袋打开。

她从布袋里取出的头一样东西是个油纸包，油纸包里藏了副薄薄的医用橡胶手套。她小心地拎起手套一角，仔细地穿戴上，仿佛这白净手套有多脏似的。接着她取出个玻璃瓶，拧开盖子，把里面的混浊黏液倒在剩粥里，隔着塑料袋用手捏了几下，好叫它们混在一起。然后，她把瓶子放回布袋里。那里头还有些器具，现在却暂时不派用处。

文秀娟捣鼓这些的时候，已经有些黑影悄无声息地聚拢来。多是黄白色的猫，也有黑色的，离得远些有条落魄的京巴，后头还有慢慢靠近的，看不清晰。它们三三两两，或结伙或独行，与以往多个夜晚一样，来到这死巷里，打算美餐一顿。

幽幽恍恍间许多双碧绿的眼睛瞅着文秀娟。这光景，让她想起刚看过的一部香港恐怖片。她摇摇头笑起来，蹲下身，把剩粥倒了点出来在跟前。

“吃上一顿饱的，挺不容易吧。这可是热腾腾，有肉汤的粥呢。如果你们能思考，会说话，是要感激我的吧。你们现在应该就挺喜欢我的吧。但是，实际上，谁又知道呢。过上一阵子，如果你们够聪明，就会后悔现在吃得这么欢了。”

有些话，文秀娟是没有人可说的。哪怕是铃铛也不可以。她总要找个地方说说，对猫说，对狗说，总好过憋不住夜里说梦话，被爸爸姐姐听去。

“这个世界，看起来的，和实际上的，就是不一样。”

“就是不一样的。”她停了会儿，强调似的，又重复了一遍。

“你们也是吧，看起来很可爱，其实只是天生长成这样而已，和蜘蛛蜈蚣又有什么区别，惹到了，还不是一口咬上来，一爪子挠上来。就算看着合眼，看不见的地方，满身的跳蚤细菌还有寄生虫。”

一只黑猫抬起脑袋看了她一眼。

“能听懂吗？你可听不懂，人们总是觉得你们通人性，只是看起来像而已。就像我，这条街除了我姐姐和我爸爸，每个人都喜欢我。又聪明，又刻苦，又懂事，还特别讲礼貌。这些天喂你们吃的，总是会有人说我心地好，喜欢小动物。但是，实际上，谁又知道呢。”

地上的粥被舔得干干净净，文秀娟挥挥手，把恋栈不去的几只猫轰走，转眼新的猫狗又补了上来。她再从塑料袋里倒出三分之一，这拨吃完，后面还有一拨。

“我妈妈如果死了，有爸爸伤心；我姐姐如果死了，爸爸也会伤心；爸爸死了，姐姐和街上好些人会伤心；我如果死了，可没人会伤心，就和你们一样。别看老街上的人都夸我，那不是打从心底的，他们都是些什么样的人，什么样的性子，怎么会从心底里喜欢一个和他们完全不一样的人呢？我死了，他们嘴里说哎呀太可惜啦多好的姑娘呀，说过几句，却有谁会真真正正地难受呢？我不想死，但如果我没法上大学，这辈子没有出路，和死了又有什么区别，比死了更难受！”

她咯咯咯笑起来。

“文秀琳活着，我是永生永世没有出头的日子了。说真的，姐姐，那一年，如果妈妈死了，我们都会好过。这些年我走的路，是你给我选的。现在，轮到我来给自己选一条路。对不起，我也只能帮你选一条路。”

文秀娟一边喂着猫狗，一边说着话。这话既非说给猫狗听，也不是说给自己听，而是说给那冥冥的命运听，说给那不在此处的姐姐爸爸和妈妈听，说给这仿佛与她格格不入却又拼了命要融入进去的世界听。

粥尽，猫狗们陆续隐入黑暗，文秀娟的独白也早停了下来，这条断头巷重归寂静。文秀娟提着袋子往外走，却又停了下来。在巷的一侧，一扇本来关着的门，现在虚掩着。

门后无光，却隐隐露出片衣角。

这是聋婆家的后门。文秀娟知道，聋婆并不聋，她只是不爱搭理人。她刚才在这儿站了多久，听见了吗？

吱呀声响，门从虚掩变成半开，露出聋婆的身子。她白发散乱，眼睛直勾勾盯着文秀娟看。

文秀娟说聋婆好。

过了许久，聋婆发出一声不知意义的鼻音，似“哼”似“嗯”，然后她把门关上了。

文秀娟又在门口站了会儿，感觉自己后颈上竖起的寒毛一根根倒伏下去了，才快步走出巷子。

受了这回惊吓，她却还没有直接回家，而是在老街里转了几个地方。那是她探究出来，那些猫狗惯常拉屎的地点，一小截一小截的干便，被她捡在了原本装粥的塑料袋里，扎紧打了个活结，藏进布袋子里。最后，她把布袋藏回了原处。

就此，今夜必须进行的事务，便告全部完成了。

这样的夜晚，注定还要许多个。

2

泰山我没有去过，想去，但也不知道什么时候会去。真羡慕你。以我家的情况，没有去外地旅游的机会，我到现在，连火车都没坐过呢。恐怕要等以后自己工作独立了，才有这样的机会。

其实，我知道你在劝我，你是有这个意思吧，劝我看开点，不要被眼前的生活局限住。你是登上了泰山，会当凌绝顶，一览众山小，这才有这样的感悟。可是，我却连去泰山的机会都没有。要站得高看得远，总归是要一级一级台阶往上爬。我正在爬着呢，很努力很努力地爬，用尽所有。

文秀娟在校图书馆里找到一本上期的《神州旅游》，里面正好有泰山的介绍，整整四页的专题，还有好几张照片，上面的景色，和铃铛信里说的一模一样。她把翻开的杂志垫在信纸下面，给笔友写回信。听见文秀琳叫她的时候，文秀娟赶忙把杂志合上，将信盖住。

文秀琳的眼神落在杂志上，文秀娟有些心虚，问姐姐有什么事。

“数学老师开了补习小课，估计会到很晚，你和爸吃饭不用等我。”

文秀娟点头说好。文秀琳临走的时候，眼睛又在那本杂志上打了个转。

该不会以为我也在写情书吧，文秀娟想。可得小心些。

回到家里，文秀娟先去里屋看了眼妈妈。这已经成为一种习惯，尽管通常并没什么要做的。然后，她出门从秘密处取出布袋，在棋盘似的老街上绕了几个格子，停在一处寻常的烂木门前面。

这儿离她每晚喂食猫狗的死巷，仅一屋之隔。实际上，这儿就是聋婆家的前门。

门关着，她敲了敲，无人应。她翻起窗台上一块松动的砖，钥匙就在那下面。取了钥匙，打开门，轻推而入。

聋婆就坐在正当面，看着她。

一如以往。

聋婆在打着毛线，两根棒针穿梭，看起来是条围巾，一头拖在地上。聋婆并不低头，仿佛织围巾的并不是她，那双手和脑袋分属于不同的人。她直直地看着文秀娟，又或者并未看着她，而是穿过她，穿过门板，看往不知名的深处。

这些日子，文秀娟时常会来看看聋婆。聋婆一个人住很久了，子女都不怎么来看她，这两年年纪大了，精神越来越不对头，只懂织毛线。人一痴，子女越发地不待见，常常在椅子上从早坐到晚，饭都不知道吃。如果没有个人常常探望，什么时候人死了都不知道。这样的话老街上的人时常当着文秀娟的面讲，这是在夸小孩子有爱心，文秀娟抿嘴浅笑，心里却想着，人与人，真是知面不知心。

煤球炉上有锅，锅里有冷饭。文秀娟闻了闻，略略有些馊味，应该还算勉强能吃吧。她从热水瓶里倒了些水，盛出一碗温热的泡饭，挖了两勺酱菜放在饭上，端给聋婆。聋婆还是固执地向前看着，她就把饭放在旁边的小桌上。聋婆脑子里的时间到了，自然会吃的。现在还好，聋婆有时还知道自己生煤球炉烧点饭烧点水，什么时候连这个都忘了，难道还要帮她生炉子吗？这可得花不少时间，她一辈子生那么多小孩，到底有什么用呢？这念头在文秀娟心里跳出来，她笑笑，扔到一边。

文秀娟在聋婆家靠后门的过道上坐下。她坐在一张小板凳上，把布袋里的东西取出来摆在地上。

第一件事还是戴手套，然后把前一天收集在塑料袋里的粪便倒进广口玻璃罐，加入水，用木棒捣烂。那股子熟悉的味道又弥散开来。刚开始那几天，文秀娟还努力憋气，恶心得头晕，现在已经可以如常呼吸，连眉毛都不皱一下。端坐在前屋的聋婆依然毫无反应地织着毛衣，浑然不管自家屋里的这股恶臭从何而来。老街虽然像个大到走不出去的迷宫，但能让文秀娟不被打扰更不被发现地做这么一件古怪事情的地方，也只有聋婆家了。文秀娟每天都来，于是这味道便在屋子里经久不息，哪怕有邻居偶然闻见了，也不会奇怪，聋婆家里么，正常的，反过来，还要更佩服更喜欢小秀娟呢。

粪便被捣到稀烂，成为混浊的汁，文秀娟在瓶口蒙上三层纱布，把粪汁过滤到另一个罐子里，如此几次，直到粪便的残渣被滤干净，几乎看不见有沉淀物为止。这黄白色的混浊液体，将在今夜混进粥饭，再一次被老街上的野猫野狗们吃进肚子，周而往复。

结束这一切，文秀娟在聋婆的水槽里冲干净手套，用布擦干，把东西都收拢进布袋里。要离开的时候，她见到聋婆的饭还没动。文秀娟意识到自己忘给筷子了，便去筷筒里拿了一双摆在碗上。

“聋婆我走啦，记得吃饭哦。”

把门关上的时候，文秀娟觉得聋婆在看自己。

把布袋放进家门口的隐秘处，要进门的当口，文秀娟听见屋里的半句话。

“她用不着，你管好自己就行。”

是爸爸，在和谁说话呢？这口气像是对姐姐，她不是该在补习，结束得这么早？

文秀娟停下步子，支起耳朵。

“妹妹功课一直比我好，她应该能考上大学，但她最近情绪好像有点不对，学习有点分心了，爸爸……”

“没钱供她读，你考上就行。”

“我考上了，勤工俭学，多少也凑点，爸，行吗？阿妹比我聪明，上了大学一定有出息。她这些年对妈也特别上心，她一直在看的那些书，都是医疗方面的，最近在看的那本是《传染病学》吧，她和我说过，想学医，想治好妈妈。”

“她是比你聪明。就怕她太聪明。”

“爸……我是说……如果，如果，我没考上呢？”

文秀娟听得略有些紧张起来。

然而，屋子里一片静默，她没听见任何回答。

后来，她曾无数次想象，这一片静默里的气氛是怎样的，两个人的表情是怎样的，父亲看着姐姐的眼神是怎样的。

这世界上的很多事情，都是没有答案的。

文秀娟又在外面等了会儿才进屋，屋里父女俩的神色如常。

吃晚饭的时候，文秀娟看了姐姐好几眼，文秀琳冲她笑，她受惊一样地转开眼神。

饭后，帮妈妈喂过食，收拾停当，文秀娟拿了箫，坐在门口。

她记了《胡笳十八拍》的谱，想试着吹一两个小节看看。不知怎的，此时此境，她很想听听箫的呜咽。

试着吹了几个音，文红军走出来。他要去出晚上的车。

“吵死了。”他对文秀娟说，“别吹了，你姐在温书呢，别影响她，听见没！”

“好的爸爸，对不起爸爸。”她仰起脸，想给文红军看个笑脸，却只见到他匆匆而去的背影。

3

天底下，也不是只有读大学一条路，不是只有读大学一条标准。真正优秀的人，能走出一条自己的路，而不是走别人安排好的路。中国自从有大学，才多少年，在那之前呢。杜鹃，才华是自己的，但读书却不是完全公平的。

文秀琳叹了口气，再次把写到一半的信揉作一团。这封信她已经写了好几遍，却还是没能写完。劝解的话，连她自己都不相信，又怎么能说服妹妹呢？中国在有大学之前是十年寒窗进京赶考八股文，这华山一条道自古都没什么差别。更何况，这么直接地劝解，也太奇怪了一点。

文秀琳从教室里出来，到操场上透气。几个男生光着膀子大汗淋漓在打篮球，过了休息天就是期末大考了，然后暑假一过就是高三，这种时候还会把时间扔在篮球上的，多半都对考上大学不抱什么期待了吧。大学属于少数人，尤其在这所学校。项伟推着自行车在旁边看得目不转睛，他很爱打球，但这时节，也就只好过过眼瘾了。

文秀琳不知不觉走到了项伟旁边，她穿了件白裙子，走动起来像朵莲花，项伟早早就注意到了。但他并不拿眼盯着文秀琳，老街上的小混混才这么看女人，他还是看他的篮球赛，等到文秀琳近些了，才很有男子气地朝她一点头。于是文秀琳就又走得近了些。

“准备考什么大学？”

“怎么忽然问这个。”

“没想过吗？”

“还有时间来考虑吧。”

项伟成绩要比文秀琳好一截，是尖子生，在文秀琳想来，是个理所当然的未来大学生，可他现在的反应却有些古怪。

“可能，要看家里情况吧。”项伟补了一句。

文秀琳明白过来，这是说学费。项伟的家庭情况不比文家好，甚至更差，毕竟文红军开出租车能有相当不错的收入。

“要是说，你不上大学的话，有什么打算。”文秀琳想听听他的想法，也许那样就能写出给杜鹃的信了。

“哪能不上，我是说，要是家里紧，最多我半工半读，再多读一年攒学费。”

文秀琳愣住，可这答案，想一想又是再自然不过。这时项伟往另一边看过去，那儿有一双和文秀琳很像的眼睛正盯着这儿瞧。

文秀琳也注意到了妹妹，便不再和项伟说话，转身回教室去了。

文秀娟当然是认得项伟的，有阵子他和姐姐走得特别近，自打她向爸爸举报后，这一对好像就小心了许多。

第二天下午，刚吃了午饭，喂过包惜娣，文红军又出车去，留了两个女儿在家。文秀琳在为即将到来的期末考温习，低一年的文秀娟也是同样的大考时间，却跑出去买了瓶可乐回来，倒了两杯，把其中之一递给姐姐。

文秀琳诧异妹妹买了这么奢侈的东西，而且可乐的咳嗽药水味道其实她有些喝不惯。

“要劳逸结合。想考高分，考大学的话，可不能使蛮力。喝点，放松一下。”

“这个挺贵的吧，你这么花钱……”文秀娟脸一板，说那算了我自己喝，文秀琳连忙一口喝掉。

喝得太急，好多气跑进肚里，让文秀琳连打了几个嗝。

“味道好怪，不过还挺爽口的，谢谢啦，我继续看书了。”

只是没过多久，睡意就一股一股地涌上来。实在困得不行，文秀琳横到里屋床上，没力气爬到中层，直接就在文红军的下铺躺下来，打算小睡个午觉，嘱托文秀娟过一小时叫她。

文秀娟把两个空杯洗了，尤其文秀琳的那个杯子，来回洗了好几遍。安眠药的效果很强，就是味道有点苦，只好用可乐来掩盖。药是她特意跑去四川北路上的药房开的，在附近药房里买，她担心会被认出来。

文秀娟坐在外屋，语文书摊在面前，始终没有翻动一页。她直愣愣坐了约莫二十分钟，才从书包里拿出个铅笔盒子，来到文秀琳床前。

文秀琳睡得正香，屈着腿侧身朝里，微微蜷着。文秀娟叫了两声，把铅笔盒放在床边。腾出手轻轻把姐姐翻过来，让她平睡。文秀琳咕哝了两句，听不清楚，不过并无要醒来的迹象。

文秀娟把铅笔盒打开，取出里面的针筒。

针筒里已经吸满了半透明的混浊液体，这是那么多日子来，她一遍又一遍提炼猫狗粪便，喂食，再提炼，数十个轮回后所得之物。野猫野狗粪便中的寄生虫卵又被吃了回去，周而复始，猫狗体内的寄生虫数量迅速增长，粪便中的虫卵数量也急剧飙升，此刻这一针管浓液是最后的“精华”，聚集了不知多少万颗虫卵！

文秀琳的臂弯舒展着。那么多天拿自己做实验，文秀娟对于扎准静脉，已经有着相当的自信了。她没有准备碘酒，没什么可消毒的，对吧。

她缓缓举起针筒，针尖朝天，就要落下去。她看着姐姐的脸，那是一张和她颇相似的脸孔，此时面容平静，不喜不哀，也许无梦，正在一片恬静的黑暗中。她意识到，如果真的开始，那么，这张与自己相似的面孔，就要不在了。她不愿回忆，不愿记起，但此时此刻，仍不免想起当年那个闷热的夏日午后，她站在这间屋子里，面向母亲，一步步走上前去的情景。

她凝住了。她看向自己持针的右手，那手并无半点颤抖。文秀娟忽然意识到，原来自己竟然如此坚决！自己的生命之途，已经决然地往另一个方向去，不可能和姐姐重合一处了。巨大的悲哀攫住了她，这悲哀未必是对于姐姐，也未必是对于自己，而是对于此情此境，降临于己身的命运。她泪如雨下，把针筒搁在床上，蹲下身子抱头痛哭起来。

她哭得上气不接下气，抬起眼来，泪目中看着姐姐，想起这些年来，文秀琳表现出的那些明确无误的善意来，尽管，她一向觉得，这是愚蠢且毫无意义的善意，并且归根结底是一种伪善。

也许就交给命运来决定。就像平时自己下不定决心时那样，随便想一句话，数手背上的骨节骨隙，数到凸起的骨节就去做，数到凹陷的骨隙就放弃。

姐姐你会不会死。骨节骨隙骨节骨隙骨节骨隙骨节。会死。

再试一次。

我要杀了你吗？骨节骨隙骨节骨隙骨节骨隙。不要。

文秀娟发了会儿怔。

姐姐我对不起你。骨节骨隙骨节骨隙骨节骨隙骨节。骨节。

她慢慢地平静下来，擦干眼泪，转过身，走向母亲。

“妈妈，我要做坏事了。”

她顿了顿，又说：“妈妈，我不能要姐姐继续活着了。她活着，我就活不下去，这个家里，总是要有一个人去死的。妈妈，没有办法。妈妈，除非，你眨一眨眼睛。你现在眨一眨眼睛，我就放弃了。”

包惜娣的眼睛似睁非睁，并不完全闭着，留着一线，如同庙里大佛的眼睛，无论你在哪个方向，隐隐约约地，都似在瞧着你。文秀娟惧怕过这双眼睛，后来，慢慢地，没有旁人的时候，她总是注视着它们，那里面幽深黑暗，包含所有，却又空无一物。她觉得妈妈就像是一尊神像，受着香火供奉，收纳着人间许许多多的祈祷愿望，景象森严，若打碎了，也就是一堆泥块而已。她曾试着打碎过，虽然没有成功，但也就此解脱了束缚，无所畏惧了。

文秀娟看着妈妈，慢慢平静下来。她转回身，走到床前，把姐姐的胳膊掰直，在臂弯处拍打了几下，让血管显出形来，拿起针筒扎了进去，缓缓把所有的针液推进这具身体里。

自始至终，她没有看姐姐的脸。

收拾好针筒，出里屋前，她又转头看了眼母亲。一恍惚间，她觉得母亲的眼皮似乎颤动了一下。

“妈妈。”她喊了一声。

并无回应。

“那么，您接着睡吧。”

4

有的时候，会觉得其实根本就没有什么选择。人生是没有选择的，以为可以选择走左边，也可以选择走右边；以为可以选择做，也可以选择不做。但其实没有选择。明白这一点，才是真正的成熟吧。想清楚自己的路，想清楚自己想要的东西，然后就没有选择了。我最近忽然才明白了这一点。

或者，必须要很努力很努力，才能有选择权。在我来说是这样的，对铃铛你，大概不是吧。铃铛你是有选择权的吧，真是让人羡慕。上次你信里说，你在犹豫要不要上大学。对于我，这是没有选择的，而你有选择，是因为哪怕不上大学，也可以有不错的未来吧。你一直是走在世界光明面的，而我，则是掉在世界的后面，被巨大的阴影笼罩着，正在努力地奔跑，才能和你站在一起。我没有选择，只能向前跑，快跑，拼命地跑。

又是一年夏天，文秀琳高考前的最后一个夏天了。

文秀琳有点打不起精神。也许是因为夏天的关系，但总有那么点古怪。妹妹让她多休息，说就是前段时间读书太拼了，身体才会吃不消。

高二的期末大考文秀琳成绩一般，按照她先前的情况，本该考得更好的。考试前一天莫名其妙昏睡了一整个下午，直到晚饭时才被妹妹推醒，但还是昏昏沉沉，压根儿没法再复习，夜里反倒睡不好了，头痛。

也许是该有张有弛，自己之前绷得太紧了，文秀琳想。

然而考完试歇了几天，总觉得身体里缺了点儿精气神，转眼就高三，也不可能真的放松几个星期吧。到了今天早上，她简直怀疑自己发烧了，但量了体温，又还好。

这个时候，文秀娟提议去蒸一蒸桑拿。

桑拿是个新鲜玩意儿，从国外传来的，听说非常解乏。用极高的温度把人的汗都逼出来，身体里的毒素也就一起逼出来了，这和中医的道理一样。四平路上新开了家大浴场，到处在发优惠单，里面就有桑拿房。

当然，尽管有优惠，还是要一点钱的，文秀琳很犹豫，但经不住妹妹撺掇。文秀娟说我来请你，这比吃药管用，对身体好。文秀琳说我有零用钱的，我请你吧。

出门的时候，天气有点阴，文秀琳要回家去拿伞，文秀娟说不用，不会下雨，听过天气预报的。

这是她们去过的最大的浴场，不过桑拿房只小小一间。赤条条一起待在那么小的空间里，对两姐妹来说都是第一次。

真热啊，阿妹。文秀琳说。

文秀娟嗯了一声。

白雾蒸腾，让近在咫尺的脸也模模糊糊。

“咋了？”

“不，没什么，挺热的。”

“受不了就出去。”

文秀娟看看姐姐。她体内的那些虫卵，现在怎样了，成虫了吗？身体里有那么多寄生虫，是要生大毛病的，而且不好查，医院里的常规验血，是不验寄生虫的。可这毛病通常也不至于要了人命，给医院足够的时间来检查，一轮一轮，总会有一天查到寄生虫头上。

除非虫卵入脑。这可不容易，尽管文秀琳血液内有高密度的虫卵，但人体有一道天然的屏障——血脑屏障，虫卵会被阻挡在脑外。要让这屏障打开，除非人的体温升到一个极高的程度。

“阿姐，你蒸得舒服吗？”

“穷出汗，蛮好的。”

“那就再蒸一会儿，我陪你。”

桑拿蒸好，文秀琳觉得浑身轻松，这钱花得值当。出门的时候，文秀娟走在前面，却在门口停下来。

下雨了。

文秀娟看着这雨，称不上大雨倾盆，但雨点细密。

天气预报时时不准。但这一次，是准的。

文秀娟叹了口气。这也是天意，她在肚子里暗暗说。

然后，她转回头，冲姐姐露出一抹苦笑。

“没带伞，骑快点冲回去吧。”

文秀琳跨上破旧的二十六寸凤凰牌车，文秀娟跳上后座，搂住姐姐的腰。姐姐是温热的，雨点打在身上是冰冷的。等回到家里，两姐妹全都湿透了。第二天，两个人一块发起烧来。文秀娟三十八度，而文秀琳烧到了四十度。

文红军劈头盖脸把两姐妹狠骂了一顿，蒸完桑拿毛孔都打开，再淋上一身雨，寒气入体，不生病才怪。这天他只好不出车，在家里照顾三个人。隔一天，文秀娟好一些，撑着爬起来，要文红军去出车，她来照顾姐姐和妈妈。文红军说不可以的，妈妈没有抵抗力，你感冒没好透，近距离接触要传染的。

文红军在家足足待了三天。第四天早上出车的时候，他对文秀琳恶狠狠地说，这三天亏掉的份儿钱，够你上大学一个月的生活费了，你知道我得多久补回来？赶紧把毛病养好去温书！

这时候文秀琳的烧还没退尽，得靠妹妹照料。她每天喝很多水，妹妹还买了西瓜来给她用大勺子挖着吃，一吃就是半个，这剩下的几分热度，却绵延许久，怎么都好不利索。她每日倚在床上看书，一恍惚，刚才看的内容就忘了一半；做习题的时候，明明挺简单的方程，半天都解不出来，以往可以心算的步骤，现在要一步一步在纸上写出来才行。

进入了暑假第三周，这一天早上，文秀娟买菜回来，又带了个西瓜，一切二拿给里屋的姐姐。

“你知道吗，聋婆没了。”

“怎么会？”文秀琳惊着了。

“她儿子昨天回来才发现了，死了几天了。听说可能是饿死的。我这阵子都没去，要是我去了，就不会这样了。”

“和你有什么关系，如果不是你一直去，可能早就……你是在照顾我和妈妈啊，要不是我生的这场病，这样说起来，我也有责任的。”

文秀娟摇头：“我也是该去看看的呀。”

“那她女儿也回来了咯。”

“不知道，应该吧，办丧事总要回来的，而且还要分房子呢。”

文秀琳看了妹妹一眼，这话里的意思成熟得让她有些吃惊。

“邻居们都说，像这样的子女养了没意思。”文秀娟说。

文秀琳嗯了一声。非议的对象照老街的辈分也得叫叔叔阿姨，她有些不习惯这样直斥其非。

“我想再量下体温。”

量下来三十八度一，又升高了。

“阿姐，你人感觉怎么样？”

“头痛，有点恶心，没胃口。”

文秀琳挖了两勺西瓜，放下勺子，怔怔地瞧着文秀娟。

“阿妹，我这是怎么了，我有点怕。”

她捉着文秀娟的手，很用力。

“我有点怕啊。”

文秀娟被姐姐握着手，一时间愣在那儿。她慢慢弯下腰，轻轻抱住文秀琳。她觉得自己的动作僵硬极了，生了锈一样，动一动关节就咯啦咯啦响。

“我都没哭，你怎么哭了？”文秀琳说。

文秀娟飞快地擦了把眼睛，说：“没事的，阿姐会好起来的。是我不好，不该和你说不开心的事情。你心情好一点，恢复就快。你多吃点西瓜，没胃口也要吃下去，这是药。”

“是不是该再去医院看看？”

上周去看过医生，验了血，配了感冒冲剂和阿司匹林。

“要么，等爸爸回来问问他。”

到了周四，烧还在三十八度，终于去了医院。又配了更强力的药回来。然而完全没有作用，到了下一周的周三，烧发到三十八度三，头痛加剧，文秀琳住进了医院。

8月的第一周，脑部的X光片检查结果显示，在文秀琳的大脑里，有一个不明肿块。

“可能是脑瘤。”医生对文红军说。

文红军盯着黑白的X光片。

“她明年要上大学的。”文红军说，他慢慢抬起头。

“这个病……能在开学前好吗？”

医生有些迟疑：“这个病……要会诊，就X光片来说，还是比较严重的。”

“这个病，能活吗？”文红军轻声问。

“先约个专家会诊吧，我们全力救治。”

“她是个好孩子，拜托您了。”

5

这阵子没收到你的信，在忙什么呢，还是暑假到什么地方去旅行了？

有很多话想说，又不知该从何说起。

我做了对的事，又做了错的事。什么是对，什么是错，分不清楚。

对你来说，我说的这些都是莫名其妙的话，可是，即便我们的关系，我也没办法说得太清楚。你就当我发疯痴语，将就着听着。谢谢你啦。

人都要为自己做的事付出代价的。我有一个很近的朋友，许多年之前，因为一件事，我们各自付出了代价。其中，我的代价要惨痛得多。背叛是什么滋味，当我还是个孩子的时候，就深刻品尝了。她呢，这些年也算是有些代价吧，至少她是不安的，过得并不如表面看起来那么快乐。其实，我一直不觉得她也付出了代价，她比起我来，是受了益的。直到最近，我才明白她也不见得过得舒心快乐。如果我早点明白，还会不会这样执着地想让她付出代价呢？也许还是会吧，这已经不仅是报复的问题了。就像我上次和你说的，我没有选择。也许有一天，我也会为今天的事付出代价。

我对她做了些不好的事，无法回头了。她如果知道了，不知道会是怎样的表情，怎样的心情。我有时很想知道，有时又不想知道。

文秀娟靠在墙上，手里捧着饭盒。旁边是 24—31 号床的病房，文秀琳的 24 床就挨着门口。文秀娟没急着把饭送进去，她在听爸爸和姐姐的对话。

这已经是 8 月的第三周，暑假快要结束了。

文秀琳的体温一直在三十八度左右徘徊。又做了两次脑部 X 光片检查，最新的一次，脑部肿块增大了。文秀娟知道，医生昨天找过文红军谈话，说要不要考虑开颅手术。手术费用不能全部报销，而且风险也很大。文红军下不了决心。现在他每天出车的时间少了，他要抽一点时间出来，陪陪女儿。

让文秀娟侧耳倾听的，是关于读大学的事情。

“爸，我这一整个暑假算是都荒啦，我早上做了几道物理题，退步很多。高中最后一年了，我这病不知道还要折腾多久。”

“你生着病，把身体养好最重要。”

“我真的担心。我才刚追上去，现在又被落下了。明年高考可怎么办。爸，我其实在想，如果我因为病，今年考不上大学，那明年，明年我就是和妹妹一起考，如果妹妹考得更好，还是让妹妹读大学吧。”

文红军不语。

文秀琳想着妹妹，想着作为笔友她在信中表露的那执着到令人钦佩，甚至令她有些畏惧的劲头。这场病生得绵延不绝，一眼望不到尽头，让她心气都泄了。

“或者，我今年考得不理想，也不复读了，我直接找工作吧。”

“爸，你怎么不说话呀？”

文秀琳看着爸爸，父亲的沉默有些异乎寻常。她刚才的这些话，是不中听，不合父亲心意的，以她对父亲的了解，难道不是该断然呵斥吗？就像之前她刚淋了雨，高烧四十度，人已经迷迷糊糊了，父亲还是在指着鼻子骂呢。记忆里他上一次沉默是什么时候？

“你安心养病吧，读书的事，以后再说。”文红军说。

文秀琳愣住了，隐隐约约间，她觉得有些不妙。然后，一股巨大的心悸袭来。她仿佛明白了什么。

“爸，你会让妹妹上大学吗？”说这句话的时候，她的嘴唇有些颤抖。

“妹妹，妹妹可以上大学的吧。我，我是上不了了吧。”

文红军一惊，像是才醒过来，压着声音，呵斥她：“胡说什么，谁说你上不了了！”

文秀琳定定地瞧着父亲，突然撕心裂肺地哭起来。

“我要死了，我要死了爸爸对吗，我要死了，我好不了了。我不想死，爸爸，我不想死。我还想活啊，爸爸，我不要死啊。”

文秀娟紧紧捂着饭盒，饭盒顶着她的心口，这一刻她感到难以喘息。

文秀琳只在众人面前哭过这一次。后来，文红军和她说了开颅手术的事，文秀琳说不要。她说，省点钱给妈妈、给妹妹吧。

开学第一周的周五，放学后，项伟去医院探望文秀琳。班里早就知道文秀琳生病了，但不清楚具体情况。返校日不来，开学也不来，都高三了，可以想见文秀琳一定生了场大病。同学老师要来探望，却被文红军一律谢绝。而项伟，却是文红军特意到学校知会的，文秀琳想见他一面。文秀琳还特意和爸爸说，这事不要告诉妹妹。文红军自然便想到了去年文秀琳挨的那顿打，不由心底叹了口气，到了这时候，姐妹之间还有心结哪。

看见文秀琳的时候，项伟吓了一跳。眼前半靠在床上的女孩瘦得快要脱形，脸上却还有些浮肿，显得脑袋特别大，头发也少多了，皮肤白得近乎透明。文红军在，见项伟到了，打了个招呼就离开了病房。

项伟心里有很不好的感觉，却努力做出镇定的样子，一边问着你怎么样啊，一边把手里的一袋橘子放在地上。

“我不大好。”文秀琳说。

不等项伟安慰，她又说：“我大概是快要死了。”

项伟没有经历过这样的场面，慌乱地说着怎么会，不要紧的，却不敢去问文秀琳到底得的是什么毛病，生怕一问出答案，更不知道该怎么讲话了。

文秀琳看起来有些疲惫，语气也淡淡的近乎冷漠，和项伟熟悉的那个女孩子大不一样。他有一种错觉，眼前的这个女孩正处于离开这个世界的过程中，仿佛和他已经隔了千山万水，转眼就要不见了。

“我想请你帮个忙。”文秀琳说。

项伟用非常用力的动作和语气答应下来。

“这些年，我一直借用你的地址来给笔友通信，谢谢你了。我原本和你说的那个借地址的理由，其实不是真的。我是在给我妹妹文秀娟写信，所以没办法用家里的地址。我妹妹她，其实心里藏着很多事情，很压抑的，我一直想通过笔友通信的办法，让她开心一点。我能感觉到，她对这个笔友的感情，可能比对我、对爸爸的感情都要好呢。”

项伟不由自主地露出错愕的表情，文秀琳笑笑，说：“看起来，我没办法继续扮演这个笔友的角色了，但是，我不想妹妹失去这个好朋友。所以，我想拜托你顶替我，继续和我妹妹通信下去，可以吗？我想过了，字迹不一样也没关系，你就说，你的手受伤了，握不好笔，字会比以前难看，这样慢慢地，一封一封过渡，大概她就不会怀疑了吧。”

文秀琳写了彼此的称呼给项伟，告诉他笔迹大概是怎样的，让他慢慢学一下。她力气衰弱，也写不动更多的字了，说了这会儿话，精神更不济起来。

“我这里有新的信。”项伟拿出一封杜鹃的来信。他看看文秀琳的气色，说：“要么，我读？”

文秀琳犹豫了一下，说算了，你回去自己拆开看吧，反正以后这个任务是交给你的，就从这一封信开始吧。

临走前，项伟终于犹犹豫豫地问起文秀琳的病情。

“是脑子里长了东西，医生也没有太好的办法。”

项伟说了一番鼓励她尽快康复的话，文秀琳说谢谢。

不久之后，文秀琳就出院回家。既然不做开颅手术，那么在医院里也没有什么意义，不如在家舒适，也少花钱。等到有新的情况，再去医院。这意味着什么，文秀琳和文红军都很清楚。文秀娟长出一口气，一直在医院里，定期会做血检，她生怕哪一天医生灵光一现，要求多做一个寄生虫检查。

在家里当然也是要做保守治疗的。西医没办法的毛病，用中医的法子治好，这样的案例时常听说。对文秀琳来说，中医几乎是最后的希望了。文红军找到一位裘医生，家里世代行医，听说很厉害。去的时候文秀娟也在，医生号了脉，看了舌苔，就问有没有去过什么不干净的地方。文秀娟吓了一大跳。老先生说你们来得有点晚，现在积重难返，下不得猛药，只能一点点来。话没有说死，给人留了挺大希望。

熬药的事是文秀娟负责的，她没偷一点懒，尽心尽力，对阿姐生活上的照顾也极好。不该做的和该做的事情她都做了，接下去，就交给老天爷。如果吃中药真能让文秀琳好转，那大概是她命不该绝。药苦，但文秀琳大口大口地喝，每一回喝药，她都仿佛精神一些，眼睛里也有光。喝到第二周的时候，她只能小口小口抿了，喝药的气力在慢慢失去。

有一天傍晚，文秀琳从午睡中醒来，叫妹妹开灯。天并没有全黑，文秀娟把灯开了，然而文秀琳还是看不见。送到医院，医生说病变已经影响到视觉区域，所以虽然眼睛的功能是好的，但还是瞎了。

最后的几天里，文秀琳常常是睁着眼睛的，尽管看不见。她轻声地说着些话，有一回，她对文秀娟说，妹妹，我现在虽然看不见了，但看得好像比从前更清楚了。我看得清楚，妹妹。

那一刻，文秀娟什么话都不敢说。她只能等着姐姐继续往下说，然而文秀琳却昏睡过去了。

接下去，文秀琳开始手舞足蹈，颤动，呼吸骤停，心脏骤停。后两个状况是致命的，医生说，文秀琳大脑的延髓已经受到影响，而延髓是控制人体无意识动作的，管呼吸和心脏，延髓坏了，人救不回来。

病危通知发了几次，文秀娟一直守在病房里。早上4点多的时候，文秀琳开始唱歌。前些日子，同病房的病友抱怨过，后来知道这姑娘的生命也就几天了，就不再说。这一回文秀琳不像前两日的呢喃，文秀娟想，这是回光返照了吧。

歌声断断续续。

多少的往事，已难追忆。

……

这天上人间，可能再聚。

……

不如归去，不如归去。

……

过了会儿，文秀琳问，刚才是谁在唱歌啊，真好听。文秀娟说，没有谁，阿姐是你自己在唱啊。文秀琳哦了一声，停了半晌，忽然又说，听听你吹箫好吗？

文秀娟赶回家去取箫，文红军听见响动，问怎么回事，文秀娟说，阿姐可能快不行了。

两个人一起回医院，到病房的时候，文秀琳已经没有呼吸。

文秀娟跪在床前大哭，她感觉全身都被抽空了，她意识到自己失去了至亲之人。

阿姐，阿姐。她叫着。阿姐，阿姐。

有很多其他的话想说，比如你醒一醒，比如一路走好啊。但文秀娟觉得自己没有资格把那些话说出口。最终，她反复说着的，也只有那两个字。

6

抱歉那么长时间没有给你去信。我过了一个相当糟糕的暑假，原本也有旅行的计划，但是全都泡汤啦。我出了场车祸，挺严重的，幸好活了下来。现在身体已经康复得差不多了，不过因为右手的骨折还没有好，所以我是在用左手给你写信呢，字迹上你应该能看出些不一样吧。

上封信里，你说了些看上去对你相当困难的事情。每个人都会碰到困难的事，就像我这段时间。关于对错，每个人，你，我都会做错事。谈一些我对做错事的看法，既然人人都会做错事，那么关键其实就在于能做对多少事，不是吗？纠结于曾经犯下的错误和当下犯下的错误，对我们做更多正确的事情有没有帮助呢？我总觉得，要给自己多点机会，也给别人多点机会。

冬至。今年的冬天格外冷，而此前的夏天则酷热。这是难熬的一年。对文家还活着的三个人而言，一个失去了长女，失去了最能让他放心和寄予期望的家庭成员，整个家庭的未来别无选择地将落在最聪明伶俐的次女身上；对另一个而言，她作出了人生中第二次重大抉择，然后失去了姐姐，曾经有几个瞬间她动摇甚至后悔过，但她也明白，如果重来一次，一切不会有变化；对于剩下的那个，她早已失去了自我，文红军一直坚持相信她依然有意识，只不过处于似醒非醒的浅梦状态，像在经历一场漫长的梦魇，如果真的是这样，那么这一年她所经历的，会对她的苏醒有所帮助。

早晨七点，父女二人在西宝兴路火葬场起出寄存的文秀琳骨灰盒。盒子用布裹了一层又一层，文秀娟捧着，坐在文红军出租车的后座上，来到墓园。

打着黑伞，把骨灰盒护送到墓穴，放进去，一个小小的空间，然后被水泥封住，陷入永远的黑暗中。文秀娟目睹了姐姐最后的归宿，与文红军一起垂泪。

碑上照片中的文秀琳含笑盈盈，她定格在这一刻，然后随着风吹雨打斑驳黯淡下去。

上完供品，香燃尽，文红军对文秀娟说，你得把姐姐的那份一起活下去，活得好好的，姐姐在天上看着你。

文秀娟嗯了一声。

“爸，你先走吧，我再多陪姐姐一会儿。我知道路，自己回去。”她说。

文秀娟一个人站在墓碑前。她望着墓碑上熟悉的名字，望着墓碑上熟悉的脸孔，她以为会忆起许许多多的往事，奇怪的是并没有，好像一个人永远地被剥离出去了，连同过往的痕迹。

她从包里取出箫，文秀琳最后的愿望，就是想要听她吹一曲。如今，也只有在坟前吹给她听了。

箫取在手上，却迟迟没有吹响。

“不，姐姐，你不会想听的。”文秀娟轻轻说着，把箫放了回去。

“姐姐，现在你已经在天上了。你总应该知道，你究竟是怎么死的了。你怎么会还想听我吹箫呢。”

“我会把你那一份，一起好好活下去。”

“再见，姐姐。”

四、蝶变

1

上午10点多的时候，委培班正在进行队列训练，指导员跑过来喊文秀娟出列，说你家打电话到连队了。接完电话文秀娟向指导员请假，说有位很多年没有回国的长辈从英国回来，在上海短暂停留，整个家族想聚一聚，如果可以的话，今天晚上就能回营房。指导员说不用那样赶，你明天回来就行。文秀娟是班长，事事都争先表率，没一点娇气，兵哥哥们都很看得上眼。

文秀娟换了便装往营门走，战雯雯追上来说，你家是住法租界那儿吧，能不能回来的时候给我带个静安面包房的别司忌，馋死啦，方便吗？文秀娟说方便的，不过你怎么这样跑过来了。战雯雯说教官让我们休息呢大班长。文秀娟笑笑，说那我不在的时候，你帮我喂喂兔子。

一辆擦得锃亮的黑色红旗轿车停在营门口，穿着笔挺西装的中年人守在车前。文秀娟冲他笑笑，中年人赶紧打开后座的门，文秀娟拢了拢长发，弯腰坐进去，他还用手小心地在顶上挡了挡，一副怕大小姐撞到的模样。文秀娟摇下车窗向战雯雯摇摇手，战雯雯愣在那儿，嘴张成O形。

车子开进城里，在一个公交车站前停下来。文秀娟数出十五张大团结给司机，她大半存款都在这里了，却并不心疼。钱总是要用的，用在刀刃上就行。

“谢啦。”司机说，“下次有活再叫我来，我还能找到比这更好的车子。”

文秀娟说好的，谢谢你。

辗转四条公交线路，抵达墓园的时候，已经是下午3点。春日乍暖，小风轻寒，一年的好时节就要到来，还有八天，就是1996年的清明节了。

文秀娟站了一路，始终腰杆笔挺。大半年的军训，让她的体力和仪态更加出众了。公交车站在公路上，下了站往前走不久，拐进条小道就是墓园。这时节用不着进墓园，公路两边都是点点新绿，只是公路上沙尘大，一辆大卡车开过去，就卷起一片烟尘。文秀娟以手掩面，静待尘土散去，露出她略显苍白的青春面孔。

文秀娟慢慢往墓园去，待拐进小道，走到墓园门口，一条小犬跑出来，她吓得往旁边跳了一步，脸庞上最后一丝血色褪尽。自那之后，她就不近猫狗了。

两年多前的冬至日，文秀娟站在姐姐的墓碑前重获新生。她感受到父亲迟来的期待，也感受到冥冥间怨毒的凝望，却依然可以直立在墓碑前，与姐姐对话。尘世间浊浪汹涌，她坚信自己自此劈波斩浪，萦绕在墓碑前的巨大压力，终将随着碑上遗相黯淡老旧。

然而她错了。

1994年、1995年、1996年，岁月如江河。文秀娟升入高三、高考、高分考入上海医科大学，还进了最最拔尖的委培班。每一天她都能感觉到自己的变化，变得越来越光鲜，越来越像一只天鹅，她甚至开始习惯别人的赞美，习惯别人看着她的混合了羡慕和小嫉妒的目光。这种变化给她换了皮，换了血，换了肉。然而，每次她来到这里，走入墓园，骨髓里的无边黑暗就蔓延而出，把她淹没。无论外壳多么鲜亮多么坚硬，无论她做了多少心理建设或索性假装淡忘一切，来到这儿全都无用，被一锤击得粉碎，露出内里那最最不堪的东西来。

她还偏偏没法不来。临近清明她晚上就开始做乱梦，她想怎么姐姐的魂这么些年还没有去投胎，到了这个点就要闹腾，非得上了坟拜过了才得安宁。更想深一层，文秀娟也明白，兴许是自己的心理问题。有这心理问题也再正常不过，自己总要付出代价。

进了墓园，照在身上的阳光就没了暖意，手脚冰冷。晴空无云，低着头的时候，却又觉得有黑云压顶。文秀娟做了几个深呼吸，辨认着墓穴编号，疾步前行，来到文秀琳的墓碑前。

短短几年，碑上的相片，已经像隔了一个世纪。文秀娟不敢多看，那相片上的眼睛，不管相隔多少久远的时光，都能直勾勾看进她的心里。

放上供品，点了香，三鞠躬，把香插在土里，文秀娟转身就走。她的步伐比来时更快，因为文秀娟知道，当她走出墓园，那个友好的世界又会回来，她又能感觉到太阳的温度、微风的轻柔，一年之春真正开始，一直到……下一次来。轮回，年复一年。

她蓦然发觉，自己的背竟是佝偻着的。她立刻把背挺直起来，近一年的军训下来，竟然进了墓园还是这样的姿态，自己这一辈子，是否会一直这样？这摆脱不了的原罪啊，她心里不由生出一缕悲凉来。这悲在心底转了一转，不知怎的，竟化为一股子火气。文秀娟停住步子，转回身，走回文秀琳的墓前。

“阿姐啊阿姐！因果报应，你死了，我要得报应，是不是这个道理？没有，不是的，这个世界上有因果报应吗？真的是善有善报，恶有恶报吗？未必吧。我现在这样，说明我还有一点点良心，会觉得对不起你，我这一点儿良心，如果全被狗吃了，我今天站在这里，就不会是这副模样，甚至我都压根儿不会在这里，永远忘记你，再不来看你一眼。阿姐，你说为什么阿爸从来不说因果报应，从来不说善有善报。妈妈作了什么恶，要落到现在这样？而你作了多少恶，要落到现在这样？没有什么报应的，要么，前世作的恶，今世来报，今世受的苦，来世再报，这样子说来，也许妈妈是上辈子干了坏事；这样子说来，你也可能是上辈子做了什么对不起我的事呢。反正你现在是清楚得很了。至于我，如果要下辈子来还，也没有意见，我这辈子只求现世。”

“我如今活得不错。现在是委培班的班长，高票当选的。我要让所有人都喜欢我，这其实一点儿都不难，就像在老街，出了家门街坊邻居没有不喜欢我的。只有在家里，你，爸爸……现在没有你了，爸爸也只好喜欢我。可我不要住在老街，我不喜欢那个住在老街的我，我拼命读书，考大学，就是要和老街上的那些人不一样。你知道同学是怎么看我的吗？他们觉得我住在法租界，有个大家族，家教很好，他们有好几个猜测的版本呢，我从来没有说过自己如何如何，一点一滴，人是看细节的，成败都是。看到我活得这么好，你是什么感觉呢？毕竟你已经死了，如果没有你的死，就没有我的今天。你希望我过得怎么样呢？希望我活得和以前一样悲惨吗？如果那样的话，你的死又有什么意义？我过得越好，你的离开，才越有价值不是吗？你应该祝福我，阿姐，毕竟你已经死了啊，死了！下一世我来还你，这一世，我要过得好好的，谁都不能拦我，谁都不能！”

周围没有别人，文秀娟昂着头，说出了这番话，然后终于有勇气，低下头直视姐姐的相片，直视那双眼睛。

她愕然发觉，那是双陌生的眼睛，是张陌生的遗相。

她跑错了墓穴。

2

每每事后回想，文秀娟都很后悔她在墓园的举动。她搞不清自己那天是抽的哪门子风，竟然有胆子在亡魂面前大放厥词。好多次，她忍不住疑心，是否正是因为触怒了亡魂，才让她的命运变得如此叵测。

对文秀娟来说，如果以文秀琳的死作为重生的起点，则一路向上，在1996年的春天，到达巅峰。也许在文秀娟看来，这远远算不上巅峰，还只在山脚，放眼望去，她的人生应该有无限的风光在更高处。然而事实上，她不经意间匆匆掠过山顶，自此一路向下了。

那一回上坟后，文秀娟于次日上午回到军训营地——上海警备区某部队驻地，她还是往日里的做派，除了给战雯雯的别司忌外，她又另买了一份分给同学。所有人都吃得津津有味，文秀娟在旁边微笑地瞧着，其实她自己还从未尝过别司忌的味道，当然她的同学们不会知道这一点。她对自己一贯地狠，这样才能争出想要的未来。

另一个没有吃的人是项伟。

项伟临到开学生了场肺炎，所以到军训的第二周才入学。那个时候，讨人喜欢的文秀娟已经被选为临时班长了。看见项伟的时候，文秀娟脸色惨白。她怎么都没有想到，姐姐的同班同学，原本应该早一年高考的项伟，居然变成了自己的大学同学。这个世界，竟然如此之小。最关键的是，她对自己的包装已经在进行了，尽管没有明说自己是什么身份背景，但谈笑风生间，足以让同学们以为她家教森严、生活优渥。而项伟一来，岂不是要戳破牛皮。然而项伟什么都没有说，表现得仿佛初见文秀娟一般。文秀娟很是狐疑了一阵，起初以为项伟没有认出自己来，可转念一想，自己也去过文秀琳班里几次,即便有那么百分之一的可能,项伟在学校里从未留意过自己，可文秀琳文秀娟就差一个字，亲姐妹长相也有颇多相似处，项伟怎么可能想不到，自己就是文秀琳的妹妹呢。

文秀娟提心吊胆地继续扮演着新角色，小心翼翼地观察着项伟，揣摩他和自己说话的语气，体会他看自己的眼神，于是，她慢慢地意识到，项伟似乎对她有着异乎寻常的情愫。惊讶过后，文秀娟又觉得十分正常，项伟是和姐姐谈朋友的呀，姐姐死了，他在大学里看到了自己，所以把感情转移到了自己身上吧。也许是这样的原因，才没有选择揭穿自己吧。当然还是会有少许的疑惑，比如为什么项伟看见自己的第一眼，并没有表现出明显的惊讶，但既然自以为找到了问题的答案，这些细节，文秀娟也就不深究了，也无从深究。

文秀娟对项伟并无好感，甚至看见他会觉得不舒服。她极不喜欢被人抓住把柄的感觉，她可是花费那么大的代价才挣来自由。项伟从未表现出任何用把柄来拿捏她的意图，但把柄就是把柄，这是颗定时炸弹。文秀娟暂时也毫无办法，项伟不捅穿，难道她还能主动提及吗？她甚至还要不时对项伟展露更多更灿烂的笑容，以保持项伟的希望。

化身为铃铛，项伟已经和杜鹃通信许久。笔友是一种有魔力的交友方式，而铃铛和杜鹃这种特殊的笔友关系，更让项伟得以慢慢挖掘文秀娟冰山般的内心，一点点进入海平面以下那巨大的存在于黑暗中的晶莹剔透。这样魔幻般的交流，更十倍放大了文秀娟的吸引力。项伟原本的确是喜欢文秀琳的，而在与文秀娟通信大半年的时候，他已经难以自拔地爱上了文秀娟。这个机会是文秀琳给予的，有时候项伟会想，这应该也是文秀琳意料中的吧，她把妹妹托付给自己了。因为家中的经济原因，项伟晚了一年考大学，当杜鹃在信中说，决定考上海医大的时候，项伟也同时决定了自己的志愿。

创造一个新的身份，让所有人接受一个全新的自己，这样的计划，杜鹃早在信中告诉了铃铛。所以项伟开学后见到文秀娟，对她的新角色早有准备。当然，重新看到文秀娟的第一眼起，他就在克制着汹涌的情感，他明白，尽管自己已经通过近乎作弊的方式触碰到了文秀娟的内心，但对文秀娟来说，项伟还是一个陌生人。慢慢来，他想，和文秀娟，他有足足五年的同学时间。

所以，他又怎么可能去揭穿文秀娟呢？他明白这一切的来由，或者说，他自以为明白文秀娟柔软的需要被呵护的内心，这颗被文秀琳临终前郑重托付给他的心灵，项伟想要永远地照顾。

别司忌，项伟自然是不会吃的。文秀娟请大家吃的那一包，其实也没有多少块，一人一块是不够的，总要有人不吃。文家什么境况，项伟是知道的，一定比项家更困难些，文秀娟省出来的这包糕点，他不忍食。其实文家要比项伟记忆中的家境稍好些，毕竟两个女儿，如今只留下了一个。

在分食别司忌的时候，文秀娟听到了一个小小的噩耗：小耳朵死了，就在她请假离营的当天晚上，那是她养的三只兔子之一。

兔子养在营中菜田边，木板搭的简陋窝，周围用竹篱笆围着。小耳朵多病多灾，之前弄断了腿，这些天总无精打采，死了也不算特别突然的事情。只是军训生活十分无聊，文秀娟的这几只兔子很得同学们宠爱，这些预备医生又还没有练就日后见惯生死的钢铁神经，尤其是女生，对小耳朵的死格外难过。

文秀娟反倒安慰着几个最难过的同学。可小耳朵的话题一开，大家吃着别司忌的感觉就分外复杂，没了先前的可口。人家回去一次带了好吃的，结果养的宝贝宠物死了，还要强忍着心痛安慰说没事。这样的想法一来，几乎人人都觉得有那么点对不起文秀娟了。

这天晚上发生的事情，让项伟觉得冥冥中有一双手在推动着他和文秀娟的关系。夜里 9 点多，营里已经熄灯休息，项伟走在通向营门的路上，10 点钟轮到他站岗，四个小时。沿着步道拐过弯，他就瞧见影影绰绰地，有个人背对着他半藏在树边。

项伟没掩饰自己的脚步，他看见那人的时候，那人也听见了动静，转过头来瞧他，是司灵。司灵比了个噤声的手势，招手叫他过去。

项伟放低了脚步声走上去，司灵指指前面菜田的方向，一眼望去，那儿除了星光月色，还有一丛别样的光晕，光晕旁蹲着一团黑影。项伟瞧了一会儿，才反应过来，是有一个人蹲在那儿，那团光晕是手电。

“谁在兔子窝那儿？”项伟压低了声音问。

司灵从鼻孔里笑了一声，说：“我们的大班长呗。”

司灵的语气里带着种复杂难言的意味，项伟心里莫名地一紧，问：“文秀娟？她在那儿干什么？”

“鬼知道。”

项伟狐疑，司灵如果不知道，怎么会在这儿偷看？

“喂兔子吧？”

“上去瞧瞧！”

司灵快步向前，项伟紧跟在后。蹲着的身影背对着，听见动静猛地站起来，却因为蹲了太久麻了脚，一个踉跄。司灵快步变小跑，直冲她跟前，却突然尖叫了一声。

“文秀娟你干吗？！”

“轻点声，这么晚了。”项伟怕把教官招来，他慢了几步，走到两人身边时不禁倒抽一口凉气。

惨白的手电光照着一团血色。

手电用砖架着，照亮了兔子窝前的土地，一只兔子躺在那儿一动不动，肚子被切开个大口子，深红色的内脏犹在蠕动。旁边铺了张报纸，上面放了一溜的剪刀钳子镊子等等。风中有低低的呜咽声，那是兔子窝里最后一只兔子畏惧的哀叫。此情此景，让人心生寒意。

文秀娟双手戴着橡胶手套，右手还拿着一把手术小刀。她的脸庞在阴影中，看不分明。

司灵缩着脖子，她之前有所预料，亲眼瞧见，还是觉得颇为可怖。

“你在干什么？”她又问了一声，声音却比刚才低了些。

“你们怎么来了？”文秀娟反问。

“我晚上站岗，路上碰到司灵的。”项伟说。

“我就是来看看你要干什么，大班长，可真没想到啊。”司灵缓过神来，声音不高，气势却壮。

“我，”文秀娟语气罕见地迟疑，“我养它们，本来就不是为了好玩当宠物的。”

“你养小兔子就是为了折磨它们杀它们？要不是我看见小耳朵肚子上的伤口起了疑心，还真看不出你会这样变态！那伤口都烂了，你弄死小耳朵还不够，现在还要害阿白！”

文秀娟这时心里有些后悔。前几天她第一次试着给兔子动刀，因为安眠药效力不足，一刀下去小耳朵就醒了，她摁着挣扎的兔子胡乱缝合伤口，结果非常糟糕。这次回去她弄了点乙醚来，今天晚上本只打算试一下麻醉效果，麻醉完却改了主意动了刀。明明小耳朵刚死，怎么自己就这么不小心，大概是这段时间太顺了。这种事情，虽然谈不上什么错，可是被同学发现了，果然还是不会被接受的。

“我们是医学院的学生啊，我们以后学习外科学的时候，需要进行的活体解剖可不止小兔子，小猫小狗都会有。这是为了以后我们可以成为一名合格的医生！”文秀娟镇静地说着她的道理，双目直视司灵，仿佛没有一点心虚。只是她的手，却下意识地要交握在一起。她只要一紧张，就会数自己的指节，来平复心情。然而她的手一动就停下了，她右手上还拿着手术刀呢。

“呵，我就知道，之前小耳朵断了腿，是不是也是你故意弄断的？我就想兔子窝就这么点大，旁边是菜田，它到底是怎么弄断的腿？知人知面不知心，你太残酷了，怎么会有你这样的人？！”

“我没弄断小耳朵的腿。”

“切，你都剖开它肚子了呢。”

遇上这样的情绪性反应，文秀娟真的是有点没辙。其实她隐约觉得，司灵并不是看上去那么情绪化且没有理性，司灵是班里与她面和心不和的一个，之前她在班里声望高，司灵有什么不满意也不方便表露出来，这一次让她看到小耳朵腹部的伤口，更抓到她给阿白模拟手术。司灵怎么都不会放过这个机会的。

该说的话还是要说，哪怕是说给另一个人听。

“我们以后要治病救人的，在我们上手术台之前，需要经过千百次的演练，避免在手术台上出差错。收起你的同情心吧，否则你的外科学会很难熬。实验动物和宠物是不同的概念，虽然你们把这三只兔子当宠物养，但我买它们来，是为了预习外科学的。”

司灵压根儿不打算听文秀娟的解释，更没兴趣和她辩论。

“项伟你作证，这下大家都能看清你是什么样的人了，班长。可怜的阿白。”司灵抛下这句话，瞧了地上的兔子一眼，转头就走了。

项伟却不知该如何自处，他期期艾艾地说：“要不要，要不要先处理一下阿白，那个，你把它先缝上？”

杜鹃的信里从来没有提起过她的兔子计划，可是项伟很明白文秀娟这样做的缘由。她太想拿第一，她永远都要跑在所有人的前面。如果可以用某种方式让她在最重要的外科学上有优势，博得老师和同学的钦服与赞赏，那么她一定会去做的。可项伟也清楚，外科学上活体解剖小动物，和提前在军训时用小动物练手，其实是有些不同的，他能理解，但其他同学未必。

文秀娟仿佛没有听见项伟的话，愣愣地瞧着兔子。刚才的事情发生得太快，她强作镇定和司灵解释，最终毫无用处。此刻司灵已经离开，明天，不，也许今天晚上，她的所作所为就会传遍全班。恐惧海潮一样向她拍击，把她淹没，这种窒息的感受，上一次经历是在军训营地见到项伟时。她努力营造的美好世界密布裂缝，下一刻就要分崩离析。

有办法吗？还能有什么办法？必须得有办法！

司灵她是阻止不了的，也许日后有办法来修复同学之间的裂痕，但这需要时间，得有一个方式，让她不要跌到谷底，有再爬出来的机会。

同学对她的观感固然重要，也是她一直努力维系的，但在学校里的人际关系中，这并不是全部。

“项伟。”文秀娟轻轻叫出这个名字，她从未如此毫不掩饰地与项伟四目交接，直勾勾地仿似要看进项伟的心底。项伟的心跳立刻就加速了。

文秀娟心里稍觉安定，项伟可能是她现在唯一能借助的人了。她有些后悔，之前与他走得如果再近些，也许此刻会更容易吧。

“项伟，我这个班长怕是要当到头了，司灵这一嚷嚷，所有人都要围攻我的。你会吗？”

“我不会的。”

文秀娟笑了笑，项伟从来没有见过她这般柔弱模样。

“你不会，别人会的。接下去的大学生活，我大概是很难熬的，希望等到真正上外科学，他们自己动手去活体解剖的时候，会原谅我。项伟，你愿意帮我吗？你是唯一会帮我的人了吧？”

文秀娟这样说话，几乎已经是挑明了项伟对她的情意。

“当然，我愿意的。”项伟觉得自己全身的血液这一刻都涌到了脸上。

文秀娟深吸一口气，在心里把刚才想到的那个主意重新过了一遍。这是她能想出的仅有的计划了，如果能成，那么她未来多少还能有一点儿生存空间。

“有一件事，不算那么光明正大，但也不至于偷偷摸摸。项伟，你帮帮我吧，否则我真的不知道该怎么办了。”

项伟重重点头。

辅导员金浩良一个星期有四天时间和委培班待在一起。这天他回到营地时，一手拎着装了两只小兔子的笼子。大门口，班长文秀娟正等着他。

“麻烦老师啦。”文秀娟伸手要接笼子。

“哎小事不客气，我帮你拿到兔子窝去。不过好好养着的怎么一下子死了两只？”金浩良前一天接了文秀娟打到办公室的电话，托他买两只小兔子。金浩良说那也不用买，学校里这样的实验动物可不少，拿两只来没关系。

“哦对了，这是你要的书。你现在就看这书，太早了吧。”金浩良把笼子放在地上，从挎包里拿出两本教材给文秀娟。

文秀娟接过来，一本《系统解剖学》，一本《局部解剖学》。她把这两本书拿在手上，封面朝外。

“我就是对医感兴趣，否则也不会考医学院呀。”

不远处，项伟和其他几个同学正瞧见这一幕，面面相觑。

“我们走吧，没什么好说的了。”司灵说。

“居然金老师他……”

项伟松了口气，总算是不负所托。这就是文秀娟拜托他做的事——确保她从金老师手上拿到新兔子的时候，有其他同学看见。而现在，看见的同学都很自然地以为，文秀娟用小兔子练手解剖，辅导员不仅知情，而且支持。现场几个同学心里都堵得难受，但也没人会傻到跑上去和辅导员理论。

而就在昨天一大早，文秀娟把用凉水冰了一晚的兔子阿白上交给了军训班长。班长特别贪吃，早就说过与其养着兔子浪费蔬菜不如吃掉的怪话，听文秀娟说兔子受伤大出血死了，便高高兴兴把兔子给了炊事班中午加菜。这事儿，好巧也有同学看见了。

如此一来，同学们看教官和辅导员的眼神都变得有些异样，在委培班这些同学的心里，教官、辅导员和文秀娟，都是一路人了。

自始至终，都没有人告诉班长和辅导员，文秀娟对兔子做过些什么。

项伟佩服得不得了，明明已经搞到群情激愤，那么恶劣的处境，文秀娟硬是把老师拉到了同一个战壕里。如果有人把事情原原本本告诉金浩良，想必文秀娟也就彻底被打入别册，另眼相看了，别说班长的头衔，搞不好会进甄别黑名单呢。

这样，他就和文秀娟共享同一个秘密了。一个好的开始，项伟这么觉得。

3

文秀娟一点一点地往上爬，她看到些微光，觉得自己就快要爬出来了。军训末尾的那档子事情，让她光环褪尽。此后很长一段时间，无论她有多努力，表现得多优秀，大家都觉得她是个不择手段、不可深交的人。甚至她找到全班成绩最糟糕的马德，提出和他互助学习，想帮他离开甄别区，都被拒绝了。

有时候，文秀娟觉得，还好有一个项伟。如果不是他，自己应该已经不是班长了。对文秀娟来说，被孤立的感觉并不陌生，但有一个可以共同陪伴的人会让日子好过许多。

帮她占位，帮她打饭，帮她的寝室打热水，帮她张罗班务。这些帮助对文秀娟可有可无，但如果她拒绝接受，也就等于拒绝了和其他同学的润滑空间。项伟从未真正表白，但所有人都知道他的心意所在。一些时候，文秀娟觉得这样也不错，一些时候，她会问自己，还要这样多久。项伟总是要表白的，那时她该怎么办？平心而论，项伟真的不错，可她不想要这么个知根知底的人，她所做的所有事情，不正是为了从老街这个泥沼里爬出去吗？！她希望能有一个与她身份相匹配的男人——她那个法租界大家族的身份。只是，她能做得到吗？她的面具足够好到永远不被揭穿吗？每当这样怀疑自己的时候，下一刻，她就打足精神，全力以赴去做好手上的事情。不管怎么说，领先别人一步总没错，在目之所及的范围内。

也许正如哲学课本中所说，事物是螺旋上升的，并没有事事领先的道理。文秀娟的凡事拼命，让她在第二学年快结束的时候倒下。校运会那天下雨，她报的是女子四百米接力，棒交到她的时候，雨大得眼睛都睁不开。她已经觉得有点儿不得劲，但集体荣誉是让她挽回印象分的好机会，所以拼命跑了个第一。跑完发现月事来了，然后就高烧病倒。她躺在寝室里，迷迷糊糊的时候想起往事，这光景和姐姐那一场高烧好像啊。撑了几天还不见好，咳嗽越发厉害，再去医院查的时候转成肺炎了。

到 5 月中，她已经在家休息了两个星期。这天她从医院吊完点滴慢慢骑着车回家，感觉力气比前几天回来些，应该就快能重回学校了。

文秀娟骑在熟悉的街道上。她从小在这里长大，闭上眼睛，一样能看见老街城池般在面前升起来，看见一砖一瓦一草一木，以及那些个死了又活的猫猫狗狗。有生以来，老街一成不变，同样的风景和同样的人。文秀娟痛恨这样的一成不变，外面的世界在怎样剧烈地变化着啊，再有一个多月，香港都要回归了。

经过水果摊的时候，阿文叔说有人在找你啊。文秀娟问是谁，阿文叔笑笑，说不认得，又笑笑。文秀娟隐约觉得不妙，跨上车紧蹬了几把，拐过两个弯，蹚过窄巷，便瞧见了项伟。

项伟手里提了袋梨，站在文家矮檐下，望见文秀娟回来了，招手冲她笑。

文秀娟一个刹车,整个后背都凉了,她仿佛听见了世界的断裂声。遮羞布被掀开了,是的,项伟当然知道自己是谁,自始至终,他都知道,她就是虹镇老街那个泥地里的姑娘，出租车司机和瘫子的女儿。

一步一步，文秀娟推着车朝自家门口走，她不能停不能逃，那是她的家，是她还没能割断的根，又能逃到什么地方去。项伟已经在这里了，图穷匕见，她只好面对。前年军训时见到项伟，她就觉得天要塌了，去年春夜里被司灵抓到给兔子开刀，她也觉得完了，却都闯了过来。这一次要如何?

项伟见文秀娟慢慢走过来,面无表情,只以为她是病着,疲倦了。他哪里猜得到文秀娟心里转的这许多念头，两个人的关系在他看来，是心照不宣的了，文秀娟病了这许久，他来探望一下，难道不是应该的吗?

文秀娟没有开口，项伟也不知该讲什么话题，他站在这儿是很忐忑的，就如文秀娟觉得一层面纱终于被揭开了，项伟心里也是打着算盘，看能不能借这个探病的机会，把那层纱揭开。

文秀娟的沉默让项伟越发紧张起来，他问你病好些了吗，我来看看你。文秀娟低低应了一声。项伟又说，你是打吊针去了吗?我也是刚到，第一次来虹镇老街，问了好几次才找到你这里呢。这里真像个迷宫啊。你在这里很有名气啊，大家都知道你，大家都很喜欢你啊。

文秀娟听着，觉得血淋淋赤裸裸。虹镇老街出了名的乱，外面的人，没事都不会进来，她知道那种心情，又怕又厌恶。这是片泥泞的恶地，她就是打这里生长出来的。

文秀娟终是把项伟让进了屋里。本该把自行车也推进屋，担心太挤，就搁在外头。她先关了里屋的门，给项伟倒了杯水，招呼他在小桌子前面坐下来，收拾好了情绪，笑容以对。

“和你姐当同学的时候没来过，没想到和你当同学的时候来啦。”

项伟坐下来第一句话，就差点让文秀娟的笑容维持不住。

“谢谢你来看我。”

“应该的，大家都很关心你的情况呢。看到你好多了，就放心啦。”

“说大家都很关心，倒也不至于。”文秀娟自嘲地笑笑。

“是真的，你是拼命要为班级拿第一，才病的呀。”项伟摸了摸鼻子，又说：“不过我也没和别人说来看你了，我就是自己放心不下。”

文秀娟深深地望着项伟，这目光也说不上有怎样的多情，但自有一股力量。项伟抵挡不住，脸立刻就红了起来。他想好的许多话顿时忘了个干净，直愣愣瞧着文秀娟的眸子，脑子一片空白。

他突然冲动地要说一句我好喜欢你，话到口边还是说不出来，被文秀娟看得面皮像烧着了一样，在心里翻来覆去地骂着自己没用。

“我们去看电影好吗，噢我是说等你好了，《鸦片战争》听说蛮不错的。或者你不想看战争片的话，看看有什么……”

“好。”

“等你好了，我帮你一起复习吧，就要考试了。”

“好。”

“马上放暑假了，暑假你有什么打算吗，我们找几个同学……我们去苏州看看园林？”

“好啊。”

项伟大着胆子说着一项又一项的计划，不管项伟说什么，文秀娟都一口答应，都说好，都那样地瞧着他。项伟觉得就像在做梦一样，尽管他还是没有说出那句话，但说与不说，好像都没有分别了。

“秀娟，你真好。”项伟讷讷地说。

文秀娟微笑，忽地又叹了口气，脸色沉凝下来：“这都是之后的事了，最要紧的，还是复习，我掉了太多课了，今年要甄别一个的啊。”

“你成绩那么好，怎么会担心这个，就算掉课，也不至于到甄别的。你是担心没办法做到最好吧。”

说到要做最好，文秀娟心里又是一跳。项伟对她太了解。不过对期末大考，这场病还真是生得让她有些担忧。

“主要是那些要背的课，像马哲。我怕来不及背。”

项伟想了想，忽地笑起来：“没事，我们座位挨得近，到时候你抄我的呗。”

“那样子能行吗？”

“包在我身上啦。”

接下来两个人又说了会儿话，直到项伟觉得文秀娟的脸色变得略显疲乏，才意识到该告辞让她好好休息了。

从虹镇老街拐出来的时候，项伟觉得快要落山的太阳把自己照得一片灿烂。

4

大考已经过去几天，那一幕依然翻来覆去地在文秀娟眼前重演。

项伟太热切了，其实文秀娟怎么会把过科的希望放在别人身上，她当然也是复习了的，尽管时间确实不够充分。

可是密密麻麻的小抄传过来的时候，她还是忍不住要去接。

老师的眼睛真是太尖了。

老师走过来的那几步路，天堂在坠落，地狱在升起，她能怎么办，她能有怎样的选择？然而，在这样的时刻，她总是能做出选择的，在这样的时刻，她只能听从心灵的召唤。那里，有一个声音，为她指出一条路。有一瞬间，她是犹豫的，两个人死，还是一个人死，老师脚步再一次落下，文秀娟就叫出了声。

所有人的目光都聚集过来，最后，是项伟慢慢转过来的脸。那样的表情，那样的眼神，文秀娟至今还看得见。

小抄上当然是项伟的字迹，几天来，他也没有辩白过。

就要放假了。是的，成绩就要放榜了，与此同时，甄别的名单也要确定了。

金浩良和自己说了些什么话，文秀娟恍神间并没有听得太清楚。想来无非是些安慰的言语。

金浩良是喜欢这个学生的，她做了正确的事情，并没有因为项伟和她的关系而有所掩饰。可中国是个人情社会，同学这两天对她是什么看法，她的处境和压力，金浩良也能体会。正因如此，文秀娟这样的人才更可贵不是吗？她这几天屡次找自己、找教务处为项伟陈情，也算是尽心尽力，虽然没什么用处。

金浩良发现了文秀娟的心不在焉，她的眼神总是往三楼男生寝室的窗户瞟。他叹口气，叮嘱了几句就离开了。这里是寝室楼入口，来来往往不少同学，他要带好班级，也得考虑同班大多数人的感受，不方便表现得与文秀娟过分亲密。

文秀娟自问，我还能做什么？

这两天她确实四处奔走，做了所有能做的事。她看起来活脱脱像一个为男友担忧焦虑的女人——如果项伟作弊不是她告发的话。这些举动毫无用处，也不会为她在同学间赚得一点点同情分，要是委培班不甄别作弊的项伟，反倒去甄别别人，放在哪儿都说不过去。倒是被她陈情的老师们，都越发地喜欢这个孩子。但这些对文秀娟都不重要，她只想一件事，要怎么让项伟好受一些。

项伟这些天几乎足不出寝室，仿佛只在等待最终的审判结果。他没有试图联系文秀娟，这在以前是不可想象的，如今却也显得理所当然。今天，甄别名单正式确认，虽然还未公布，但也不算什么秘密，不晓得项伟知道这个消息没有。

文秀娟觉得，她做的这些事情想必是远远不够的，如果她去寝室里找他，要怎么说话，第一句话得是什么语气？会不会立刻就被赶出来？要怎样才能让项伟理解她当时的慌急无措？兴许什么都不说，抱着他哭一场？

身边不知不觉间聚拢了一群同学，往楼上指指点点。文秀娟一激灵，下意识去看三楼的那扇窗户，并没有人。她又继续往上看，四楼、五楼，在五楼楼顶天台上，瞧见一个熟悉的人影。

所有的血都涌上了脑袋，文秀娟想都不想就往里冲，一步三个台阶地在楼梯间跑，一圈一圈一圈一圈，周围的一切都是急速旋转而模糊的，光线越来越暗，直到看见五楼顶上那扇小门透出的傍晚的光亮，仿若天堂之门。她从门里冲出去，好像在天台上看见了一道幻影，一转眼却又空空荡荡，她直直往天台边缘跑过去，就像那次四百米接力的最后一棒，拼尽了全力，直到肚子重重撞在水泥护挡上，上半身向外弯折，双脚几乎离地要往外翻出。她大半个身子悬在虚空，低头往下看，耳朵里轰隆隆地响，听不到任何其他声音，一瞬间世界于她是沸腾而无声的，她仿如见到了万花筒旋起的某一刻，底下的人群星星点点向一个中心围拢过去，周围缤纷的碎片和整个世界一起分崩离析。

五、羔羊

1

文秀娟坐在松树林边吹箫。吹的是《阳关三叠》，一曲吹罢，她把箫搁在膝上，想要平心静气，害怕却止不住地从心里涌出来。

文秀娟一直觉得有人要害她。她和文秀琳一起颠沛在这个世界，没有领会过母爱，所剩不多的父爱也须与人分享。自从被阿姐背叛，她更是深切地体会到了世间的恶意，她努力跑在所有人前面，想要有更强大的力量，来抵挡这恶意。

项伟被甄别后，委培班同学对她的恶意，浓烈得如同实质。暑假休了不到一个月，新开学的时候，每个人都在用眼神对她说“你怎么不去死”。她半夜里会想，所谓千夫所指，无疾而终，大概就是这个意思。她的睡眠变得很差，上课注意力也不容易集中，有时候身体的某处还会有来无影去无踪的疼痛。她知道这应该是神经痛，压力太大。

吹箫其实对身体是有好处的，这需要很强的气息控制，而气息训练自古就是各种养生学里的重要一环。可是今天吹奏过程里，好几次她都觉得气要接不上来，不得不把气息减弱，搞得箫声软绵绵像受了潮的蛛丝，一些精细巧变的音节都没有足够的气息去吹奏表现出来。

我这是怎么了，文秀娟问自己，隐隐约约地不安起来。

坐在旁边的柳絮听不明白好坏，只觉得箫声悠远，此刻夕光渐敛，分外有送别的古意，不由轻轻鼓起掌来。风过松林，柳絮打了个寒战，心里又埋怨起自己的胆小来。

回到寝室门没锁，里面却一个人也没有。寝室里其他人总是抱团活动，非但把文秀娟排除在外，也时常忽略了和文秀娟走得极近的柳絮。文秀娟猜想，柳絮这个傻姑娘应该觉出点什么了吧。

到9点多，司灵她们说说笑笑推门而入，柳絮从床上探出头去，说回来啦，你们去哪儿玩啦？司灵嘻嘻一笑，说和影像系联谊去啦。琉璃说本来想叫你呢没看着你。柳絮稍有些遗憾，想多问两句，忽然觉得有些不对劲，文秀娟怎么没声没息的？

文秀娟正背对着柳絮站在长桌边。柳絮觉得自己眼花了，居然看见文秀娟在发抖。

室友们回房的时候，文秀娟正在给自己泡蜂蜜水。这是她为数不多的善待自己的时候，早晚各一杯，雷打不动。

蜂蜜开瓶久了容易粘盖，所以文秀娟会先在瓶口覆一层保鲜膜，再盖盖子。此刻，她拧开盖子的时候，保鲜膜撕裂了。封上保鲜膜再盖盖子，是不能拧太紧的，否则容易撕裂薄膜，文秀娟是节省惯了的人，向来会注意把瓶盖旋到恰好的程度。

蜂蜜被动过了！

一直以来，她只是怀疑和担心，还时时嘲笑自己太敏感，但没想到最不可能发生的事情竟然是事实。冰寒彻骨，又突地烧起无名火来，让她一时难以控制自己的情绪。

你们谁动了我蜂蜜？

你们谁动了我蜂蜜？

文秀娟连问了两遍。第一遍轻不可闻，第二遍声嘶力竭。

司灵嗤地一笑，说谁没事动你蜂蜜，没看我们刚回来吗？刘小悠也不高兴起来，说刚才就你和柳絮在寝室。文秀娟一张张脸孔望过去，每个人多少都有不豫之色。

文秀娟捧着她的蜂蜜，就像捧着一罐毒药，不，这实实在在就是一罐子毒药！她把玻璃罐狠狠扔进垃圾桶，一声碎响，蜂蜜特有的香气在空气里散发开来。

脾气真大，可惜了好好的蜂蜜。刘小悠说。

你这不是招虫子吗？难得赵芹也不高兴起来。

文秀娟铁青着脸不搭理，柳絮默默把垃圾桶拿出去清理干净。

文秀娟事后后悔，自己遇大事还是沉不住气，应该收着瓶子，想法子去化验一下的。

这一夜文秀娟纷纷扰扰做了数不清的乱梦，几次醒来，浓重的黑暗让她恐惧。她很想去报警，但又不敢，生怕反倒调查出了文秀琳的事情，报纸上公安刑警大案必破，自己怎么敢往枪口上凑。

第二天早上醒来，没人再提昨晚的那瓶蜂蜜。文秀娟神色如常，情绪已经收拾整齐。

许己杀人，就不许人来杀己？

文秀娟是不信什么因果报应的，自己想要什么，就自己去拿。别人想要什么，便试试能不能从她这里拿走。

我已经知道有一个你了，文秀娟发狠地想。但你可知道，我是一个怎样的我吗？

2

文秀娟查不出自己得了什么病。她请了半天假偷偷去医院查的，不想大张旗鼓，不想让那个下毒的家伙知道她知道了，她为昨夜自己的失态后悔，此刻最好不要打草惊蛇。血常规B超都做了，医生听她说了些症状，最后讲要么你挂个中医号调理一下。

文秀娟确定自己得做更进一步的详细检查，但那样子半天是不够的。

谁会想要杀自己？班里每个人都不喜欢自己，除了柳絮。

就那么几个同学，一个个数过来，司灵对她的恶感最明显，当然嫌疑很大；战雯雯也说不准，文秀娟觉得她在偷偷喜欢项伟。男生可能性小一些，因为下毒没有女生方便，可是同在一幢楼，真要找机会也不是办不到，张文宇和钱穆是项伟的好哥们，看她的眼神很凶狠。

一切全都是因为项伟。本来，事情明明在好起来的。

要什么样的恨，才会让人起杀心？

人心险恶，文秀娟顶明白这点。

她非常注意自己的饮食，不给别人下手的机会，观察每个同学看自己的眼神，分辨其中恶意的程度。不可避免地，文秀娟开始失眠，难以入睡并且会无缘无故地惊醒。

文秀娟睁着眼睛看黑夜，听着房间里此起彼伏的呼吸声。其他人应该已经熟睡很久了。

又是一阵突如其来的心悸。不能这样下去，她想，必须得想个法子。有一条毒蛇正藏在自己的影子里，可每一次回头都看不见它。

必须得看见它。在它来咬自己的时候，总看得见吧？

如果可以主动创造一个机会，引诱那个人再次下手，就可以发现他了吧。

假如我是那个人，文秀娟想，假如我是凶手。

慢慢地，甚至她自己都没有发觉，黑夜里，她的脸庞上浮起一缕笑容。

是啊，那是她熟悉的领域。

这一整晚文秀娟都没有睡，到天亮的时候，她决定去住一次医院。

关于这次住院，她筹划了一阵子，有许多细节要琢磨，所以直到 11 月 11 日才达成。看起来这完全像个偶然事件，她参加了一个本该很安全的药试，药是在美国通过 FDA 认证、已经上市好些年的头孢类抗生素，不过在国内是完完全全的新药。静脉注射试验的第二管，文秀娟表现出明显的不适，并发呕吐。进医院检查了几天，没查出什么，就当是药物过敏反应，这很常见。

住院时除了父亲、负责药试的老师，也只有柳絮来探望过，未免有一些孤单。不过这也在文秀娟意料之中。没太多人来挺好，她坚持让医生给自己加了一堆非常规检测项目，关于这些奇怪的检测，她既不想给同学知道，也不想给父亲知道。比如，她做了全套的血液寄生虫卵检查。

自己的某些症状，让文秀娟联想到姐姐。理智告诉她，不可能有人知道姐姐是怎么死的，也不可能有人在用同样的方式害自己。但理智与情绪总是分道而行。

检查的结果让文秀娟松了口气，没有寄生虫卵。然而也没有查出其他中毒迹象。

回学校的路上，文秀娟想，是不是自己疑心病太重了？于是她开始对那口箱子里的情况忐忑起来，在去医院之前，她希望看到那口箱子发生某种变化，这是她精心设计的圈套。而现在，她又希望箱子里什么都没有变。

那是一口漂亮的香樟木箱，用铜锁扣扣着，放在她的角落里。文秀娟开箱子的时候，并没有避开寝室的同学，这是她放私人紧要物品的地方，任何时候想打开看一看都正常得很。

箱子里满满当当，最上面一层放着《傅雷家书》、箫、针线盒子等物，摆放齐整，正是一贯的模样。文秀娟蹲在箱子前，没有人能看见她的表情。

前一刻她还因为医院的检查结果而庆幸，希望一切只是场虚惊。此刻，像有蜈蚣在后脑勺上爬。

去医院前，她放在箱子里的信没了。

那是一封写给下毒者的信。

文秀娟挣扎着站起来，努力做出什么都没发生的模样，爬回自己的床铺，把床帐拉上。然后，从随身的包里抽出两页薄纸，展开。

那是信的副本，用蓝印纸复制的。

上 海 医 科 大 学

你一定很惊讶吧，我也是。很高兴能与你通信。我是鼓起了很大勇气的，请你别有不必要的顾虑。当我意识到你的存在时，特别高兴，这也算是志同道合吧，虽然我们正在做的事情危险且不合法律。但不管怎么样，她应该受到报应，否则太不公平！

我以这样的方式来作自我介绍。文秀娟现在正在医院里，你一定以为这是一场意外，因为这一次你并没有动手。现在我告诉你，这并非意外，而是我一手造成。当然，这只是一次教训，我并不指望能把她怎么样，她总是能被救回来并再次回到我们中间的，时间甚至不会太久。但这是个开始，我加入进来了，未来还很长，我打算和你一样慢慢来。至于我真正的身份，我想你也不会轻易探究，就像我不会那么冒失地询问你的名字一样。反正我们每天都会见面，会打招呼，都是这委培班里的一员。

你应该很想知道我是怎么发现你的。其实并没有任何直接的证据，这点你不必担心什么。最早的时候，我注意到文秀娟的健康状况越来越差了，这点在很多细微的方面体现出来，相信只要是同学都能有所察觉。但一般人并不会想太多，毕竟一个人的身体状况总会是有起伏，也许她正进入一个低谷，或者自然地生了病。最初我也是这么觉得的，但文秀娟自己逐渐加重的神经质让我开始有了另一个猜测。她好像认为有人要害她，行为越来越小心。我就想，会不会有其他的人也有和我同样的心思，并且已经

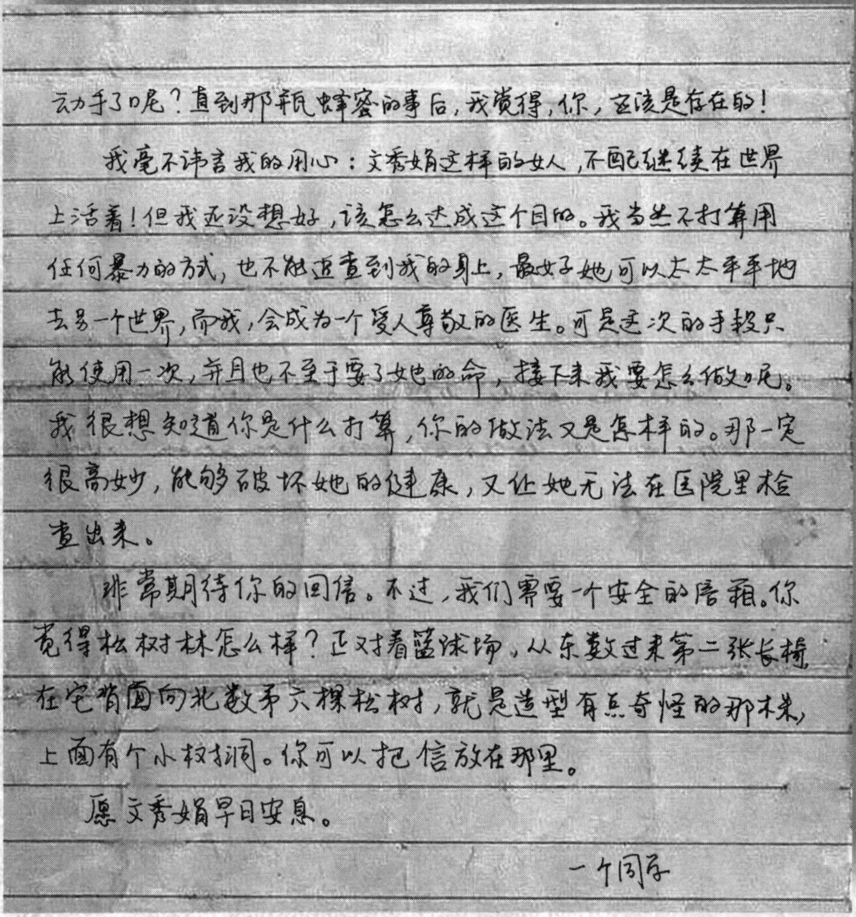

动手了呢？直到那瓶蜂蜜的事后，我觉得，你，应该是存在的！

我毫不讳言我的用心：文秀娟这样的女人，不配继续在世界上活着！但我还没想好，该怎么达成这个目的。我当然不打算用任何暴力的方式，也不能追查到我的身上，最好她可以太太平平地去另一个世界，而我，会成为一个受人尊敬的医生。可是这次的手段只能使用一次，并且也不至于要了她的命，接下来我要怎么做呢。我很想知道你是什么打算，你的做法又是怎样的。那一定很高妙，能够破坏她的健康，又让她无法在医院里检查出来。

非常期待你的回信。不过，我们需要一个安全的信箱。你觉得松树林怎么样？正对着篮球场，从东数过来第二张长椅，在它背面向北数第六棵松树，就是造型有点奇怪的那棵，上面有个小树洞。你可以把信放在那里。

愿文秀娟早日安息。

一个同学

这封信，每一字每一句，文秀娟都反复斟酌过。她一会儿把自己代入到那个虚构的谋杀人物里去，一会儿又跳出来，看看自己写的语气是否妥当。总而言之，她必须要让真正的谋杀者愿意回信才行。那样的话，她就打入了敌人内部，成为了敌人的自己人。

这封信，她是放在箱子最上面一层的。文秀娟假想如果自己是下毒者，到底会做哪些事。她向来擅长设身处地，用另一种视角看世界是她的立身之道。是的，她会很想要看看文秀娟的私人箱子里放着些什么东西，尽可能地了解文秀娟的秘密，如果箱子里放了食物，那么正好下毒。当文秀娟因为突如其来的变故去了医院，没来得及锁箱子后，下毒者会错过这个机会吗？为了把这封信传递出去，文秀娟亲手导演了这出戏。

如今，信真的传递出去了。所以，真的有一个下毒者，这点千真万确，毫无疑问。

接下来，只等回信。

3

已经是回到学校的第四天了。

每天她去看一回树洞，前几次的落空让她心里难熬得很，没事总想着再去看一眼，当然得强忍着，去得频繁容易暴露。

文秀娟背着手，踱着步子，假装在散步，七拐八弯地绕到了树洞前，确认了附近没人，轻巧地把手伸进去。

她的心脏突然嗵嗵嗵猛跳起来，手从树洞里抽出来的时候，已经多了个白皮信封。文秀娟把信封折起来塞进衣服口袋，等不及回寝室，跑去最近教学楼的厕所里，小隔间门一关，把信封掏出来。

是学校小卖部里卖的那种有学校抬头的信封，信纸也是。和她自己寄出的第一封信一样，普普通通，无从追查。

把信纸展开的时候，她的手甚至有些颤抖。

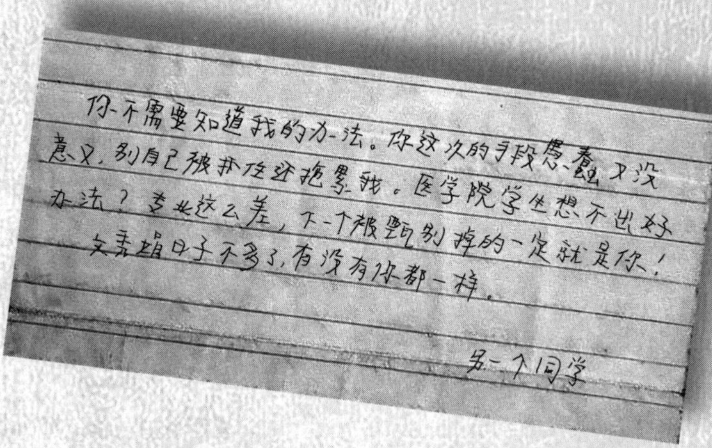
你不需要知道我的办法。你这次的手段愚蠢又没意义，别自己被抓住还拖累我。医学院学生想不出好办法？专业这么差，下一个被毒死的一定就是你！

文秀娟日子不多了，有没有你都一样。

另一个同学

文秀娟把信纸捏进了拳头里。此时她的心情不是愤怒或恐惧，却是兴奋。

上钩了！

在茫茫的黑夜里总算出现了道亮光，不用没头苍蝇一样四处乱撞了。别看这封信里的内容仿佛拒人千里，姿态傲慢，没透露一点儿信息，但是回信本身就代表了态度。文秀娟自己是杀过人的，她知道那种孤独和恐惧，所有的情绪都只能自己消化，没有别人能一起分担，这是巨大得几乎难以承受的压力。杀人行为的过程越是漫长，煎熬也越是漫长。文秀娟可以肯定自己被下了不止一次毒，为了不引人注意地谋杀，也只能采用这样渐进的方式，这对于慢慢走向死亡的被害人来说固然恐怖，可对下毒者来说，也是对心理承受能力的巨大考验。没有什么是毫无代价的，文秀娟深有体会。当一个同谋出现，一个可以在安全距离内说说话的人，下毒者真的会拒绝吗？如果拒绝，那么就不会有这封回信了。

因为这封回信，忽然之间，文秀娟觉得没有那么恐惧了，相反，她变得期待起来，对她来说这成了一场游戏，赌注是自己的命。

此刻，双方各有筹码。文秀娟不知道对方的身份，不知道对方的下毒方式，不知道自己中的到底是什么毒；而对方则不知道，和他通信的人，根本不是另一个下毒者，而是受害人本人。接下去，随着这场通信的持续，对方透露出来的信息肯定会越来越多的，形势也会越来越往文秀娟倾斜。文秀娟要做的则是管好所有入口的东西，不让食物离开自己的视线，不让自己再次中毒。

文秀娟等了一天，才把回信放进树洞。这样比较不显得过于急迫。她要保证传递给下毒者的每一个信息，都不出错。

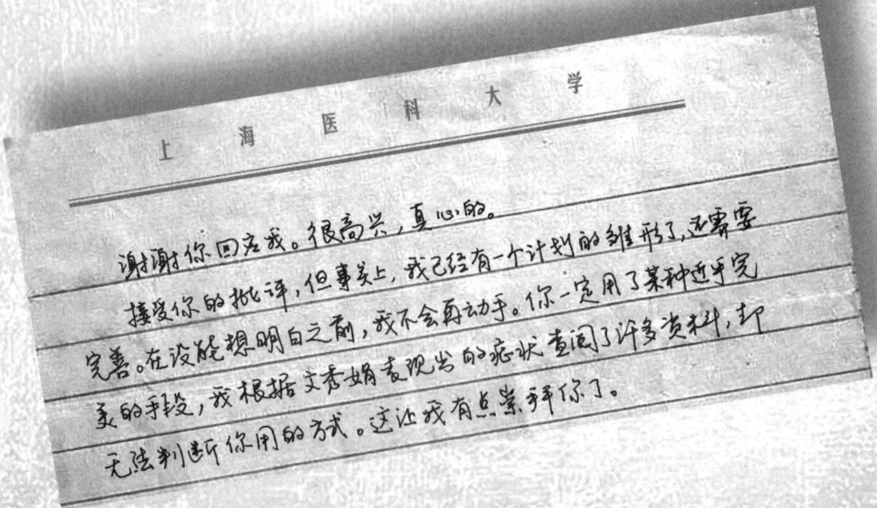
上海医科大学

谢谢你回应我。很高兴，真心的。
接受你的批评，但事实上，我已经有一个计划的雏形了，还需要
完善。在设想明白之前，我不会再动手。你一定用了某种近乎完
美的手段，我根据文秀娟表现出的症状查阅了许多资料，却
无法判断你用的方式。这让我有点崇拜你了。

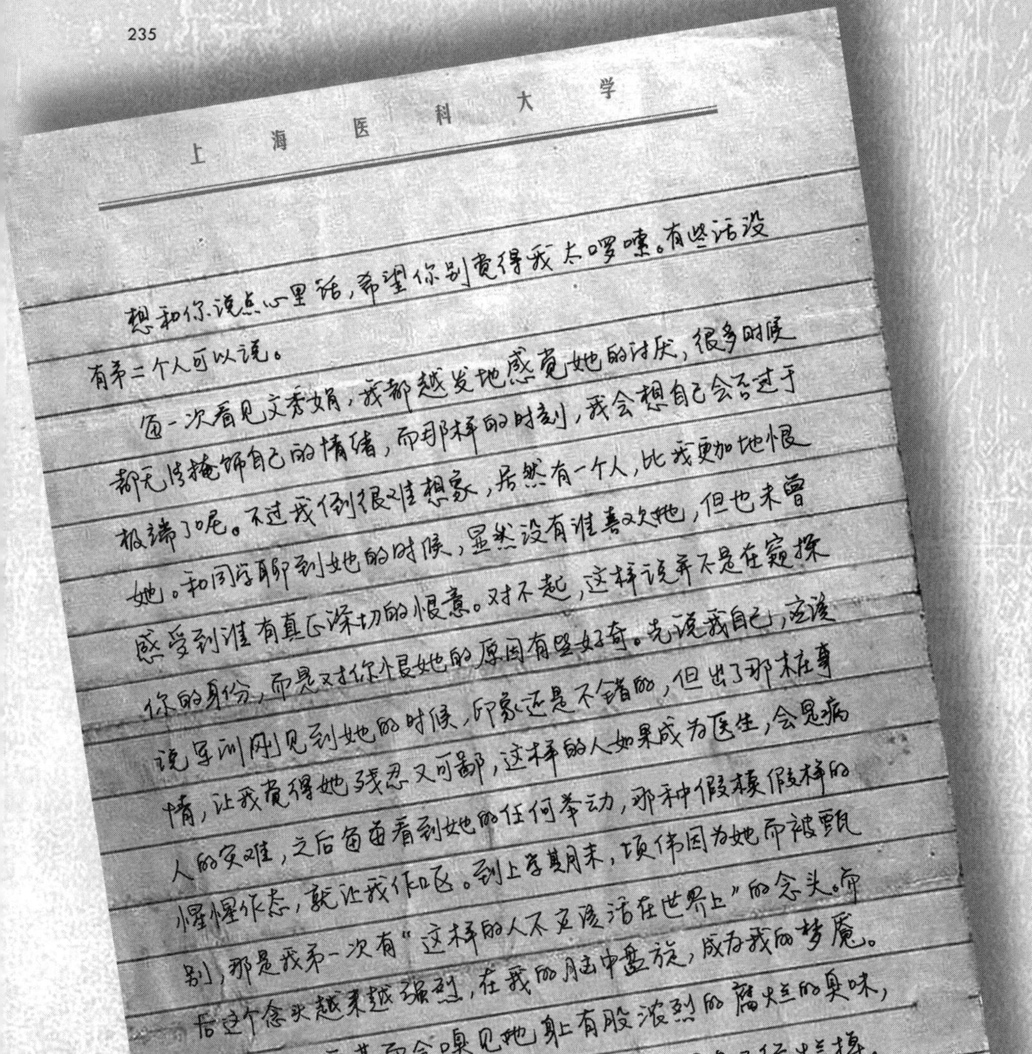

上海医科大学

想和你说点心里话，希望你别觉得我太啰嗦。有些话没有第二个人可以说。

每一次看见文秀娟，我都越发地感觉她的讨厌，很多时候都无法掩饰自己的情绪，而那样的时刻，我会想自己会不会过于极端了呢。不过我倒很难想象，居然有一个人，比我更加地恨她。和同学聊到她的时候，虽然没有谁喜欢她，但也未曾感受到谁有真正深切的恨意。对不起，这样说并不是在窥探你的身份，而是对你恨她的原因有些好奇。先说我自己，应该说军训刚见到她的时候，印象还是不错的，但出了那桩事情，让我觉得她残忍又可鄙，这样的人如果成为医生，会是病人的灾难，之后每每看到她的任何举动，那种假模假样的惺惺作态，就让我作呕。到上学期末，项伟因为她而被甄别，那是我第一次有“这样的人不应该活在世界上”的念头。而后这个念头越来越强烈，在我的脑中盘旋，成为我的梦魇。渐渐地，我甚至会嗅见她身上有股浓烈的腐烂的臭味，那是发自灵魂深处的气息，我想，既然她的灵魂已经烂掉，倒不如让她的肉体随灵魂而去。那么你呢，也和我一样吗？

愿文秀娟早日安息。

一个同学

文秀娟把自己关在床铺里写下这封信。当她写到自己的灵魂已经烂掉时，不禁停下笔想，自己真是虚伪啊。如果灵魂有颜色，那么或许自己的灵魂是褐色的，这是泥淖的颜色，是大地的颜色，是这个浊世的颜色。

4

这一次的回信来得较迟。文秀娟并不太担心，中间隔了一个周末，上海的同学都要回家的，无论如何他都不会在双休的两天里回信，不管他是不是上海人。果然，文秀娟在周一拿到了回信。

她是趁着大家都去食堂午饭的时候拿的。一切都进入了轨道，文秀娟也不急着拆开信，柳絮还在食堂留了座位等着她呢。等两个人吃完的时候，食堂里已经没什么人了。回寝室的路上经过二教，文秀娟想起了自己上周末的请托，今天应该能有些结果，就找了个借口，让柳絮帮她把饭盒先带回去，自己上了二教三楼。

二教是药学院，毒理实验室就在三楼。文秀娟走在楼梯间里，觉得身后远远地有脚步声，那脚步声不紧不慢，还有些熟悉。其实出食堂的时候，她就觉得身后仿佛有人跟着，这种感觉自从知道有人下毒后经常出现，无疑是压力太大产生的过敏，先前柳絮在身边，她不想表现出来，就忍住了没回头看，可现在这楼道里，难不成还是自己过敏？进了三楼，走了一段路，文秀娟终于还是忍不住回了回头，看见马德从楼梯间转出来。班级里面，马德不属于最看不惯她的那拨人，见了面，基本的招呼还会打。但文秀娟此行的目的，并不想让同学知道，微笑点头后就没再多说，径直走到毒理实验室门口，马德却还跟在后面。文秀娟停下马德也停下，她只好问，你来这儿？马德说对啊我在这里做练习生。文秀娟心头就是一跳。马德越过她进了门，文秀娟愣了一会儿，看见赵龙走出来和她打招呼。

“这两天太忙啦，做了一部分吧。汞、铋、锰、铀、钒都给做了，没什么特别的，你那列表上还有三分之二，有些的试剂还真不好找。”

赵龙是药学院的大四生，拉小提琴，两个人是在团委搞的音乐演出上认识的，赵龙不知道委培班里文秀娟的流言，对这个漂亮学妹印象相当不错。所以当文秀娟拿来一小包指甲头发请他在实验室里化验的时候一口答应了。文秀娟当然没说是自己的头发，假托一个好朋友要写论文，是关于都市正常人体内各种轻重金属含量是否超标的，需要一些数据。需要检测的金属种类列了长长的一串，每一种都要对应的试剂才能检测，其实是颇麻烦了，学长学妹间的帮忙,本无必要做到这种程度,赵龙肯答应,显然是对文秀娟有所企图。性命攸关，对这点企图，文秀娟也就生受着了。

“马德什么时候在这里做练习生的？”

“有一阵了，怎么啦？”

“你让他帮忙了，帮忙做这个化验？”

赵龙愣了一下，开始支支吾吾起来。当时是答应了文秀娟亲手做的，但有这么一个好用的练习生，为什么不让他去干呢，他没想到文秀娟还真在意这点。

突然而至的巨大情绪一瞬间把文秀娟整个脑袋都淹没了，接下去的两分钟里她完全不受控制地埋怨乃至怒骂，具体说的什么她事后已经回想不起来了，只知道赵龙的脸色变白变青，最后扔下一句“真是不可理谕，真是莫明其妙”，就扔下她回了实验室。

文秀娟涨红了脸，喘着气，盯着紧闭的毒理实验室大门看了很久，后悔慢慢升了起来。马德虽然不能排除下毒人的嫌疑，但并不是嫌疑较高的那几个，当然他有可能把自己做这些检验的事传出去，传到下毒者的耳中，可是事已至此，自己歇斯底里这么一通发作，根本于事无补，赵龙不会帮她继续检验不说，马德更是会把这出“轶事”大肆宣扬。马德来自农村，也是个要在大城市同学间寻找存在感的人啊。可道理归道理，情绪归情绪，该爆发的时候，文秀娟也毫无办法。她终于明白，自己并不像自己认为的那样毫不畏惧。自己怕死，怕得要命。

有什么办法，可以让马德不要说出去吗？文秀娟抿着嘴唇，转回身去走向楼梯的时候，看见文红军就在几步之外看着她。

“爸？你怎么在这儿？”

文红军看她的眼神，就像在看一个陌生人。

多少年了，文秀娟从未在人前表现出这副失控的模样。哦不，这是第二次，蜂蜜那回是第一次。

“没啥，我就是……想来看看你。”

“食堂那儿你就来了？怎么不叫我？家里出什么事了吗？”

“没事情。前面嘛，你和同学在一块。”

文红军看得文秀娟浑身不自在，然后他说：“行，我出车去了。你好自为之。”扔下这句话，他转身消失在楼梯口。

爸爸的这次到访似乎是突然起意，却看到了这个仅剩女儿的另一面。文秀娟没琢磨明白文红军到底什么意思，她也没工夫把心思放在爸爸身上。她觉得今天有点不顺利，回到宿舍，爬上床假作午休，打开了信。

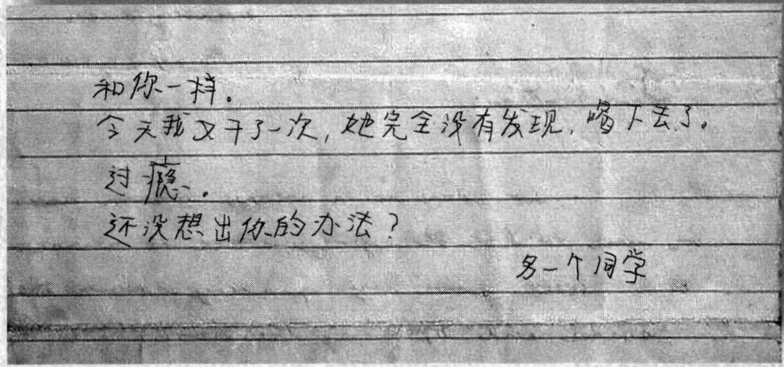
和你一样。
今天我又干了一次，她完全没有发现，喝下去了。
过瘾。
还没想出你的办法？
另一个同学

文秀娟傻在那儿了，在毒理实验室外被压制下去的恐惧，加倍地涌来。

这说的是昨天？

怎么可能，昨天我都喝了些什么？我有让水离开视线过吗？他是怎么做到的？

文秀娟脑子里一片混乱，一时间回想不起来昨天自己喝过多少次水，每一次是在什么情况下喝的。她只知道自己这段时间已经高度警惕，本以为有着大把的时间和下毒者玩推理游戏，没想到自己竟然又喝下了毒药！

不要慌，文秀娟，镇定下来，文秀娟，幸好我们有通信！我一定可以翻过盘来的。

她拿出笔和纸，立刻就开始写回信。写了半封信，手都是抖的，却把信撕掉了，她发现自己是用正常笔迹写的。

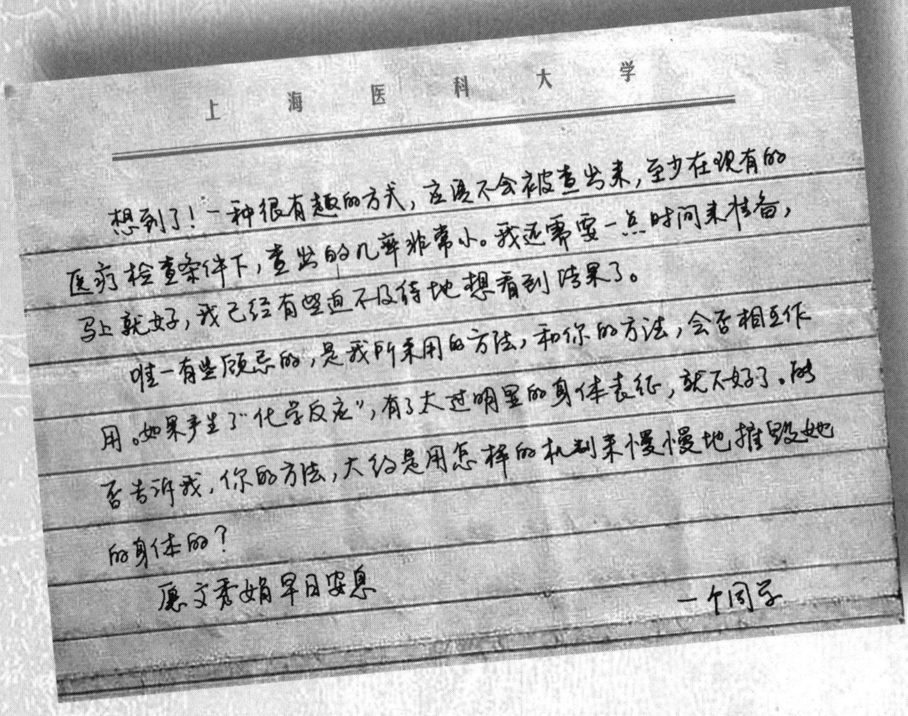

上海医科大学

想到了！一种很有趣的方式，应该不会被查出来，至少在现有的医疗检查条件下，查出的几率非常小。我还需要一点时间来准备，马上就好，我已经有些迫不及待地想看到结果了。

唯一有些顾忌的，是我所采用的方法，和你的方法，会否相互作用。如果产生了"化学反应"，有了太过明显的身体表征，就不好了。能否告诉我，你的方法，大约是用怎样的机制来慢慢地摧毁她的身体的？

愿文秀娟早日安息

一个同学

下午上课前，她把这封信投入树洞。他会如何回复，上一封信的口气，已经变得随意很多，不像最初时的警惕了，自己这样去问，有些过于直接，但怎么办呢，如果一直被投毒成功，自己还能活多久？

5

文秀娟没想到会被柳絮发现。

她已经这么做好几次了。每个人熟睡的时候，是最放松的。也许梦话里会透露什么秘密呢，或者，心里有什么恶毒的念头，表情也会变得狰狞起来。处心积虑要杀她的人，睡着时也会像普通大学生那样恬静吗？其实，她只是想要好好看清这些脸，毫无遮掩地极近距离地看，会比白天更真实吧。也许某一刻直觉会告诉她，谁是那个人。

可居然被柳絮发觉了。看见柳絮装睡的样子，文秀娟有点好笑，闭着眼睛面孔僵硬，这女孩显然是被吓着了。她知道柳絮真正睡着是什么样子，前一个晚上见过的。

那么现在，要拿柳絮怎么办？她花了很多心思争取到了这个同盟，柳絮就像是她的小尾巴，眼睛里闪着崇拜的光，让往东绝不会往西。可毕竟这学期才交上的朋友，时间还短，看见自己深夜里如此古怪的举动，应该会开始疏远了吧？那样的话，自己又回到极端孤立的状态了啊。

那么，把柳絮拖进来怎么样？对这个单纯的孩子，会不会过于残忍？她和下毒者之间，可是一场你死我活的战争。

文秀娟的犹豫持续到收到下一封回信。

早晨上课前她又去了一次松树林。她觉得不会那么快收到回信的，毕竟自己昨天中午收到信，下午就回了信，之前从未这么快回复过。但她没忍住，不瞧一眼心不安宁。也许在这封回信里，她就可以看到自己到底中的是什么毒。

树洞里竟然有回信。文秀娟飞快地往四周张望了一圈，就在树下拆开了信。

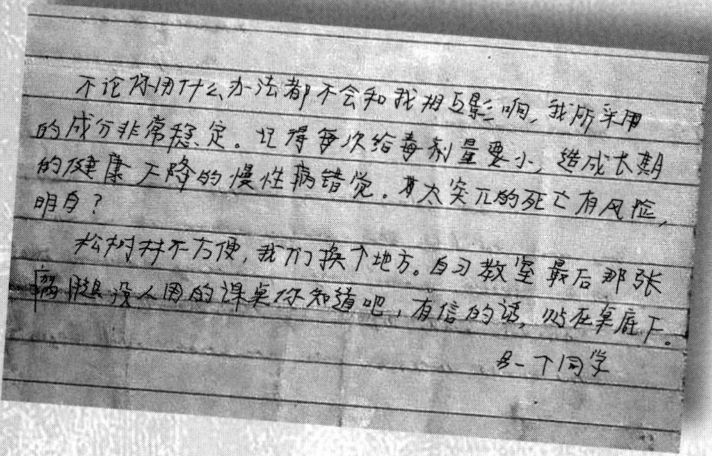
不论你用什么办法都不会和我相互影响，我所采用的成分非常稳定。记得每次给毒剂量要小，造成长期的健康下降的慢性病错觉。其太突兀的死亡有风险，明白？

松树林不方便，我们换个地方。自习教室最后那张瘸腿没人用的课桌你知道吧，有信的话，贴在桌底下。

另一个同学

果然没有说。还是问得太急躁了，文秀娟想。看来，要把柳絮拉进来了。她需要一个能冲锋陷阵的人，把水搅混。柳絮可以变成一盏明晃晃的探照灯，未必真能照出些什么来，但总能让那个人收敛一下，下毒的速度变慢一些。要想抓到他，还得靠自己。

只是以柳絮的性子，知道了有一个谋杀者，她敢往前冲吗？

因为迟到，走进教室的时候，有几组同学已经开始解剖。钳子剪子肌肉骨骼之间的撕扯碰撞声汇聚到一起，是非医学生很难想象的。文秀娟习以为常，但柳絮还差得远，正面孔煞白拿着手术刀吸气。她走到柳絮对面，问今天感觉如何，柳絮说轻松些了。的确是，第一堂课的时候，她怕到几乎晕过去，到现在可以站直不抖并且下刀，离不开文秀娟的暴露疗法和鼓励。文秀娟心里虽然别有怀抱，但表现出来的是一个真正朋友该有的做法。

文秀娟看着柳絮把她那一侧的胸膛皮肤掀开，在自己的指令下分离脂肪，剪开胸大肌的附着点，觉得这个女孩简直就是自己养成的。在克服对尸体解剖的恐惧过程中，她对这个世界的恐惧也在慢慢减少。某种程度上，柳絮的父亲对她的压力，和文红军略有相似。真的要把这个女孩拉到漩涡里来吗，可以预见到她的支离破碎，而对自己的帮助会有多大？文秀娟居然犹豫起来。

好像听见柳絮在叫她，文秀娟抬起头，看见柳絮的目光里依然没变的情感。在经历了昨晚的怪事后，她仍旧保有着那份友情和信赖！她能行的，文秀娟立刻意识到这一点，并且清醒了过来。

“昨天晚上，你看见了。”文秀娟说。

柳絮吓了一跳，然后说对不起。文秀娟说吓到你了啊不好意思。柳絮问是不是梦游，文秀娟沉吟了片刻，说有人要杀我。柳絮显然没有听清楚，然后，文秀娟又把这几个字大声重复了一遍。

这句话在一片尸体解剖的奏鸣声中显得如此突兀，以至于绝大多数同学都注意到了。

文秀娟的目光镇定地与投射过来的一道道眼神交会，她不指望能就此发觉下毒者异样的表情，但至少，下毒者会明白，柳絮入局了，他需要对付的人，现在多了一个。

6

文秀娟用缝衣针在矿泉水瓶上刺了个眼子，捏着针摇晃了几下，让这个针孔变得显眼。组织胚胎学课上，她把这个水瓶放在了显微镜旁。昨天她并没有对柳絮和盘托出，而是半遮半掩，等待柳絮自行探索。自己发现的事情，总比别人告知的更有说服力。

课程上到一半，文秀娟上完厕所回来，酝酿好情绪，伸手拿起矿泉水瓶，然后尖叫。她七情上脸，拿着瓶子冲出去。

文秀娟把瓶子扔在厕所前的垃圾桶里，走回来的时候，看见柳絮正走出教室门口。

去找那个瓶子吧，找到上面的针眼。文秀娟在心里说。柳絮是个细心的姑娘，她应该不会错过。

不过，她今天自导自演了这么出戏，并不仅仅是为了让柳絮相信有一个下毒者存在。

自从第一封信开始，文秀娟就在编织营造着自己的角色形象，那是一个小心翼翼的请教者，带着一丝崇拜一丝仰慕，换而言之，就是一个弱者形象。弱意味着安全，对方觉得安全了，自然会卸下防备。但自己这个弱者，不能一直光说不练，否则也无法取信。一个弱者的上阵是怎样的，这正是今天文秀娟所要表现的。她相信这出“投名状”演过之后，对方的戒备心会进一步降低。

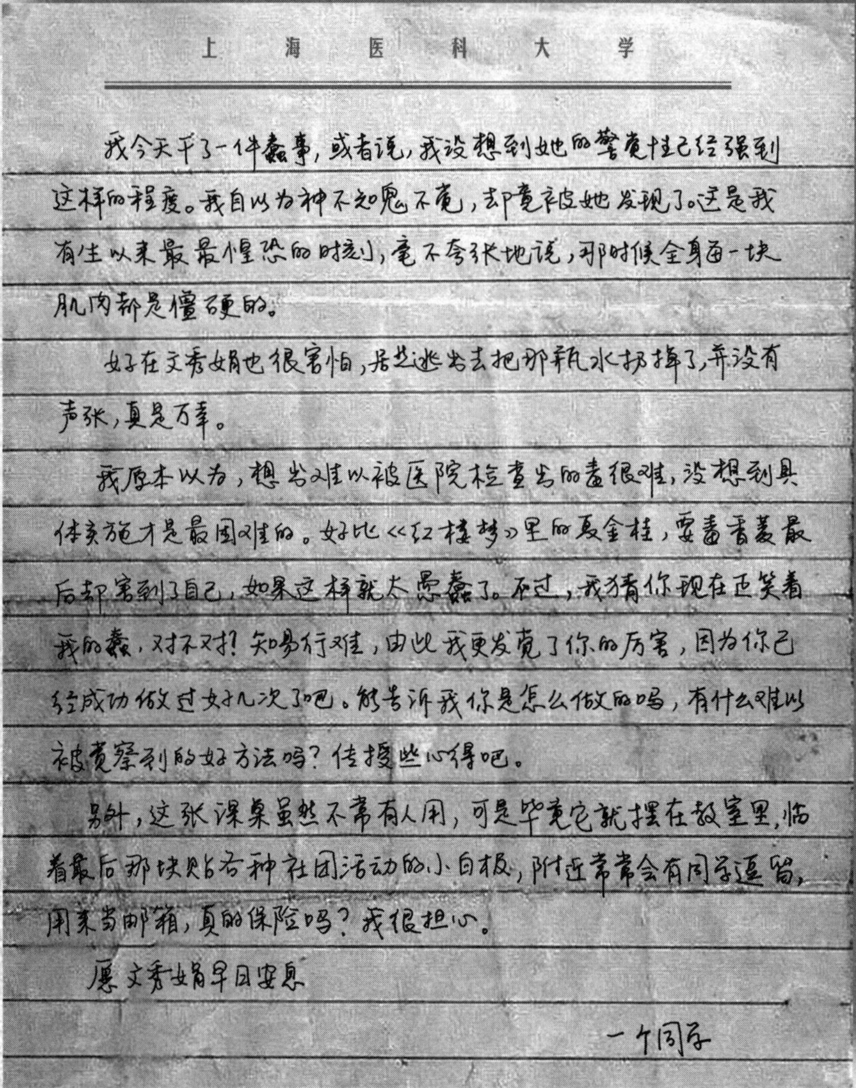

上　海　医　科　大　学

我今天干了一件蠢事，或者说，我没想到她的警觉性已经强到这样的程度。我自以为神不知鬼不觉，却竟被她发现了。这是我有生以来最最惶恐的时刻，毫不夸张地说，那时候全身每一块肌肉都是僵硬的。

好在文秀娟也很害怕，居然逃出去把那瓶水扔掉了，并没有声张，真是万幸。

我原本以为，想出难以被医院检查出的毒很难，没想到具体实施才是最困难的。好比《红楼梦》里的夏金桂，要毒香菱最后却害到了自己，如果这样就太愚蠢了。不过，我猜你现在正笑着我的蠢，对不对？知易行难，由此我更发觉了你的厉害，因为你已经成功做过好几次了吧。能告诉我你是怎么做的吗，有什么难以被觉察到的好方法吗？传授些心得吧。

另外，这张课桌虽然不常有人用，可是毕竟它就摆在教室里，临着最后那块贴各种社团活动的小白板，附近常常会有同学逗留，用来当邮箱，真的保险吗？我很担心。

愿文秀娟早日安息

一个同学

文秀娟把这封信放进“信箱”的时候，自习教室里没人在。她把信封贴在桌底，又往这张桌子多打量了几眼。说不上来的感觉，让她不喜欢这张桌子，有一种很强烈的不安全感。就像她在信里说的那样。说真的，她希望那一位可以选一个更稳妥的地方。为什么要改在这种随时会有同学经过的地方，而不是僻静的松树林，真搞不懂他的想法。

暴露的机会增加了，文秀娟想着，快步离开了教室。刚才打量的那几眼里，好像看到桌上刻了些什么符号，没看太清，但也不打算专门再回去看了。

如果一直守在附近观察，是不是也有可能发现对方来收信寄信呢？这是个公共场所，在附近逗留可以找到许多说得过去的理由。这个想法像颗鲜红的苹果诱惑着文秀娟，这是一条直接可以知晓下毒者身份的捷径。但她清楚这绝对是个危险的主意，收信方式是对方提出改变的，一个下毒者，会如此鲁莽地只考虑方便吗？他真是信中表现出的那样有些刚愎有些自大吗？未必。也许对方正是想看一看，自己会否自作聪明地守在附近。对方也是想知道自己身份的啊。

所以，收信，送信，不逗留。而且，每一次都得要加倍地小心才行。

这封信是在水瓶事件的第二天送出的。前一天，文秀娟一直被柳絮抓着不放，下午逛四川路，晚上商量应该怎么找出那个下毒者。柳絮义愤填膺，一腔热血，提出了各种各样的方案，大多数都被文秀娟否决了，倒是有个简单的守株待兔的法子可以尝试一下。说实话，文秀娟没抱多大希望。

但文秀娟没料到，非但没有守到下毒者，还发生了全然出乎意料的事。每每她觉得一切尽在掌握，就有一声阴冷的嘲笑从地狱里传来。当她和柳絮回到宿舍，打开作为诱饵的饭盒，用搪瓷勺轻轻一挖，现出那只“眼睛”的时候，恐惧也一起从心底湿淋淋捞出来了。在这样的当口，她觉得有柳絮和自己共同面对这一切真好，柳絮再不是可有可无的棋子，而是她想要紧紧抓住的一片衣角。

7

柳絮被这么一吓，居然叫来了警察。看见那身制服出现在教室门口的时候，文秀娟的脸色都变了。不不不不，这一切怎么会往这条路上发展？这决计是不行的。她在心里翻来覆去地想，怨恨柳絮的软弱，怎么会不和她商量，就作出这样的决定来？金浩良来通知她接受警察问询的时候，文秀娟整个人都是浑浑噩噩的，心里想着坏了坏了。她站在门外努力让自己平静下来，然后听见了里面警察和柳絮的几句对话，忽然发现事情并不如想象的那么糟糕。她又听了会儿，明白了该怎么做，就敲门进去。

她看见柳絮鼓励的眼神，心里对她说了句对不起。她很明白，如果自己否认会置柳絮于怎样的处境，可文秀娟没有选择。

只好背叛你了，她想。因为我不能背叛自己啊。

警察开始问：“你同学刚报的警，说你被人下毒，是真的吗？”

“没有，没有的事。”文秀娟毫不犹豫地回答。她知道柳絮还没走，甚至能听到柳絮内心那一声碎响。

这颗棋子，不能用了吧。这样也好，柳絮，这样也好。

在这一天里，文秀娟对柳絮说了许多对不起的话，但两个人关系的裂痕却没那么容易修复，而柳絮报警的影响却还在逐步扩大。周末柳絮没有回家，文秀娟也没回去。她毕竟心怀愧疚，这种时候，柳絮成为众矢之的，就如同曾经的自己，身边有一个人陪伴是最好的宽慰。

文秀娟真没想到一曲《胡笳十八拍》会让柳絮原谅自己。心乱之后，她很久没有吹箫了，这一次吹奏，只觉得晦涩重重，一管洞箫里，仿佛有千回百转的坎坷弯路，有一座又一座的关卡。她发现柳絮循声而来时，曾起意显得疲弱些，好叫人同情，但转念一想，自己已经吹奏成了这副模样,还要再纤弱吗？于是便什么都不去多想，一心一意付于箫音。她心里的悲意越来越盛，几张面孔在眼前浮起。直到一枚篮球飞过来擦面而过，把文秀娟从这几近魔怔的境况中解脱出来。

接下来两天文秀娟没有和柳絮讨论什么具体方案。她把柳絮拉入局，最要紧的是帮她分散火力，关于这一点，柳絮目前已经做到极致了，因为她的报警，下毒者想必仍心有余悸吧。

周日痛痛快快骑了回车，回来文秀娟去信箱看信。她本想等到周一的，不过周日教学楼人少。居然有回信，也不知是哪一天放进去的。这一回她多看了一眼课桌，上面满是刻花，占了小半张桌面了,密密麻麻。难道是考试作弊用的特殊符号吗？可是这张跷脚桌子，应该没人会使用的啊。看刻痕也不久远，也许就是这学期刻上去的。文秀娟想不通，又不能待在那儿盯着研究，也就罢了。

你的心理素质不好，用课桌通信就担心成这样，难怪会失手。我随时随地都可以下毒，一点不难！《红楼梦》我没有看过，这是娘儿们看的书，当然，你应该就是个娘儿们，对不对，哈哈，所以做事情瞻前顾后拖泥带水。你有没有看过《笑傲江湖》？里面有个五毒教主蓝凤凰，她的下毒手段防不胜防，或者更平民一点，《鹿鼎记》里的韦小宝，他的方法更容易学。喝水，吃饭，吃点心，吃药，任何时候都可以。手快一点，时机抓准一点。这种事情还得看天分，但其实和当医生是有共通之处的，该出手时要出手，出手的时候手要稳。

如果你没把握，就不要去做，还是那句话，有我一个就足够了。

另一个同学

文秀娟原本以为，对她的失手，信里会极尽嘲讽，然而竟然没有，看来她连续的示弱之举已经产生了作用。作为一个强者，一个“老大”，小弟犯一点错误，当然是可以容忍的，也更显出自己的能力。

而且，信里还对她的性别进行了猜测，在说出“娘儿们”这个词的时候，当然也就意味着他是以男性自居的。可是还没确认对方的信息，先把自己的情况暴露了，真的会是这样吗？这个人依然还在用左手写信，那么他暴露出的信息就可能是故意为之。原本文秀娟推测他是个男人，但现在一来，反倒又不敢确定了。

文秀娟花了很久来考虑应该如何回信，她觉得现在到了一个比较关键的时候。对方释放出了信息，不管这是真是假，但至少不排斥进一步的交流了。接下来该怎么更快地切入实际呢？信里对方说喝水吃饭吃点心吃药任何时候都可以下毒，文秀娟心里明明白白地知道这绝不可能，她盯得可紧呢，但还是不由得一阵一阵地心惊。

周一，柳絮开始一个一个地找同学谈话。她似乎是豁出去了，报警之后，索性就要用这样毫不迂回的方式来找出下毒者。文秀娟觉得她断然不可能成功，而且这样做其实很危险的。她劝过柳絮不要这样激进，但柳絮打定了主意。文秀娟认识她几个月，从来没在这个女孩的眼神里见过这样坚定的神色。

注定了要掀起轩然大波的啊，文秀娟想。

周一夜里，文秀娟把信写好，在周二找了个空隙送出去。

上　海　医　科　大　学

你竟然是位男同学，这可真是意想不到！我一直以为，你和我在同一个寝室，就是那有限的几个人中的一位。可你竟然是一个男人！这简直让人难以相信，作为和文秀娟同性别的室友，我都觉得投毒有相当的难度，你是怎么做到的呢？真是高明得让我在崇拜之余，不禁生出了恐惧的情绪呢。

上一次投毒失败之后，我进行了深刻的反省，思考了各种各样的投毒方式，你介绍的那两套武侠书，《鹿鼎记》我看了五分之三，《笑傲江湖》还未来得及看。我总结了一下，成功的投毒其实和毒本身有很大关系，首先毒要易于携带和投放，其次要无色无味，和其他食物混在一起时，不会被察觉。我准备的毒，在第二点上只能算是勉强过得去，但在第一点上就有些麻烦，要保持生物制剂的活性，当然会有所限制。我猜想，你这么容易投毒，必然在这两点上胜出我许多，套句时髦的话，要硬件设备上领先，软件嘛，我努努力，总能够赶上吧，而你说的武侠书也是半玩笑话，哪有人能做到书里的程度呢。但是现在知道了你的性别，就明了其实你在接近文秀娟方面先天不足，可是你做到了，并且以信手拈来的姿态，简直可称得上传奇了！

文秀娟的警惕性是越来越高了，她时时刻刻都戒备着。前两天早上我看见她先是拿自己的水杯对着太阳光看，然后又去用洗洁剂拼命地洗。平时喝水的时候，她都会把水杯放在视

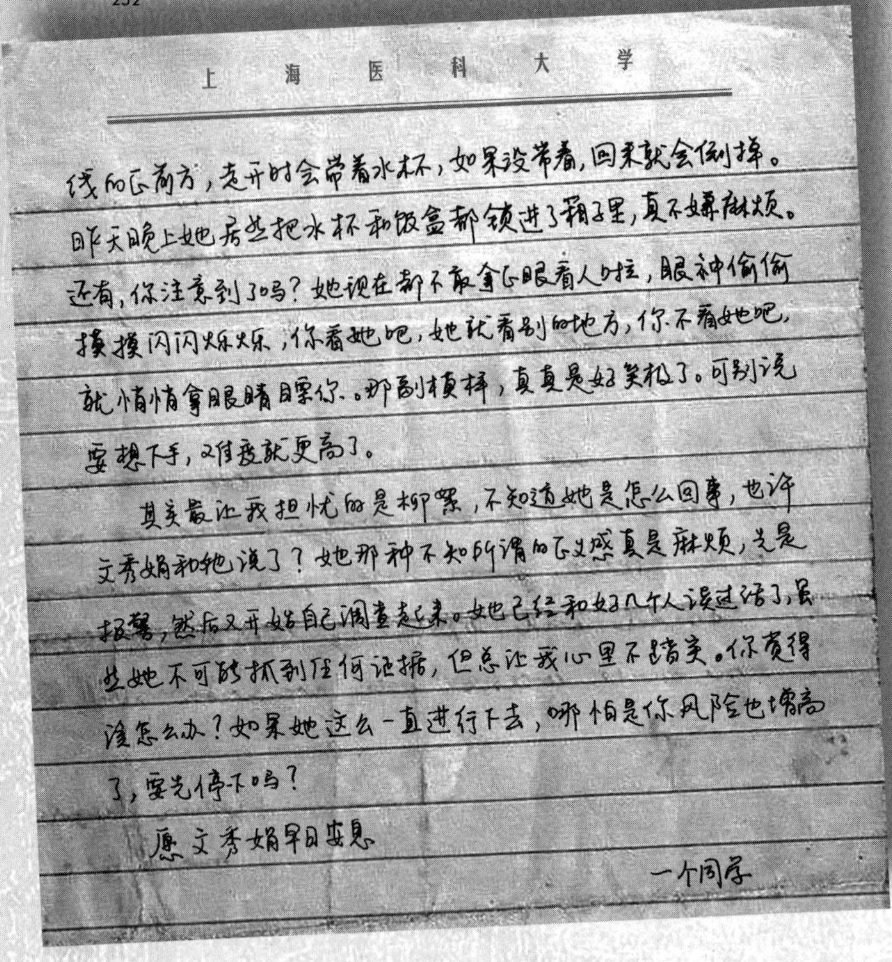

上海医科大学

线的正前方，走开时会带着水杯，如果没带着，回来就会倒掉。昨天晚上她居然把水杯和饭盒都锁进了箱子里，真不嫌麻烦。还有，你注意到了吗？她现在都不敢拿正眼看人啦，眼神偷偷摸摸闪闪烁烁，你看她吧，她就看别的地方，你不看她吧，就悄悄拿眼睛瞟你。那副模样，真真是好笑极了。可别说要想下手，难度就更高了。

其实最让我担忧的是柳絮，不知道她是怎么回事，也许文秀娟和她说了？她那种不知所谓的正义感真是麻烦，先是报警，然后又开始自己调查起来。她已经和好几个人谈过话了，虽然她不可能抓到任何证据，但总让我心里不踏实。你觉得该怎么办？如果她这么一直进行下去，哪怕是你风险也增高了，要先停下吗？

愿文秀娟早日安息

一个同学

其实金庸的那两部小说，文秀娟都是读过的，故布疑阵而已。她持续地在投毒技巧和毒的种类上把自己放在一个弱势的位置，就是想看看警惕性放松之后，后续信件里能不能透露出关键信息来。至于对自己种种情状的描写，仿佛充满了不屑。文秀娟对这已经习惯了，以另一个角度看自己，仿佛灵魂出窍。只是最后那句话，落笔之时，还是会有些不适。第一封信的时候，文秀娟是怎么能表明立场怎么来，但既然已经这么写了，那以后每一封信也只能这样结束。这是自己对自己的诅咒，原本文秀娟以为自己无所谓的，然而越到后来，心里那丝别扭越不容易忽视。

文秀娟原本不想提柳絮。但没办法不提，因为柳絮闹出的动静太大了，作为一个下毒者，怎么可能视而不见呢，不提就太可疑了。

这封信是周二晚饭前投递出的。周三下午她请了半天假去看裘医生，就是给文秀琳号过脉的那位，当时那一番话说得文秀娟心惊胆战，留下了深刻的印象。这次她没通过文红军，直接自己找上门去。

裘医生住在郊区，过去路途遥远，简直像去了次外地。老先生记得她，还问了声文秀琳的情况。当年文秀琳吃了几副药后就没有再去复诊，文秀娟说姐姐那年就过世啦，老先生微微摇了摇头，那神色却并不意外。

裘医生三根手指在文秀娟左手脉门处压了很久，时紧时松，然后又换了右手。文秀娟咬着嘴唇等待宣判。

裘医生问有关节酸痛吗，会有腹痛吗，文秀娟说好像有，精神也不好，还掉头发，人浮肿。

“吃过什么不干净的东西吗？”

文秀娟愣在那里。这句话她又听见了。

“可能有吧，我这是什么问题？”

“脉象上看是少阴病呐。”老先生回答，但是和文秀娟想象的某某中毒之类的答案大相径庭。

“要紧吗？”

“我在真武汤的方子上稍微变一下，试试看。”裘医生开了个药方，写了个“14”又划掉，写上“7”。

“先吃一个星期，你再来给我号号脉。”

出门的时候，裘医生给她指了个老字号药房，又额外写了张条，让她今天就去抓药，尽快吃。然后冲她笑笑，说没事的。

凭着条子，文秀娟在药房等到晚上7点半，总算当场拿到了药，回到学校，已经过了9点。一路上她的心情时而踏实时而惶恐，她希望裘医生不是在安慰她，但回想当时情状又觉得可疑。

回到宿舍的时候柳絮居然不在，这么晚，她去了哪里？问了其他人也都说不知道。11点了，早已经熄灯，大家都开始担心起柳絮。文秀娟说我们要不要去找一下，就在这个时候，金浩良来了。他面色凝重，反手把门虚掩上，通报柳絮跌入尸池。

金浩良刚从医院回来。事发蹊跷，前因后果此时他也不清楚，只是说柳絮被费志刚救了起来，两人此刻还在医院，什么时候可以探望了等他的通知，不要散播不实的传言，事实真相学校会尽快调查清楚。

文秀娟缩在自己的床铺上，柳絮的遭遇完完全全地出乎她的预料。她以为柳絮这样大肆调查，之前还叫来了警察，固然会让她被孤立，可下毒者也一定会收敛。她还想趁着这段下毒者的休息期，好好把身体调理好，把毒素拔除。可现在，柳絮竟被如此激烈地报复了。如果不是费志刚，她是不是会死？

文秀娟意识到事态在往反方向发展，已经被激化了。柳絮如此，那么她自己呢？

她会被继续下毒，会被变本加厉地下毒，以便尽快地……死掉？

那个人发疯了吗？

如果自己还是不能防备被人下毒的话，会死的。

整个晚上，文秀娟翻来覆去睡不着，睁着眼睛想对策。后半夜，她又写了一封信。她等不及对方的回信了。

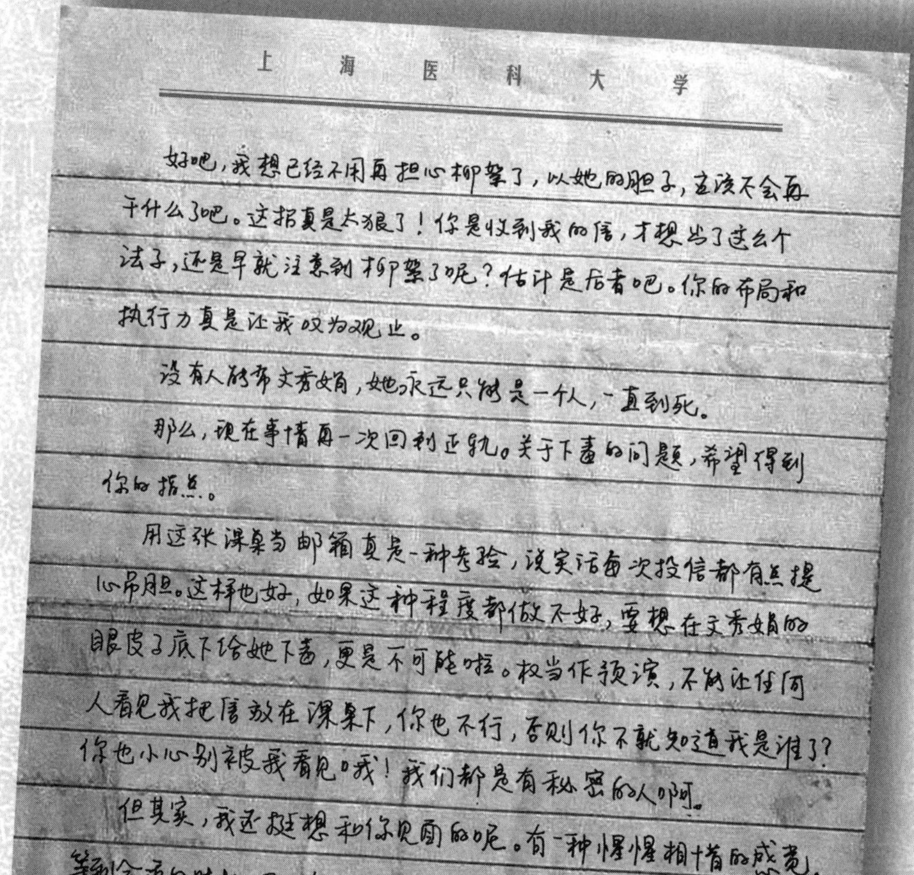

上海医科大学

好吧，我想已经不用再担心柳絮了，以她的胆子，应该不会再干什么了吧。这招真是太狠了！你是收到我的信，才想出了这么个法子，还是早就注意到柳絮了呢？估计是后者吧。你的布局和执行力真是让我叹为观止。

没有人帮文秀娟，她永远只能是一个人，一直到死。

那么，现在事情再一次回到正轨。关于下毒的问题，希望得到你的指点。

用这张课桌当邮箱真是一种考验，说实话每次投信都有点提心吊胆。这样也好，如果这种程度都做不好，要想在文秀娟的眼皮子底下给她下毒，更是不可能啦。权当作预演，不能让任何人看见我把信放在课桌下，你也不行，否则你不就知道我是谁了？你也小心别被我看见哦！我们都是有秘密的人啊。

但其实，我还挺想和你见面的呢。有一种惺惺相惜的感觉。等到合适的时机吧，你说呢？

愿文秀娟早日安息

一个同学

见面，见面，见面。一定要和他见上面！

8

还是没能见上面，对方在信里大大咧咧，实际上却非常小心，尤其是在这个刚对柳絮下过手的时间点。

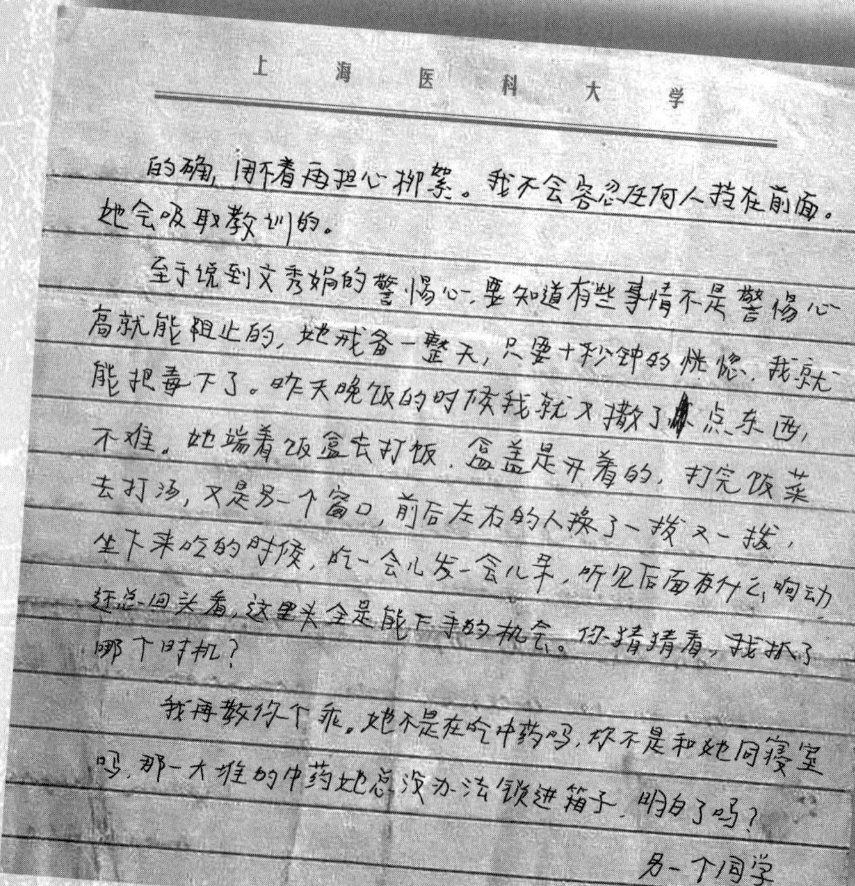

上 海 医 科 大 学

的确，用不着再担心柳絮。我不会容忍任何人抢在前面。她会吸取教训的。

至于说到文秀娟的警惕心，要知道有些事情不是警惕心高就能阻止的，她戒备一整天，只要十秒钟的恍惚，我就能把毒下了。昨天晚饭的时候我就又撒了点东西，不难。她端着饭盒去打饭，盒盖是开着的，打完饭菜去打汤，又是另一个窗口，前后左右的人换了一拨又一拨，坐下来吃的时候，吃一会儿发一会儿呆，听见后面有什么响动还总回头看，这里头全是能下手的机会。你猜猜看，我抓了哪个时机？

我再教你个乖。她不是在吃中药吗，你不是和她同寝室吗，那一大堆的中药她总没办法锁进箱子，明白了吗？

另一个同学

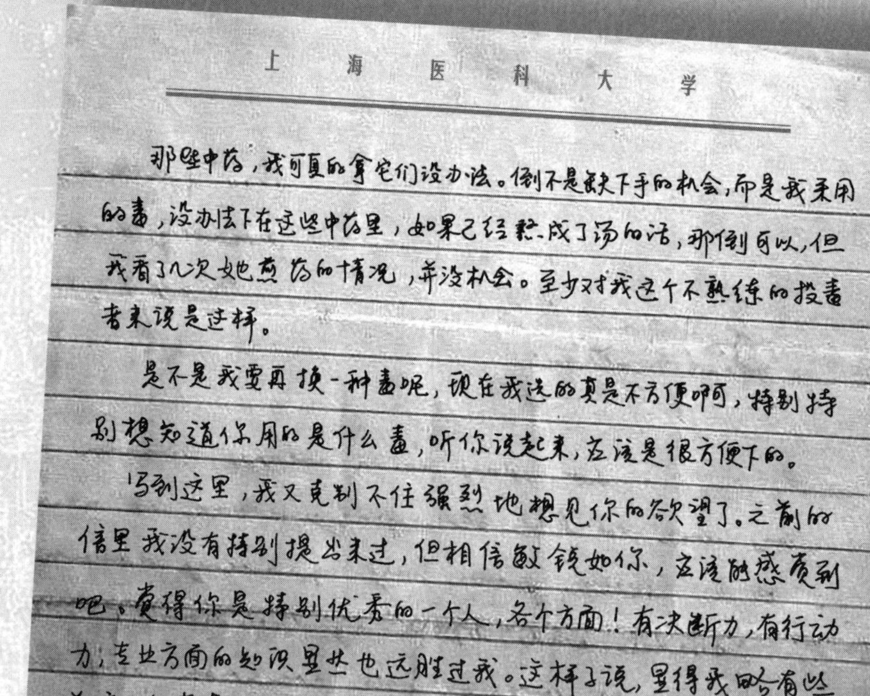

上海医科大学

那些中药，我可真的拿它们没办法。倒不是缺下手的机会，而是我采用的毒，没办法下在这些中药里，如果已经熬成了汤的话，那倒可以，但我看了几次她煮药的情况，并没机会。至少对我这个不熟练的投毒者来说是这样。

是不是我要再换一种毒呢，现在我选的真是不方便啊，特别特别想知道你用的是什么毒，听你说起来，应该是很方便下的。

写到这里，我又克制不住强烈地想见你的欲望了。之前的信里我没有特别提出来过，但相信敏锐如你，应该能感觉到吧。觉得你是特别优秀的一个人，各个方面！有决断力，有行动力；专业方面的知识显然也远胜过我。这样子说，显得我好像有些花痴，但真真切切，你就是一个我觉得男人该有的样子。我想象过你是五位男生中的任何一位，却又觉得都不太像，大约每一个人都有另一面吧，现在我所知道的你，才是最光彩夺目的。

郑重地向你提出，我们见一面吧。通了这么长时间的信，相信彼此都有了信任的基础，不会再有无谓的担心。我们建立一个密切的同盟吧，这样方便尽快把文秀娟的事情了结掉。

愿文秀娟早日安息

一个同学

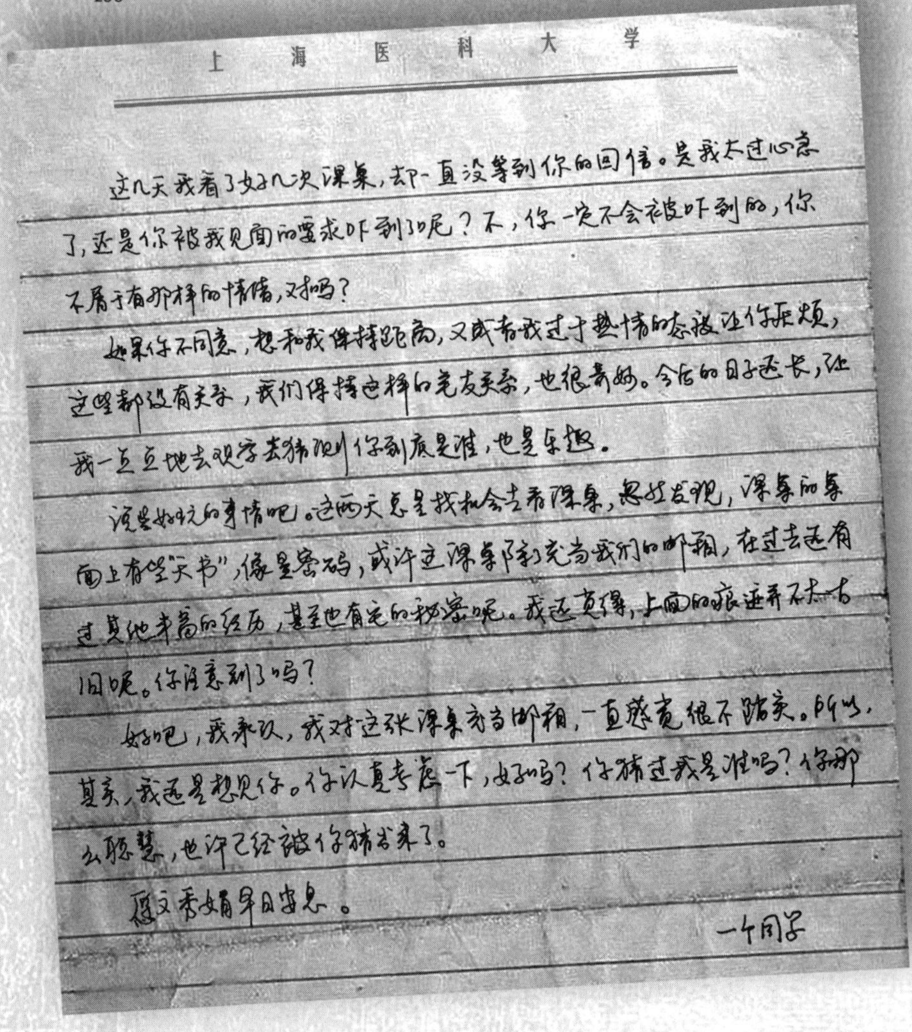

上 海 医 科 大 学

这几天我看了好几次课桌，却一直没等到你的回信。是我太过心急了，还是你被我见面的要求吓到了呢？不，你一定不会被吓到的，你不屑于有那样的情绪，对吗？

如果你不同意，想和我保持距离，又或者我过于热情的态度让你厌烦，这些都没有关系，我们保持这样的笔友关系，也很美好。今后的日子还长，让我一点点地去观察去猜测你到底是谁，也是乐趣。

说来好玩的事情吧。这两天总是找机会去看课桌，忽然发现，课桌的桌面上有些“天书”，像是密码，或许这课桌除了充当我们的邮箱，在过去还有过其他未曾的经历，甚至也有它的秘密呢。我还觉得，上面的痕迹并不太古旧呢。你注意到了吗？

好吧，我承认，我对这张课桌充当邮箱，一直感觉很不踏实。所以，其实，我还是想见你。你认真考虑一下，好吗？你猜过我是谁吗？你那么聪慧，也许已经被你猜出来了。

愿文秀娟早日安息。

一个同学

接下来的两个多星期里，他们就通了这三封信。再一次，文秀娟连着回了两封。不知道为什么，对方回信的速度变得很慢，而文秀娟则越来越焦急了。

药一直在吃，她的身体并没有好转。一点点都没有。当时她向裘医生说的那些“好像有”的症状，变得明显起来。有时候文秀娟想，许是得疑病症了。可是每天早晨看见枕头上的那些落发，她就没办法再骗自己。

去探望柳絮的时候，看见她闪躲的眼神，文秀娟全明白了。这怪不得柳絮，是她对不起她。与柳絮的友谊就此终结，从开始到结束，也不过几个月的时间。曾经有一些时刻，文秀娟是真的把柳絮当作朋友的，这于她很罕见。当然，她也并没有太多的时间去为友谊的逝去唏嘘。

1997 年 12 月 22 日，周一。文秀娟收到了以下这封回信。

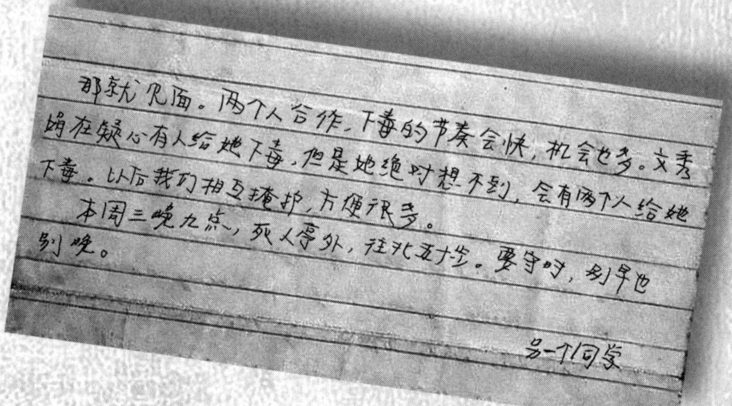

那就见面。两个人合作，下毒的节奏会快，机会也多。文秀娟在疑心有人给她下毒，但是她绝对想不到，会有两个人给她下毒。以后我们相互掩护，方便很多。

本周三晚九点，死人亭外，往北五十步。要守时，别早也别晚。

另一个同学

一锤定音的时候到了。文秀娟攥着信，这样想道。

9

上海的平安夜一年比一年热闹，所以此时的松树林，显得格外幽深僻静。几乎没有风，这是个静静的寒夜，可头顶上的松树，还是有细碎的声响，像在相互低语。文秀娟半低着头，一步一步往深处走，小心而缓慢。

就要见分晓。

文秀娟故意远远绕了个圈子。她不想猝不及防地和他半道碰着，趁着多走这几步路，给自己打打气，把接下来要做什么再想一遍。

那人见着了她，第一时间可能还反应不过来她就是写信的人，或许会扭头就走，或许装作路过与她擦身而过。自己的第一句话，就要把他定住。要让他知道，他彻彻底底地输了，再跑不掉，再也无法报复，只能任她摆布。

不论之前被下了几次毒，几乎把她逼入绝境，既然答应了今夜见面，两个谋杀者相遇之时，就将奠定她的胜局，把输掉的一把都赢回来。

穿过黑黝黝的树林时，文秀娟忽然想到，柳絮那一天，也是在9点。

文秀娟藏在一棵大树后，背靠着树干深呼吸，直等到9点过了三分钟，才从树后转出来。眼前是死人亭，越过亭子，她往北走了五十步，以她的步幅，大概是三十米出头。这已经靠近了林子的边缘，前面就是分隔校内外的围墙，树影稀疏，校外的路灯照进来，再添上天上的星光月色，让这里比林子深处亮堂了许多。

然而却没有人。

文秀娟心里一惊，信上让她准时到，别早也别晚。她故意晚了几分钟，就是不想先到，免得把对方惊走了。或者，那个人正藏在哪棵树后面偷看？她打量四周，也注意看地上的树影，但夜色里一切都影影绰绰，不走到近前，是辨不分明的。

那些树后，并没有哪儿闪出一个疾步离开的人。但文秀娟隐约不安起来，不管怎样，她不想这样站在明处，得要找一棵树躲起来。这个时候，她听见了声响，循声望去，有人正从死人亭的方向走过来。文秀娟找了棵最近的树躲到背后，忍着不探头出去，耳中听着脚步声越来越近，越来越近，手指在骨节骨隙处来回地数，然后蓦地转了出去，和来人面对面。

那人是费志刚。

这是一个原本嫌疑很轻的人，现在正和柳絮打得火热呢，怎么会是他？但转念一想，文秀娟心中却一阵恍然。怪不得是他救起了柳絮，压根儿就不是他对大家说的那些理由，寻呼机是他打的，地点是他约的，一切都是他布的局。他出现在那里，只是确保柳絮不死而已！

费志刚见一个人影突然从树后转了出来，吓得往后撤了半步。

“很惊讶吧，和你通信的人就是我。别想着做什么蠢事，我敢到这里来见你，就做好了万全的准备。我不会报警，但你这一辈子就归我了。我用我的命赢这一局，除非你愿意以谋杀未遂的罪名蹲大牢。你的一切，你挣的钱，你的关系网，你的命运，你所有的未来，都要听我的命令。但是你放心，我和你不一样，我不会把你逼到绝路上的。”

文秀娟连珠炮般把这段话讲出来，费志刚的表情很奇怪，那并不是畏惧，也看不到一点儿惶恐，他像看一个怪物一样瞪着文秀娟。

“你搞错了吧？”他说。

“你别和我说你在圣诞夜偶然跑到这里来！”

这个时候,文秀娟忽然又听见了脚步声,又有人往这个方向走来。她心里一紧，难道自己真的搞错了对象？

“不是偶然跑到这里来，我们班今天有聚会。”

“什么聚会，我怎么不知道今天我们班在这里有聚会？”文秀娟斥问，大声得接近歇斯底里。她觉得一切正在脱离控制，野马就要脱缰。这时候又有人从黑暗的林子里走出来，但那也不会是和她通信的人，因为那是两个人——夏琉璃和刘小悠。然后，马德出现在远处，他没注意到文秀娟，径直走到围墙边，把地上的一把梯子竖了起来。墙外不知什么时候也搭起了梯子,一个人出现在围墙顶部,不，是叠着的两个人，一个人背着另一个人。

“你还是走吧。”费志刚说，“今天我们在这儿给项伟过一个特别的圣诞节，没告诉你。”

所以,被背上墙的那个,是瘫痪的项伟？今天,委培班所有的人,除了自己，都会来到这里，来到死人亭往北五十步的地方？

是自己太急了，连着几封要求见面的信，让他起了疑心，用这种方式来试探？用一个全班除了自己，也许再加上柳絮，其他人都应该知道的消息来试探。

我上当了！

文秀娟绝望地嘶吼尖叫起来，拼命地往树林外跑。一路上，她与一个个来赴会的同学错身而过，一道道惊愕的眼神落在她的身上。

完了，全完了。

她赌上了一切，翻盘的所有希望，只在今夜。可是她搞砸了。

曾经自以为高妙的两个谋杀者之间的通信，被轻轻松松地破解。一个大大的耳光扇在了自己的脸上。用不了多久，全班都会知道她今天晚上在这里说了些什么，那个下毒者当然也会知道。

要被毒死了，没有希望了。

文秀娟踉踉跄跄跑出松树林，她听见有人叫了自己一声，匆忙间回头看了一眼，却是柳絮。文秀娟没有停留，披散着稀疏的头发，拼尽了所有的力气往前跑，没有方向，没有目的地，就这样消失在了茫茫夜色里。

10

杜鹃你好，好久没有联系。

之前连着收到你几封信，但是由于我的境况不佳，找不到提笔写信的感觉了。

人生起起伏伏，总会碰到挫折，但我确实没有想到，自己在面对打击的时候，会这样的不堪。也许，是这打击来得太过猛烈，也太过出乎意料了。

时间能平复一切，我现在也比当时好了许多。人总要面对现实，面对生活。这几个月，我在家里想通了许多事情，也有很多朋友在关心我，让我一点点地振作起来。马上就是圣诞新年了，在1998年，所有的事情，都会有一个新的开始吧。所以我想，我们应该到了见面的时候。

我敢打赌，我和你想象的任何形象都不同。而且，我有一个很长的故事想要当面告诉你。

希望你能同意，这对我很重要，相信对你也会是。

信在火盆中慢慢化为灰烬。

文秀娟是在跑回宿舍的时候，从宿管大妈那里拿到这封信的。收信人是“23号”，虽然好几个月没有来过这样的信了，但宿管大妈还记得这代表文秀娟。信的笔迹和之前有些不同，文秀娟无力去分辨去思考这意味着什么，她的世界在大块大块地崩塌，她已无容身之地，正在坠入万丈深渊，哪有时间管这些。事实上，她是在烧信之前才拆开的，看的时候目光呆滞，方块字在眼前此起彼伏，信纸仿佛是海，这些字正在慢慢地下沉。

这个夜里文秀娟在做最后的挣扎，她躲在床上写了很多封信，有的信只写了一段话，有的信只写了一句话，没有一封可以写完。

这是她写给那个人的信。她要怎么解释今晚的行为，要怎么解释说出的那些威胁，要怎么掩饰说我不是文秀娟，要怎么让两个谋杀者的通信再继续下去？

她没有办法。她已经走投无路。

凌晨3点多，文秀娟带着一沓废信从床上下来，拿着平时洗脸用的搪瓷面盆到楼外，把这些无力的苍白的满纸挣扎的信一封一封地扔在盆里烧掉。她看着这些纸在火光中变形，发灰，成为黑色的片卷起来，碎成一小片一小片在火中飞舞。

接下来，是铃铛的这封来信，之后，是厚厚一沓，那么多年以来和铃铛的所有通信。

她对铃铛遭受了什么毫无兴趣，难道还会超过自己吗？

至于见面，她都不知道，还能在镜子里见到自己几次。

与铃铛的信一封封没入火中，文秀娟仿佛可以看到自己旧日一步一步奋力前行的身影，那舍弃了一切的孤注来源于何，发黄的时光相册在火中一页页往前翻，停在那个站在母亲床头的幼小身躯。原来，从那时起，自己就已经身在地狱的烈焰中了。

而今一切都要失去，都要付于灰烬。

这些信件烧去之后，接下来就只剩她与那个谋杀者的通信了。她逐一地看，每一封出自她手的信最后都有一句对自己的诅咒，如今看来，真是可悲。

把这些全都烧去，意味着彻彻底底承认失败。

文秀娟停了下来。

总要留一个后手吧，她想，给这些信另一个去处，可能还得给文红军留张以备不测的小纸条。

想清楚这些，文秀娟反倒从绝望的情绪里挣脱出来。

既然已经失去所有，既然已经万劫不复，既然已经做好了死去的准备，如果还想在这样的世界继续活下来，又有什么是必须珍惜不能打破的呢？

文秀娟回到宿舍的时候，圣诞节的天光还未到来。她爬回床上，开始写一封新的信。

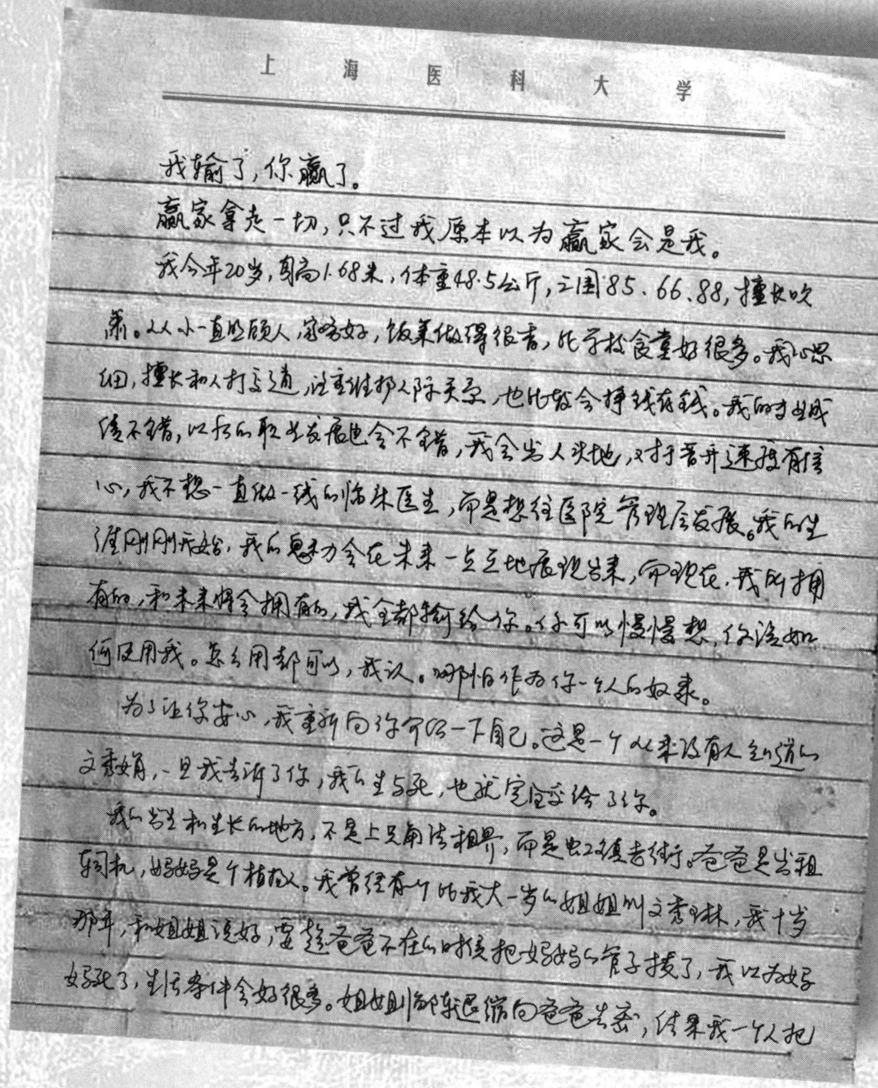

上海医科大学

我输了，你赢了。

赢家拿走一切，只不过我原本以为赢家会是我。

我今年20岁，身高1.68米，体重48.5公斤，三围85、66、88，擅长吹箫。从小一直照顾人，家务好，饭菜做得很香，比学校食堂好很多。我心思细，擅长和人打交道，注重维护人际关系，也比较会挣钱存钱。我的学业成绩不错，以后的职业发展也会不错，我会出人头地，对于晋升速度有信心，我不想一直做一线的临床医生，而是想往医院管理层发展。我的生涯刚刚开始，我的魅力会在未来一点点地展现出来，而现在，我所拥有的，和未来将会拥有的，我全都输给你。你可以慢慢想，你该如何使用我。怎么用都可以，我认。哪怕作为你一个人的奴隶。

为了让你安心，我重新向你介绍一下自己。这是一个从来没有人知道的文秀娟，一旦我告诉了你，我的生与死，也就完全交给了你。

我的出生和生长的地方，不是上只角的租界，而是虹镇老街。爸爸是出租车司机，妈妈是个植物人。我曾经有个比我大一岁的姐姐叫文秀琳，我十岁那年，和姐姐说好，要趁爸爸不在的时候把妈妈的管子拔了，我以为妈妈死了，生活条件会好很多。姐姐临阵退缩向爸爸告密，结果我一个人把

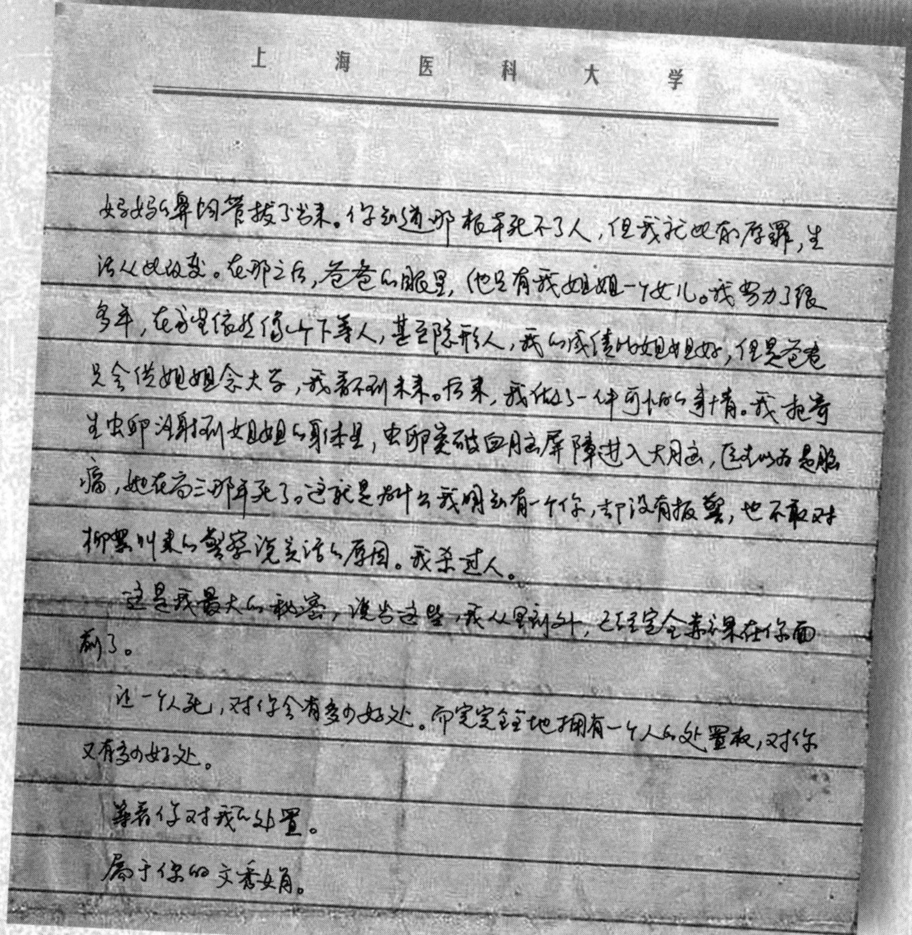

上　海　医　科　大　学

妈妈的鼻饲管拔了出来。你知道那根本死不了人，但我记她的原罪，生活从此改变。在那之后，爸爸的眼里，他只有我姐姐一个女儿。我努力了很多年，在学生信中像个下等人，甚至隐形人，我的成绩比姐姐好，但是爸爸只会供姐姐念大学，我看不到未来。后来，我做了一件可怕的事情。我把寄生虫卵注射到姐姐的身体里，虫卵突破血脑屏障进入大脑，医生以为是脑瘤，她在高三那年死了。这就是为什么我明明有一个你，却没有报警，也不敢对柳黑川来的警察说实话的原因。我杀过人。

这是我最大的秘密，说出这些，我从里到外，已经完全赤裸在你面前了。

这一个人死，对你会有多大好处。而完完全全地拥有一个人的处置权，对你又有多大好处。

等着你对我的处置。

属于你的文秀娟。

写完这封信，窗外有了一线光。圣诞夜这天大家在寝室里的时间很少，还剩了两瓶热水没用掉，文秀娟拿着脸盆和热水瓶去了厕所，脱光衣服把自己上上下下擦洗得干干净净。下毒者必定是个男人，她想，昨夜的局，不是同寝室任何一个女人能设下的。热水澡让文秀娟的脸色看起来红润了一些，可是一夜无眠后又在这个寒冷的早晨洗澡，让她的头一阵阵地抽痛。她疑心自己发起了低烧，甚至或许烧到了三十八度。其他人都还没起，她坐在长桌边，对着小圆镜看自己的脸庞，总觉得还缺一些，又从箱子里翻出一支倩碧的口红。

吃过早餐，8点多的时候，文秀娟把信投递出去。她从容了许多，不再左顾右盼，甚至在喝水吃饭的时候也不加任何防备了。她完全放开了自己，她要对方知道，文秀娟任人处置。

她看起来变得悠然，脸上总是带着浅笑，以及淡淡的被舔去一抹颜色的唇彩，身姿再度回归挺拔，头发用好看的头绳拢起来，显得不那么稀少。

25日晚饭后，她去信箱瞧了一眼，信已被取走。

26日上午，文秀娟在解剖课上倒下去。她倒在地上时还半睁着迷蒙的眼睛，然后慢慢闭起来，从唇齿间吐出一道长长的长长的气息。这声音是如此惊心动魄，仿佛她身体里的所有东西，精、气、神以及一群嘶吼的小鬼怪，全都争先恐后地涌出了这具皮囊。

27日凌晨，医生宣布文秀娟死亡。

Part Three

第三部

一、枕边人

1

只有夜晚才能感觉到世界。

白天人们被世界裹挟，翻滚冲撞，最终稀汁似地被拍在各个角落。夜晚，这团稀汁收拢起来，开始蜷缩成一个整体，开始可以感受到森然横亘在面前的整个世界。沉默的，难以名状的，在善与恶之间徘徊的混沌世界。

这是凌晨 3 点，文秀娟已经死去九年。柳絮依然觉得，文秀娟在看着自己。这是让人毛骨悚然的一种感觉。柳絮在醒来之初觉察到异样，意识重新回到这具躯体的时候，她还闭着眼睛，那股异样侵袭而来，冷冷地爬上她的面颊、脖颈和手臂。这种毫无实质却直达心灵的不安，竟让她有些熟悉。于是她记起来，九年之前，她是有过同样感受的。九年前，1997 年 11 月 25 日的凌晨，她睡在上海医科大学委培班的寝室里，黑暗中，床帐被轻轻掀开，文秀娟出现在缺口，披散着长发，身体向她倾近，注视她的脸。是的，就是这种感觉。

不安越来越浓重，浓重到在心头形成一团难以名状的可怖之物，极力地挣动起来。这些日子以来，柳絮常常半夜醒来觉得不安，异样感也不是今晚才有，只是从未如此强烈。柳絮知道丈夫就睡在一侧，她想睁开眼睛，但又怕黑夜里没看见费志刚，反倒瞧见了文秀娟的幻影。其实这阵子她本已经不太会看见文秀娟了，倒是会看见郭慨。她还是决定睁开眼睛，因为费志刚总是能给她安全感，从他把自己从尸池里救出来的那一刻起，到自己被赶出家门，站在街头惶恐无助时他跪下来求婚，再到这么些年安稳的家庭生活，哪怕外面的世界再如何惊涛骇浪，他都是可以依靠的定海神针。就连文秀娟在死之前，都对她说了一句“不是费志刚”。这个世界上，如今可以安心托付的，也就这么一个人了。

柳絮还没有把眼睁开，就觉得睡着的席梦丝床垫动了动，然后是穿拖鞋的声音，沙沙的脚步声响起。这些声音很轻，但在夜里极其清晰地传入她的耳朵。异样感消失了，柳絮慢慢地睁开了眼睛。她面颊、脖颈和手臂上的皮肤加倍地颤栗着，寒毛竖起来。她意识到，刚才那个在黑夜里默默注视她很久的人，就是费志刚。

自她醒来，到费志刚起身，至少有五分钟，也许他还看了更长的时间。哪怕就是这五分钟……有谁会在这样的黑暗里盯着枕边人看五分钟？五分钟，在白天很短暂，但在黑夜很漫长，漫长到足够脑海中千回百转，起无数个闪念。哪怕在最热恋的时候，费志刚或自己都不会做这样怪异的事情。身上的颤栗感告诉柳絮，这不会是因为爱恋。

那么，是什么？

柳絮以为费志刚是去上厕所，但听脚步声方向，似乎并不是。她等了十分钟，费志刚没有回来，外面一点儿声音都没有，费志刚仿佛在黑暗里消失了。

不安在心里堆积起来，柳絮终于起身。

她没有穿鞋，光着脚踩在地上，悄无声息。走出卧室，客厅里没亮灯，但她习惯了夜里的光线，能看出丈夫并不在这儿。

他在哪里？

柳絮先去厕所，经过厨房的时候看了一眼，没在那里，然后厕所里也没有人。那么就只剩下书房了。

书房的门开着。

这一段时间，费志刚很少进书房，那里已经变成柳絮的“密室”，整间房间，到处都放着与文秀娟和郭慨案子相关的东西。

柳絮站在书房门口，费志刚背对着她，站在写字桌前。窗帘没拉死，留了道缝，月光挤进来，在费志刚肩头打了条白练。

费志刚没有意识到妻子就在几米外瞧着他，他低着头，保持着这样的姿势，一动不动。

他到底在看什么呢，柳絮想。是在看和案子相关的东西吗？在这样的光线下，这么直愣愣地看，似也不合情理。

她又往前走，这一次却终于惊动了费志刚。他一回头，身子半转过来，让柳絮看见了桌上的东西。

那是个打开的锦盒，月光照入盒中，映出森森寒光。

寒光来自刀锋。几十把手术刀。

这是费志刚的藏刀盒。他有个习惯，每做成一台重大手术，都会留下手术刀带回来，放在这个盒子里。可以说，盒子里有多少刀，就代表他救过多少人。

柳絮见过丈夫往盒子里放刀，多年来这已经变成一个很寻常的动作了。可费志刚从没像现在这样，如此仔细地端详这些手术刀。

费志刚“啪”地把盒子关上，塞回写字台的抽屉里。

“睡不着，随便看看的。吵到你了？回去睡吧。”他说。

他走出书房，从柳絮身前走过，走入客厅的阴影里，又回头喊柳絮。

“睡吧。”

两个人回到床上，钻回各自的被窝。

“吓到你了？”费志刚问。

“晚上这样……有点怪。”

“对不起。”

柳絮没有闭眼，这个夜晚，她应该很难再度入眠了。

晚上起来看手术刀，冰冷的刀光渗入骨髓。丈夫那个时候，到底在想什么？审视自己的职业生涯吗，他究竟碰到了什么过不去的关口？

毫无疑问，他心里有事，以至于辗转难眠，以至于暗夜里凝望，以至于下意识地去做一件无意义的事情。说起来无意义，可却是他内心里某些东西的投射吧。

柳絮的不安已经持续了一周，她本不知道这种深夜里的不安来自何处，但每每总让她睡得很浅，总是惊醒。如今她知道了，也许半夜起来观刀是第一次，但夜里枕边人这么沉默地注视自己，一定已经很多天了。

他在想什么？

无来由地，柳絮想到了多年前的那个夜晚，文秀娟半夜里起床，掀起一张张帘子，端详一张张熟睡脸孔。

黑暗中的凝视，弥散着恶意。

柳絮突地心跳加速。

他是要害我吗？

他要害我？

他要害我！

没有任何理由，也没有一点儿证据，只有该死的直觉。

他是在想，要不要杀了自己，他看着自己的脖子，看着那上面的动脉呢！他是要用那些手术刀下手吗？还是在对他救过的一个个人诉说，他是不是想，已经救了那么多人，杀一个人也抵得过？

这样的话，原来，文秀娟的死，费志刚是有份的。

郭慨死后，柳絮接过郭慨的调查线索，开始了对这宗九年前谋杀案的调查。她豁出去了一切，当然也就不会像之前那样刻意瞒着丈夫。她本以为费志刚一定和案子没有关系，毕竟连文秀娟自己，唯一排除了的凶手，就是费志刚啊。

可现在，费志刚想杀自己。

也许只是一个徘徊不去的恶念，也许并不真的会动手，也许是自己在瞎猜误会了……

柳絮闭起眼睛。

如果是郭慨，他会怎么判断？

柳絮记起他在《犯罪学》课本扉页上写的一句话：侦查员不应放过任何微小的可能，因为不常见的恶性案件，往往源自不常见的微小可能。

即便费志刚不是谋杀者，他对当年文秀娟之死的介入程度，也一定不浅。

天亮之前，柳絮还是睡着了，醒过来的时候，费志刚已经去上班，拉开窗帘，外面太阳不错。人总是会在夜里对世界抱以极大的不安和恐惧，白天的时候，就会乐观许多。

或许自己只是多心，柳絮想。那是一个和自己生活了那么多年的人啊。

她转回头，似乎看见郭慨坐在床头冲她笑了一笑，又不见了。这是恍恍惚惚间梦幻泡沫上的倒影啊。

他在担心着自己吧。那么，小心一些总没错。

2

要如何一步一步地接近真相？柳絮觉得，郭慨在手把手地教她。这几乎不是错觉。

郭慨的死和文秀娟的死串在了一根绳子上。为了获得郭慨最后的帮助，尽管觉得难以面对他的父母，柳絮还是在两周前敲开了郭家的门。二老都在，一望而知，那是两具丧失了所有热力的枯萎的躯干。

“我们家慨慨。”郭母这样开始念叨，令柳絮恍如回到二十年前，郭慨在弄堂里飞奔时，他母亲就是这么喊他的。她也有好多年没有见到郭慨的父母，郭慨曾经对她的憧憬当然瞒不过父母，见到柳絮上门，他们也并不特别意外。或许对他们来说，很想和人多说说儿子，这样就好似郭慨的痕迹还没有从这个世界上消失，无论那个倾听者是谁。

“他做户籍警，我们放心一点，哪里想得到他那些做刑警的同学都还没有出事，他自己先没了。”

“怎么可能呢，他多老实的一个孩子，怎么可能晚上去那样的酒吧，还和不明不白的女人走了。他不是那样的人啊，你知道的啊。”

“咳，警察说会全力查，领导也来了家里两次。日子一天天过去，没个说法。倒不是说我们做父母怎么怎么样，孩子是看着长大的，什么秉性我们会不知道？别的不说，这孩子要真是，啊，真是那啥，干什么还要发个地址到另一个手机上呢，没有这样的吧，他肯定是有了什么怀疑的。你说说对不对？”

“我早就和他说了，慨慨，你现在既然已经不是刑警了，就安安心心做一个户籍警，别再去沾些危险的事情，那些事儿现在和你没关系了。他就不是个听劝的人啊。我就觉得他不对劲啊，有事情，他不和我们说。他肯定是专门去查那些人的，那些人太恶了啊。”

柳絮局促地坐在小客厅的沙发上，双手交叠在膝盖上。郭父和郭母无法接受儿子的死，更无法接受儿子是受了女人的诱惑而死，他们觉得郭慨一定是知道了这个邪教的事情，独自调查而遇害的。她只好保持沉默，她该怎么告诉二老，郭慨是因为她而死的呢。

柳絮问起那支记录郭慨行程的手机，结果还在警方那里。但似乎手机上的内容并没有对警方破案提供多少帮助。柳絮想，多半是因为那个故布疑阵的邪教线索，把警方的侦破方向给带偏了。除此之外，警方没有保存郭慨的其他物件，或许郭慨并没有把追查文秀娟之死的经过记录下来，以文字形式留存。

郭慨一定是取得了什么让凶手非常紧张的进展才会遇害的，这个进展，或许可以从那支手机上的记录里看出端倪。手机不在，柳絮此行的意义，也就只剩下了对逝者的吊唁。

郭慨的遗像放在客厅的电视机柜上，柳絮上了三炷香，然后鞠躬。再次直起腰，本该到了走的时候，看着照片上那张面孔，一股子冲动涌了上来。

“他的房间，我能看看吗？”

那是间不到八平方米的小屋，取走手机之外，警方只做了粗略的搜检，房间几乎保持原封未动的状态，一如郭慨生前。郭母说他们还没有开始整理郭慨的遗物，情感上受不了，所以就先让这房子这样吧，也许以后也这样，每天进去打扫一下，好似某一天儿子还会回来。

靠墙一张单人床，上面还有枕头和叠好的被子。床头柜上摆了个闹钟，还有两本书，上面那本是《笑傲江湖》。靠窗是张电脑台，显示屏上盖了白纱，也许电脑里会有什么线索，但当着郭母，柳絮想不出有什么理由去开郭慨的电脑。除了一张椅子，房间里剩下的陈设就是衣橱和置物柜。柜子里最醒目的位置给了相框，那是张郭慨穿警服的神气照片，照片上他撇着嘴昂着头，一副桀骜不驯的幼稚表情，那正是记忆里的郭慨，是在她病床前打拳的郭慨，却不是那个发胖的户籍警郭慨。

柜子里还有一些书，不多。一部分是武侠书，一部分是侦探小说，还有几本，看书名很特别。

“我能拿几本他的书当纪念吗？”柳絮指着那几本书问。

“好啊，你随便拿吧，没关系，留几本书在你这里，他应该会高兴的。这些啊，是他读书时候的课本。留个念想啊，挺好，人活这一辈子，总得留下点东西。”说到这里，郭母开始流泪，继而难以控制自己的情绪，转身离开了房间。

《犯罪学》《侦查讯问》《痕迹检验》《侦查心理学》《犯罪动机与人格》《刑事侦查学》……柳絮拿起床头的那本《笑傲江湖》，发现下面是一本《犯罪心理画像》，也一并取了。拿起《犯罪心理画像》，最底下是个厚厚的信封。这是给郭慨的私人信件，本是不方便取看的，但信封上有寄件人的单位，是上海市公安局痕迹鉴定中心，她心中不由一动。信是开了口的，厚厚的一封，柳絮抽出来看了一眼，就知道猜得没错，这正是两个谋杀者通信的复印件，而原件已经被费志刚烧掉了。除了这些复印件，信封里并没有其他内容，估计该说的话那位鉴定老师已经在电话里和郭慨说过了，只是单纯地回寄材料罢了。说起来，这也算是柳絮交给郭慨的东西，而且她的确需要，就连着信封夹在那摞课本里一并带走。

要出房间的时候，柳絮最后打量了一眼，忽然发现，在挨着门的墙角，倚了一块木板。柳絮多看了几眼，木板上密密麻麻的奇异刻痕让她忽然意识到了那是什么东西。

“还有这个，我也能带走吗？”她问擦干了泪走过来的郭母。

“这个？”郭母诧异地问。带走几本书还在正常范围内，可还要一块木板，多少有几分奇怪。

“这块板子他拿回来不久，都不知道是派什么用的，你要也行，可不重吗？”

“我是听郭慨提过，这块木板，对他挺有意义的。这个，应该是课桌的桌面。”

“课桌？这么说倒是像。”

柳絮点点头。是啊，一张课桌，信箱的一部分。

告辞的时候，柳絮留下了自己的电话号码，说如果那支手机还回来了，麻烦告诉她一声。两位老人对这个要求有些意外，柳絮说，她也觉得郭慨不是那样的人，如果看到手机里的信息，也许她可以尽一些力。话里有话，但柳絮没给老人追问的机会就抱着木板离开了。

走到楼下，柳絮听见有人喊自己名字，抬头看，郭父在窗口向她挥手，让她再上去。

柳絮走回去，郭父站在门口，手里拿着个数码相机。

“刚才，你说你相信郭慨不是那样的人，对吗？”

“当然，郭伯伯。”柳絮斩钉截铁地说。

“有一张照片，这是我们前两天整理他的相机照片时发现的。我传给公安了，我们总是尽力提供线索，但说实话，不知道有没有用。我也想给你看一下。”

柳絮凑过去，从相机小小的显示屏幕里看到了一张翻拍照片。被翻拍的照片是张三人合影，柳絮一眼认出的并不是中间那个已经不常出现的女歌手，而是右边的年轻服务生。

“你认得上面的人？”郭父问。显然柳絮还不太会掩盖自己的心情。

“哦，中间那个，是个明星吧。这是什么时候拍的？”

“他去世那天，晚上10点12分，相机上的时间。几小时之后他就被害了。”老人深深看了柳絮一眼。

“你知道一些他的事，对吗？”

柳絮抓着课桌板的双手紧了起来，骨节发白。

“我想抓到杀害郭慨的凶手，郭伯伯，我一定要抓到他！”她抱着木板尽力鞠了个躬，转身飞快跑下楼。

3

胶带暴露在空气中的部分已经完全失去了黏性，像蜕下来的蛇皮一样软软搭在信纸背面。柳絮把信轻轻展开，见到了上面的那一行内容。

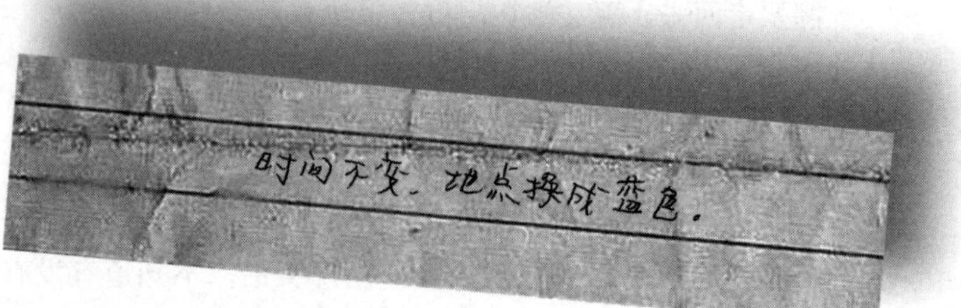

这封信夹在《犯罪心理画像》里。

从郭家回来之后，柳絮把原本用作书房的小房间布置成了一间案情分析室。两幅窗帘拉起，所有信纸的复印件全部展开来，贴在窗帘上。她是如此地大张旗鼓，不怕丈夫知道他烧去的原信还有复印备份，不怕丈夫知道她重新追查此事的意图。她就是要做给费志刚看，好叫他不要再来劝说自己，不要打扰阻挠自己。

那块课桌板也被挂在了墙上，郭慨找到了这个“信箱”，并且把它的一部分拆下来保存在家里，柳絮相信必然是有原因的。看着这块木板，上面密密麻麻排列整齐的怪异符号让人挪不开视线，细想起来，这样的刻痕，和一般课桌上的涂鸦式刻痕毫不相同，或许正是这点，让郭慨起了疑心。“信箱”上的符号和整个案子有关系吗？但这些符号，在谋杀者通信中完全没有提到呀。

课桌板是郭慨的新进展，夹在《犯罪心理画像》里的信件也是，如果他没有被杀，那么在紧接下来的那次碰面，他会告知柳絮这一切的来龙去脉，以及基于此的案情分析。可现在，所有的事情只能靠柳絮猜测了。信是从哪里来的呢？上面的字迹，很明显是案犯 B 的，这是文秀娟箫中藏信里未包括的一封新信，从内容上看，应该排在最后一封约定见面的信之后。郭慨是从哪里取到这封信的呢？难道是和“信箱”一起取得吗？从现有的情况看，这是最符合逻辑的推断了。为什么这封信当年没有被取走呢？两个谋杀者到底碰头了没有呢？

太多的疑问了，并不仅仅只有这封新出现的信件。每当窗帘拉上，白炽灯亮起，亮白的光照在每一张纸和课桌板上，那些经过精心掩饰的方块汉字和怪异的符号便会飞舞起来，织成难以辨认的轨迹，化作一张大网把柳絮罩起来。要从这里面抽丝剥茧理清头绪，谈何容易。没有了郭慨的分析，再复杂困难，也只能靠柳絮一个人去面对。在开始的一个多星期里，柳絮完全把这些放在一边，一头扎到了郭慨的那堆刑侦学相关书籍中去。她略过那些定义和纲要性的内容不读，只瞧其中推理演绎研判的部分，各种各样的犯罪动机和犯罪型人格分析，以及所有相关案例的侦破过程。因为这些是郭慨的课本，所以在很多地方，还写了郭慨自己的学习心得。

这些学习心得需要很努力地分辨，它们隐藏在一大堆歪歪扭扭的其他手写内容里，显得不那么显眼，在学习心得之外，在课本空隙中，还写了些其他的东西。

那是一个又一个的故事，没头没尾，近乎片断式的场景，是青春少年漫无边迹的狂想吧，起初柳絮这么想。然后一篇篇读下来，又瞥见在书的一些角落里有自己的名字——那是工工整整的“柳絮”两个字，除了这两个字外，整本书上郭慨再未用那么工整和那么重的笔力去写任何其他的字，哪怕是他自己的名字。“柳絮”“柳絮”“柳絮”“柳絮”，这些名字散落在那么多本书里，遍布了郭慨警校生涯的每时每刻。她知道郭慨喜欢自己，但从来不知道，是这样工整这样用力地喜欢，至少她自己，从来没有这样喜欢过一个人。

于是，她开始明白那些故事。

风疾，雨细，正午。远方的天空被烟雾染得变了颜色，分不清楚哪些是狼烟，哪些是城池房屋点燃后的烟火。越过眼前这道山坡，那座熟悉的小城就在眼前。城已破，她是否还在？

污血渗进盔甲的缝隙里，全身都是黏黏的，胯下的瘦马也已经气喘吁吁。我拍拍它的脖颈，一夹马腹，倒拖着枪，越过了山坡。这座小城向来城门残败，而此刻在我眼前，北门已经完全垮塌了，城内起了几处火。我知道事情不妙，那些杂兵还是扫荡了这里。我不敢想她会怎样，催马入城。挑翻了几个游荡的杂兵，城里已经看不到活人，我隐约听到呼喊声从远处传来，穿城而过，就在南门外的十里长亭，十几个乡勇拼命地阻拦着上百个凶神恶煞的溃兵，给后面黑压压的逃难人群争取时间。我一眼就看见了她，鹅黄色的衣衫似乎没有沾染泥尘，长发盘在脑后，面庞清澈而镇定。我拖枪直行，后挺枪刺入阵中，枪花绽放，枪尾轻摆敲飞一支毫无气力的冷箭，等我冲透敌阵，拨马再回来时，溃兵又复溃散了。我横枪扫倒了七八个，听见后面欢呼声响起来，便收了枪，纵马到她身旁。

“我带你走。”

“你是谁？”她微微仰起脸庞，还是熟悉的眉眼。

我愣住，想到许是血遮了脸，用手抹了抹，不料手上的血更浓厚，这下脸彻底花了。

她却已经认出我。说原来是你。似有欣喜，又似过于平静。

“我带你走。”我再次说，弯腰将她一把抄起，置于鞍后，瘦马一抖，似要不堪重荷，我轻轻敲了一记马股，向前飞驰而去。

她没有挣扎，搂住我的腰，却问：“又能去到哪里？”

“安全的地方。”

“你单枪匹马杀到这里，很难吧？”她问。

“一点都不难。”杀透敌阵后疾驰一百八十里到此，人困马乏，说不难是骗鬼。

“你受伤了吗？”她又问。

“我身上的都是敌人的血。”我作豪迈状大笑，笑了几声就哑了。挑翻近一百八十人，能不受伤就是神仙了，此时身上大大小小总有数十处伤，刚才弯腰把她抱上马就痛得紧。

她是极聪明的人，就没有再问下去。

马背颠簸，她又抱得我紧了些。我从未想过能被她这样抱着，尽管我身着轻铠，左肋被她环住的地方还有道伤口，胸口依然激动地似有一团沸血在烧。

“你怎么不问我现在是不是一个人。”她忽然说。

我心里一紧，问：“那你现在是不是一个人？你一定是一个人的，否则你不会跟我走。”

“我并没有跟你走。”

我一愣。

“你能保护我吗？”沉默了一会儿，她问。

“我当然能保护你。”

“所以便能这样吗？”她问。

我又愣住。

“其实你也保护不了我。在这乱世，你又能保护得了谁？你在战阵上，杀人厉害，自己也随时会被杀死，你怎么来保护我？”

我语塞。

“今天谢谢你。”

“不用谢的。”我的心已经完全冷下来了。

我把她放在能看见城郭大门的地方，这里算是后方，如果我们前线的战阵不出大问题，这里就是安全的。我无法离阵太久，只能在此别过。

“再见不知是什么时候了。”分别时我说。

“有缘再见。”她说。

“你会希望再见我吗？”我问。

“希望的。”她说，“如果你不死，如果我未嫁。”

日正西沉，光正艳，这一瞬间，整个世界于我，都是明亮的。

注：此片段写于《刑事侦查学》第八章“刑事侦查的起动阶段”第二节“基础调查核实信息”到第八章第五节“综合运用侦查措施，收集犯罪证据”的空白处。

柳絮读到这故事最后的明亮，微微一笑，旋即又复黯然。然后她翻回到第二节正文之初，开始读书上的内容。

说到查案，面对错综复杂的线索，柳絮毫无头绪，曾经只能完全依赖郭慨。但说到读书学习，则是柳絮擅长的方向。而且在学生时代，她就不是只会死记硬背的书呆子。这些书本啃下来，说不上对破案有多么了不起的心得，但脑袋里至少不会一团糨糊了。

文秀娟的死和郭慨的死，之间相隔了整整九年，从旧千年到新千年，文秀娟案的许多线索无疑已经被时光掩盖，挖掘不易。但郭慨的死只过了短短半个多月，如果要问哪个案件容易破解，当然是后者。找出了杀害郭慨的凶手，基本上也等于找到了杀害文秀娟的凶手。而对现在的柳絮来说，更重要的是为郭慨复仇。

柳絮又翻过一页。看到“侦查人员对案件的认识出现迷惑不解或矛盾是正常现象，解决的办法是及时组织现场复查，重新认识犯罪现场”这段，不禁点了点头。这正是自己当下该做的事情，警察固然是一定已经去过犯罪现场，但自己有不同的调查方向，想要独力取得进展，自然是非去不可。不一定能进到房间里面，周边总可以去走访一下。还有，郭慨当天是在哪里拍摄的那张有项伟合影的照片呢？这特别关键,因为几小时后他就被害了。警方说他之前在泡吧，那么是在酒吧吗？想到这儿，柳絮忽然意识到，信件里“地址换成蓝色”的“蓝色”，不会就是学校旁边那个酒吧吧？不管是学生时代还是如今，她都几乎与此类场所绝缘，所以没有第一时间反应过来，可毕竟这是学生时代相当有名气的场所。因为那封信上的内容，郭慨去“蓝色”调查，被人盯上杀害了？其间还有许多想不清楚的疑点，但蓝色肯定也得去一次。

柳絮一边看书一边梳理出下一步该做的事。她知道自己非常笨拙，但那又何妨，她相信郭慨会帮她，通过这些书，通过写在书里的那些东西，通过时常出现在她眼前的……幻影。

有轻轻的敲门声，门推开，是刚下班的费志刚。

费志刚和她聊过几次，在这间屋子刚被布置好的头两天。柳絮说郭慨是因为帮我查文秀娟而死的，无论如何，我不能扔下他不管。费志刚说你要相信警方，与其你这样自己查，不如把你的猜测和证据交给警方，可是警方现在的侦破方向和你说的不一样啊。柳絮说那就是警方错了，他们不知道文秀娟案的来龙去脉,必要的时候我会去找警方的,但不管警方怎么查，我都不会放弃的，直到抓住那个凶手，他杀了文秀娟不算数，还杀了郭慨，那么多年，这样一个人就在身边，太可怕了，这是一座火山，一座活火山。费志刚说你不怕火山爆发害死你自己啊，柳絮说我不怕。费志刚劝了几次，最后只好说那你自己要小心，要相信警方的力量，再怎么样，碰到危险一定要告诉我啊，我会保护你，你更要保护好你自己。

“怎么样，今天有什么进展吗？”费志刚问。

“我主要还是在看书。但慢慢地有一些思路了。”

费志刚扫了一眼房间，视线从窗帘上的那些信件拂过，微微摇了摇头，把手上拿着的一本台历放在桌上。

“送了几本台历，这个屋也放一个。”

谁送的没说，但多半是医药公司了，钱不敢收，这些小礼物倒也无伤大雅。台历上周一到周日用金木水火土日月来表示，看来这是个日本的医药公司。

费志刚转身出门，还没把门掩上，就听见柳絮“啊”地惊呼了一声。他转回身，就见柳絮手里拿着台历，眼睛直勾勾盯着挂在墙上的那块课桌板看。

“怎么了？”

“你看，”柳絮用手指着课桌板上的一个个符号，“你看这些，看这个，像不像太阳？还有这个，这个是月亮啊！”

那是一个圆圈状的符号和一个C状的符号，要说代表太阳和月亮，当然也能说通。接着柳絮指向了“土”符，那就是一道横线，说代表大地，似乎也可以。然后，一道竖线，是“木”。如果把这些解释单列出来，那么任何一个都很牵强，可是放在一起，一个一个叠加上去，指向性就越来越明确了。然后，一个元宝状的符号，无疑可以解为“金”，横过来的S是“水”，竖着的S是“火”。

月火水木金土日，这些符号正是以这个次序纵向排列的，而这个顺序，正是周一到周日。既然连先后顺序都一致，柳絮的解读就几乎不可能是错的。

以此看来，这就是一张课程表式的表格，以周一到周日来区隔，周而复始。可是排在日期符后的符号意味着什么，则尚未知。而且那些符号几乎没几个重复的，完全找不到规律，要想破解，可不会有这么容易了。

目前没有任何线索表明，这张课桌板除了“信箱”之外还有别的用处，照理，课桌板上有什么玄虚，应该和文秀娟的死没有关联。但郭慨既然把它拆下来放在自己卧室，说明他是有所怀疑的，也许有柳絮不知道的线索，也许仅仅只是郭慨的直觉。郭慨说过，刑侦不相信巧合，没准就是因为这个不相信巧合使他留下了这块板子。如此有规律的符号密布在关键道具“信箱”上，郭慨不愿意轻易用巧合来解释两者的关联。

“谢谢你的台历了。”柳絮对着费志刚露出了笑容。这么多天来的第一次。

“可是还有一多半的符号解释不了，那代表什么呢？”

“还不知道啊，但总算迈出了第一步，你说对吗？”

费志刚点点头，转身离开了房间。

此时，距离柳絮意识到费志刚想杀自己，还有十天。

4

犯罪人为了能够使犯罪行为得以顺利实施，就要在一定客观环境的基础上积极创造条件，制造一个有利于犯罪实施的环境……多数情况下，从犯罪准备本身很难看出明显的社会危害性，它与一般合法行为没有什么区别。

——《犯罪学》第二章“犯罪行为”

柳絮从郭家知道郭慨死亡的地点，那儿离医学院或者说蓝色酒吧不远。这是个相当高级的新建社区，柳絮站到小区门口的时候，才意识到一个非同寻常的巧合——这里的前身是虹镇老街的一部分，拆迁后新建成的，文秀娟就曾住在不远的地方。

“请问十七号怎么走？”柳絮问保安。

保安给她指了路，然后问她找哪一家。

“我不找哪一家。”柳絮的回答让保安警惕起来，但随即他的眼神变得充满同情。

“这个月 1 号，十七号里的那个案子。死掉的……是我哥哥，我到楼下去给他烧点纸。”

这并不算是杜撰出来的理由和身份，柳絮的确是来给郭慨烧纸的。她蹲在楼下没风的地方，烧了一些金银元宝的锡箔，然后用脚把灰踩散，重新出现在小区保安室外的时候，眼睛还是通红的。

柳絮问保安那天他在不在。他在的，但当然进不去案发现场，就在楼下看见警察和郭父冲进去，然后几辆警车载着现场鉴识人员过来，又过了几小时死者才蒙着白布被抬出来。

“我们所有保安都被叫去做笔录的啊，怎么样，人抓住没有啊？”

柳絮摇头：“一点消息也没有。”

“你们去做什么笔录呀？”她明知故问。

“那个女人咯。”保安挑着眉毛答。

保安口中的神秘女人只在这个小区里租住了半个月，而且并不常来，每次来都戴着眼镜口罩低着头，如果不是因为她身高超过了一米七，相当高挑，甚至很难被保安注意到。几个保安都比较热情，通常居民进出多少都会点头示意。但这个女人从来不会和保安互动，也从不和邻居互动，一副不高兴搭理人也别有谁搭理她的模样。

“现在想起来，她租这套房子，就是为了杀人的呀。真是太吓人了，没想到我们这里出这样的事情。”保安用心有余悸的语气说。

“这个女人，你有照片吗？”

“这个怎么会有，公安还调我们的监控看呢，没用的，都没有正面的。倒是那天晚上，听说和那个男人，哦就是你哥，进来的时候没有戴口罩也没有戴眼镜，不过我不在，没有看到，晚上的监控也拍不清楚。”

柳絮心里止不住地狐疑，要知道同学里文秀娟身材最高，但也没到一米七。除了身高，眼前这个保安一点别的体貌特征都说不出来，更让她无从辨别。

“那房东总见过凶手吧，公安肯定找了房东问的吧？”

保安摇头：“房东不在国内，都是门口那家房产中介代理的。”

房产中介就在马路斜对面，负责这套房子的是个二十多岁的女孩，一迭声地对柳絮倒苦水。

“房子现在还被公安封着，不能清理不能往外租，也不知要等到什么时候。等到可以租了，这个租金肯定也要便宜了，房东把钥匙留给我们让我们全权代理，这下子该怎么交待？这也不能赖我们呀。”

这姑娘嘴上没把门，或者说是很典型的外向型人格，也许这样比较容易干中介这行吧，柳絮想。她依然是以受害人妹妹的身份出现，严格来说这并不是一个适合追根问底的身份，出租房子的种种细节中介显然没有义务向她提供，但柳絮也想不出其他的合适身份了，毕竟她才看了几天的刑侦学课本。结果遇上了这么一个姑娘，甚至把那神秘女人的身份证复印件都给她看了。

复印件上是一张模糊而陌生的脸孔，姓名栏处填着“董小琳”，出生年月是1980年3月15日。

也许是张假证，柳絮想。

“这人长得和身份证照片像吗？”

“那个，可能也不是很像吧，身份证照片嘛，总会有些差距。”她期期艾艾地，过了一会儿才补充了一句：“而且那天她戴着口罩呢，没摘下来，我也就见了她这么一回。”

“那她声音听起来是什么样子的？”

“她是哑巴，我们用笔交流的啊。”

柳絮的第一次侦查到此告一段落。这个董小琳在犯罪预备阶段极其小心谨慎地行事，柳絮的收获寥寥。能确定的就是她的身高不凡，至于到底是不是哑巴，却难说得很。

但她靠自己的调查获取到了新信息，这是一个好的开始。

很多决定是一瞬间下的，没有那么多深思熟虑。柳絮出了地产中介，走了没几步，就看见路上开过一辆熟悉的公交车。车子进站，柳絮走上去，坐了五站路。下车后柳絮打量着变得有些陌生的街区，毕竟，她已经有足足五年没有回来过这里。五年之前，就在对面的路口，费志刚拿着用两个月工资买的白金戒指跪下来向她求婚，把她从巨大的无助中解救出来，她的生活就此变成了另一种样子。那个时候她以为自己挣脱了命运，而今天她站在这寒风凛冽的街头，却忽然有一种巨大的命运感。她想起郭慨对柳志勇这些年近况的描述，即便是母亲也有一阵子没见到了，父亲、母亲和曾经的自己所构成的那个叫“家”的方寸天地，流淌着绵延的回忆和终究割裂不掉的过往。一个男人让她离开了这里，而今她回来了，因为另一个男人。

柳絮没有徘徊太久，她在水果店里买了苹果和橙子，走回了曾经的家。

是冯兰开的门，她惊呼一声，眼泪就开始流。柳志勇听见声音走过来，瞧见了提着水果站在门口的女儿，眉头锁住，嘴巴也抿了起来。

柳絮瞧着父亲，过去的恐惧感已经一分不剩，她得以仔细地端详面前的老人。他瘦得仿佛身高都矮了十厘米，两颊削下去，显得挂着胡渣的下巴尖了许多。他的脸上没有油光，老年斑分外明显。当年的精神头还剩下几分，但是毫无疑问，他已经是个十足的老人了。郭慨的死讯是柳志勇告诉柳絮的，这是两人几年来第一次通话，尽管只说了几句话。因为过于震惊，柳絮反倒忽略了父亲给她打电话这事本身。现在想想，柳志勇真的是非常喜欢郭慨啊。郭慨死了，他觉得必须把这个消息告诉女儿。

冯兰一只手紧紧拉住柳志勇的手腕，另一只手去捂他的嘴巴，生怕他说出什么不合适的话来。柳志勇把老婆的手推开，呵斥说你这是干啥，然后扭头走了。冯兰忙把柳絮拉到厅里坐下，倒了茶切了一盘橙子，拉着她的手问最近怎么样。柳志勇没出来，柳絮瞥见他站在卧房门后面偷听。

终于说到郭慨的死，冯兰连声叹息，又讲，不过幸好那个时候你没有和他好。

“说啥呢！”柳志勇从门后面出来，把一个信封拍到茶几上推给柳絮。

“这么些年也没个正经的班上，也不知道在弄些什么事情，不务正业吃老公的啊，不像个样子！费志刚挣那些，够不够养你啊。”

柳絮接过去，那厚度估计是两三千元钱，应该是家里所有的现钱了。

“谢谢爸。”她眼睛红了，却又想笑。柳志勇和郭慨还真是像，不过这话是说反了。

柳志勇又和她聊了几句郭慨，他知道郭慨在去世前和柳絮有过接触，但只当是正常的老友重逢，柳絮当然也不会多说。自始至终，都没有提到当年破门而出那档子事，就像从未发生过。

“下次再回来，把你男人一起带来。也没好好瞧瞧他。”临走的时候柳志勇说，那口气仿佛全是柳絮的错。

此时，距离柳絮意识到费志刚想杀自己，还有七天。

5

今晚费志刚夜班不归家。9 点，柳絮着一袭紫色裹身裙，外面披了件厚大衣，耳上挂了对红宝石的坠子，踩着九厘米高跟鞋出了门。她不知道去酒吧该怎么穿，想来，总得漂亮一些，不能太保守，才不显得突兀吧。到达蓝色酒吧的时候刚过 9 点半。对柳絮来说这时间不早了，对酒吧来说还没到热闹的时候呢。

走下那条通往地下室的楼梯时，柳絮不可避免地注意到了墙上的照片。这些照片的年代感和构图样式，让她第一时间想起了郭父给她看的照片。来回仔细看了几遍，她终于找到了原照。

照片已经发黄卷边，其他所有照片也都是差不多的模样，没有近期的新照。这么一大片照片铺满了整条楼梯的两侧，让这条通道仿佛可以通向过去。从郭父那里看到这幅照片的时候，柳絮从时间点上判断可能摄于蓝色酒吧，如今得到证实，这令她不得不开始思考一个问题——项伟和文秀娟的死到底有没有关系。

原本，项伟是该最先被排除的人选，因为文秀娟开始中毒的时候，项伟已经不在委培班了。一个不在学校的残疾人，怎么可能连续不断地给文秀娟下毒呢？可是，当年案犯 B 在最后一封信里提出把见面地点改成蓝色酒吧，而项伟又在蓝色酒吧里打过工，这仅仅只是巧合？项伟因为不具备作案条件，从未出现在文秀娟、柳絮乃至郭慨的追查视野内，而此刻，抛开作案条件这一点，柳絮赫然发觉，项伟是最有作案动机的那一个！文秀娟毁了他的一生，而且并不是无意的！

最有作案动机的人，是最没有作案能力的人。这巨大的矛盾，让柳絮开始意识到，即便不把项伟作为重大嫌疑人，也不应该把他排除在视线外。或许她应该尽快去拜访一次项伟，在整个委培班里，最了解文秀娟的，无疑就是对她发起过追求的项伟了，没准能有什么线索。

几周之前，郭慨在这里拍下项伟照片的时候，在思考些什么呢。他一定想得比自己更多、更周密吧，也许他已经有了什么突破性的发现都说不定呢。自己还只是个学徒，只能做他的小尾巴。我会追上来的，柳絮这么想着，走入了地下室喧闹的声浪中。

柳絮曾经设想过蓝色酒吧会是个什么样子。在她的想象中，旋转的霓虹灯光下，衣着暴露的男男女女挤在一起，举着双手蹭来蹭去，音乐如同马达一样不停地轰鸣，让所有一切都变得混浊暧昧。可等她走下楼梯，正式进入酒吧，才发现除了音乐声大之外，其他景象却和她想的不太一致。

其实在柳絮适应了之后，音乐声也并不能算多大。酒吧的演奏区空着，许是还没到时间，结束了刚才的那一通爵士鼓后，音箱里又开始放一首不知名的爵士三重奏。酒吧里的人并不多，别说人挤人，一百多平方米的空间里，只有柳絮自己和酒保是站着的。昏暗的灯光下，三三两两的客人分散在卡座里，加起来也就十几个。

柳絮戳在那儿，东看看西望望，整个环境和她格格不入，不知道该怎么融入进去。吧台边的高脚椅上坐着一个中年男人，看见柳絮的傻模样不禁笑起来，冲她举了举杯。柳絮略一犹豫，便走了过去。

让柳絮编一套合适的身份和说辞，从酒吧服务生口中套出想要的情报，未免超出她目前的水准。当然她来之前，也是设想过应该怎么行动的，在她的想象中，拿出两百块钱给服务生当小费，应该……就可以了吧。似乎一些电影和小说里就是这样，拿钱开路，又不是什么违法的事，有谁会不愿意呢？

想得很好，可是她走到吧台前，笨手笨脚地拉开包，取出两百块钱捏在手里，却无论如何没办法像那些电影里那样，把钱潇洒地递给瞪着她看的酒保。那简直蠢极了。所有的话都卡在了喉咙里。

“你要什么？”酒保等了一会儿，主动问她。

“啊……给我一杯……”柳絮不太喝酒，可来酒吧，是应该要点酒的吧？

“长岛冰茶？”旁边看戏的中年人说。

“哦，哦，行呀。”柳絮有些狼狈地说。其实她压根没听清楚那是什么，勉强听见后两个字。可以不喝酒，那当然最好。

柳絮把钱递过去，酒保抽了其中的一张，然后找了五十五元给她。她把一堆钱塞回钱包，紧张地站在吧台前，身体僵硬，不知道该怎么进行下一步。得要和酒保搭讪吧，说什么呢，而旁边那个男人看起来挺想和她搭讪，她只好尽量不去看他。

你以为酒吧是什么地方，柳絮在心里对自己恶狠狠地说。这难道不是最正常不过的事情吗？又不是去教堂！

酒来了，柳絮喝了一口，味道和想象中的冰茶有点不一样。

“第一次来这里？”男人举杯致意，问。

“你怎么知道？”

“因为我第一次见你。”男人笑笑。

“你经常来？”柳絮心里一动，也许可以顺着问他，看他那天晚上在不在。

“倒也不算，每周来个一两次吧。开个小玩笑。其实是看出你应该不常来酒吧。”

“这么明显啊。”柳絮有些窘迫。

“是挺明显的，就凭你不知道长岛冰茶是酒。这可是泡妞专用酒。”

柳絮愣了一下。

“你得掂量着喝。”

柳絮明白过来他的意思，说了声谢谢。

男人摇摇头，觉得面前这个女人简直像只小白兔。

“你是要来喝顿闷酒的吗，随便看到个酒吧就跑进来了？也不像啊。”

“我、我想来打听点事情。”柳絮一咬牙，从包里拿出郭慨的照片递给男人。

“照片上这个人你见过吗？他应该在 10 月 31 号晚上来过这里。”

男人听见 10 月 31 号这个时间点，诧异地看了柳絮一眼。

“那天我不在。”他朝酒保努努嘴，“喏，他在的。”他把照片转递给酒保看。

酒保看看照片，看看中年男人，又看看柳絮。

“那天我上班，见也是见过的。这个人，他死了对吧？”

柳絮吃了一惊，然后恍然说：“哦，警察来过的是吧。我是他妹妹，家里人，想多了解点情况。”

“可这事你不应该问警察吗？”

“案子没破，一点信都没有。而且，总觉得，他不像是来这种地方勾搭女人的人。”

这话一说，男人和酒保的表情都变得有些奇怪。

“啊，我不是那个意思。”柳絮发现说错话，连忙解释。

中年男人苦笑着摇头，冲酒保说：“你看到了，就说说呗。”

对当天上班的几个酒保来说，郭慨也是个生面孔，会留下印象，是因为他当晚多数时间都在吧台边和酒保说话。说话内容也没什么特别，无非东拉西扯一通神侃，共同点还是经由警方问讯被总结出来的，就是和每个酒保多少都聊到工作方面的事，比如在这个酒吧工作了多长时间。

郭慨进酒吧是在10点之后，大约11点前后，他离开了一下，然后很快又回来。离开之前，他只和酒保有过交谈，回来之后，他则主动搭讪了吧台的另一位顾客。

“那个人长什么样子？”柳絮急着问道，“是不是长头发，个子很高，超过一米七？”

酒保耸了耸肩：“差不多吧。”

“他们说什么了？”

“没听清楚，大概聊了二十分钟，他们就一起走了。”

那就是她了，一定是她，那个“董小琳”。可是……等等！

“你是说，他们在聊天？”

“是啊。”

“你听见她说话了？那个女的？”

“没听清楚。”酒保笑了笑，笑容十分诡秘。

柳絮没工夫琢磨酒保的笑容，追问：“我的意思是，她能说话？”

酒保瞪着柳絮：“不然呢？”

原来这个“董小琳”不是哑巴，难道她的声音很特别，才在房产中介那里伪装成哑巴的吗？这个家伙真是太小心谨慎了啊。柳絮满腹狐疑地想。

“女的？那天？”中年男人在旁边问。

酒保笑了笑，又是那种笑容。

“懂了。”他说。

“你们在打什么哑谜？”柳絮问。

“因为这个酒吧，女客人不常见啊。”男人说。

柳絮愣了一下，酒吧里怎么会不常见女人？她下意识地环顾四周，这才发现，那些昏暗卡座角落里，一对一对坐着的，都是男人。而他们之间的距离，那种姿态，并不像是普通的男性友人。

她醒悟过来，这里竟是间同性恋酒吧吗？可是，出现在一间同志酒吧的女客人，意味着什么呢？

“我还是不太明白，要不你直接告诉我？”

有的时候，缺乏沟通技巧，反倒让人无法招架，尤其柳絮这样的女性。

“通常只有男人才来这里，除非像你这种。另外呢，有时候来这儿的人，打扮有点特殊的。”

“你是说异装癖？”

“嘿小姐，你真够直接的，不过你最好不要当着他们面说。”

“所以那天和我哥说话的，是个男人？”柳絮瞪着酒保说。

“谁知道，我可没摸过他。”酒保嘴里这么说，但表情传达着明确无误的信息。

柳絮觉得自己有了一个大发现，一定是这样没错，为什么她会这么高，为什么她要在中介面前装哑巴，这一切都说得通了，因为“她”是“他”！

可是郭慨，那么有经验的一个前任刑警，会在聊了二十分钟后，还没发现面前的是个男人吗？绝不可能！是啊，他绝不是因为什么美色，他是发现了什么，他是认出了什么！那究竟是什么呢？

“那个人，他是这里的常客吗？”

“不是，不过那几天他一直来，有个把星期吧，之后就没再见着了。”

今天在蓝色酒吧的收获，超出了柳絮的预计，既然如此顺利，她又多问了一句项伟，看酒保认不认识。

酒保摇头说项伟是谁，他说自己只来了不到一年。这里的服务生工作时间都不太长。

“那你们老板呢？”

“就在那儿啊。”

柳絮一转头，看见中年男人冲她笑。

“所以1997年那会儿你在的对吧？”

“那会儿我叔叔是老板，‘蓝色’还是个有女孩儿的酒吧。三年前他才把这里交给我。”老板笑眯眯地说，看到柳絮一脸的失望，又慢悠悠地说：“1997年我在当酒保，项伟我记得，后来摔了腿的那个嘛。”

然而毕竟已经时隔多年，与项伟共事的细节，老板已经记不太清楚了，印象里这个勤工俭学的大学生人很勤快，性格也相当不错，很好相处。这和柳絮打听到的项伟性格并无二致。后来出了事老板也是间接听说的，因为出事之后，项伟就再也没来过蓝色酒吧。

那么，最后一封信上的见面地址选在蓝色酒吧真的只是巧合？项伟的确和文秀娟的死没有关系？不论如何，项伟原本就很微小的嫌疑，进一步减弱了。再说，目前柳絮的首要目标，是解开郭慨死亡的谜团。

柳絮在蓝色酒吧真正开始热闹起来的时候离开，老板想留她的电话，没成功。目前，和郭慨死亡相关的两个地点，柳絮都已经走访了，的确收获了一些线索，然而该怎么进行下一步，她还是没有方向。也许等到费志刚不那么累的时候，和他聊聊看，听听他有什么主意。

此时，距离柳絮意识到费志刚想杀自己，还有五天。

6

负责郭慨案子的警官姓刘，三十多岁，烟不离手。柳絮很是花了些工夫，跑了好几次，才终于让他肯坐下来听她说几句。

柳絮说我是郭慨的妹妹，他的案子到底查得怎么样了。刘警官说表妹亲妹啊，柳絮说我就是管他叫哥。刘警官说反正有了结果会通知家属的，在那之前具体案情肯定是不能随便往外透露的。

柳絮说怎么会有邪教要吃人的肾脏呢，这太荒谬了，这里头肯定另有隐情，而且杀害郭慨的很可能并不是一个女人。柳絮告诉刘警官自己的调查经过，包括凶手假装哑巴和蓝色酒吧里经常有异装癖的事。最后说，郭慨不会是为了寻欢作乐跟着凶手走的，这里面的关系一定没表面上看起来那么简单。

柳絮说完这些，刘警官说谢谢你提供线索，但市民应该相信警方，相信警方的能力。然后既没表态也没说什么结论，更没透露任何口风，就这么让柳絮回去了。

柳絮晚上和费志刚说起这事情，觉得警察有点不负责任，那么明显的疑点都不关注。费志刚说也不能说明人家不关注，很可能是你说的他们其实早已经知道了啊，你都能查出来，警察会查不出来，会不怀疑凶手是男人吗？柳絮说那可不一定。费志刚叹了口气，说警察要是真往你希望的方向去查，会怎么样呢，把文秀娟的死再查一遍吗？这是你希望的吗？柳絮说当然，我有点后悔，没有把我拜托郭慨查案的事情说出来，其实这对警方破案是很有帮助的，也许我应该对他们说。

费志刚让柳絮早点休息，柳絮说不行，她想要再琢磨一下这个案子。她把自己关在小房间里，再一次看贴在窗帘上的那些信，看刻着奇怪符号的课桌板，翻阅郭慨的那些课本。

亲爱的柳絮，你好。

当你读到这封信，意味着我已化身星屑，漂泊在银河系荒寂的虚空里。星辰大海，每当你在夜晚抬头，星星与星星之间，我是那无尽黑暗中的一员，但借着星光，我想，我能看见你的脸庞。

还记得天顶星人刚刚降临地球的那一天吗？整个天空暗下来，全校的人都走到操场上，巨大的光束垂落下来，没人知道发生了什么，事后才从新闻里看到被瞬间蒸发掉全部江水的黄浦江河床，还有消失了的整片外滩。许多人哭起来，所有人都觉得世界末日到了。曾经我距离你非常遥远，那天我见你哭泣，却觉得我们的距离突然近了。那一阵子所有的人都在寻欢作乐，你还记得我向你表白吗？也许你记不太清了，因为有很多男生向你表白。我记得你的回答，你问我，你能保护我吗？我回答不了。

军队来学校招人的时候，我第一批报了名，然后通过了体检。那时候已经死了很多很多人，而我报的是最难并且死亡率最高的歼星机飞行员。入伍前我找到你，你还记得我们的对话吗？我问如果世界不会毁灭，如果我可以活着回来，我可不可以追求你。你说，如果我是一个踩着五彩祥云的大英雄，就可以。我知道这是电影里的台词，我不知道你这算是拒绝了我，还是我依然有机会。总之，我把这句话记下来，当我在歼星机里承受 20G 加速的时候，当我同时被三架敌机锁定的时候，当我迎着天顶星战斗堡垒主炮光束冲上去扔下所有质子鱼雷的时候，这是让我坚持下去的理由。

仗打得很辛苦，但没人想到我们可以坚持这么长的时间。我获得了越来越多的战斗勋章，许多人视我为英雄，但是我依然不知道，自己能否够得上你心目中的英雄。直到在最终决战的时候，我选择去领这个任务。那个时候，我才意识到，原来不知不觉中，我已经做到了这样的程度，全军有资格领这个任务的人，不会超过十个。穿越三万光年，到银河系的另一端去毁灭敌人的母星，这是何等的壮举。我知道这是没有回程方案的行动，如果成功，地球上所有人都可以活下来，如果失败，我想，会有更英勇的人来继续守护人类。

其实，离开之前，很想得到你的音讯。

如果我成功了，我会是你的大英雄，毫无疑问。人间事，难两全。

我就要去银河的另一端了，我能成为你的追求者了吗？

再见，柳絮。

注：此片段写于《犯罪动机与人格》第三章“犯罪型人格”第二节至第三节空白处。

柳絮合上书，她发觉自己流泪了。

回到卧室的时候，费志刚正发出轻微的鼾声。柳絮轻轻躺下，没有惊动他。

此时，距离柳絮意识到费志刚想杀自己，还有两天。

二、同路人

1

郭慨扎了个马步，光照在他的脸上，看不清楚面庞。他向后撤了半步，马步变成弓步，左手提起来挡在面前，右手从腰侧击出，架子很稳当。这像是格斗拳里的某个招式，也许就是他在柳絮病床前打的那一套拳里的一式，也许现在就是在病房里，是昨日再现。

郭慨停下来，转回头看柳絮。还是看不清他的脸，仿佛光从他整个人的皮肤里面发射出来，令他变成一个炽白的灵魂，或是天使。柳絮知道他在微笑，他在对她说话，像是在说，你要不要照着试一试。

左臂抬起来，横在鼻梁前面，身子再矮一些，然后右手握拳，贴着肋下，向前击出。

“柳小姐。”

“柳小姐？”

柳絮突然醒过来，组成幻象的雾气散去，她右手捏着病历，直直往前伸，赵医生侧着身子，如果他没有让开的话，病历就直接递到他鼻子上了。

“啊，不好意思。”柳絮把病历放在桌上，在赵医生面前坐下。

“不好意思，走神了。”她再次道歉。

“你刚才是……看到什么了吗？”赵医生问。

“不，不，没有，我只是在想事情，走神了。”

这是宛平南路600号——上海市精神卫生中心。自从郭慨离世后，柳絮每周都来这里看赵医生的专家门诊。这是柳絮让费志刚帮她介绍的，听到柳絮的请求时，费志刚有些意外，然后立刻答应了下来。这么多年，妻子的精神状态他当然是知道的，但原本并没有严重到影响生活，他也不好逼着老婆去看精神科。

距离手术刀之夜，过去了两天。在费志刚与柳絮的小小世界里，这两天看起来与往日并没有什么异样。费志刚没有意识到柳絮已经发现了某些东西，而柳絮也没有想清楚应该怎么面对。夜晚的想法总是和白天不同，当第二天太阳升起来的时候，柳絮觉得，事情也许没有自己昨夜想的那么糟糕。看看手术刀并不意味着要杀人，他是如此爱惜自己事业的一个人，不可能以如此粗鄙凶残的方式去行凶。不过，观刀即为心声啊，也许还在犹豫，也许还念着多年夫妻情分，但费志刚有心加害，这点柳絮不会再自欺欺人。酒吧里的异装男人当然不是费志刚，但谋杀者通信里的案犯A，或许就是他。即便他不是这两人之一，也绝对是知情者。留给柳絮下决心的时间，不会很长了。

“药有在按时吃吗？”赵医生笑眯眯地问。

“一直在吃的。”

“这个星期感觉怎么样啊？”

“好像好一些，不过也没有特别明显。”

“睡觉怎么样？”

“入睡容易一点，不过晚上还是总醒，睡得比较浅。”

“精神有好一点吗？你要多出去走走，晒晒太阳，运动一下，不能总是待在家里。在家里的时候，也不要总是睡在床上。越是不愿意动，就越是抑郁。其实抑郁症在大城市特别普遍，但是像你这样能自己意识到，并且愿意来医院看的人很少。你有这样的意识，对你摆脱抑郁症是特别有好处的。不能全部靠药物的，也要主观去配合。”

“我现在基本上都保持每天出门一次，去买菜或者散步。太阳晒着的确是要好一点。很多时候晚上容易悲观，白天到外面动一动，感觉就好很多。”

“那就好，要保持，每天户外至少半小时以上，最好可以运动，比如跑步，要出汗。药物呢，也是循序渐进，你如果没有觉得不舒服，这个星期就可以用到正常剂量了。”

赵医生说话的时候一直注意观察柳絮，他沉吟了一会儿，又问：“你……平时会有恍惚的情况吗？”

“还好吧。”

“会有幻觉吗？比如幻听，一个人的时候会听见有人对你说话，或者打电话的时候听见第三个人的声音等等。还有幻视，看见一些理智告诉你不存在的画面？”

“没有的。”柳絮断然否认。

“你确定哦。既然你来了这里，有什么异常的情况，最好都讲出来。”

柳絮犹豫了一下，说：“嗯，我也不确定算不算幻觉。我有一个好朋友，大学同学，叫文秀娟，当年意外死了。有的时候我会看见她，一种错觉，好像她还活着似的。”

赵医生表情严肃起来：“具体什么情况，能详细说一下吗？”

“也不是说就看见她了。更像是很浅的梦，或者是一种很深很重的回忆。”

“能具体看到形象吗，比如脸，比如穿的衣服，或者会对你说话吗？”

柳絮摇头：“就是一种感觉，不会那么具体。”

“频繁吗？近期有加重吗？”

柳絮继续摇头。

“刚才你进来的时候，有这种感觉吗，很恍惚，像是看见了你那个同学吗？”

柳絮犹豫了，该怎么回答呢，她在心里盘算着。

“刚才是有点恍惚了。忽然想到我那个同学。”

“是想到，还是看到什么？”

“是想到。”柳絮说。

作为受过专业教育的医学院生，想到和看到最基本的区别，她是明白的。恍恍惚惚地想到，还可以归入抑郁范畴，而真切地看到，就是精神分裂了。什么该说，什么不该说，她必须好好把握。她不想被确诊为真正的精神病，而抑郁症，现在是都市常见病了。

赵医生和柳絮又聊了几句，然后把这周的药开给她。

柳絮拿着方子到付费处付了钱。然后到药房取药。还是之前开过的文拉法辛，专门治疗抑郁的药物，没有加其他药。拿药的时候，柳絮接了赵医生一个电话，让她再回去一次，他说想了一下，决定还是给她再多加一个药比较保险。柳絮觉得，也许是关于幻觉的那些事情，让赵医生想要加药吧。难道他是打算加点治精神分裂的药吗，比如氛乃静？

柳絮拿着药往回走，在门诊大厅她瞧见了一个本不该在这里的人。

精神卫生中心的门诊大厅远不及普通医院人多，近乎空空荡荡，谁在那儿走一眼就能看到。柳絮还没从通往药房的小通道里走出来，就看见费志刚和一个本院医生一起从大厅走过。

这个时间他不应该在上班吗？柳絮想。也许是为了帮谁一个忙，给人介绍医生吧。现在除非必要，她挺怕和费志刚照面，所以并不打算去和他打招呼，等他走过才从通道里出来。

只是他可不常这样。一般医生托同行办什么事情，只要一个电话就可以了，要到什么程度才会在上班时间请假出来？医生的假可不好请。

许是这段时间郭慨的教材课本看得太多，这时候柳絮不禁想起郭慨在《犯罪学》里记下的一段课堂笔记。这种一小段一小段抄在书上的话，都是教授在课上加的料，来自多年的刑侦实践。

“犯罪预备阶段，犯罪人的行为模式往往会出现异常。这种异常在与正常社会人进行比较时也许显现不出来，但与他自身一贯的行为模式相比，可以看出明显不同。比如平时不会买的东西，平时不会说的话，平时不会去的地方，等等。”

柳絮想着这段话，往费志刚去的方向瞧了一会儿，然后走过去。她远远地缀着，不想被丈夫瞧见，走了几步，看见费志刚在住院处登记窗口停了下来，陪同的医生帮他和里面讲了几句话，然后费志刚开始填一些表格。

柳絮拽着药袋子，一步一步往后退，然后扭头就走，先是疾步，然后小跑，一溜出了医院，叫了辆出租车就跳上去。她想着赵医生的那通让她再回去的电话，寒毛都竖了起来。

费志刚要把自己送进精神病院关起来！

如果确实有病，并且直系亲属签字同意，那么即便本人不同意，精神病院也是收的。而自己还偏偏连着看了几个星期的精神科医生，还是通过费志刚介绍的，并且今天才坦露了一些有精神分裂嫌疑的症状！

柳絮后悔得简直想抽自己。

对费志刚来说，对杀死文秀娟和郭慨的人来说，还有什么比把自己送进精神病院更完美的方案呢？这样一来，无论自己查到了什么东西，打算向警方提供什么线索，怀疑谁，还有谁会相信呢？

杀人不必见血。也许对费志刚来说，这正好全了多年夫妻情谊吧，待在精神病院里好好治病，多吃点药，吃到脑子昏昏沉沉，再也想不起报仇的事情。如果还能想起来，那一定是没有治好，再抓进去治！

柳絮坐在出租车里，心扑通扑通好似要跳出来。如果不是今天赵医生前一个预约的病人取消了，她早了半小时进诊室早了半小时离开，如果不是她恰好在大厅里看到费志刚，那么此时她已经被一堆护士架到隔离病房去了。

“你去哪里啊？你倒是说话啊！”司机冲她大声嚷嚷。

“哦不好意思。”柳絮把家里地址报给他。

“师傅麻烦您快一点，我赶时间。”

到了家门口，柳絮拜托司机稍等她一会儿。她不知道自己还有多少时间，总之越快越好。她从储藏室里拖出个大号的旅行箱，先把小房间所有与案子相关的复印件、书籍等扔进去，然后随便塞了些日常衣服，找出所有证件，银行卡，合上箱子。她在桌上留了一张“不要找我”的纸条，一手拖箱子，一手夹着塞不进箱的课桌板回到出租车上，告诉司机往瑞虹新城开。

那天她去房产中介的时候，租房给“董小琳”的那个房产经纪出于职业习惯给了柳絮一张名片，她找出来打过去。

“我需要租一间屋子，价钱无所谓，一间房两间房三间房都可以，但我今天就要住，有吗？”柳絮问。

“有一套特别好的两居室，钥匙就在我手上呢，您什么时候方便来看房？”

“二十分钟以后。”

2

柳絮对了一下地址，没错，就是这个小区。尽管已经了解了一些项伟的情况，但看着保安用对讲机通报有客来访的时候，柳絮还是有些吃惊。对她来说，瑞虹新城这样级别的小区已经相当不错了，而这里，一眼看去更要高一个级别，多半还不止。

逃出来之后，费志刚给她打了好几通电话。她没有接，后来索性按掉了。费志刚发来一条短信“怎么了，出什么事了？”柳絮恨得牙痒痒，回了一条“你做了什么你自己清楚，举头三尺有神明”。然后就没有了，费志刚再无短信和电话过来，没有解释没有威胁没有道歉没有挽留，这么多年夫妻一场，宛如梦幻泡影。柳絮渐渐回过味来，号啕大哭了一场，从夜晚到清晨，泪哭干了睡，醒了又哭，周而复始。接下来该如何，她完全失去了方向，寻找项伟只是之前计划的一种惯性延续，找到了又能怎样？破解郭慨之死前行无路，掌握的一丁点线索无法为她指明进一步的方向，项伟这里如果能得到什么线索，也是多年前文秀娟案的些许补充，绝不可能从他这里得到突破性的进展。只有掌握关键的、警方无法忽视的证据，甚至要形成完整的证据链，才能说服那位油盐不进的刘警官。如果这是一场征途，她现在站的位置，与终点之间，隔了千山万水。退一万步说，即便忽视这千山万水，让她一步跨了过去，可以挺直腰板站在刘警官面前，精神病的指控足以让她手里的证据丧失大半的效力。谁会认真听一个精神病人的发言？

柳絮没能想出什么好办法。她只是咬着牙，按照既定路线走下去，直到尽头。也许车到山前必有路，也许船到桥头自然直，这一回，不到最后，她不打算自我放弃。

项伟的下落是在网上找到的。那是今年的一篇新闻报道，内容是一位身残志坚的青年创业家项伟的游戏公司被收购。同样的名字，同样的残疾，相似的年纪，让柳絮觉得这很可能就是她要找的人。她搜索到公司电话打过去，幸运的是，收购后项伟作为创始人依然在公司担任职务，所以电话直接被转给了他。柳絮提到了上海医科大学，提到了文秀娟，问“你是那个项伟吗”，电话那头沉默了很久，然后回答“是的，我就是那个项伟”。项伟同意见面，柳絮很高兴，至少眼下，路能继续走下去，哪怕只是一小段。

项伟住在一楼，一位中年妇人来开的门，看打扮神色，多半是常雇的阿姨。项伟坐在客厅的沙发上，阿姨引柳絮进门，项伟站起来和她打了个招呼。

看见柳絮吃惊的样子，项伟笑笑坐下来，说：“装的义肢，不过还不是特别的方便。不好意思了，我的状态在咖啡馆见面比较麻烦，会面的话要么在公司，要么在家里。电话里听你粗粗说了一点，我感觉在办公室可能不是很合适，就把你请到家里了，初次见面很冒昧。请坐，请坐吧。”

柳絮落座，阿姨把茶奉上，然后躲到其他房间去了，客厅只剩两人面对面。

“是我冒昧才对，冒昧地打电话找您，又冒昧登门。”

“别您您的，叫我项伟就好，我们也算半个校友，哈哈。”项伟摆了摆手，他话里并没有避讳开除的事，看起来这已经不是心结了。也许和时间有关，也许和他现在取得的成就有关。

柳絮这才有空认真地打量项伟，屋里开着地暖，项伟只穿了件长袖T恤，显出良好的上身肌肉轮廓，无疑他长期坚持着健身训练，下身着宽松的运动裤，就这么坐在沙发上的话，没人能看出他身有残疾。然而他的一张脸，却比柳絮任何一个同班同学都显老，眼角皱纹横生，望之年过不惑，与他壮硕的上半身很不相衬，也不知是因为商场上的殚精竭虑，还是当年那件事受打击所致，或许兼而有之吧。

其实之前那通电话里，柳絮没提这次碰面和文秀娟之死有关系。她对项伟说自己是文秀娟的好朋友，这么多年过去想再多了解一下这个人。她说自己知道一些项伟和文秀娟之间的故事，也听说文秀娟很对不起项伟。心底里的计划，如果项伟不想见面，柳絮会试着用文秀娟被谋杀这件事来打动他，但没想到项伟直接就答应了。此刻坐在项伟面前，柳絮觉得，他或许不仅仅是放下了与文秀娟的恩怨，这两个人之间的情感，比想象中更复杂深刻吧。

项伟等着柳絮开口，后开口的人把握主动权，这是几年商海里折腾出的习惯。

柳絮开始自我介绍，从她加入委培班开始，这说起来是有些尴尬的，因为正是项伟的被甄别，才有了她的加入。她说了自己和文秀娟的交往，说了自己在文秀娟突然去世后深受打击，在实习时出了差错，最后没能当成医生，和费志刚结婚，当了这么多年的家庭主妇。

“一晃眼，毕业就这么多年了，有的时候，觉得物是人非。”柳絮感慨地说，“有的时候会想，如果秀娟活着会怎么样。”

柳絮停下来,等着项伟的反应。她等着项伟说为什么会忽然想到文秀娟呢,还特意来找我,然后柳絮就只能把整理出谋杀者通信的事情说出来。

“是啊,真希望她可以活着。”项伟说。

柳絮微觉诧异,隐隐约约间,心里有一个念头一闪而过,她希望自己可以抓到它,那也许非常重要。

“她是个什么样的人呢,你愿意回忆她吗?”柳絮一边问着,一边思索自己到底错过了什么。

“当然,当然愿意。”项伟的话里带着几分唏嘘。他从大一军训入学开始说起,说文秀娟最初是如何地受同学欢迎,说到她养小兔子,其实并不是当宠物养,而是作为实验动物练手,结果被同学发现,不被理解而受到孤立。讲大学开始正式学习,两个人越走越近,讲那些在自习教室里坐在一起温习的夜晚,相伴走回宿舍楼时皓月人影与松涛呼应,讲联欢晚会上那一曲箫声绕梁惊艳全场……

柳絮猛地意识到了什么,脱口而出:“你还爱着她!”

项伟停下来,嘴角慢慢扯出一丝苦笑。

“我以为我会恨她,我也应该恨她。有那么一段时间的确是。可是她死了。当一个人不再存在于这个世界上,她所给你留下的印象,有一些慢慢地淡去了,有一些顽固地留了下来。这时候你才明白,自己的心意到底是什么。”

曾经一闪而过的念头此刻无比清晰起来。是项伟!有一条能够支撑她走下去的路就在眼前,项伟是她的救命稻草,必须要抓住他!项伟还爱着文秀娟,如果他知道文秀娟死于谋杀,他一定会愿意和她一起追查。而只有项伟加入进来,成为她的拍档,她才能够获得一块“免死金牌”,她的精神病指控就不再是致命问题。因为项伟不是精神病人,他是个正常人,他参与调查出来的真相，是不会被污名化的。到时候，费志刚把她抓进精神病院就毫无用处了。虽然项伟只会对文秀娟的死感兴趣，而不会在乎郭慨，但这两个人的死是连在一起的，查清楚一个，另一个也会水落石出。

这正是她迫切需要的，足以帮助她走出现在的困境。必须由一个精神上无瑕疵的人来调查搜集证据，才可能撼动警方立场！

“项伟，你知道我为什么会突然想再去了解文秀娟吗？”柳絮两手交叠放在膝上，放慢了语速，郑重地问。

“这么说来，是有什么特别的原因吗？”

“你知道，当时曾经有传言，说班里有人要害她吗？”

项伟摇头：“这我倒是不清楚，怎么有这种说法吗？不会吧。”

“文秀娟亲口对我说的，我确信这是真的，当时在我身上还发生了一些可怕的事情。我先给你看一些东西，文秀娟死前把她的箫留给了我，直到不久前，九月份我整理东西的时候才从箫里发现了这些信件。我想她是希望我可以帮她找到凶手，帮她报仇。”

柳絮从包里取出那些复印的信件递给项伟。然后，趁项伟看信的时候，她从 1997 年 11 月 25 日凌晨看见文秀娟夜半起床开始说起，将九年前这段惊心动魄的经历原原本本说了出来。

项伟信看到一半停下来专心听柳絮说，柳絮说完他又低头看信，翻来覆去把这十几封信一字一句看了两遍，神情严峻。

“真的没想到，在我们委培班里，居然藏着一个杀人凶手。如果不是看到这些信，我绝对不会相信，我的同学里有这种人！”

“不止一个，是两个凶手啊。”

项伟摇了摇头，说：“我不会轻易地相信人，哪怕第一印象很好。我一个残废，轻信的话走不到今天。何况你刚才所说的一切，匪夷所思。可是我看到这些信，就相信了。这里面是有原因的。你等我一下。”

项伟站起来，心情激荡之下，用力过猛，身体摇晃起来。他撑着墙，让自己找到平衡，然后离开了客厅。几分钟后，他抱着一个马口铁盒子回来。

项伟把铁盒打开，里面是满满的信件。他随意挑出一封信，抽出信纸递给柳絮。

“你看看。”

信是写给一个叫铃铛的人的，柳絮看了几行，都是生活上的事情，与文秀娟看不出关联。然而她的眼睛越睁越大，这其中的关键并不在于内容写了什么，而在于笔迹。柳絮把谋杀者通信挂在窗帘上看了那么多天，每一页信的细节都在脑海里印得清清楚楚，此时她非常确定，这封信里的笔迹，和案犯 A 完全一致！

她无法忍耐心中的疑惑，放下信问：“写这封信的人是谁？”

“杜鹃。作为笔友，她一直是这么署名的。”项伟说，“其实，她就是文秀娟。”

柳絮目瞪口呆。

“文秀娟真的是一个非常非常聪明的女孩，而且勇敢。她居然能想出这样的办法来自救，而且真的和凶手联系上了。可惜……”

案犯 A 竟然是文秀娟，柳絮持续沉浸在这个消息带来的震惊中。文秀娟对于柳絮而言，曾经是散发着光芒的神坛上人物，而后她形容日渐憔悴，最后死去，又隔了那么多年被时光消磨了印象，再被郭慨调查出她隐瞒的身世家境，这一切之后，文秀娟已经褪尽了光环。但此刻，文秀娟当年在绝地中选择与谋杀自己的人通信，正面交锋，这样的智慧与勇气，让柳絮视之目眩。这真是一个不凡的人物。往事历历在目，原来那些她与文秀娟共同寻找凶手的日子，背后还有这样一封封信件在隔空交锋碰撞。原来那瓶带有针孔的矿泉水瓶，那个让她彻底相信并决定帮助文秀娟的事件，背后是这样的精心设计布局。柳絮先是敬佩，继而愤懑，又生出理解，各种情绪错综复杂，使文秀娟的形象，在心里再次生出重重迷雾，看不清楚。

两个人都有太多的东西需要整理消化，一时间客厅里寂静无声。

最先打破寂静的是柳絮，她对项伟说："即便这样，害死文秀娟的，也未必只有一个人。"

"为什么这么说？"

"文秀娟临死前，曾经和我说，同班那么多人，只有费志刚肯定没有问题。那时我和费志刚在谈恋爱，后来我们结了婚。这么多年来，尽管我不知道文秀娟是如何得出结论的，但却对此深信不疑。可是，费志刚自从知道我重新追查文秀娟死因，态度就变得越来越奇怪。就在前天，他差点把我抓进精神病院。"

柳絮把夜半观刀的事也说了，同时不避讳自己看了一阵子精神科医生的事。

"这样看来，费志刚真的很可疑啊。"项伟点头认同。

"是啊，整个委培班，完全没嫌疑的除了我之外，也就剩你了。"

"所以你才来找我吗？"

柳絮盯着项伟："你愿意帮我吗？"

项伟笑笑："我和你第一次见面啊。"

他顿了顿，看着柳絮脸色黯淡下去，又说："我不是帮你，我是不能让文秀娟死得不明不白。我和你第一次见，但我和文秀娟……我常常会在梦里见她，我原本不知道她来找我是为什么，现在我知道了。”

接着项伟当着柳絮的面打了一个电话给秘书，要求大幅减少近期参加的会议和各项会面数量，非特殊情况下放签字权到公司各部门负责人，以便节省出最大量的时间投入到对文秀娟之死的调查中。

然后他对柳絮说：“晚上在我这里吃个便饭吧，我想我们还有很多东西要聊。”

柳絮当然同意。

项伟让阿姨多准备一人的晚餐，然后把谈话地点转移到更封闭私密的茶室里，把房门关了起来。他拍拍那盒信件，对柳絮说：“抱歉最开始的时候有所保留，实际上，我第一次见到文秀娟，并不是在大一军训。”

项伟开始说文秀琳，一个柳絮只从郭慨口中听过一次的名字此时丰满起来，一个小女孩借同学的地址和妹妹通信做笔友，希望帮妹妹走出阴影，信一写就是好几年，而在这个过程中，也和同学项伟成为了好朋友，最后在临终时拜托项伟成为另一个自己，成为唯一一个可以走进文秀娟内心的人——铃铛。

柳絮不禁在心里想，项伟的初恋是不是文秀琳呢？对文秀娟的爱，是否是从那位最早逝去的女孩身上转移过去的呢？原来让她惊叹的通信有两次，一次为了拯救自己，一次为了拯救别人。

“那么让文秀娟一直痛苦的童年阴影到底是什么呢？”柳絮问。

项伟摇头：“我不知道。文秀琳没有对我说，而杜鹃也从未对铃铛明说过。有几次通信中，隐晦地提过几句。好像是她对某个关系比较近的亲人做了错事，但对文秀娟来说，又觉得自己有这样做的理由。文秀琳则因为这件事，对妹妹有愧疚。这个心结形成的时候，两姐妹年纪应该都不大。我一直在琢磨这个受到幼年文秀娟伤害的人是谁，说是长辈吧，可成年人一般不会真正计较孩子做的错事；说是同辈吧，但这个人又肯定不是文秀琳。我原本还猜过会不会和她们妈妈变成植物人有关，但稍微调查了一下，发现那是因为火车事故。估计这件事情，现在也只有文红军清楚了。”

简单的晚饭后，两个人在茶室里开始梳理现有的各项线索。一开始主要是柳絮在介绍，说到一半的时候，项伟就有些惊叹地说，真没想到你的调查能力还挺强呀。柳絮摇头，说绝大多数的调查工作，并不是我做的，在你之前我有过另一个拍档，但他已经死了。项伟听得一愣，柳絮遂把郭慨是谁、他做了些什么、又是怎么死的说了，然后讲，现在你可以重新考虑要不要加入，没关系的。

项伟大声笑起来：“我是死过一次的人，这辈子剩下的时间，都是捡回来的。”

这真是一个奇妙的回答，柳絮想。项伟因为文秀娟死过一次，而他现在准备为了文秀娟再一次面对死亡的危险。

“郭警官的死，实际上把这个案子重新激活了，凶手因为感觉受到威胁，所以对郭警官下手。但他的死，一定会留下新的线索。”项伟分析道。

“我只希望警方并没有被完全误导，邪教吃肾的作案理由有着明显的疑点。”

“警方未必真的被误导，我站在警方的角度来分析一下。凶手性别的疑点会注意不到吗？不太可能，但那又能怎么样呢？如果现场除了伪装之外没留下什么真正的线索，警方就只能从动机着手。但动机是什么呢，凶手为什么能预知郭慨出现在蓝色酒吧，从而提前那么多天布局？警方不知道文秀娟的事，所以无从查找作案动机，这种情况下，要有实质进展太难了。

可是，把文秀娟的事情向警方坦白，那么多年前的案子会不会翻是一回事，对委培班出来的这些医生，杀伤力太大了，所有人都免不了被调查，对医院也是桩大丑闻。”

“可委培班里确实有凶手，也许是两个。我觉得，到了该把一切都告诉警方的时候了。”柳絮说。

“那你还需要我干什么？”项伟反问。

柳絮一怔，她又忘了自己精神病人的指控了。

“最好的结果，我们能调查出一些新的证据，有明确的凶手指向，再告诉警方。如果最后什么都查不出，你不能出面，由我去说，被采信的可能性会大些。”

“新的证据……可我现在一点方向都没有。”

“我有。”项伟说，“那最后出现的信，你带着吗？”

柳絮从包里取出一个信封，里面是那封蓝色酒吧见面信。

项伟端详了这封信很久，然后对柳絮说“我在蓝色酒吧打工挣钱的事情，在班里不是什么秘密，从来没有瞒过谁，男生肯定都知道，女生我不太清楚。那时候蓝色不像你现在去的那样，是个‘正常’的酒吧，但也足够让那时的我大开眼界了，我们班的同学都挺正经的，反正我打工那几个月里，没见过有哪个同学去蓝色玩。所以为什么凶手会约文秀娟在蓝色见面，我想不出理由。但换一个角度，如果这封信是伪造的，是新近制作，然后故意让郭慨发现的，就可以解释为什么凶手知道郭慨会去蓝色了。这封信是陷阱。”

“你看出这封信是新近伪造的了？”

项伟摇摇头：“没有，看起来信很陈旧。但我不是专业人士，我说了不算。不过可以找人鉴定一下，另外我们要重走一遍郭慨调查‘信箱’的路，看看他是在哪里找到的。”

说到这里，项伟找出复印件信件的最后一封，盯着看了一会儿，说：“其实，我几乎可以确定，蓝色酒吧这封信是假的，就是为了郭慨精心炮制的。”

他甩甩手里的复印件：“真实的通信，这该就是最后一封了。文秀娟能想出虚构一个不存在的谋杀者来与真正的凶手通信，这真是个天才的想法。但现在看来，那个凶手也不简单，他应该有所怀疑了。”

“你看出什么来了？”柳絮问。

“那一年的圣诞夜，是我这辈子过得最开心的圣诞夜，我永远不会忘记。委培班所有同学在松树林里给我过圣诞。我没有从校门进来，我不想被开除了没几天就坐着轮椅在校门口被门卫盘问。就在松树林外面，我和张文宇、钱穆他们一直翻墙进来的地方，晚上 9 点，张文宇背着我爬进来，所有人都在那儿等着我，我们一起唱歌，他们围着我跳舞……”

这一刻，项伟的语气缓和下来，他的眼睛微微眯起来，嘴角露出一丝笑容。那一夜的场景仿佛历历在目。柳絮满肚子的狐疑，这时也忍着不去打断他。

“我记得很清楚啊，那一天，是星期三啊。最后这封见面信上的周三，我相信，就是 24 日圣诞夜，而死人亭往北五十步，和我们聚会的地方，离得很近了。柳絮，你刚才说过，那年圣诞夜晚上 9 点多，你在松树林边看到文秀娟失魂落魄地跑出来。这就对了。一切都能对起来。嘿，那个家伙，这一招可真是厉害啊。”

“你能说得再清楚点吗？我还是不太明白。”

“文秀娟在信里提了好几次见面，还是太急了，凶手肯定有所怀疑。我是因为文秀娟跳的楼，那时候，对她还是恨的，所以大家给我办聚会，绝不会告诉文秀娟。凶手定了这么一个见面的时间地点，如果和他通信的不是文秀娟，那么一定会回信质疑。但如果真的是文秀娟，结果……就像你那晚看到的一样。文秀娟看到全班都在那里，立刻就知道自己暴露了，所以表现得如此灰心绝望。”

“所以那天你也看见文秀娟了？”

项伟皱着眉头回忆说：“我被背着爬墙，爬到最高的时候，好像看见林子里有人跑着离开，现在想起来，那一定就是文秀娟了。”

“那会不会……会不会提议办这场聚会的人，就是凶手？”

“不一定吧，可能是顺手为之。而且我也不知道谁提议的。那时候我心情很差，有三个同学先后打电话过来劝我，我才同意的。嗯，那三个人是钱穆、张文宇和战雯雯。”

“我知道钱穆、张文宇在同学里和你走得最近，战雯雯是？”

“她喜欢我。”项伟说，“虽然她从来没有表白过。”

“所以，那晚全班都去了吗，除了文秀娟？”

项伟点头。

“不，你忘了我。”柳絮神情黯然，“我没去，也不知道。我可能从来都没有真正融入这个班级吧。”

项伟一愣，安慰她说：“你那时候不认识我，他们没叫你也很正常。”

“那个晚上所有人都不在，寝室里空空荡荡，我以为大家各自过圣诞去了，没想到是这样。你知道吗，那天晚饭时候我还和费志刚在看电影，然后他说要去看生病的妈妈。而他是来参加你的聚会了。”柳絮自嘲地笑了一下。

“可能他觉得不方便带你去，也就索性不告诉你了。也可能……他的确是有嫌疑的。”

“但不是他杀了郭慨，也不会是案犯B。笔迹鉴定不符先放在一边，文秀娟最后的那段日子，我和他在热恋，一有空就在一起。这种情况下，他不可能去给文秀娟下毒的。项伟，如果让你说，用直觉，或者随便猜一个人，你觉得谁嫌疑最大？”

项伟若有所思，柳絮觉得他应该是想到了哪个名字，但最终他还是摇头说：“不要这样猜，那会误导你，也会误导我自己的。有一点我想不通，文秀娟好像自始至终，都没有想过报警。如果说你报警那一次，她否认是因为有了一个自己的计划，想靠自己的力量找出凶手的话，唉，她会这么做本身就特别奇怪，但好歹算是有一个应对的计划吧，但圣诞夜那天她的计划彻底破产，身体非常差了，生命甚至危在旦夕，竟然还是不报警。”

项伟说着连连摇头，不能理解。

柳絮自然也同样不明白这点。无论是她还是铃铛项伟，此时此刻，对文秀娟的了解，仍然只是冰山一角。

这一天两个人聊到深夜11点。

柳絮离开的时候，项伟说：“接下来的调查，我看你别露面了，有费志刚的签字，你又确实有精神科的病历，随时有可能被强行送进医院治疗的。他一定在努力找你。”

“不行。”柳絮很坚决地否决。

“不用担心我的腿，我现在的日常行动能力和普通人区别不大。”

“不，和你的腿无关。你会参加进来是为了文秀娟，而我，其实是为了郭慨。我决不会再躲在别人的后面了。”

她冲项伟一笑：“我们是拍档，欢迎你加入。”

3

如果时光倒流，我想，我不会如此选择。

现在是4月3日下午5点30分，我蹲在三十六层高楼的天台边缘，朝下俯瞰。再过几分钟，那个女孩就会走出校门，自西而东沿着下面的街道走过，这是最好的位置，可以看见她完整的回家路径。距离并不是问题，她与同学说话时的神情，嘴角的笑容，风中飘动的发丝，甚至脖颈上的细细绒毛，我都能看得一清二楚。

看见了，她从校门出来了。

我真想回到3月1日那天。那天我截住一个白发老头要拜师，因为他刚从六楼楼顶上跳下来。我发现他在偷偷看我们学校一个好看的女孩子，再之后，我发现他居然是几个月前搬走的一个邻居，这个人与我同龄。

从那天以后，我进入了一个原本只应存在于幻想中的世界。每天晚上，我得以通过梦境进入这个世界的另一重维度，我和许多像我这样的人在那里打怪兽，以免它们突破维度突入这个世界。慢慢地我拥有了令人难以置信的强大能力，足以满足一个男人所有的虚荣和梦想——我曾经以为是那样。我可以保护这个世界，当然也可以保护我爱的人，五彩祥云什么的，现在的我要弄出来并不困难。当我意识到不能和她在一起时，已经晚了，甚至在4月10日这天，我不得不选择退学。

每晚入梦，我必须待够这颗行星绕恒星公转一周的时间——一年。

我大概可以活两百多岁吧。如果我现在表白，被她接受，那么她这个一到了夜晚就会神秘失踪的男友，会在初秋白发苍苍，在陪她跨年之前死去。

我只能变成一个和邻居一样的人，用我们仅有的和这个世界交汇的时间，远远地看着。仅此而已。

我看着她从街上走过，拐进通向她家的小巷，三个跟了她一会儿的小流氓也拐了进去。我从楼顶跳下去，寻找着监控探头拍不到的角度，几个楼宇间的弹跳后，一把把伸爪子去摸她脸的那个拍到了墙上，另外两个家伙还没决定该怎么做的时候，被我扔到旁边三楼水泥平台上去了。我冲她笑一笑，转身就走。

“我见过你吗？”我听见她在后面喊。

我挥了挥手，走出巷子。

此段写于《侦查心理学》第八章“对犯罪嫌疑人的辨认”空白处

柳絮有些难过。

她每次看到写在书角的这些故事，都有些难过。

郭慨，郭慨。她想。如果当年他没有去警校当警察，而是去念大学中文系，甚至都不用，只需要把这些故事好好写出来，变成一本本书，也许，自己对他的态度就会不一样。当年的自己，判断一个男人值不值得交往，能不能托付，标准就是这么简单到可笑呢。

可是，不会的。那样子就不是郭慨了呀。

这段情，注定是惘然。

在郭慨曾经居住过的地方，柳絮容易走神。一个人的气息，在他离开这个世界后，或多或少地还存在于一些地方。这用科学很难解释，只是感觉。

柳絮冲对面的郭母笑了笑，郭母的笑容则有些勉强。柳絮知道刚才走神的时候，大概有几句话没有听清楚吧。她觉得郭母的眼神中有一些惋惜，而郭父的脸板着，不太高兴。自己到底愣了多久，柳絮想，不能去想郭慨的事情，她这个样子，对面前的人太不礼貌。

她是被郭母的电话叫来的，因为警方把郭慨的一些东西还了回来，其中就有那支手机。不知道是里面的信息都备份过了，还是认定了这份线索与案件无关。郭家父母当时答应了柳絮，手机还回来后会告诉她，两位老人都是守信的人，虽然并不期待柳絮能有超越警方的本事，但还是拨打了柳絮的手机。柳絮一小时后就来了。

这支是郭慨的备用手机，里面的一条条短信，实际上代表着他的行程。

柳絮大概翻看了一下，较早的一些短信，并没有太大价值，郭慨每周会与她碰面，早前的那些行程，柳絮很容易就在心里翻出对应的内容，知道郭慨去这些地方结果是什么，有了什么收获。她不知道的，只有最后一周。

那一周只有四条短信。最后一条是他的死亡地点，倒数第二条是蓝色酒吧，在此之外的两个地点和约见者的名字，柳絮默念了几遍，记在了心里。

本来看完柳絮就要走，这两条信息是重大线索。项伟本打算重走郭慨调查“信箱”之路，现在看来不需要了。心里揣着一堆事情要告辞的时候，郭母却留她多坐一会儿说说话。人家遵守承诺，手机一还回来就告诉了柳絮，柳絮自然也不能这样拍拍屁股直接离开。

柳絮和二老聊了一会儿，觉得老人家絮絮叨叨，说的都不是要紧事情，原本还以为会追问她要看手机信息是什么原因，却也没有。所以聊着聊着就走了神。

“小絮啊，你这不要紧吧？”

“是我不好意思，刚才想事情走神了。”

“走神也不是这么个走法呀。”郭母说。语气里却不是责备，而是担心。

“你最近是不是精神不好呀，睡觉好不好？小絮呀，不好要去看医生，不能讳疾忌医的哦。”郭母又说。

郭父咳嗽了一声。

柳絮看见这一幕，心里咯噔一下。她是个聪明人，夜半观刀之后，她脑子里的神经绷得像钢丝一样，时刻警醒，一直到昨天项伟加入，才稍稍缓和下来。今天来郭家，感受着故人的气息，面对的又是两位垂垂老人，精神格外放松。可刚才郭母的这几句话，郭父的这一声咳嗽，怎么就觉得那么不对劲呢？

也许是多心了，柳絮安慰自己，然后说已经打扰了这么久，确实该走了，二老好好休息。说完了告别的话，柳絮都已经站起来了，郭母的脸上却露出了着急的表情。

“小絮呀，来了就多坐一会儿，别急着走，现在陪我们说话的人太少了，还挺寂寞的。”

这话单听没什么问题，可柳絮都站起来了，这就是强留了，郭家父母本不是这样的人，这和上次来时的感觉非常不同。联想起刚来的时候，郭父进房间打了一个电话，而且给她看了手机信息后，二老并不关心她这里有什么调查进展，明明上次临走郭父给她看照片时，还非常期待她能调查出新线索，好让郭慨的案子能尽快侦破。

柳絮没有坐下，她脸色发白，盯着郭母问：“费志刚给你们打电话了对吗？他是不是说我是一个精神病，让你们配合他把我送进精神病院去？”

二位老人不惯说假话，这时被她问得哑口无言。

费志刚知道柳絮去过郭家，那一段时间，她还时常和费志刚一起讨论呢，所以费志刚当然知道，她有可能再一次去郭家。他一定给二老打过电话甚至登门拜访，说柳絮犯了精神病，要求二老尽可能留住她，等着精神病院派人来强制接收入院。

“我不是精神病人，你们不要相信他。”柳絮说了这么一句，估计二老也未必会相信，然后快步走到门口换鞋离开。二老也没有再阻拦，但柳絮出门的时候，看到郭父拿起了电话。

柳絮紧张得心脏狂跳，她已经在郭家待了一个多小时，来抓她的人会不会已经到了？她在电梯口等了会儿，看着电梯在一楼停了很久，心中的不安越发厉害，一扭头进了楼梯间。

原本关于费志刚想把她抓进精神病院的事，项伟是让她不用太过紧张的。因为只要不危害到社会治安，警方是不会协助抓精神病人的，所以费志刚和精神病院无法通过警方的网络来找到她。实际上哪怕有直系亲属签字，精神病院答应强收病人，却也不会花时间去抓捕，只要她不被费志刚逮个正着就行了。可偏偏她今天正撞到了枪口上。看来以后每去一个地方，都要想一想，费志刚会不会猜到。

气喘吁吁跑到一楼，柳絮探头出去张望，然后小跑着出了楼。楼是临街的，她不敢站在门口叫出租，走到五十米外，站在一间华联超市门前扬招到一辆出租车。

坐上车之后，柳絮才长出一口气，然后瞧见一辆白色的印着精神病院字样的面包车从对面开过来。她扭过头，看着那辆车开过了郭家那幢楼，然后慢慢减速，掉头。

“师傅，快点开，我赶时间。”柳絮催促司机。

“开啥开啊。”司机转过头，冲她咧开嘴笑。

柳絮脸色惨白，然后听见司机说：“你还没告诉我要去哪里哩。”

4

“育英实验学校”，就是这里了，柳絮想。根据郭慨手机里的信息，他曾在10月29日傍晚来过这里。

学校的铁门缓缓打开，黑色的奔驰车直接开进校园里，在操场边停下来。

穿着黑西装的高大司机先一步下车，弯腰把车门拉开，将项伟搀扶出来。柳絮在另一边下了车，原本等在校门口的老师快步向他们走来。时值傍晚，校园里还有许多学生，见这架势纷纷注目。

“把这车开进学校是不是太威风了点呀？”柳絮低声说。

“我平时都坐的商务车，方便。轿车的话我上下车太累了，今天是特意租的，还就得开进来，你不明白？”他冲柳絮笑笑，又说：“就和你在‘蓝色’给酒保钱一个道理，这个世界，钱和势总能带来些便利。”

“你这么些年从商的经验？”

“不，这个是……文秀娟教我的。”

走过来的老师方脸秃顶戴了副眼镜，一脸教导主任的模样，这时却笑得颇殷勤，口呼“项总”。这老师姓刘，就是郭慨手机里记下的那一位。来之前，项伟已经电话联系过，电话里刘老师的态度可远没有现在这么好。

项伟拿出名片递过去，然后说：“打扰刘老师了，我也是没有办法，拜托了兄弟调查点事情，没想到事情还没办完，他人已经没了。我只知道他上个月来这儿找过您，具体什么情况没来得及和我报告，就……所以我只好自己来一趟。”

柳絮在旁边听着，觉得项伟这话说得真有水平，话里话外一股江湖气，再加上请了警察做调查，等闲市民百姓，肯定就被唬住了，再问什么当然顺顺利利。

“不打扰不打扰，但是项总，我电话里也和您说了，这事儿前阵子警察也来找过我的，我怎么和他们说的就怎么和您说。郭警官那天来，我们真没说上几句话,他自己去教室里一间间看,像是要找一张课桌,后来找到了,他就搬走了。再没其他情况了呀。”

警方到这里来调查，是为了确认郭慨来这里和他的死有没有关系。但他们不知道课桌底下有那么一封信，不知道文秀娟的案子，当然也就不会知道，郭慨会去蓝色酒吧是因为他找到了那张课桌。

但是柳絮和项伟知道。

项伟先让刘老师回忆了郭慨当天来找课桌时的情景，又问了这批课桌大约是多久之前送过来的，都无异常。之后，他问了关键问题。

“郭警官特意来学校找一张普普通通的课桌，这事情挺不寻常的吧。那么在他之前，最近几个月里，还有像他这样的人来过吗？”

项伟找了懂行的人看过所谓的最后一封信，没有结果。看不出明显做旧痕迹，但也并不敢说一定就没有做旧过。这和古玩鉴定有很大差别，所谓新和旧之间，也只是九年的区别，做旧难度很低。哪怕拿去做纸张鉴定，这么小的时间跨度误差很大，参考价值不高。但是知道郭慨是从这所学校得到“信箱”之后，判断信件的真伪，就有了另一条途径。

如果信是故意做旧，用来引诱郭慨去蓝色酒吧的话，那么凶手必然得先到这儿来找到“信箱”，把信寄出。

“我倒是没碰到过像郭警官这样来找课桌的人。”刘老师的回答让人失望。

“要不我帮你们打听一下吧，看看别的老师有没有遇见过。”

“要不麻烦您现在问问看，还没都下班吧。”项伟说。

刘老师答应去后勤组问一声。柳絮和项伟等了二十分钟，就有了结果。

在郭慨来之前两周左右，有一个人也来看过课桌，但他没有带走任何一张。

项伟和柳絮对视一眼，从彼此的目光中都看到了激动之色。尤其是柳絮，终于抓到你的尾巴了，她咬着牙想。

再进一步询问此人的样貌，结果发现他是戴着口罩的。男性，中等身材，不胖。以此标准，委培班绝大多数男同学都是这样。

还是柳絮想到要问口音。这个人说的是普通话，上海人说普通话常常带着明显的口音，这个人说的普通话，让人觉得他不像本地人。

柳絮兴奋地颤栗，如果在委培班的男同学里据此缩小范围，那么一下子嫌疑人只剩了两个——马德，钱穆。

这两个人里，马德的嫌疑更大。因为郭慨曾经找来委培班全班所有人的笔迹和案犯 A、B 比对，除了马德。他不是医生，拿不到笔迹样本。

“我已经联系上了马德，和他约好下周碰头。”项伟说，“到那个时候，我会想办法拿到他的笔迹。”

有的时候线索是突如其来的，柳絮不知道这是为什么，但她觉得，这是某种预兆。

就在造访育英实验学校当天的晚些时候，柳絮收到了一条奇怪的短信。

发信人显示为一串明显不是手机号的数字，看来是借助了某种软件，来避免被查到身份。短信内容如下：

1993.10.9，丰海医院，文秀琳，血液报告。1997.11.12，文华医院，文秀娟，血液报告。

收到这封短信，柳絮起了一身的鸡皮疙瘩。原来有一双眼睛一直在注视着她，尽管看起来似无恶意。

这个人是谁？

他是文秀娟案的知情者吗？

他就是同学之一吗？

他为什么不明明白白把事情说出来，而要语焉不详地给出一些线索，让她自行调查？

而文秀娟的案子，又和她的姐姐文秀琳有什么关系呢？

5

查多年前的病案，本来靠柳絮的关系网轻而易举，可是这个关系网现在不能用了，因为柳絮的关系网就是费志刚的关系网，在郭家的遭遇还历历在目呢。好在项伟的社会资源和人脉也不少，辗转托到了病案室的一位医生。

项伟本不想让柳絮一起来丰海医院，担心被人认出来通知费志刚。柳絮不答应。她戴了个口罩进了医院，遮住了半张脸。

联系的是个戴着厚镜片的女医生，一瞧就是个做了多年文档管理的，挂相。项伟礼节性寒暄几句，然后说我们要找一个住院病人的验血报告，1993 年的，应该是 10 月 9 日做的。

“那么早啊。”女医生有点意外。

“是啊，麻烦你了。”

“是……治疗上有问题？”女医生很谨慎地问。

“不涉及医疗纠纷的，”项伟连忙给她吃颗定心丸，“不会给您和医院添麻烦的，您放心。”

女医生狐疑地看了两人一眼，然后去找病案了。

一份文秀琳的验血报告，一份文秀娟的验血报告，当这两份报告放在一起的时候，会揭示出什么大秘密呢？项伟和柳絮非常好奇，他们讨论过很久，有许多的猜测，没一个靠谱的。总不见得文秀琳也是被人害死的，杀她的人和杀文秀娟的是同一人，用的同一种毒，血液报告里可以反映出来？

十几年前的病案，找起来要花一番工夫，项伟和柳絮坐在病案室里干等，说实话柳絮挺担心门突然一开，一帮精神病院的护士把她摁在地上绑起来拖走。

门开了，女医生带着本厚厚的病历进来。

“哪天的验血报告？”

“1993 年 10 月 9 号。”项伟重复。

女医生翻开病历，看到第一页就呆住了。

“你说几号？”她又问。

“10月9号，1993年。”

“你说错了吧，这日期不可能啊。”她嚷嚷起来，“病人当年10月3日死亡的啊。”

她继续往后翻。

“4号送的火葬场，9号的时候尸体烧都烧了，哪里来的什么验血报告！”

项伟和柳絮也愣了。难道是短信上的时间写错了？

“那……要么我们看看她其他的血液报告？”

女医生把病历拿在手里随意翻看着，然后说：“你们还是自己看吧。”

她把病历翻到最后一页，然后合起来，递给项伟。手伸到一半，忽然“咦”了一声，又把病历收回去，再次翻到最后一页。

“这还真奇怪了。”她嘴里念叨着，又翻到第一页去对着看，“没错呀，人是3号死的，可怎么还真有一张9号的验血单呢？”

人死之后，当然是不可能再去抽血化验的，可这一定不会是简单的把时间打错了，短信里既然提示来查这个报告，其中必然有着玄机。撇开这个谜团，单看验血报告本身，也有值得注意的地方。该报告显示，文秀琳的血液中，有着高浓度的寄生虫卵！

项伟当年是知道医院对文秀琳疾病的诊断的，现在他和柳絮一起更是从头到尾把病历看了一遍。寄生虫的诊断，此前从来没有出现过，文秀琳在患病过程中验了许多次血，但除了她死后的这份神秘验血报告，其他验血都没有特意针对寄生虫卵来进行化验。

“要不是名字一样，我还真以为这张化验单是夹错了病案。”女医生说。

“有没有可能问一下当年的主治医生？这位医生现在还在医院吗？”柳絮问。

主治医生还在，女医生自己也很想搞明白到底是怎么回事，麻利地一个内线拨过去。

尽管时隔多年，但当时的事情非常特殊，所以一提文秀琳的名字，主治医生就想起来了。

化验的确是文秀琳死后才做的，但血却并不是她死后才抽的。

文秀琳住院期间抽过很多次血，哪怕是死前一天，也抽过一次。而医院里化验过病人的血样之后，并不会立刻废弃，而是会保存一周左右的时间再处理掉。就在文秀琳死后七天，文红军跑到医院找到主治医生，要求把保存的血样再化验一次，而且指明要检查其中的寄生虫情况。虽然医生非常不理解为什么家属有这样的要求，但既然血样之所以会保存一段时间，就是为了应对这种情况，所以也就答应了。结果出来之后，医生也傻了眼。文秀琳的血液中竟然有大量的寄生虫卵，而之前没有一个人想过要检查这一项，要知道人体内如果有寄生虫卵，通常在肠道，是吃进去的，怎么会进到血液中？

检查结果出来之后，由于尸体已经火化，单凭这一项，也不能断定血液中的寄生虫和文秀琳的死有关，但医院很被动是在所难免的。主治医生还记得，文红军拿着检查报告的时候，脸色铁青，手直抖，一句话没说扭头就走了。这种沉默给主治医生的感觉像是爆发前的火山，当时他以为一场大闹在所难免，都已经把事情报告给院领导，制定了一系列的对策。可结果文红军居然没有再回来闹。

柳絮和项伟都想不通，作为一个父亲，文红军怎么能这么“心平气和”？而他又是怎么会突然想到要求验寄生虫卵的呢？而十几年之后，有人提醒他们来看这份验血报告，到底是什么目的？两个人都以为，在调查完短信里的第二条线索后，应该会有答案。

他们错了。

1997 年 11 月 12 日，柳絮记得文秀娟的那次住院。当时她以为文秀娟是药试时出了问题才进的医院，而现在，柳絮当然明白，文秀娟是为了创造和案犯 B 的通信机会，才去住了医院。

项伟在文华医院也同样托了人，丰海医院之后，两个人直接打车去了文华。根据从文华医院病案室调出的病历记录，文秀娟在短短几天的住院期间，做了大量的血液检查，其中有各种金属中毒的检测，也有寄生虫卵检测，其实这点柳絮早就知道，郭慨查过的。根据主治医生回忆，这些检测都为文秀娟主动要求，其中寄生虫卵的检测是 11 月 12 日这天做的，也是所有验血中最先进行的一项。这是相当蹊跷的，因为文秀娟的症状更符合金属中毒，但她却偏偏先去做很罕见的血液寄生虫卵检查，等到结果出来表明没问题后，才再去做的几种金属中毒检测。这种异常的先后顺序，要说和文秀琳的血液检查无关，两个人都不相信；但要说有关，是什么样的关联呢？

短信上的线索全都调查过了，本以为会有突破性的进展，可是迷雾却更重了。

会不会还有后续的神秘短信来提供新线索呢？

6

文红军帮包惜娣翻了个身，然后给她按摩了会儿背部的肌肉，轻轻拍拍她的肩膀，拉上被子走出房去。

早在文秀琳还活着的时候，医生就觉得一个长期在家的植物人能活十几年，被这样细心地照顾，特别不容易。十多年过去，包惜娣依然活着，医生谈论起这个病例，都觉得算得上是一个不大不小的奇迹了。

文红军想要的不是这样的奇迹，他想要的自始至终都没有变过。为此，他付出了多少，只有他自己最清楚。

看看时间，文红军在客厅里坐定。他在杯子里先放好茶叶，茶几上摆了装着橘子的果盘。今天的客人应该快到了。

客人是文红军的希望，或者说，是希望的一部分。这么多年以来，包惜娣的状况并非一成不变，开着电视的时候，文红军读报纸杂志文章的时候，会看到妻子眼皮颤动，眼球转动。文红军认为，妻子对外界信息是有反应的。虽然医生从未观察到此类情况，但文红军坚持认为这绝不是他自己的臆想。妻子的脑电波水平也比一般的植物人高些，文红军觉得，只要自己不放弃，总有一天，包惜娣会被他唤醒。

所谓久病成良医，几十年下来文红军已经成了半个植物人唤醒专家，国内国外有什么新的治疗方式，哪些植物人被唤醒了，他都清清楚楚。这几年针对植物人脑神经刺激有了些新的药物和方式，他给一些国外的医学小组寄包惜娣的病例，得到的回复说有一定可能，但需要经过至少三个月以上的疗程才能确认有无效果。那意味着十几万美元的医疗费用，如果有效果，还得继续砸钱。

有希望总归是好的，钱的问题，也不是完全没可能解决。就在不久之前，有了解情况的好心人在网上帮他发起募捐，文红军几十年如一日的坚守，再加上二女先后死去的悲惨命运，让大量的同情者慷慨解囊。

今天的来客就是一位捐助者。他本来捐了八百元，这相当不少了，但却特意联系到他，说想二次捐助，前提是得上门拜访一次。文红军明白这是为啥，没关系，网上说的全都是真的，要求证就来呗。

门铃响了，文红军开门把来客引进来。看着文红军准备的拖鞋，客人说了声抱歉，稍微提起了一只裤管，露出里面的义肢来。

“文叔叔，其实您不知道，我和您女儿还是同学呢。”项伟落座后第一句就这么说，然后取出一张支票放到茶几上。

“一点点心意。”

文红军看了一眼金额，发现竟然是十万元，连忙推还给他，说这太多了。在他想来，怎么能收一个残疾人这么多钱。

“叔叔，这钱对我不多，真的。”项伟说的是实话。

文红军开了这么多年的出租车，眼力还是有的，听这语气，再看看衣着打扮，也就不再推辞。心里奇怪，既然是女儿同学，那还需要来求证吗？这第二笔捐款比前一笔多了一百多倍，到底是为了啥？只是这疑问却不便直接问出口。

“不知道您是秀琳的同学，还是秀娟的？”

“两个都是。”

文红军愣住了。

“叔叔，其实我们见过。1993 年，秀琳过世前，我去医院看过她，还是您到学校来叫的我呢。然后，1997 年，秀娟的追悼会上我也在。”

“是你啊。”文红军这下想起来了，当年他不知道文秀琳找项伟到底是什么事情，只以为眼前这个男人，是大女儿当年的小男朋友。

“可你怎么又会是秀娟的同学呢，她比你小一届啊。”

“我多读了一年才考的大学。念的上医委培班。不过，我第二年就被甄别了。”

说到甄别，文红军就明白了是怎么回事，那年文秀娟揭发作弊的事是金浩良把他叫到学校亲口说的，辅导员自然不会说文秀娟也有作弊之嫌，但文红军听了好几句其他同学的冷言冷语，心里有数。此时他忍不住瞧了眼项伟的脚，心里别提有多别扭。原来人家和自己两个女儿是这样的渊源，说起来文秀娟可是害了这位一辈子啊，那现在这捐款还怎么收？但那可是沉甸甸的十万元啊，够十分之一疗程呢。

支票就这么放在茶几上，文红军的视线在上面打转，照理他该坚决把钱退回去，自己家女儿对不住人，自己怎么能再收钱呢。但这么多年来，他的理只剩下躺在后屋的那一条了。

文红军这份挣扎，瞒不过项伟的眼睛。客气话只说一次，他冷眼瞧着，不劝不拦，觉着火候差不多了，便转入了正题。

“文叔叔，说实话，我这一次来，捐款的事情倒还在其次。最主要的还是跟您打听点事情。”

文红军听项伟这么说，心里反倒不再挣扎了，既然是交换，而不是单纯的馈赠，这钱也拿得。只是，自己这里有什么消息，是能值十万块钱的呢？

“秀娟秀琳说起来和我都不是普通同学的交情，秀琳去了十三年，秀娟也有九年了,英年早逝啊,每每想起来,都觉得非常遗憾。因为一个特别的原因，我看到了秀琳的病历，里边有一点，是我怎么都想不明白的，就是在秀琳过世几天之后，您给她补做了一个验血，您还记得这件事吗？”

文红军没想到项伟问的是这件事，这涉及他心底一个天大的秘密。

“事情已经过去这么多年了，今天再来说这些，也没有什么意义了。”

“但对我是有特别意义的。我今天来，就是想知道，您为什么在秀琳去世以后，还要做这个化验，并且指定检验寄生虫卵？”项伟并没有解释什么是特别意义，文秀娟的死牵扯太多，一五一十地说出来，得花上几小时，而且反而容易另增变数。所以才有拍在桌子上的这十万块钱支票。

“既然您这么想知道，那好吧。”

当年那宗不可思议的死后验血本身，并没有什么不可告人之处，既然现在项伟这么坚持，为了活着的人，文红军轻叹一口气，只能重提伤心旧事。

1993 年的夏末，文秀琳的病到了中晚期，文红军意识到，医院并没有太好的办法了，只能眼睁睁地看着女儿一步一步走向死亡。这是他最看重的一个女儿，文红军开始想方设法，寻求外援。在给妻子包惜娣求医治病的过程中，文红军和海内外许多植物人治疗专家有联系，他想到，女儿是脑子里长了个瘤子，和植物人一样是脑科的事儿，就准备了许多份文秀琳的病例到处寄。回复者寥寥无几，也没有什么切实的治疗方案，直到文红军收到一位香港医生的回复。

信中说，从文秀琳的 X 光脑片看，和一般的脑瘤病人略有不同，为了确定病情，最好还是要做一个脑部 CT。如果内地医院没有 CT 设备，他可以帮着联系香港医院。最后他还提到，他曾经治疗过一例寄生虫卵入脑的病例，和文秀琳的情况比较相似，如果一时无法来香港的话，建议先血检寄生虫卵。

在 1993 年，内地有 CT 设备的医院屈指可数，就丰海医院而言，直到 1998 年才引进了该设备。最关键的是，收到这封信的时候文秀琳的追悼会都办完了。但做父亲的，当然想搞明白自己女儿到底是怎么死的，所以才有了那次死后血检。

“可是，既然查出来文秀琳的血里有大量寄生虫卵，医院对文秀琳的脑瘤判断就有可能是错误的，为什么后来……”

项伟没有说下去，但是文红军明白他的言外之意。

“因为丰海医院，也是我老婆的劳保医院啊！”

原来如此。丰海医院对文秀琳的病情诊断疑点重重，可是人已经死了，也没有确切的脑瘤误诊的证据，当年的医保体系下，包惜娣的看病配药，又都必须在丰海医院，到底是要为了死人大闹一场，还是为了活人忍气吞声？文红军再如何痛苦，却还是必须做出取舍。

“那么这事儿，就是秀琳血里查出寄生虫卵的事，秀娟知道吗？”

文红军摇摇头：“既然决定了不把事情闹大，我就谁都没说。”

项伟坐在那儿没说话，一时间，场面陷入了诡异的宁静。

该问的，其实到这里就问完了。

剩下的就是不该问的了。

项伟咽了几次唾沫，喉结来回滚动。他的心跳开始加快，他已经很久没有这样的感觉了，哪怕在这几年尔虞我诈的商场中也没有。

难堪的沉默保持了足足几分钟，项伟几次想站起来告辞算了，屁股却还是离不开椅子。终于，他张开嘴深吸了一口气，游离的目光从别处挪回到对面文红军的脸上。

“1997 年的 11 月份，秀娟在文华医院住了几天。那几天她多次验血，第一次就指定要求查寄生虫卵，这事儿您知道吗？”

文红军没有像刚才那样直接回答，他控制着自己的表情，可脸上的那一条条皱纹，却忽然之间深了一点。

“你打听这些，究竟是为了什么？”

“看来，您是知道的啊。” 项伟的一颗心沉下去了。

“那个时候，一直有传言说，班里有人要害文秀娟，更有传言说，文秀娟是被毒死的。这些您知道吗？”

文红军还是没有回答。

“看来，您也知道啊。”项伟的神情，开始变得悲伤起来，“我和秀琳、秀娟的关系，要比普通同学深厚得多，我对她们两个人的了解，也一定比您想象的要更深入。寄生虫卵进入血液，临床上这是非常少见的事情，秀琳为什么会得这个病，而秀娟又为什么会怀疑自己得这个病，这两天我一直在想这个问题。我知道秀娟是多么想出人头地，我也知道，如果秀琳还活着，您只会供她一个人上大学。”

项伟说得越来越快，难以言喻的情感攫住了他的心灵，泪水已经溢满眼眶，而他却毫不自知。

“秀琳死了，秀娟上了大学。可当她觉得有人要害她，觉得自己中了毒的时候，哪怕到生命的最后时刻，都非常排斥和警方接触。她是一个多么聪明多么有理智的人啊，为什么面对生死这么巨大的问题，却要放弃最能保护自己的渠道呢？而您，秀娟的父亲，在您只剩下这最后一个女儿的时候，在这个女儿年纪轻轻就离奇死去的时候，在您听说了下毒流言的时候，您却沉默了，沉默就是您的选择。一个正常的父亲，自己女儿的死哪怕有一分一毫的疑点，都绝不会这样做的，您能告诉我这是为什么吗？”

文红军一张脸变得铁青，他的嘴抿成一线，伸出手按在那张支票上，像在推动一座山似的，慢慢地慢慢地，把它推回了项伟的面前。

项伟并没有拿回支票，他撑着扶手站了起来。

“您不必告诉我，我知道的，我在心里问了自己无数遍，只有一种可能，只有一条路，会让文秀娟那样做，会让您那样做。”

项伟自己开了门，摇摇晃晃走出去。在他的身后，忽然传来撕心裂肺一声吼。

“报应啊！”

项伟流着泪，浑浑噩噩走在路上，全不在意别人惊诧的目光。对面街上，一个女人远远看着他，然后拿出手机，拨通了电话。

“项伟吗，好久没见面了。”

7

项伟开门进屋的时候，正瞧见柳絮把右手收回来。这是个有点奇怪的姿势，柳絮腰杆笔挺坐在沙发上，神情平静，双手垂放在腰侧，再没有其他的动作。她刚才是在干什么呢，项伟想，像是在……收拳？

项伟正要和柳絮打招呼，却发现她在出神。她的坐姿已经变得不像刚才那么紧张，而是松弛下来，脸上也露出温和的有着浅浅暖意的笑容，她凝望着对面，但其实对面什么都没有。项伟站在玄关看着柳絮，柳絮却对他进屋一无所觉。

“你看见郭慨了吗？”项伟问。

柳絮这才回过神来。

“哦，你回来了？” 她说，“你刚才说什么？”

项伟摇摇头，说：“你等了一会儿了吧，不好意思。”

郭慨手机上的两条信息，其中一条帮助柳絮和项伟缩小了嫌疑人范围，还没来得及去验证另外一条，就被突如其来的神秘短信打乱了节奏。在丰海医院和文华医院固然有让人吃惊的发现，可柳絮翻来覆去地琢磨，把郭慨留下的破案教科书都翻烂了，还是没办法把这发现和案子结合起来。或许还会有新的短信来指引破案的道路，但柳絮不打算坐等，想和项伟商量，是不是把郭慨手机里提到的另一个地方赶紧查了。项伟不像柳絮这样全副心思都扑在破案上，毕竟还是有公司要打理，所以让柳絮先过来，客人等主人。

柳絮把她在家里整理出的思路一条一条摆出来和项伟讨论。她希望项伟可以帮她梳理，看看能碰撞出什么新方向来。可今天，项伟似乎兴致缺缺，只是听着柳絮分析，时不时附和几声。

是他在公司里碰到什么事情了吗？柳絮想。

“你和马德是约在后天碰面吗？”柳絮问，“你到底想用什么办法留下他的笔迹呀，如果就是几个字可不行，得让他尽量多写一点才有鉴定价值。”

“我和他没约在后天了。”项伟说。

“改期了？”柳絮有点失望，“那我们明后天去找那个刘亮成怎么样？你有时间吗？”

刘亮成就是郭慨手机另一条信息里提到的人名。

“这两天我会忙一点。”

“那要不我自己去找他吧。”柳絮说。对她来说，多拖一天，就多一分被费志刚找到的危险，既然已经撕破脸，相信费志刚绝不会轻易放弃找她。

“你有没有想过，如果费志刚是凶手的话，你该怎么办？”项伟忽然问。

“费志刚？”柳絮皱起眉头，“虽然他现在想把我送进精神病院，但郭慨死的那天晚上他在医院动一个手术，手术完就回家了，时间我特意确认过。而文秀娟死前几周我们都形影不离，他应该没时间去下毒。他现在的举动，只能说明和案子有牵连，他应该知道内幕，却不会是真正动手的那一个。说到底，我还是不认为他会那样凶残。你为什么怀疑费志刚，尽管他有疑点，没有真正可靠的线索，警方根本不会采信的啊。”

“我不是这个意思。我是说假设，一切证据都指向他，一个你认识了那么久、共同生活的人居然是凶手，你会是什么感受？”

柳絮不知道项伟为什么突然问这个近乎冒犯的问题，他今天整个人的状态似乎有些异样。

然而明白了这个问题的真义，柳絮突然觉得有一个大勺子伸进了她的心湖，轻轻一搅，勉强平复下来的泥沙又复掀起波澜。那些强迫自己视而不见的回忆，那些过往十多年丝丝缕缕的时光，一同织成了深邃的洞窟，张开巨口把柳絮吞了进去。

是啊，费志刚。根本不用项伟那样的假设，即便是他现在的样子，是自己可曾想到过的吗？他与自己人生的交集，来自于尸池的拯救，今天看来，真的只是巧合吗？而后他把自己带离文秀娟的漩涡，让自己自然地疏远文秀娟，圣诞夜又悄悄参加委培班的聚会。他曾是自己唯一的稻草，是这个世界光明所在，他在街头拿出戒指跪下，让她得到救赎。从此之后日夜相伴，照顾有加，这么多年没有一次疾言厉色。他于己是大树，己于他是藤萝，原以为一生就这样相附相系，直到彼此苍老。可如今，一直拥抱的树干，忽然变成一缕烟雾，过往皆空之时，却还见那烟雾幻化出狰狞的鬼首向她桀桀厉笑。

自己这一辈子，活成了什么？

柳絮不禁想起那张已经逝去的面孔，于此时此刻，那面容是如此的清晰，却如夜空的星光，明亮而冷寂。星光如此遥远，当它照在身上，抬头仰望，已经相隔了永远无法企及的距离。一时间，柳絮心痛得无法呼吸。

“对不起，”项伟说，“我不该问的。”

只是这一声简简单单的道歉，却哪那么容易把柳絮从泥沼里拉出来。

项伟站起来，在客厅里低着头踽踽而行，绕了几圈，发出长长一声叹息。

“对不起，柳絮，我要退出了。”

这句话把柳絮的神思一把拽了回来，柳絮简直以为项伟是在和她开玩笑。

“发生什么了？是有人在威胁你吗？”

项伟摇摇头，说：“我会加入进来和你一起调查的原因，你是知道的对吗？可是这个原因，现在已经不存在了。”

“你是因为文秀娟加入的，因为当年她虽然害了你，但你还是喜欢她，你还爱着她，不是吗？难道说你现在不爱了吗？”两人从来没有把这一层原因挑明，毕竟一个男人被害到这样还念念不忘，这种爱是不对等的。现在柳絮急了，说话也顾不得再照顾项伟的脸面。

“是的，我做不到了，我没办法再去爱她。文秀琳把她的妹妹托付给我，她通了那么多年的信，然后我又通了那么多年的信，我们都以为，自己了解文秀娟胜过任何人。太可笑了，没人了解她，除了她自己。”

项伟瞪着柳絮，一字一顿地说：“文秀娟杀了自己的姐姐。她是一个杀人犯！”

“这不可能！”柳絮叫喊起来。

“这是真的，”项伟说，“文红军也知道，昨天，我去拜访过他。”

项伟把和文红军的交谈讲给柳絮听，柳絮一边听，一边觉得世界在崩塌。即便是那天晚上看见费志刚端详手术刀，都比不上现在这么震惊。

“是不是感觉特别幻灭？”项伟说，“你要知道，我的感受，十倍于你。”

“会不会是……你们都搞错了？”柳絮犹自不敢相信。

“我能看得出来，文红军知道更多的事情，他不会搞错的，毕竟是他女儿。”

柳絮慢慢把背靠在沙发上。现在，她完全能够理解项伟的心情，也没有任何理由再勉强他继续调查了。她知道，项伟对文秀娟的感情，其实是从文秀琳那儿来的啊。

“我知道了，但还是谢谢你这些天的帮助。”

“那么，你还要查下去吗？”

“当然。”柳絮再一次挺直了背，“因为我不是为了文秀娟，我是为了郭慨。”

项伟在她对面重新坐下来，看着她问：“其实你已经付出了太多，为了查这个案子，值得吗？”

“我付出了什么？付出了我这些年虚伪的人生吗？现在，我看到了太多从前被我忽略的东西，尤其是我知道了，这个世界上，曾经有一个人为了我义无反顾。我明白得太晚，但终于还是明白过来了。他怎么对我，我怎么对他，就是这样，我已经想得很清楚了。”

说到这里，柳絮脸上浮起一丝笑容。项伟看着柳絮的笑容，那并非是凄凉的惨笑，并非是愤懑的怒笑，而是暖暖的、带着留恋、回忆甚至希望的笑容。这是带着光芒的笑，很多年很多年，项伟没有见过了，而他自己，有没有对文秀娟露出过这样的笑容呢？人这一辈子，总得这样笑过，总得见过这样的笑，才值得吧。

于是，他做出了决定。

“你走吧，柳絮，你走吧。”项伟对柳絮说。

“怎么了，当不成拍档，就要赶我走了吗？”

项伟抬头看了一眼挂钟。

“你最多还有不超过十分钟的时间。”

柳絮看着项伟的眼睛，终于明白他在说什么。

“你告诉费志刚了？”

“是的。”

柳絮绝不会想到在项伟这里遭遇背叛。她本以为这是一个最最可靠的拍档，如果说因为对文秀娟失望而放弃调查还在她理解范围的话，把她出卖给费志刚，把她一手送进精神病院，则完全是超出底线的卑劣行径了。项伟怎么会是这样的人？

可能是今天收到太多意外的消息，可能是遭遇过太多不可能的背叛，柳絮此刻竟有些麻木了。她站起来，拿起包向门口走去。

然而她又停下来了，转回头看着项伟。

“不对，除了去文家见文红军，你一定还发生了什么事。你绝不会因为对文秀娟的失望，就把我出卖给费志刚。一切事情都有逻辑，都有利害关系的，这里面缺了一环，告诉我发生了什么事情！”

“还有九分钟，也许他们会在下一分钟早到，你真的打算在这个时候满足自己的好奇心吗？”

“现在我手上只剩一条能去查的线索了，能查出什么还不知道。我对自己的破案能力并没有多大的信心，如果可以有更多的线索，冒一点险算什么呢。”

柳絮走回沙发，在项伟对面坐下。

“你出卖了我，也许下一刻我就会被抓进精神病院。要是你有一点点愧疚的话，请告诉我，你究竟为什么这么做。”

项伟又看了一眼钟，他注意到柳絮反而一眼都没有看过。刚才的这短短几分钟，这个女人让他刮目相看了。

“我一个残废，做到今天，许多人觉得是奇迹。但任何奇迹，都不是石头缝里蹦出来的。那年我被学校开除，从宿舍楼上跳下来，没死成。被救下来以后，很长一段时间里，我都觉得不如死了干净。家里所有的钱都拿给我念大学，结果我弄成那样，又残了。那阵子，我还割过腕。如果不是有一个人一直给我鼓励打气，甚至连续很多年资助我，我是不可能振作起来的，也绝不可能有今天的我。这个人，昨天来找过我。”

“这个人是谁？”柳絮盯着问他。

“够了，我不会再说了。你走吧。”

“女人？”

项伟笑笑。

柳絮脑袋里灵光一闪。

“战雯雯，是战雯雯吧。你说她喜欢你，但是从来没有表白过。说得这么肯定，她一定一直和你有联系的。她昨天来找的你！”

项伟的脸沉了下来。

柳絮的思路在此刻却无比清晰：“那个丰海和文华医院的短信发到我手机上，却是给你看的。你知道了文秀娟是个杀人犯，就一定会放弃调查，在这个时候，你的红颜知己、你的恩人来找你，你就陷入了两难——是继续查下去，为一个罪该万死的杀人犯复仇，还是放弃调查，让恩人战雯雯得以安全。不，这压根儿就不是两难，这个选择太容易做了。”

“战雯雯和郭慨的死没有关系，和文秀娟的死也没有关系。”项伟沉着脸说。

“和郭慨的死没关系我信，和文秀娟没关系，她为什么昨天来找你啊，还不是怕查下去把她牵连出来。”

“我没说她昨天来过。”

“又是费志刚又是战雯雯，他们都不会是杀死郭慨的人，这个案子，到底会牵扯进多少人，难道委培班所有人都有份？”柳絮这句话一出口，一股凉气从心头升起来，整个背脊都麻透了。

这不会是真的吧？她想。

柳絮知道项伟再不会多说一句话了，被她猜出战雯雯，估计他已经在后悔了。她站起来，快步走到门口把鞋穿上，对项伟说：“还是谢谢你，起码你给我留了这十分钟。”

“如果有一天,这个案子会有需要我出来作证的那一天,”项伟看着柳絮，说，“我会告诉警察，告诉法官，你是个经常产生幻觉的精神病人。你知道，这并不是假话。所以，从现在开始，你最好不要对我再有什么不切实际的期望。”

柳絮站直了身子，还没等她回应，门铃响了。

“看来他们来早了几分钟。柳絮，你曾经还是有机会的，很遗憾。”项伟说。

柳絮猛地转身就跑。项伟目瞪口呆地瞧着她直冲进院子里，翻过矮篱，消失在小区花园里。

三、图穷

1

柳絮发现自己走进了死路。

从项家惊险逃走的第二天早上，她就找到了刘亮成，结果一无所获。

刘亮成和文秀娟案一点关系都没有，他比柳絮小四届，大三时因小事被室友投毒致重伤，毒是亚硝基二甲胺。这个案子柳絮曾经听郭慨提过，他去找刘亮成，只是本着广撒网，看看能不能得到点作案手法作案动机方面的启发。结果柳絮没能得到任何启发，同时她了解到警方也已经找过刘亮成，简单谈话后也没再详细跟进，也就是说没发现疑点。

如今，柳絮非但生存空间受到费志刚进一步的挤压和威胁，而且项伟更明确了他在未来作证时的立场，这意味着哪怕暴露了战雯雯的嫌疑，没有实打实的证据，警方多半不会理会。就像柳絮明知道费志刚有嫌疑，却拿他没办法一样！

柳絮本把希望寄于刘亮成这条线索，然而希望越大，失望越大。

小小的卧房布置成了“调查室”，比原来家里的小客房更凌乱。窗帘半拉，写字台上笔电闪烁着，屏幕上是“寄生虫卵入脑”的搜索网页，地上行李箱半开，里面散着没穿的衣服，谋杀通信贴得满墙都是，而《犯罪重建》《痕迹检验》《侦查心理学》《犯罪学》等十多本书散在床和床尾凳上。这间屋子就像迷宫，柳絮在一座座山头间兜来转去，找不到出路。

郭慨留下的线索已经完全梳理了一遍，新的突破口却迟迟找不到。柳絮曾经以为自己在啃了这么多本刑侦学课本之后有了足够的长进，所以才有昨天灵光一现猜中战雯雯，以及之前蓝色酒吧里想到凶手男扮女装。可现在她明白自己还差得很远，她所有的发现都无法转化为真正的进展，无法推动调查更进一步。

她感受着心里那头正四处乱撞的小野兽，告诉自己会有出路的。那种感觉——灵感或者是直觉，不论管它叫什么，都只差一点就能喷薄而出。昨天在项伟家的最后十分钟里她就有同样的感觉，这感觉为她带来了一个名字——战雯雯。她相信自己的潜意识已经明白了某些东西，来一点光吧，燃一团火吧，把那团阴影照亮。

柳絮又开始翻阅那些书，六小时里的第三次。她看得很快，只看章节名和小节名，脑海中就能跳出具体内容来。她的精神已经被压榨到极限，她准备好了再一次出现幻觉。也许会看到郭慨，也许会得到他神秘指引，而潜意识里的灵感就会以这种方式浮现出来。然而并没有，一方面神经快要绷断，一方面又异常清醒，矛盾得让她要发疯。

突然，一行标红的文字从眼前滑过，柳絮“嘀”地叫出声，毫无形象地从床上蹦起来，脑袋狠狠撞在天花板上，却顾不得痛，摔回床上的时候手里还死死攥着《犯罪心理画像》。

一项侦查，如果没有找到隐藏在犯罪背后的动机，那我们就通常认为它并不完整。

犯罪动机！

谋杀这样极端的犯罪，必然有非常充分的犯罪动机。如果郭慨仅仅只是刚开始调查，凶手会警惕会紧张，但不会轻易动手杀人的。毕竟是那么多年前的案子，许多线索都已经湮没，调查起来困难重重，反而是新制造一起血案，会给凶手带来暴露的危险。所以，只有当郭慨的调查逼近了真相，凶手感到极大威胁的时候，才会迫不得已对郭慨下杀手。

也就是说，郭慨之前进行的那些调查，其中某一项直指凶手。

究竟是哪一项调查呢？柳絮的思绪此刻无比清晰，仿佛每一颗脑细胞都充满活力地飞快运转着，她想到了凶手租下杀害郭慨的房子的时间，以及出现在育英实验学校把伪造信件投入“信箱”的时间。

以此为时间线往前找！

柳絮开始仔细复盘郭慨在此之前进行的所有调查，然后，立刻就有了发现。柳絮沉下心，把这条发现先写在纸上，然后再想其他，不过反复思虑，可疑点就只有这一条了。

能这么快想到，其实有赖刘亮成。郭慨是在最后一次碰面时，告诉柳絮已经约好刘亮成在几天后见面的，然而他生出念头要调查投毒案的时间更早，算起来，恰巧在柳絮划出的时间线之前。而郭慨当时要调查的医学院中毒案有两宗，亚硝基二甲胺是其一，还有另一宗铊中毒案。后来他去查过铊中毒案吗？联系了谁？案情怎样？这些全都是一片空白。

而相比亚硝基二甲胺，铊中毒的症状，和文秀娟当年的情况极为相似，所以，这片空白，现在一定要填上。

主意打定，柳絮就开始搜索医学院铊中毒案的线索。第一步当然是通过网络搜索，然而换了好几个关键词，翻了几十页搜索页面，都没能找到相关信息。然后柳絮换了个思路，搜索亚硝基二甲胺投毒案，发现有很多文章。

她一一查看，终于看见其中一篇提及了医学院铊中毒案。里面没有受害人的真实姓名，但却有所学专业名称，是比柳絮晚一届的临床系。

搜索出这些的时候，已经是凌晨3点。柳絮难以入眠，在床上翻来覆去折腾了几个小时，7点多就又爬起来。她联系金浩良，不出所料这个辅导员推托记不清了。柳絮可不像郭慨，有让他老实的本事，所以她只好冒着被费志刚发现的风险，去走另外一条曲折的路。她联系上了熟悉的和生医院医生，从他那里打听到和生有一位医生正是中毒学生的同学——这个圈子并不大，通过他柳絮总算得到了当年中毒者的名字。

中毒学生名叫王唯，目前在上海另一所三甲医院普外科工作。柳絮要到了他的电话，直接打了过去。

这位王医生很好说话，听柳絮自报家门是委培班的，热情地说学姐好。柳絮说想问中毒的事情，还没说理由王唯就痛快答应了，然后问她和郭慨认不认识。柳絮说认识啊，郭慨是不是来找过你？王唯说郭慨10月份约他见面，但他那时在北京进修，说好11月回上海后碰头，郭慨却没再找他。

柳絮没说郭慨已经死了，担心节外生枝。两人约在中午碰面，柳絮想最好是在电话里直接说，怕费志刚得知消息在医院瓮中捉鳖，但这样的要求不合情理，真提出来王唯反倒要生疑了。要想安安全全，就别查这个案子。

两人约了食堂碰头，柳絮在门口等了一小会儿，就和好几个熟悉的医生、护士打了招呼，心里直打鼓。这儿有太多和费志刚认识的人了，要是谁有闲心和费志刚发个短信，说刚看见你老婆了……

一个戴着眼镜的胖医生笑哈哈迎上来，说柳学姐吧，咱们进去一边吃一边说呗。

王唯用他的卡给柳絮买了三菜一汤，两人相对而坐。

“学姐今天休息啊。”王唯说。他听柳絮自我介绍是委培班的，想当然认为她在和生医院工作。

“实习的时候出了个医疗事故，就从医院出来了。”

王唯的表情顿时尴尬起来。

“好多年前的事情啦，我的心理素质还是不适合吃这碗饭。给你打电话挺冒昧的，主要是我的一个好朋友，她也遇到了疑似铊中毒的事儿，我和郭慨一起在帮她了解相关情况。听说你也遇到过，就想着找你聊聊看。”编不出瞎话，柳絮索性就照实说了，她没说文秀娟的名字，怕王唯多想。

“是文秀娟的事情吗？”

柳絮愣了一下，然后明白过来是郭慨说的，还好她没瞎编，不然前后就对不上了。

不过她现在也不知道郭慨的口径是什么，只能先点点头。

“文学姐的事情，当年我也听到过一些，没想到隔这么多年，还在追查呀。”

他这话一说，柳絮就明白郭慨一定用的警方调查的名义。

“不过，我还以为会是郭警官来找我。”

“他现在不太方便，而且这个事情，在没有确凿的进展之前，也不能算是警方……嗯，不算是特别官方的调查吧。”

王唯挖了口饭，点点头说：“和学姐聊总比和郭警官聊自在。不过我的事情啊，算铊中毒，但可不是被下毒，估计是没什么帮助。”

接着王唯一边吃，一边说他当年中毒的“轶事”，情节特别重口味，也只有医生才能在吃饭的时候面不改色地说这些。

医学院的学生，像柳絮这样胆小的是极个别，特别到了二年级，尸体司空见惯，说起胆子，一个比一个生猛。于是，不管是因为好奇心还是标榜特立独行或其他什么青春期心理，一些常人听起来丧心病狂的事情，在医学院里却时有听说——比如把解剖尸体上的某些零部件拆下来带回寝室。

学生时代的王唯，看起来和现在的笑面佛模样可有些区别。那时他有个绰号叫“悟净”，得名于脖子上挂的白色珠子。《西游记》里的卷帘大将在通天河称王的时候，脖子上挂着的都是人的骷髅头，而王唯的白珠子，是用人脊椎骨打磨成的，自觉十分威风。后来一次打篮球时弄散了，捡回来弄成手串戴在手腕上。本来戴脖子上的时候，慢慢地皮肤就起了疹子，他没在意，换到手上，没过多久手腕上也起了皮疹，再后来腕关节开始疼，然后恶心呕吐。

不用说，问题就出在骨头珠子上。要是换了一般人，多半以为亡魂来复仇索命了。作为医学院学生，王唯当然第一时间就去做了检查。一开始查不出问题，实在是因为铊中毒太罕见了，王唯又偷偷拜托同学把骨珠拿去毒理实验室检测，前后折腾了半个多月，最后还是先从珠子里查出了铊，才进一步确定了身体的问题是铊中毒，人骨中的铊通过皮肤接触渗透进了体内。尽管中毒症状不算特别严重，但王唯在医院里验了这么久的毒，弄到学校都组成了调查组。王唯没敢把戴人骨珠子的事情告诉调查组，这种偷人体组织的事情曝光了怎么也要落个大处分，所以到最后校方都没弄明白铊是从哪儿来的。

柳絮坐在对面听王唯说故事，觉得简直太离奇了，居然是通过皮肤接触人骨头中的毒。

“那人骨到底是从哪儿来的呢？”柳絮大惑不解地接着问道，“真的是解剖用的尸体？可是中毒死的人，能够用作医学解剖？”

“照理是不行吧，除非医院不知道死因是铊中毒。至于骨头的来历……”

王唯停下话头，吃了几口饭菜，抬起脸冲柳絮笑笑：“是你们班的。”

“我们班的尸体？”柳絮大吃一惊。她第一反应是不可能，然后，突然就想起了委培班的一宗诡奇的悬案来。

王唯没有卖关子，接着说骨头的来历。

“有一回，我去你们班男生寝室串门，看见一哥们儿用个电动工具在磨骨头，问他这是干吗，他说想弄串珠子玩，我想这主意牛啊，就顺了几块脊椎骨，哪里会想到这骨头不干不净的。后来发现骨头有毒以后，我再回头去提醒他，结果他说被我顺走的骨头太多，剩下的集不成串就扔了。你说我倒不倒霉，他倒是逃过一劫了。”

柳絮连忙问：“磨骨头的是谁？”

“马德呀。”王唯说。

唯一没有做过笔迹鉴定的同学的名字，在这儿出现了，会是巧合吗？

柳絮又问：“当时你去的时候就看见脊椎骨吗，有其他骨头吗？”

“好像还有点肋骨吧。”

这话一说，基本上就和柳絮脑子里的回忆对起来了。

“那会儿是不是 1998 年 1 月份？”柳絮再一次确认。

“对的，寒假前。”

就在 1998 年的 1 月，文秀娟死后不久，委培班出了一桩怪事。解剖学课程结束后，要回收医学解剖尸体时，有一具尸体竟然不翼而飞。柳絮记得特别清楚，因为少掉的尸体，正是她和文秀娟共同解剖的那一具。同学都说没看见，但有谁会偷这么一整具尸体呢，还是说像松树林里流传的那些故事一样，尸体自己爬起来走了？尽管医学院有的是尸体，但莫明其妙失踪了一具也得找啊，那几天金浩良伤透脑筋，然后大概是在第三天，尸体在松树林里出现了。最先被发现的是一只右手，插在一个小树洞里，然后是脑袋，左手，双腿，髋部。尸体被肢解成一块一块，散在松树林的不同地方，饶是医学院学生胆子大，也着实吓到了不少人。学校以为是同学恶作剧，象征性地查了一下，没结果也就罢了。

不过，柳絮记得非常清楚，收集起来的尸块并不能拼成一整具尸体，躯干的胸部始终没能找到。当时，大家以为胸部一定被埋在松树林哪棵树下面了，又不是什么谋杀案，犯不着把树林子全都挖一遍。而现在，柳絮终于知道胸部去了哪里。

被埋掉的可能只有胸部剔下来的皮肉组织吧，在土壤里这样的有机物分解得非常快，要不了多久就消失得无影无踪了。骨骼，确切地说肋骨和脊椎骨处理起来就没那么方便了。从王唯的描述来看，马德当时怕是压根儿不是想要磨珠子，而是想把骨头磨成粉，彻彻底底地灭迹吧。

这一刻，柳絮想哭又想笑。没有一点点实际的证据，但她已经明白，文秀娟到底是怎么死的了。

她眼前浮现起和文秀娟一起解剖的情景，一幕幕如幻灯片在眼前闪回。在那些解剖场景中，她和文秀娟有一个很大的不同点，或者应该这么说，文秀娟和全班所有人都不同，别人都戴着手套解剖，文秀娟不，她赤手！老师开课的时候曾半开玩笑地说过一句，如果同学可以做到裸手解剖，皮肤会有细微的触感，技艺就能更快速地提高。文秀娟事事要出头，所以全班只有她真的照着老师的话去做了。

必然有人把铊涂抹在解剖尸体胸腔组织里，所以没戴解剖手套的文秀娟再次中毒。

文秀娟此前所有的中毒症状，都与铊中毒符合，这是由长时间持续性地小剂量投毒造成的，而在她已经极其衰弱的时候，皮肤又直接接触到了大剂量的铊，这就成了最后一根稻草，毒素大爆发致全身器官衰竭。

尸体失踪事件，自然是为了消除痕迹的故布疑阵。其他部位都可以被学校找回去，但整个胸部，从皮肉到骨骼，全都得销毁才最安全。

这样的手段真是杀人不见血。

到了这个时候，主谋已经没有办法在柳絮面前继续隐藏下去了。马德，必然是马德，只能是马德!

不单单是因为没有完成的笔迹鉴定，不单单是因为他是在寝室里磨骨头的那个人，更因为他是委培班唯一一个在毒理实验室里做过练习生的人!铊可不是随处可见的东西，即使是在医学院里，也只有在毒理实验室才可能接触到。

王唯最后还告诉柳絮，郭慨最初约他见面之后，他把这事情告诉了马德一声，毕竟骨头是从他这里拿的，于情于理都得通报一声，这些年马德做医药代表，和王唯有许多往来。

柳絮的嘴唇都颤抖起来了。她强作镇定，问王唯："那马德怎么和你说的？"

"他就让我照实说。"王唯回答，"他说就是当年调皮捣蛋的一点小破事，实话实说没什么好瞒的。"

柳絮捏紧了拳头，指甲嵌进掌心。是啊，马德能怎么说，难道要他去叮嘱王唯千万不能说出实情吗？他只能趁王唯还没有和郭慨碰上的这段空白期，把郭慨杀死!

回到住处，柳絮仰首倒在床上，呆呆地望着天花板。

竟然真的会是马德。为什么呢，他和文秀娟有什么化解不开的仇恨？

眼泪倾泻而下，她犹自不觉。

郭慨，我找到真凶了。我循着你的路，追着你一闪而没的衣袂，在泥泞里跌跌撞撞，然后冷不防就站到了这里。

在这张小小的床上，柳絮放任情绪肆意流淌，她随手翻看着郭慨留下的课本，看那些角落里写下的一个个饱含着深情的故事，沉溺其中，毫不抵抗。

良久，她翻坐起身，开始思索下一步。

马德显形，杀害郭慨的逻辑链已经完整，但杀害文秀娟却还有动机未明。况且知道凶手是谁是一回事，证明凶手是谁又是另一回事。以柳絮目前的处境，有足够的证据尚且未必管用，更何况现在没证据。

要说找寻证据，首先当然是想办法取得马德的笔迹去比对谋杀通信，然而即便比对上了，也顶多是个佐证，还需要更直接的证据才行。

倒是有一条路，既然确定了马德是首凶，是杀害文秀娟和郭慨的双料嫌疑人，那么，就可以试着去搜寻他在郭慨死亡当晚的行踪，搜寻他多次异装前往蓝色酒吧和出租屋的情报。从结果倒推，总会发现蛛丝马迹的吧。

然而柳絮又明白，要是她真的这样去做，将会有极大的风险。她是个再笨拙不过的侦探，假使可以查出线索，也一定是磕磕绊绊，不知走了多少弯路撞了多少南墙耗费了多少无用的工夫。在这过程中，不被费志刚逮到的机会是多少？王唯也一定会把今天的事告诉马德的，也许马德现在已经知道了，所有利害相关的人将以最快的速度抱起团来对付她。所以，她真的有机会吗？

现在的柳絮，并不怕担风险，她只怕自己走不到最后。

她去找项伟做同伴，正是因为这样的担心。现在项伟已经背叛她，她必须要找到新的、绝不会背叛她的同伴才行。如果真的找到了新同伴，并且也能够认同马德的嫌疑，那么就算直接报警，都有机会。

可是，委培班同学她一个都不敢找。除了同学，还有谁会愿意参与到这个案子里来？

必需得是切身相关的人，比如郭父郭母。然而自己取信他们的机会有多大？他们认定自己是精神病了吧。

那么，就只剩下一个人。

文红军。

项伟说，关于文秀娟，文红军显然知道更多秘事。作为父亲，他对小女儿到底还留有多少骨肉亲情，他愿不愿意为了寻找真凶，再去揭开陈年旧疤？

柳絮毫无把握。

她只有全力以赴去尝试。

2

“别人都讲这是个奇迹。但这个奇迹，靠我一个人出不来呀。”文红军给包惜娣喂完今天的第二餐流质，照例陪她说会儿话。

“你如果不想活着，不想醒过来，恐怕早就去了吧。”

文红军相信包惜娣能听见自己说话。既然妻子的脑神经活跃度比一般植物人高，就应该对这个世界保有感知，不是吗？

这些年，文红军和老婆说的话一天比一天多。两个女儿都已经不在，他不想让包惜娣觉得太孤单。太孤单了，也许就不愿意再支撑下去。

门铃响了。

文家不常有客人，是推销员吗？文红军把卧室的门带上，走到门口，透过猫眼张望了一下，然后把门打开。

门外站着一个穿着皮夹克的年轻人，背稍稍佝偻着，仿佛随时随地保持着一种谦卑的态度。他戴了副眼镜，眉弯眼细，笑起来笑纹很深，看来是个一直笑着的人。这时，他正笑着向文红军欠了欠身，鞠了小半个躬。

“您找哪位呀？”文红军问。

“文叔叔是吧，我找您。”年轻人直起腰，“今天来得冒昧了，我叫马德，您女儿的同学。”

“我女儿？”

“我和您女儿文秀娟是医学院委培班的同学。找您聊点事情，我方便进去吗？”

文红军没有让开路。

“什么事？”他语气生硬地说。这位父亲对自己的二女儿并没有多少感情，反倒是女儿的大学同学忽然找过来，他直觉这会是个麻烦。

“您这还真是……”马德失笑起来。

他这样一笑，通常对面的人会因为觉得失礼而不好意思。但文红军并不在此列。

“我要上班去了，现在也没有时间。你要不是很急的话，再约其他时候吧。”

“您是要出车去对吧，不好意思耽误您做生意了，您看我来也来了，算起来我也是您朋友啊。”

文红军毫不掩饰地沉下了脸。

“我们没见过吧。”他说。

“我们是没见过，不过，我们是网友呢。我们通过不少博客私信。”

文红军一愣，脸色和缓起来。

“你是？”

“天涯行者。”

“哎呀哎呀，”文红军不好意思地笑起来，“原来是你，你怎么知道我住在这里呀。来来，请进请进。”

这些年里文红军很少露出现在这样的笑容，他的生活全系在里屋的包惜娣身上，也只有与此相关的事情，才能真正牵动他的喜怒哀乐。

他怎么都想不到，自己二女儿的大学同学，竟然就是那个在网上鼓励他分享故事、帮他做了整个募捐计划的人。

原本文红军只是在博客上分享植物人的知识和病例，分享自己照顾植物人的经验，以此与其他植物人家属交流。直到有一天，一个网名“天涯行者”的人先是捐了一千元给他，而后又鼓励他把自己的故事完整地分享出来，并以第三者的角度写了文章，传播到各个论坛上去。成千上万的人由此了解到文红军的故事——一个失去了两个女儿的父亲，一个守候了二十五年的丈夫，一份被命运反复折磨却仍打不倒的坚持。这篇文章叫《如果命运错了，我们能做些什么》，文章最后，天涯行者发起了捐款倡议，并且自己又捐给文红军一千元。然后，就开始有点点滴滴的捐款，慢慢涓流汇聚成河，到现在，在天涯行者持续顶帖转发之下，热度进一步发酵，捐款金额已突破了二十万元。

可以说，天涯行者就是文红军的恩人。文红军也曾想过，这个天涯行者如此一而再再而三地帮助他，到底是为了什么。他开了几十年的出租车，成天见的都是过客，人世间匆匆来去，这人情是冷是暖，甚至来不及品尝，突然之间，被一束阳光定定地照个正着，炽热得都不习惯了。

现在，天涯行者站到了面前，文红军这才知道，原本以为素昧平生的陌生人，其实与自己有着这样一重渊源。

文红军请马德在客厅坐下，泡上茶，当然再不提要去出车的事。他又说了些感谢的话，聊了几句植物人治疗——那是他们在网上会交流的话题，然后等着马德说出来意。

“说实话，我会注意到您的事，其实是因为文秀娟。”

文红军点点头，如果不是因为文秀娟，那也太过巧合了。

“今天来，是有一个不情之请。”马德之前说话时，低眉垂目，视线略略向下，很是恭敬得体。此时，他抬起眼睛，正视着文红军。原本温和的眼神，忽然多出些别的东西。

“请说。”

“有一个叫柳絮的女人，可能会在近期来找您。到时候，请您把她交给我。”

“什么意思，这个人是谁，找我干什么？”文红军被他说得摸不着头脑。

“她是文秀娟的同学，当然，也是我的同学。她认为文秀娟的死别有原因，正在进行调查。说真心话，您希望重新调查文秀娟的死因吗？”

文红军皱了皱眉头，他不喜欢马德这样直勾勾盯着自己看，更不想回答这种突如其来的让他不快的问题。

但他脑袋里自有一本账，知道“天涯行者”这是要账来了，所以勉强答道：

“我的两个女儿已经去世很久了，我现在的世界里，只有我老婆。”

马德笑了：“我就知道您一定是这个态度的。如果她来了，请您留着她，然后给我打电话。”

“我不知道你们之间有什么事情，我不想掺和进来。如果你说的这个柳絮来找我，我会告诉她，我的精力都在照料我老婆上面了，其他的事情管不了了。至于什么把她交给你或者给你打电话之类的，同样还是那句话，我的精力都在照料我老婆上面，其他的事情管不了。”

马德又笑了，此刻，他的笑容显得不那么节制，就像一个猎人，正饶有兴致地看着掉进陷阱的猎物。

当一个像他这样的人选择亮牌的时候，结局就已经注定了。

“谢谢您没有立刻把我赶出去，应该是看在天涯行者的份上吧。我一直在帮助您，为的就是今天您可以帮助我。其实，助人即是助己，这句话对我对您都是合适的。我很明白文叔叔您的，这么多年，您始终只做一件事，就是让阿姨醒过来，其他所有和这件事比起来都不重要。可是我那位同学柳絮并不明白这一点，她以为弄清楚文秀娟去世的事情才最重要。她这个人，做事情总是慢一拍，踩不准正确的节奏，直到今天，九年之后，才想着要去了解她的好朋友、我的好同学、您的好女儿文秀娟是个什么样的人。而我，九年前就知道了。”

马德拿出两张纸递给文红军。

“您认得您女儿的字迹吧，这是她死前写的一封信。”

文红军读完这封信，整个人以肉眼可见的速度衰败下来。哪怕他早已经猜到文秀琳的死是文秀娟所为，但看到文秀娟亲笔承认，仍有一种被重物锤击的巨大晕眩感。

“我做过些小调查，相信文秀娟没说假话。文叔叔，我做事情一直很认真，也不会做没把握的事情，就像当时，我觉得文家的悲惨故事只要传播出去，一定会有许多好心人捐款的。”

马德身体微微前倾，一副诚恳的表情。

“您还记得大家是因为看了哪篇文章，才开始捐款的吧？那篇文章的标题叫《如果命运错了，我们能做些什么》。如果大家发现，您的两个女儿不是简简单单地病死，而是另有原因，会不会觉得命运并没有错，一切都是报应呢？大家对您一家的同情，会不会大大削弱呢？还会有很多人来给您捐款吗，是不是原来捐了款的人会想要退款呢？”

文红军的脸色变了。

“那个柳絮，是要来调查秀娟到底是怎么死的对吧，你说如果我现在去报警，说秀娟是被毒死的，会怎么样？我已经有一个明确的嫌疑人了。”

文红军盯着马德，然后从口袋里摸出了手机。

“您尽管报警没关系，但您得明白一点，就算您这个可笑的猜想成立，我被抓进去，又怎么样呢，捐款一样会消失的。文家原本是一出纯粹的悲剧，一群完完全全的受难者，只要大家意识到复杂的真实情况，捐款的热情就会消退。您想要的不是我被抓进去，不是为文秀娟报仇，而是让阿姨醒过来，哪怕只有百分之一的可能，不是吗？”

“你就凭这个威胁我？”

“嗯。是的。凭这个就够了，文叔叔。”

马德拿过文红军的手机，输进去一个号码。

“柳絮来找您的时候，请打这个电话。”

3

通过文华医院文秀娟病历里留的电话，柳絮联系上了文红军。

按响门铃，柳絮等了好一会儿，门才打开。

“您是文秀娟的爸爸吧，我是柳絮，昨天给您打过电话的。九年前我们也见过的。”

文红军皱着一张脸，并不用作任何表情，也写满了人生的苦和难。他低低地唉了一声，把柳絮让进屋里。

柳絮说了声打扰，换了拖鞋在沙发上才坐下，又一下子站起来，朝文红军深深一鞠躬。

“我先给您道个歉，今天我来，恐怕要提起让您伤心难过的事情。这些信，是从秀娟去世后您转给我的那管箫里找到的，这儿是复印件，您看看。”

说完，柳絮从包里取出谋杀通信交给文红军。然后，她从进委培班认识文秀娟开始，一路说了下来。说她自己的逃避，说文秀娟就在她面前倒下去，还要说多年以后在箫里发现信件，也不打算隐瞒郭慨的调查与死去……一路走到如今，有太多惊心动魄的内容了。柳絮说得又快又急，即便如此，要全部说完，怕也得个把钟头。

文红军听着她说，拿起信看了几页，却又放了下来。他的左手攥着支诺基亚手机，指腹不停地在机身上摩挲着。

“小姑娘，”他忽然打断柳絮，说，“你不要再弄这些了，好不好？”

“啊？为什么？”柳絮完全没想到文秀娟的父亲会是这样的反应。也许项伟拜访时很多事情都说过了，可这个反应也太不正常，自己正在说着的，可是他亲生女儿的死呢！

“要么你现在走吧。”文红军说。

柳絮瞪大了眼睛。

“文叔叔，文秀娟是被害死的，我已经知道凶手是谁了！”

文红军一只手搭在额头上，眼皮耷拉下来，喉中发出一声长长的闷响，似是低嚎又似是深叹。他放下手，往紧闭着的卧室门瞧了一眼，然后视线重新回到了柳絮身上。

“我也猜到了，文秀娟的死没那么简单。你知不知道，我为什么对查出真凶不感兴趣？”

“是不是……和文秀琳有关系？我知道项伟来找过您，他告诉了我一些事情。”

“我抽根香烟。”文红军拿了根红双喜点上，狠嘬了一口。

“我一直是更喜欢大女儿的。文秀娟太乖巧，心思重，这个我一直晓得的。秀琳走了以后，我也只好供她上大学，她考得那么好，没道理再压着她不是？”

文红军又恶狠狠地连抽了好几口烟，转眼半根烧没了，大口大口的烟雾吐出来，把文红军的脸掩在后面，模糊不清。烟头一明一灭间，往事也在心头重新浮现。

“文秀娟死前一个多月，住了几天医院。她对我说没什么事情，但我总觉得哪里不对，担心她身体出问题，就自己跑去医院看她的病历。这一看哪，就看到她化验寄生虫卵的单子了。大概因为我一直觉得这小孩的本质有问题，所以马上就疑心她了。可是疑心归疑心，我又不敢真的相信，她们毕竟是亲姐妹啊。那个时候啊，我一边对自己讲不会的不会的，一边一冲到学校去看她，一分钟都没有耽误。但是看到她的时候，我又不敢去问了，怎么问呢，直接上去问你有没有害死你姐姐？我就远远看着她，心里想，这是我生出来的种啊。那是中午，我在食堂找到她，就跟在她后面走。她没回宿舍，进了一栋教学楼，还和一个同学吵起来了。那个时候她没藏住，流露出来的东西，我却一点儿都不吃惊，那就是她，那么多年都没有变过。还怀疑什么呢，我用不着再骗自己了，她做得出这种事情。我真想冲上去扇她一巴掌，我要问问她为什么心肠这样毒，我更想抽自己，这是我生出来养大的？”

说到这里，文红军的脸已经涨得通红，他停了下来，脖子上青筋鼓起，呼哧呼哧喘着粗气。柳絮一句话都不敢说，客厅的空气仿佛凝固了。柳絮以为文红军会无声地流泪，为这段悲哀的过去痛心哭泣，但终究没有。他慢慢地平复下来，不，不是平复，其实更像是瘪了的气球，从原先的膨胀缩成了皱巴巴的一团，他本就满脸皱纹，支撑着他的精气神一旦被抽掉，就成了个彻彻底底的老人。

文红军靠在沙发上，当年感受到的无力再一次席卷全身，将他淹没，这就是命，难以逃避无从抗拒。他拼尽全力能攥在手心的东西，只有一点点，一点点。其他的，是管不了的。

“她吵完架看见我，问我干什么来了，我啥也没说，就这么回去了。这个女儿我生出来，是我的罪孽，是我前世造的业，今生来还。这个孽种我收拾不了了，只好交给老天爷去。所以，不管后来她发生了什么，都是报应。”

“可是，那毕竟是你的亲生骨肉。”柳絮一时之间不知道该说什么。

文红军挥了挥手，似乎特别不喜欢听到这样的提法。

“亲生骨肉？那她有没有当秀琳是她的姐姐？有没有当惜娣是她的妈

妈？哪里还有什么骨肉亲情！”

柳絮心里陡地一震，文红军提到了包惜娣，这又是指的什么事情？她知道文秀娟的母亲长年植物人卧床，这难道也和文秀娟有关系？

柳絮一阵恶寒，已经死去的文秀娟到底是一个什么样的人，她甚至不敢深入地想下去。

柳絮知道深究文秀娟还做过什么令人发指的事，并无法让她获得文红军的协助。也许文秀娟真的是罪有应得，但是郭慨呢？郭慨犯了什么错，是因为帮助自己吗？

“文叔叔，这么多年以来，您自己一个人照顾阿姨，一定特别辛苦。可是，如果文秀娟还活着，说句您可能不爱听的话，这家里的境况不会是现在这样。”

柳絮豁了出去，既然文红军对文秀娟再没有亲情，她只有华山一条道，冒险说出她自己都恶心的话了。

“她要是还活着，现在一定是特别有名的医生。她这个人，多么想出人头地啊，她也的确有那份本事，特别是走出学校，进入社会，她会比我们班任何一个同学都好。”

“你是说她混得好了，还能想着尽孝心吗？”文红军失笑。

“她不会扔下这个家不管的，除非出国，只要她还在上海生活工作，这个根就割舍不掉。她多要面子多聪明的一个人啊，不认爹娘的蠢事不会去做的，哪怕是装，她也要用尽资源把这个家维持好。她还会用心给阿姨找国内外的治疗新方案，因为如果阿姨醒过来，对她的名声前途都有推动。所以，要是文秀娟还活着，也许阿姨早就醒过来了。可文秀娟被害死了，所有这些可能都不存在了，毁了这一切的人到底是谁，您不想知道吗？让您和阿姨变成现在这样的人，难道不需要付出代价吗？”

文红军把手机紧紧握在手掌心。柳絮的话并不是没有一点儿道理，他了解文秀娟，她也许会一直伪装下去，把“学医是为了照顾母亲”这句承诺履行吧。

“你是为了什么呢？”文红军问，“费了这么大的力气来说服我，你不是为了文秀娟吧？”

柳絮知道刚才的一番话终于起了效果。而现在她的回答，将是说服文红军加入的关键！

真的要说自己是要为郭慨报仇吗？郭慨毕竟和文家全无关系啊。原本柳絮计划照实说的，但现在心中打鼓。有没有更好的理由去打动文红军？

手机突然响了一声，有短信进来。

柳絮道了个歉，从包里拿出手机。她不是为了看短信，而是想借此多争取一点时间，看看会不会有灵光闪现。

她刻意把动作放得慢一点，视线落在手机屏幕上，其实却是失焦的。

快逃！

短信的内容只有这两个字。

柳絮把手机慢慢放回包里。并没有灵感闪现，还是照原计划，说出郭慨吧。

这时刚才看见的内容才真正传达到脑子，柳絮愣住，连忙再把手机拿出来。这回，她终于看清楚了这则由陌生号码发来的示警短信。

她一个寒战打得全身都麻了。

怎么可能，文红军怎么可能害自己？

但项伟都背叛了，自己不是也没想到？

示警者是谁？和上次的是同一个人？但上次不是战雯雯为了分化项伟才发的短信吗？

在电光火石间，各种各样的念头纷至沓来，柳絮知道自己没有时间去把这一切理清楚，现在首要的，是确认这条示警是否如实。

“文叔叔，有些东西我今天没带过来，要不我去取一下，您就会知道我为什么一定要查清楚这个案子了。”

文红军一愣，说：“你来都来了，先说给我听听看。”

柳絮站起来，说：“我还是去拿一下吧。”

“你等等，你说你已经知道了谁是凶手，真的是你们委培班的同学吗？到底是谁？”文红军郑重地问。

“我会告诉你的，文叔叔，在我下次来的时候。”柳絮强作镇定地说。试探的结果已经再明显不过了，此时她再顾不得礼貌，拿起包径直走向门口。

“等一下。”文红军腾地站起来，两步跨到柳絮面前。

柳絮怕得双股战战，要弯腰去穿鞋子，手臂却被一把抓住了。

“你不能走，”文红军恶狠狠地说，“你得留在这儿！”

所有刚才的那些悲伤痛苦无力此时全都不见，他横下一条心，必须把柳絮留给马德。

柳絮觉得手臂像被铁箍箍住，忍不住尖叫起来，怕得几乎要崩溃。情急间她俯身一口狠狠咬在文红军手臂上，文红军痛呼一声松开了手，但另一只手一把就揪住了柳絮的头发。柳絮涕泪横流，心里却知道一定要拼命。

她飞起一脚要踢裆，却只踢在文红军左腿外侧，再屈起膝盖要顶，总算不轻不重地撞中一记。文红军闷哼一声，终究是太多年没有和人打架，一时也朝柳絮下不去死手，冷不防脸上又被胡乱拍了两记。这回柳絮总算挣脱出来，顾不得去穿鞋了，穿着拖鞋拉开门就跑了出去。

柳絮冲到电梯口，拖鞋也跑掉了一只，拼命用手去按向下按钮。电梯不知还要多久才上来，柳絮意识到等电梯是个特别特别蠢的主意，胆战心惊地回头去看，发现文红军并没有追出来。这时“叮”的一声，电梯到了，门打开，里面空无一人。柳絮松了口气，冲进电梯，按一楼，门慢慢合起。

柳絮长出一口气，用袖管擦去脸上的涕泪。

电梯门合拢的最后一刻，一只手插进来，门重新打开了。

并不是文红军，而是另一个年轻男人。他走进电梯，对着柳絮笑笑，那笑容说不出的诡秘得意。

柳絮一脚踹在他裆部，这回踢准了，男人的脸皱成了一团，哀叫着倒在地上。柳絮冲出，推开楼梯间的门，直奔下去。

她跌跌撞撞，恍恍惚惚。因为接连受惊，一系列的动作都是下意识的反应，脑袋里一片空白，天地都是旋转的，眼前的楼梯转着圈绽放，仿佛无穷无尽。

她猛地和一个人撞了个满怀。

柳絮跌倒在地上，抬头看去，一张似陌生又熟悉的男人的脸孔，正低头朝她看来。然后，一块湿润的带着浓烈麻醉药味道的毛巾盖在了她的脸上。

失去意识之前，柳絮终于想起了他的名字。

马德。

4

仿佛有巨象长鸣，那深沉厚重的嗡嗡声自无名之处而起，震颤着柳絮的骨肉和血液，最后连魂魄都酥麻起来，柳絮的意识随之回流。

她睁开眼睛的时候，那声长鸣犹自横亘，久久不散。她记起了这小时候常常听见的声音——是黄浦江上轮船的汽笛声。

她躺在一处柔软的地方，睁眼看到的是有着大滩锈迹的铁皮屋顶，她想自己是躺在一张沙发上，挣扎着要坐起来，却全身酸软无力，没能成功。

“很多年没见了吧，老同学。”

一个声音从很近的地方传来。

事到如今，已经是图穷匕见之时，这出在幽幽暗暗的舞台上绵延了许多年的生死剧，就要落下帷幕。

柳絮心思出奇地底定。她正面对着杀害郭慨和文秀娟的凶手，一种特殊的力量此刻牵引着她，使她远离愤怒或者恐惧这样平凡的情感，她似乎预感到了终结，仿佛一切早已经安排好，接下来命运就将展示结局。

柳絮攒了一会儿气力，把双腿先从沙发挪到地上，然后手、脚和腰一起使力，让自己勉强正坐在沙发上。马德就坐在她对面看着，没有干涉，让她保持了体面。

柳絮没有去瞧马德，而是打量四周。

放眼看去，柳絮心里骤然一紧。刚才死生无惧的平静，立刻就被打破了。一重又一重的目光自四面八方而来，让她有深陷重围之感。

柳絮定了定神，意识到这种压迫感只是来自无生命的雕像而已。在她的周围，在这间一眼望去三四十平方米的铁皮屋子里，摆放着数十尊形形色色的雕像。这些雕像有男有女有老有少，还有象、牛、马等动物，都不知在风雨中矗立了多少年，不仅斑驳，而且多有缺损。然而这历经了时光的斑驳和缺损，每一片每一段，都像为它们点燃了灵魂之火，令它们不言不动，却凛凛然蕴了股神气。而今它们汇集在这间小屋子里，高低错落地摆放着，仰面俯首向各方，似在无形无影间切切密密地交流着什么。

屋里的其他陈设极简单，一张方桌几把椅子加上柳絮躺着的沙发而已，侧身于这些雕像之间，变得毫无存在感。靠柳絮右侧有一排大窗，窗外空茫茫一片，便是黄浦江了，现下天色未晚，可以看见对岸浦东的幢幢高楼。

“我这是在哪儿？”柳絮问。

这就是柳絮的第一句话。她没有问你为什么抓我，你抓了我要干什么，也没有怒斥马德是个冷血的凶手。就像马德说的第一句话一样，平凡而普通。

“一座孤岛，”马德说，“这里大概是市区最后一片废旧堆场了。其实已经废弃不用，地还荒着没清理。可惜我们开车进来的时候你没能看见，这景色是有点壮观的，几层楼高的钢铁垃圾，还有废弃的车壳子，一座立体的坟墓，迷宫似的，车小虫子一样弯弯绕绕地开。开到最里面就豁然开朗，临着江边一大片的空地，空地里一个二层高的天台，我们就在天台上的铁皮屋里，有那么点世外桃源的意思。”

马德从椅子上站起来，走到另一边墙上的窗前，窗台上放着一个小小的孩童头像，原本应该是个全身像，脖子往下已经不见了，只留个小脑袋对着窗外，颇有些诡异。马德手搭在孩童脑袋上，向外张望。

“这里看出去的景色，你在其他地方见识不到。往你这一边看，黄浦江上轮船如过江之鲫，对岸高楼鳞次栉比，如果到了晚上，一片灯火辉煌间还闪着各种霓虹广告，终夜不息。黄浦江是上海的生命河，你可以见到这座城市的生长和活力。”马德说着他背后的景色，仿佛正亲眼目睹。

“但是站在我这里看出去，是一片又一片巨大的废弃物堆成的废墟，是科幻片里世界末日后的城市模样，好似这座城市已经死去多时了。而我们所处的这间屋子，就在生与死之间。这是看堆场的老头子一手弄起来的，他在这里一住几十年，也是个奇人。”

马德轻拍着孩童的头，说：“这些都是他从下面的废旧破烂里淘出来的，一个人住孤单吧。外面的平台上也有，下面靠平台的空地上也有，像个石人阵似的，是不是感觉有点可怕？他几个月前得病死了，现在知道这座城市里有这么一处隐秘的废墟桃源的，也没几个人了，有一天这里开发了，一切全都被清理掉，也就再也不存在了。最近这两三个月，我常常会来这里，一待就到深夜。我发现和这些雕像在一起，反而是会格外孤独的，你觉得在和它们交流，其实却又没有。这种反差，再加上两边截然不同的景象，你会有种遗世独立的清醒，更能看清楚自己，看清楚自己和这个世界的关系。”

马德的声音最初有些颤抖，这对他来说是个巨大的时刻，一切已经发酵了太长的时间，整整九年，今天，他要亲手把裹尸袋的拉链拉上，把棺材板的钉子钉上，让尘归尘土归土。很快他就恢复了平静，变得自如起来，他的声线变得松弛，语气变得舒缓，就像真的只是在和一个老同学聊天。

“最近这两三个月？你是说，从知道我重新调查文秀娟开始吗？”柳絮问。

马德绕着房间走了半圈，站到对着黄浦江的大窗前。

“是的，从那时候开始。”他回答。

“还记得那天王唯给我打了电话，我才知道你根本没有放弃，还有一个警察在帮你。我特别害怕。我站在这里，看着太阳慢慢落下去，整个世界安静下来，黑夜流淌在灯火与星光之间。一直到凌晨，我感觉到背后的废墟、沉默的雕像把我和面前的世界连接在一起。一下子，我就想通了。我在怕什么呢，在文秀娟已经死去九年的今天？”

马德踱回到柳絮的面前，在椅子上坐下，跷起一只脚。

“既然九年前就已经开始，只有一路走下去，直到终点。今天，我和你都站到了终点，我想问你，后悔吗？”

马德却没有等柳絮的回答，而是略略侧过头，对着另一个方向说：“老费，怎么你就想一直躲着了，有意义吗？”

费志刚从一扇门后走出来，远远地站着，一句话都没有说，看着柳絮，脸上神情复杂。

柳絮有十天没有见到自己的丈夫了。她还记得费志刚对自己说的最后一句话，那是 11 月 25 日的清晨，他说“我去上班了”，几小时后，她在精神病院门诊大厅见了他最后一面。

此时此地，两人重逢。

“你在尸池里把我捞上来，为的就是今天吗？”柳絮说，“我真希望我们从来不曾认得。费志刚，你很恶心。”

费志刚怔怔地看着她，竟淌下眼泪。

柳絮却把视线从他脸上挪开，瞧着马德，问：“所以，文秀娟是你们两个害死的，再加上战雯雯？那么郭慨呢？”

“不是我们两个，也不是我们三个，柳絮，你还不明白吗？不过没关系，我们是老同学了，走到今天这一步，我也不愿意，所以至少我会让你知道，这一切是怎么发生的。”

“不用说得这么好听，马德。你只是需要我来做听众，对吗？把所有的事情都告诉我，会减轻一点你的负疚感，还是会增加一点你的满足感？”

“你真是让我有点儿吃惊了，老同学。”马德看了费志刚一眼，说：“老费，你见过你老婆这么犀利的样子吗？”

费志刚没有回答。

“看来今天我们不会很快结束，老费，要不你去弄点咖啡吧，我有一袋蓝山扔在厨房的，还有咖啡机也在那儿。”

费志刚叹息一声，扭头离开了房间。

“那么，真的是所有人，对吗？委培班的所有人！”柳絮并不理会丈夫，盯着马德的眼睛问。

“也对，也不对。其实最开始的时候，除了战雯雯，没人真的想杀文秀娟。”

马德的眼皮微微垂落，像是在回忆九年前的往事，原本洒进房间的一缕斜阳忽然不见，整间屋子阴冷黯淡起来。柳絮双手使力调整了一下坐姿，发现身体软麻无力的情况没有得到一点改善，也许马德还对他用了点其他药物，来确保安全。

“你知道那个时候，我在毒理实验室做过一段时间的练习生。”马德开口说道。

柳絮的心脏不禁怦怦地跳起来，她甚至觉得文秀娟的魂魄就飘荡在旁边，和自己一起倾听着。

“作为练习生，通常我都会留到最后，把实验室收拾干净。因为那儿特别的安静，所以很多时候，我会一个人待在毒理实验室看书。我总是把灯都关了，只在一个角落里留一盏小灯，那个地方比较隐蔽，谁要是经过的话一眼是看不见我的。三年级刚开学，有一天晚上，我正在毒理实验室看书，就听见有动静，悄悄走出去，发现是战雯雯。她偷偷摸摸地东翻西找，我站在她后面看了一会儿，忽然明白过来，她应该是在找药物。我直接就问，你是在找毒药吗？她吓了一跳，非常非常地紧张，可她完全没有否认，说对的，我在找能把文秀娟毒死的东西。这反倒把我惊到了，我没想到她这么坦白，一副豁出去了的样子。而且，在看到我，并且被我猜出要干什么之后，战雯雯又回去继续找了，像是我不存在。我傻子一样站在那看她找药，然后问她，我说我知道你喜欢项伟，可你为了给他报仇要做到这一步吗？她说对的，文秀娟不配活在这个世界上，你要么现在就报警，要么就只当没看见过我。我当时看她的模样，就知道她已经下定决心，是劝不住的。陷入爱情里的女人，往往把对方看得比自己的性命还重要，虽然战雯雯只是单相思。她说那些话很平静，平静到让我觉得，如果她找不到合适的药物，会直接拿一把水果刀去捅死文秀娟。

“那阵子其实我对战雯雯有点好感，当然离爱情还远。我和她说，我不会报警的，如果你相信我，我和你一起想办法，我也特别讨厌文秀娟，但说真的没必要把自己搭进去。我很熟悉毒理实验室，能找到哪些东西，我心里清清楚楚。那天晚上，在毒理实验室，我和战雯雯选定了铊来做毒物，我也劝她，用不着真的害死文秀娟，但必须给她一个教训，项伟所遭受的，要还报到她的身上。接下来就是怎么下毒这个问题，想要不把自己搭进去，除了选择合适的毒药，方式更重要。这个事情，首先就得有一个过程，如果一次投大量的铊毒，短时间里产生非常剧烈的人体反应，立刻就会被发现。稳妥起见，要分成小剂量多次下毒，可次数一多，凭战雯雯和我两个人，未必可以做到天衣无缝。我问战雯雯愿不愿意赌一把，当时的情况是整个委培班人人都恨文秀娟，程度不同而已，如果能争取到更多的支持，这事情就好办了。然后，就在开学第二星期的一个晚上，我们通知到了所有人，找了个空的教室开会。哦，当然你和文秀娟不在其中。”

那个酷热的夏夜，是马德永远都无法忘记的，不单单是他，也包括战雯雯、费志刚以及委培班的所有人。因为他们的人生，他们的命运，他们在这个世界上和在自己心中的位置，被永远地改变了。当然，也包括那些没有到场的人，包括文秀娟、柳絮、郭慨。

大多数人在当时还无法清楚地认识到这一点。大概 8 点半的时候，所有人都到齐，战雯雯把门锁了，马德去把每一扇窗户都关上，气氛随之凝重起来。两个人邀约大家来开会的时候，并没有明说是什么事情，但每个人都答应了，而且没有人追根问底。

教室里只开了一半的灯，没有空调，没开电扇，只是坐下来关门关窗的工夫，许多人的汗水就让头发紧紧贴在了头皮和面颊上。燥热从外而来，自内倒逼，让人无处可去。

战雯雯先发声，她说项伟的苦难，说文秀娟的卑劣，说自己要干什么，也说了在毒理实验室如何被马德撞见。她说得词不达意逻辑混乱，但却足以让所有人感受到她的心情和决心。

“那天晚上，一进到教室里，我就有种感觉，那就是大家都知道是为什么而来。”不知不觉间，马德已经把跷起的二郎腿放下，他双手手指交插搁放在膝上，整个人的状态变得紧张起来，像是回到了那间封闭的教室里。

“在战雯雯说她要杀了文秀娟的时候，我以为大家会哗然，至少也有骚动，可是没有，所有人都没有表情没有动作没有声音。那个时候，我的心就定了，我知道，这就是人同此心。我对大家说，我之所以劝住战雯雯，不仅仅因为不能让她真的变成杀人凶手，更因为这并不是她一个人的事，而是我们整个委培班的事。原本应该属于委培班的项伟走了，而文秀娟还留着。我们来这里学习是为了救人而不是杀人，但是文秀娟却没有资格成为一个救人的医生，她必须付出代价，否则这个世界就太没有公理了。我希望我们可以达成一个共识，那就是文秀娟必须被甄别掉，哪怕我们为此使用一些见不得人的手段，哪怕文秀娟会受到一些伤害，就像她给项伟造成的伤害一样。我说完这些，把锁上的门打开，说如果你们有谁不同意，想离开或者报告学校甚至报警，没有关系，现在就可以出去。但是我和战雯雯会待在这里。”

马德说到这里停了下来，看着柳絮，笑了笑。

“你能猜到结果，对吗？两分钟以后，我重新把门锁上了。我们就此达成了一个同盟，一个对文秀娟集体投毒的同盟。”

“太可怕了。”柳絮低声说。当所有人都有可能下毒，所有人都会为别人打掩护的时候，要提防就太困难了。她还记得自己当初和文秀娟一起分析下毒场景，首先排除掉的，就是“众目睽睽之下”。

“难以理解吗？其实并不。”马德摇了摇手，说到这里，他已经从回忆的情境里抽离出来，重新变得放松。

“你要知道，那个时候没人真想杀了文秀娟。我负责提供铊给大家，每个人都拿一点。可其实，并不是每个人都会去下毒的，有的人从来没有动过手，他们做的，只是保持沉默而已。”

“不动手同样也是帮凶！”柳絮说。

马德耸耸肩：“我同意，但是，大家这样做，你真的会特别奇怪吗？

到底是什么，让医学院最优秀的一个班，让一群道德感高于水准线的年轻人做出了这样的选择？扪心自问，如果你早就是委培班的一员，如果你和文秀娟不是好朋友的关系，如果你当时在那间教室里，你会离开吗？”

柳絮没有回答，她不知道答案。或许她是知道的，以自己的懦弱，恐怕没有勇气一个人站出来，走出去。想到这里，她就明白了，马德其实并没给大家离开的机会。委培班里是有沉默者的，并不是人人都动手下了毒，沉默意味着犹豫，意味着挣扎，一方面，他们无法放任自己成为一个加害者，另一方面，他们也无法为了文秀娟这样一个深深憎恶的人，而去出卖同学。如果马德给大家一天的考虑时间，甚至把当时的说法换成愿意的离开、不愿意的留下，情况或许会不一样。

“那么，到底哪些人下了毒，哪些人没有，你现在可以告诉我吗？”柳絮问。

马德摇摇头。

“以我现在的处境，我以为你已经不准备再保留什么秘密了呢！”

“当然，事到如今，我没必要对你再隐瞒什么。”马德冲柳絮笑笑，柳絮心里一沉，刚才她多少有点试探的意思，现在看来是毫无侥幸了。

“我的意思是连我也不知道都有谁下了毒，谁又没有下毒。我们有一个地方，今天谁成功下了毒，就在那儿做个记号。我们约定了每次下毒的剂量，非常微小，如果最近一天或几天的标记比较多，其他人就不会再投毒，以免剂量过大，危及性命。至于谁用什么样的记号，我们没有约定过，爱刻什么刻什么，一个人每次刻不一样的记号也有可能。所以，你只能知道今天文秀娟被投过几次毒，却不会知道是谁下的手。”

“刻记号？在什么上面刻记号？”

“你见过的，那张课桌。”马德微微一笑。

“桌面上刻满了记号的那张课桌？上面有金木水火土月日标记的课桌？”

马德点头：“你能破解出这个规律来，也真挺不容易。”

柳絮总算知道，为什么除了七个时间符号，其他符号一直都找不到规律，原来它们根本就没有规律！

可是这张记录着文秀娟每天被投毒次数的课桌，后来是被当作“信箱”在使用的啊！想到文秀娟在很长一段时间里，一边小心翼翼地把寄予了全部活命希望的信件放进“信箱”，一边又对“信箱”上那些密密麻麻的符号视若无睹，柳絮就一阵心悸。这样的玩弄太残酷了。

柳絮尽可能地克制着自己的愤怒，不想给马德炫耀和得意的机会。她也知道马德不会给她太长的时间，在她完全恢复体能之前，马德一定会下手。

“既然你们一开始没想下杀手，那么文秀娟到底是怎么死的？”

“自作孽不可活。”马德说这句话的口气，仿佛他在正义的一方。

“这要从那封信开始说起，你知道那些信的，对吧。不得不说，文秀娟真的是一个聪明人，如果下毒的人只有一个，我相信她会成功的。可惜她不知道所有人都有份，所以她的身份一开始就暴露了。我们开了一个会，最后决定由我来给她回信，目的是为了更好地控制事态，知己知彼。可是，自从你介入进来，事情就慢慢变得紧张了，主要还是警察，你报了警，文秀娟居然否认了，这种情况不在我们任何预案里。虽然警方最终没有介入，但是搞不清楚文秀娟在想什么，大家都有点慌。人都是胆怯的，下了这么久的毒，其实是越来越害怕。很多人都想收手了，毕竟以文秀娟当时的身体状况，已经严重影响学习，被甄别掉的可能性很大，目的算达到了。不过在收手之前，还是要搞清楚文秀娟的想法才保险——到底为什么她不报警，反倒想和下毒者私下见面。”

说到这里，马德抿起嘴微微摇头，然后又咧开嘴巴无声地笑了起来。

“真是没有想到啊，但也不愧是文秀娟。”他感叹。

“是在那年的圣诞夜吗，你们约在了松树林对不对？所以你把文秀娟的真实意图套出来了？”

“不是我。”马德朝后面厨房方向指指，费志刚躲在里头做了好久咖啡了。

“文秀娟想要的远不止是不再被下毒，她想要掌控下毒者的人生。对她来说这就是一场赌博，要么输掉自己的命，要么赢到别人的命。以她的性格，就算我们停手，她也绝不会放弃，她太狠了，对自己都能这么狠，把自己的命都当作筹码了。明白了这一点后，我们就被她逼到了死角。如果我们停手，她却继续追查，所有人都会活在阴影里，这是颗定时炸弹，而如果她真的被甄别，下毒这件事一定会被她用作自救手段的。”

“所以你们就决定杀死她了。”柳絮说。

“其实并没有一个集体决定，不是所有人都像我这样了解文秀娟。但是，总要有人作出决定的。文秀娟能猜到这个结果，其实她最后写过一封求饶信，她愿意奉献一切。一切，你懂那是什么意思吗？那就是从精神到肉体的全部。这可不是空口说说的，她把自己最大的把柄交到了我的手上，她说自己杀了姐姐文秀琳，还说自己谋杀她妈妈包惜娣未遂！”

“啊。”柳絮这才知道，文秀娟竟然还尝试杀过自己的妈妈！

“她把这样大的秘密交了出来，来换我们停止下毒，来换自己活下去。不得不说，对一个年轻男人，可以完全掌控一个女人，甚至她竟然心甘情愿地做一个奴隶，这还是很有诱惑力的。”

柳絮感到由内而外的恶心，对马德，也对文秀娟。她强忍着不适，问：“那你为什么没有接受呢？”

马德苦笑：“因为我不敢啊。文秀娟就是一条毒蛇，如果我接受了，有一天必定会被她咬死的。想想看她为了给自己挣出一条路对姐姐和妈妈做的事情，当事后我把这些一一查证的时候，真心庆幸当时我做出了正确的选择。”

柳絮默然半晌，说：“所以你的选择就是把铊毒抹在解剖尸体的胸腔里，让文秀娟大剂量直接接触是吗？”

“是的，可惜后来处理尸体的时候出了点岔子。要不是那样，这件事情就做得天衣无缝了。说实话，如果郭慨没有查到王唯那里，我就不会下决心对他下手，而你今天也不会在这里了。”

“你的意思，让你天衣无缝地把文秀娟杀死，反倒对所有人都有好处了？”

“难道不是吗？这件事本来已经过去了，本来可以永远地过去。你看看，我们班在医疗岗位上的所有同学，这些年简直是拼了命地在给人治病，取得了多少成绩？上海医疗圈子里都有和生委培系的说法了。愧疚也好补偿也罢，我觉得用文秀娟这样一个人，换来这些，是值得的。再说，老费这些年这样对你，把你养在家里对你百依百顺，你以为又是为了什么？”

“我以为？”柳絮的嘴唇哆嗦起来，她凄凄惨惨地一笑，说：“所以费志刚救我娶我，全都是安排好的是吗？”

“救你是的，但是娶你……”马德回头看了一眼，费志刚迟迟没有把咖啡拿出来。他叹了口气，说：“他是多多少少心有愧疚，但也不会为了这个去娶一个不喜欢的人。反而因为这件事，对你是挺纵容的了。”

“可是你呢？”马德身体微微前倾，似笑非笑地盯着柳絮。

“你把他逼到今天这样，把我逼到这一步，把整个委培系逼得惶惶不安，把你自己逼到了这间铁皮屋子里，为的可不是文秀娟吧。我没说错吧老同学，你为的是另一个男人啊。”

“一个被你杀害的男人。”柳絮憋在心里的复杂情绪终于开了个口子，她的心湖开始翻腾，整个人微微颤栗起来。

“是你杀了郭慨，对吗？你伪造了一封信把郭慨骗到了蓝色酒吧，你扮成了个女人把他引到出租屋，是你亲手杀的他，你这个刽子手！”柳絮开始哭。

“并不全对。比如那封信真的是九年前就贴在‘信箱’里的，当时为了防备警方，如果查到这一步，可以分散注意力争取更多时间。我也没想到九年以后还贴在原处，结果准备好的做旧信倒没用上。还有呢，那晚在酒吧里是他主动搭上来的，他肯定是认出来我是谁了，我猜他一定是以为自己抓到了条有价值的线索吧。我这就是姜太公钓鱼，用直钩，鱼啊自己咬上来，能怎么办？”马德语气轻松神色轻佻，说到最后，甚至摊摊手以示无辜。

柳絮却完全失去了先前的平静坚毅，她泪如雨下，问：“他在最后的时候，有留下什么话吗？”

“也许他说了些什么，但我可不知道。我把他扔浴缸里了，没时间看着他死。整个房子要清扫痕迹还得留下点假线索，一堆事情要做呢。最后离开前我进浴室看了一眼，确认他已经死了，就这样。”

柳絮开始大喘气，不停地摇着头，一时间竟难过得无法自抑。

看到面前的人近乎崩溃，马德的满足感油然而生，他感受到了一种异样的滋养，养分来自于柳絮的愤怒痛苦绝望和无助。他感觉自己站在生与死的中心，对生或者死，都有着完全的掌控，那是一种超越了凡人与俗世的强大。

“老费，”他喊道，“出来看看你老婆吧。趁现在，你要不要再说几句话啥的。”

费志刚从厨房里慢慢走出来，沉着脸并无什么表情，把两杯咖啡放在马德和柳絮之间的小矮桌上。

“就弄了两杯？”

“我不喝。”费志刚说。

“我看你老婆也没心思喝了。你有点慢啊。”

费志刚默然不语。

“你坐这儿吧，怎么样，和柳絮说几句话吧？”马德站起来，按着费志刚的肩膀，让他坐到了椅子上。

费志刚浑身不自在，想要站起来，马德却按着他，说：“坐着吧，怕什么呢，是你不认得她了，还是她不认得你了？只是把彼此看得更清楚些罢了。”

费志刚看了柳絮几眼，视线就垂落下去。柳絮的情绪开始平复，她拭去眼泪，打量眼前的人。没有目光的交汇，也没有言语，一时之间两人陷入沉默。

马德绕到柳絮这一侧，他抱着手站在柳絮的侧后方，看看这个又看看那个，忽然低下头对柳絮说：“我已经解答了你想知道的问题，但其实我这里倒还有一个疑问。今天如果不是我赶得快，差点你就逃走了。文红军说你收了个短信，谁发给你的？”

柳絮抿唇不答，马德也并不等她的答案，她的包就扔在沙发上，马德倒提起来，包里的东西散落在沙发上。

马德从里面捡出手机，便看到了那条短信。

“有意思，这会是谁呢？”马德拿着手机，走到柳絮的侧前方，看着她的眼睛。

发来短信的是个正常的手机号，不是乱码。马德笑了一笑，回拨。

铃声在费志刚的身上响了起来。

柳絮瞪大了眼睛，吃惊地望向对面的丈夫，而费志刚的表情却瞬间变得紧张起来。马德悄无声息间已经把窗台上那枚铜头抓在手里，手机铃声响起的下一秒，铜头就狠狠挥在费志刚的脑袋上，费志刚摇晃了一下，身体向前软倒，椅子和矮桌一起被带翻，咖啡泼溅在他身上。

马德举着铜头，微微向费志刚俯下身，观察了一下他的状态，终究没有补第二下，站直身，推了推眼镜，对柳絮笑笑。

“挺好的蓝山，可惜了。不过就算不洒，这一杯我也是不敢喝的。看来，你老公的底线就是把你送进精神病院养着，要再进一步，就不忍心了。人真是感情的动物啊，冲动起来完全不顾及后果，只好让他休息一下了。”

柳絮的身体向着与马德相反的方向尽力挪动着，然而也只是在沙发上躲远了几尺而已。她看着费志刚蜷缩着倒在地上，血从头上涌出来，惊恐地说：“你把他杀死了？”

“与其到现在来关心别人，你不该更多考虑一下自己的死活吗？”马德托着铜头的手一颠一颠，仿佛随时要朝柳絮砸过来。

“你这个魔鬼，魔鬼！”柳絮发着抖对他喊。

“不不不。”马德笑着对柳絮摇头，尽管他的笑容此刻已经走样变形。

“我杀死文秀娟完全是被她逼的，我杀死郭慨是被你们两个人逼的，而现在这样，是你逼我的，原本这一切都不会发生。要说魔鬼，文秀娟才是真正的魔鬼，好在这个魔鬼已经死了。”

“你和文秀娟是一样的，你们根本没有区别！”

马德慢慢向柳絮靠近，说：“这就是你最后的挣扎了吗？在言语上把我和文秀娟等同起来，这是你的精神胜利法吗？可笑。”

他俯瞰缩在沙发上的柳絮，像在看一只垂死的小动物。太阳此刻从云后移出，已是夕阳斜照时分，刺目的光从马德背后涌来，让马德的身躯看起来黑沉沉一团，分不清眉目。他像个黑洞，把周围的光都吞没了。

柳絮用手撑着身体，艰难地站立起来。她摇摇摆摆，仿佛有巨大的压力要将她压倒在地上，但终于还是站稳了。

她平视马德，说：“那么，你能告诉我，你到底恨文秀娟哪一点吗？从一开始，你就是操控一切的那个人，而不是战雯雯。战雯雯还有充分的理由，那么你呢？仅仅出于对文秀娟人品的厌恶，是不可能让你做到这一步的。”

柳絮依然恐惧着，她的声音依然发着颤，但还是把这一段话完整地说完了。

马德愣了一下，停下脚步。

“我这样一个女人，现在站在这里，我有直面死亡的勇气。你呢，你手上沾了那么多的血，你连自己是个什么样的人都看不清，还是你根本没有直面自己的勇气？”柳絮对他不屑地笑了笑。

马德忽然也笑了：“没什么不能说的。我的确恨文秀娟，那是因为她打骨子里看不起我。她是那样一个八面玲珑的人，但是我一眼就看穿了她的虚伪。第二学年，除了项伟之外，委培班所有人都极力地疏远她，有一天她找到我，想和我一起复习，结个学习对子。这是想从我身上再找一个突破口呢。我没同意，我现在还记得她的表情，特别特别特别地惊讶呢。”

马德用重音连说了三个“特别”，显然文秀娟当时的反应，让他记忆非常深刻。

“是啊，我是班里唯一的一个从农村考上来的，其他同学不是上海人，就是来自其他城市。在委培班，除了文秀娟，数我最不合群，和大家像是两个世界的人。既然同病相怜，我有什么理由不接她伸过来的橄榄枝呢，而且我的成绩又垫底，说起来最可能被甄别的是我呀。呵呵，当然，我最后也的确没有逃过被甄别的命运。”

“可是，我用了多么大的努力，考到了上海医科大学，进了委培班，我站到上海这片土地上，不是为了让人看不起的。这份来自文秀娟的别有用心的施舍，我绝对不会接受。”

“仅仅因为这样，你就这么恨她吗？和战雯雯比起来，还真是微小的理由。”

“一个人的尊严，有时一文不值，有时万金不易。”

“不是的，马德，这不是你真正的理由。”柳絮摇头，“你还记得你被甄别后，班里开的那个告别会吗？至今我还记得你当时说的一句话，‘被甄别不是末日，我对自己有信心，来日方长，我们会再见’。那时我钦佩你受了这么大的挫折还不气馁，相比一时的考试成绩，这是能让人走得更远的东西。如今我才明白不是这样的。”

马德的微笑渐渐隐去，表情变得认真起来，眼神里却多出了些许疯狂的味道。

“你倒说说看，不是这样，那是怎样？”

“就像你刚才说的，你的家境不好。实际上你是班里家境最差的那一个，而不是项伟。项伟会跳楼，不仅因为文秀娟，更多的是无法面对父母。而你背负着父母的期望，背负着村子里乡亲们的期望，你被甄别后，承担的压力要比项伟更大。回想起来，这么大的压力，当年却完全没有在你身上表现出来，这太不正常了。”

“韩信都受了胯下之辱，相比之下小小的甄别又算得了什么；诸葛亮二十七岁才作《隆中对》，我离开医学院时二十一岁，还有大把的时间。”

柳絮能感觉自己的麻软无力在一点点消退，不论自己要如何反抗，都得有力气才行，哪怕这力气与马德相比毫无胜算。她极力为自己争取着时间，所以挑选着能够打动马德的话题，揣测着他内心的想法，寻找着自己一闪而逝的疑惑和灵感，努力地把对话继续下去。然而此刻，当马德的这句话一说出来，就像有一道光，把马德这个人从里到外照了个透亮。

“马德，你不是韩信也不是诸葛亮，但是你有一点和他们是一样的，就是渴望出人头地！你要证明自己，曾经你是你们家乡最好的一个，但在上海，在医学院的委培班，你所骄傲的一切荡然无存，你被踩在了泥地里，拼命地要争一口气来呼吸。你痛恨文秀娟看不起自己，但你也很清楚，你的确有很大的可能被甄别掉。为了不被甄别，你会做什么？”

“先把文秀娟甄别掉，给自己多一年的时间。”马德用既不肯定，也不否定的语气淡淡地说。

“不仅仅是这样，你发现了一个凌驾于委培班所有人之上的机会，你把一根绳子套到了每个人的脖子上，而绳子的另一头则攥在你自己的手里。文秀娟之后，你变成了班长，你是怎么从一个被大家忽视、凡事跟在别人身后的透明人，变成委培班领导者的？就在战雯雯闯进毒理实验室的时候，你看见了这个机会。这个机会不仅能让你从泥地里挣扎出来，还能让你变成人上人！于是，你成为了委培班所有人终极秘密的发起者、组织者和自然而然的掌控者。是的，第四年你被甄别了，但那又有什么关系呢，你一定早就想好了退路，甚至你是主动考砸被甄别的，与其让一个知道秘密的人游离在集体之外，不如你自己退一步。现在委培班所有人都是年轻有为的医生，前程远大，而你在做医药销售，听说已经是你自己的公司了，你现在卖药给医院，以后可能卖更多的大型医疗设备，只要是你提出的要求，他们都不能拒绝，永远都不可能！你把原罪给了他们！文秀娟赌上了自己的性命想要赢得下毒者的人生，而你要赢得的是委培班所有人的人生，马德，你和文秀娟都是一样的，你们都是魔鬼！文秀娟最后写求饶信，把最致命的把柄送到了你的手上，但这封信你给其他人看过吗？你给过其他人另一种选择吗？你一定没有，只有文秀娟死了，你才能永远地控制住别人！”

柳絮捂着心口，声嘶力竭地吼出来最后几句话。她吼得眼泪鼻涕全都流下来，却不低头，狠狠地盯着马德那张总是带着伪笑的面孔，盯着他那一双藏在镜片后面的疯狂得肆无忌惮的眼睛。

“真是让人吃惊，老同学，你让我刮目相看了。”马德用没有一丝高低起伏的语调赞扬柳絮。

“但这个世道，不是每个聪明人都能活下来。我知道，药劲快过了。”

“我和老费商量过抓到你以后怎么办，要么用药物让你疯得更厉害，要么让你彻底消失。那你呢，你盯在我屁股后面追了这么久，你有没有想过一个问题？”

马德抓着铜头的手慢慢举起来，太阳穴上的青筋鼓出：“你想过当你真正站在一个杀过两个人，并且打算把你也杀掉的人面前时，要怎么办吗？”

话说了半句的时候，马德就恶狠狠砸下了铜首。

要怎么办？马德并没来得及说出这几个字。

柳絮捂着胸口的右手从外套内袋里抽出一个短小的物体。这段时间以来，她照着记忆，也照着郭慨的幻影，把这个动作练习了千百次。

屈膝，左手护在面前，右手刺拳冲出！她紧紧地握着拳头，然后弹簧刀的刀锋弹了出来。

她用尽了所有的力气，向前刺出这一刀。只是她毕竟还没有恢复，药劲仍然在，动作不免有些慢了。

马德向后一躲。

可是他后撤的那只脚忽然被一只手握住。那只属于费志刚的手没有多少力气，但足以让马德的身体失去平衡。

刹那间，刀锋入胸。

铜首掉落，擦着柳絮的左臂砸在地上，马德仰天倒下。

他瞪大着眼睛，伸手摸着胸前的刀，鲜血从指缝里涌出来。

柳絮知道，自己刺中了心脏。

马德张着嘴，发出低低的哀嚎。他抽搐着，眼镜斜搭在额头上。他无法接受这样的结果，瞳孔努力散发着生命最后的光彩，那里面写满了不相信。片刻之后，他终于意识到自己的命运，意识到自己的一切连同生命就将终结。

他哭了起来，绝望地号啕大哭，只是已发不出太响的声音。

柳絮看了看自己的手，这双颤抖着的手竟没有染上一滴血迹。她从沙发上拿起一个药瓶，是刚才马德翻找手机时一并从包里掉落出来的。她拧开瓶盖，倒了一把在掌心，吞下去。

此时，她听见马德收了哀声，正低低地、沙哑地、拼了命地开始叫她的名字。

像是在最后时刻记起了什么，一定要告诉她。

柳絮走到他的身前，就这么看着他那么努力地在生命的最后一刻叫着自己。

片刻之后，柳絮终于弯下腰。

“她没那么快的。”马德断断续续地说。

然后柳絮才意识到马德说的是“铊”。

“铊没那么快的，文秀娟接触了尸体，皮肤接触，中毒，并发症，但不会那么快，她不可能那么快就死。一定有别人也下了手，不止我一个要杀她，有别人和我一起动了手。”

“那个人是谁？”柳絮问。

一声悠长的汽笛于此时响起。它自江上而来，乘着西落的斜阳，在这片废墟间萦绕。它徘徊于围绕着江边平台的重重残雕之间，激荡在铁皮屋里那一道道无声的目光之中，嗡嗡作响，久久不去。

汽笛停息的时候，马德还残存着一丝力气挣扎。

柳絮把耳朵附到他的嘴边。

“那个人是谁？”她再次发问。

“我也不知道。”马德说出了最后的话语。

5

2007年的清明是个晴日，与两周前柳絮离开精神病院的那个阴冷上午，已经完全是两个季节了。

去年12月的江边凶案，当日警方从柳絮体内检出了过量的文拉法辛，这种抗抑郁的药物如果服用过多，将可能使病人在短时间内走向与抑郁相反的另一个极端——躁狂。根据开出此药的精神卫生中心赵医生的证词，长期在他处看病的柳絮不仅患有抑郁症，更可能患有精神分裂。费志刚和郭父郭母亦提供了相应的佐证。据此，检方不再纠结于柳絮算不算防卫过当，直接认定她在作案期间无行为能力，无需承担刑事责任。

在看守所的时候，柳絮又见过几次负责郭慨案的老烟枪刘警官，他没给过好脸色，在这宗案子里，他居然被一个精神病人抢了先，并导致了案犯死亡。至于由郭慨牵扯出的文秀娟死亡疑点，警方找文红军谈了一次后，尊重死者家属意见，并未重启调查。

应直系家属费志刚的要求，柳絮在经过不长的治疗后，就被接出了精神病院。

走出精神病院大门的时候，柳絮对费志刚说，现在还差一件事，我们就两清了。费志刚说你现在是精神病人，不能协议离婚的，你别让我起诉你离婚吧，这事情能不能先缓缓？柳絮沉默良久，说那就分开住段时间。费志刚同意了。

费志刚告诉了柳絮另一件事，今年是文秀娟离世十周年，项伟提议同学们在清明节的时候给她祭一祭。所有人都已经答应了。在此之前，马德被确认为毒死文秀娟凶手的消息，也已经被委培班所有人知道了。

柳絮有些诧异，问："所有人都去吗，文秀娟姐姐和妈妈的事情，他们都知道吗？"

"除了项伟和我，其他同学都不清楚文秀娟有这样的……过去。"费志刚答。

“那么，你会去吗？”费志刚又问柳絮。

“为什么不呢。”

所有委培班的同学都在和生医院工作，又都是科室骨干，平时请假都很困难，更别提在同一天请假。但 4 月 5 日这天，他们都办到了。

文红军也来了，他在墓前放了束白花，却没摆供品，也没点香。他看委培班的每一个人，都像是在看陌生人。

人们散在周围，不成队列，除了费志刚和柳絮，没有哪两个人是挨着的。

项伟先上去，点了三炷香，鞠过躬，把香插在墓前。他对着碑出了会儿神，也许在心里说着什么话，然后他蹲下，取出一沓信件，在火盆里烧掉。

柳絮望着光焰熊熊的火盆，决定第二个上去。她拿起搁在树下的木板，在所有人的目光中走到文秀娟的墓前。她把木板的一头放进火盆，火舌顺着板子蹿上去，把那些神秘的符号照亮。木板发出毕毕剥剥的声音，但把它点着是个漫长而艰难的过程，等到火盆中所有的纸张都燃尽，木板也还是顽固地保持着原本的状态。灰烟自底部袅袅升起，斑驳的木色桌面被熏黑，上面那些写满了罪恶的毒符，还留下大半。柳絮把木板斜靠在墓前，她本想让这东西在世间消失，现在看来，那一头的文秀娟并不想再见到它。她看着相片上的文秀娟，觉得应该说些什么，又实在无话可说。

每个人走到墓碑前，都会对着文秀娟的相片看一会儿，也许在心里对文秀娟说着话。他们也会对着那块烟雾缭绕的木板多看几眼。

是在分辨自己当年留下的痕迹吗？柳絮心里想。

没有人流泪。

这是委培班第一次对文秀娟进行正式的祭拜。但想必这样的祭拜，文秀娟不会喜欢。

柳絮看着那一张张苍白憔悴的面孔，她看得非常非常仔细，想要从微小的表情变幻中得出某个结论。但她什么都看不出来，她只是有一种感觉，每个人从墓前走回来后，都仿佛更轻松了些。

柳絮以为祭拜便这样无声地落下帷幕时，却走来一队僧侣。领头的披着袈裟，双手合十，神情肃穆，宝相庄严。他们环着墓穴站定，开始唱念起大悲咒来。

柳絮看了看文红军，他脸上有惊讶的表情，项伟也是。费志刚同她对视一眼，想了想，低声问她，

“需要我去打听一下，是谁请的法事吗？”

是谁，那么想要安抚文秀娟的魂灵？

梵音如焰，天地间许多无形无质的东西，此时似被扫荡一空，这片白昼阳光下的墓园，变得悠远深阔。

“不用了。”柳絮轻轻摇头，“我……不再关心了。”

她提起树下沉甸甸的背包，反身往墓园外走去。走了几步，她听见身后有小小骚动，转回头看，见那原本烟雾缭绕的木板，正燃起熊熊火焰。

青浦的福寿园，与文秀娟的埋骨处，是在上海两个不同的方向上。柳絮赶到福寿园时，已过了下午 4 点。墓园里的祭扫者们正在往外走，柳絮逆流而上，行至深处，在郭慨的墓前盘膝坐了下来。

“我来看你了。”她微笑着说。

墓前摆了青团、松糕、橙子、香蕉等供品，还有百合花。郭慨的父亲母亲，已经在早些时候来过了。

柳絮打开背包，取出一枝用塑料纸包好的红玫瑰，把包装纸拆开，将这朵还未盛放的玫瑰放在了墓前。

然后，她把包里其他的东西也拿了出来。

《犯罪学》《侦查讯问》《痕迹检验》《侦查心理学》《犯罪动机与人格》《刑事侦查学》……

当她坐在这儿，把这些书一本一本摊在面前的时候，心中涌动着一种感觉，仿佛郭慨就在这里，他正在坚定地凝望着她，正把手按在她的肩上，让她肩头变得沉甸甸的。

她并没能看见郭慨，也许她再也无法看见他了。但她就好像同郭慨在一起似的，虽然他们从未在一起过。

她来到这儿，是想把这些书在墓前烧去。书她都已经看过了。每一本书，连同里面的那些故事，以及构成故事的每一个字，那一笔一画背后的心情，她都已经看了很多遍，很多遍。是时候，让这些故事回到那一头去了，带着她的心情，这是她写给他的回信。

然而现在，她忽然想等一等。趁着夕阳还在，她想再多看看它们。

柳絮随手捡起一本书，翻开。

我走进病房的时候，她靠在床上看书。

也许她已经知道了自己的病情，但苍白的脸上仍写满了骄傲。

哪怕她的生命已到尽头，但只要还驻留在这世间，就是最美丽的。

我和她聊了一会儿，东拉西扯，不着边际。她有些倦了，但并不赶我。即使对我这样一个关系普通的朋友，在这样的时候，她还是能有最大的耐心。

维持着这样的客气，她应该很累吧，我知道。

我给你耍套拳好吗？我说。

我倒不知道你还会打拳。她笑笑。

我站好了，摆起功架子。然后，我扎了个马步，右手一拳击出。

黑虎掏心呀！

她咯咯咯笑起来。

我一路笨拙地打下去，她就这么笑了一路。也许她以为，我打这套拳，就是博她一笑的。

也没错的，但这只是其中一个原因。

在她看不见的层面，我释放出积聚了多年的能量，用意志牵引着，通过这一套拳脚动作，去搜寻天地间那丝最隐秘的生机和活力。

我的汗珠一颗颗砸在地上，我的手和脚都开始发抖。她越发地开心，觉得我表演得好用心。

我终于接触到那片最恢宏的光，那是这个世界所有生命最初和最后的归宿，有一刹那我甚至以为，那是我们出生前和死去后的所在。

那片光顺着我铺就的路径漫卷而来，整间病房都温暖起来了。然后，她的身体开始亮起来，那片光聚拢到她的身上，凝成一个光茧。

我终于打出最后一拳，一屁股跌坐在地上。光茧渐渐隐没到她体内，我傻乎乎地咧开嘴笑起来。

曾经我幻想过，当我能量的果实最终成熟，我会变成这个世界上最帅的大侠，抱着她飞上天，看看她惊讶的模样。

没想到连我自己都没飞过，就这样把能量用掉了。

也好，她可不是一个看到超人就发花痴的蠢女人。

我宁愿像现在这样，坐在地上看她笑得前仰后合。

多好呀，如果能这样一直看着她。

感谢我的太太赵若虹在本书写作中提供的帮助